해방기 남북한 극문학 선집
V

해방기 남북한 극문학 선집 V

초판 1쇄 인쇄일 · 2019년 7월 20일
초판 1쇄 발행일 · 2019년 7월 25일
지은이 · 함세덕/ 김승구/ 김영근/ 안종화/ 윤봉춘/ 전창근/ 최영수
엮은이 · 이재명
펴낸이 · 이정옥
펴낸곳 · 평민사
주소 · 서울시 은평구 수색로 340, 202호
전화 · 02)375-8571
팩스 · 02)375-8573
등록번호 · 제251-2015-000102호
값 · 27,000원
http://blog.naver.com/pyung1976

해방기 남북한 극문학 선집

V

이재명 엮음

함세덕
김승구
김영근 안종화
전창근 윤봉춘
최영수

평민사

책 머 리 에

해방기 남북한 극문학 선집(Ⅰ~Ⅴ)은 한국연구재단의 연구과제 KRF 2007-327-A00473 (연구과제명 "해방기 남북한 극작품의 데이터베이스 화 및 공연문화사 연구")를 수행하면서 기획되었다. 2009년 연구과제를 마무리하면서 온라인상의 자료센터를 개설하려 하였으나, 여러 가지 여건 이 마땅치 못한 상황이 되고 말았다. 궁리 끝에 지난번 연구과제의 성과물 인 근대 희곡·시나리오 선집(해방전 공연희곡집 외 10권)의 사례를 계승 하는 차원에서 2권 분량의 극문학 선집을 출판하기로 하였다.

수많은 자료를 여러 차례 검토한 끝에 2권으로는 귀중한 자료를 다 담 아내기 어렵다고 판단하여, 사비를 들여서라도 추가로 3권 더 출판하기로 하였다. 하지만 연구원도 제대로 확보되지 않은 상태에서 혼자서 자료를 검토하고 수록 작품을 선정하는 작업에 상당한 시일이 걸리고 말았다. 선 집 4권에 수록될 작품 선정이 마무리될 무렵, 뜻하지 않은 눈수술로 출판 작업은 더욱 더뎌질 수밖에 없게 되었다. 최종 원고와 원문 대조 작업 및 교열 작업과 사투를 벌인 결과, 해방기 남북한 극문학 선집 Ⅰ·Ⅱ 2권을 1차분으로 먼저 출판하기에 이르렀다.

1945년 8·15 해방 이후 1950년 한국전쟁이 일어나기 이전까지 남한 에서 발표된 극작품으로는 80여 편을 확인할 수 있었다. 같은 시기 북한 에서 발표된 극작품은 100여 편에 이르는데, 국립중앙도서관과 명지대 도 서관, 미국 국립문서보존소(한국전쟁 중 북한지역에서 노획한 자료들 상 당수는 최근 국립중앙도서관 해외수집기록물 자료실에 D/B로 확인 가능), 중국 연변대 도서관 및 러시아 국립도서관에서 60여 편의 극작품과 13권 의 희곡집을 수집할 수 있었다. 이들 중에서 대략 40여 편의 작품을 추려, 해방기 남북한 극문학 선집으로 묶게 되었다.

해방기 남북한 극문학 선집에 수록된 작품을 선정한 기준은 일차적으로 작품성이 뛰어난 것으로, 당대 극문학의 수준을 가늠할 만한 작품을 우선 적으로 골랐다. 그 다음으로 그동안 발굴되지 않아 연구가 미흡했던 극작가와 그의 작품을 소개하려는 취지로 미공개 극작품 위주로 선정하였다. 그러다 보니 해방기 남북한 극문학 선집에 북한쪽 작품이 많아지게 된 요인이 되었다. 또한 탄생 100주년을 맞이한 문인들을 기념하고 작품세계를 재조명하려는 취지에서 최근 10여 년 사이에 각종 작품전집류들이 홍수를 이루게 되었다. 유치진과 오영진, 김영수, 함세덕, 신고송, 이주홍, 진우촌 등의 작품집이 대표적인데, 여기에 소개된 극작품 역시 수록대상 목록에서 제외하다 보니 남북한 작품 사이의 균형이 맞지 않게 되고 말았다. (수집한 작품과 게재 지면 및 공연 사항 등에 대한 자료와 작가별 작품 현황 등의 자료는 다음에 발행될 해방기 남북한 극문학 선집 V에 수록할 예정이다)

한국연구재단 연구과제를 수행하는 과정에서 연구원으로 도움을 준 양수근 선생과 우미옥 선생에게 감사드리며, 그동안 연구실에서 함께 애쓴 윤성훈, 권오경, 박소희, 배나은, 신다혜, 정지혜 조교에게도 감사의 인사를 전한다. 특별히 이번 연구과제 수행과 선집 발간에 있어서 윤성훈의 역할은 자료 수집과 정리 및 연구의 모든 방면에서 절대적이었다.

이들 명지대 문예창작학과 관련인들과 별도로, 혜화동1번지 5기 동인들과 혜화동1번지 2012 봄 페스티벌 기획진과 같은 젊은 연극인들에게도 감사드린다. 이들은 다소 무겁고 재미없을 주제인 "해방공간"을 젊은 감각으로 새롭게 재조명함으로써 이번에 출판하는 선집의 의의를 확인시켜주었다. 6,70년 전에 발표된 김사량의 「호접」을 비롯한 이동규의 「두루쇠」 등 5편의 희곡작품을 새롭게 무대화한 혜화동1번지 5기 동인들의 열정에 다시 한 번 감사드린다.

또한 극예술학회의 젊은 연구자 여러분이 본 선집에 수록될 자료를 검토하고 앞으로의 연구 방향 검토를 위한 "해방기 세미나"에 열의를 갖고 진행해 준 것에 감사드린다. 매서운 겨울 방학과 무더운 여름 방학이라는 악조건 속에 전개된 세미나에서 백소연, 전지니, 양근애, 문경연, 권두현, 김남석, 우수진, 서재길, 김정수, 백승숙, 김향, 백선애, 조보라미 선생(무순!)이 애써 주셨다.

끝으로 한국 연극과 극문학 발전을 위해 애쓰시며 어려운 출판 환경 속에서도 본 선집의 출판을 떠맡아 주신 평민사에도 더 없는 감사를 드린다. 지지부진한 작업을 지켜보면서 격려와 성원을 아끼지 않은 가족에게도 감사한다. 계속되는 시련과 고통 속에서도 연구할 수 있는 체력과 여건을 허락해 주신 하나님의 은혜에 다시금 감사하지 않을 수 없다.

앞으로 이루어야 할 연구와 남은 생애가 더 나은 내일과 임재하는 하나님 나라의 건설에 유용하게 쓰일 수 있게 되길 간절히 기원해 본다.

2012년 10월 금토산 자락에서
이재명

머리말에 덧붙여

2012년 가을 『해방기 남북한 극문학 선집』I, II를 펴내고 나서, III, IV권은 1~2년 안에 마무리할 예정이었다. 하지만 불가피한 사정들이 연이어 발생하고, 급기야 치명적인 눈수술을 세 차례 치르면서 오늘에 이르게 되었다. 하여튼 『해방기 남북한 극문학 선집』III, IV권을 준비하는 과정 속에 북한 시나리오 2편을 새롭게 발굴하게 되어, 새 자료를 포함하여 V권까지 확대하게 되었다.

2008년 미국에서 안식년을 보낸 워싱턴대학(U.W.) 한국학과를 통해 해방기 북한 영상자료를 확보하게 해 준 바 있는 필자는 같은 해 가을 워싱턴대학 구내에서 그 영상자료 중에서 유일한 극영화 <용광로>(김영근 작, 민정식 감독, 문예봉·박학 주연)의 시사회를 가진 바 있다. <용광로>는 북한의 두 번째 예술영화로 전쟁 발발 직전인 1950년에 북한 전역에 보급된 작품으로, 1949년에 제작된 북한 최초의 예술영화 <내 고향>(김승구 작, 강홍식 연출, 문예봉·유원준 주연)과 함께 전쟁 전 북한의 대표적인 예술영화였다. 북한 초창기 영화 및 대본 입수에 대한 관심을 키워가던 중, 『조선영화문학선집』1 (문학예술종합출판사, 1990)을 입수하여 이 두 편의 영화문학(시나리오)을 확인한 필자는 이 두 자료가 남북한 극문학 및 영화문학 비교 연구에 필수적이라 여겨 선집에 추가하기로 하였다.

이와 별도로, 한예종의 김석만 교수님으로부터 함세덕의 <산적> 자료를 제공받아 정리하던 중, 2013년 출판된 아단문고 미공개 자료 총서 3권에 소장된 <산적>과 비교하면서 자료를 정리하였다. 또한 같은 자료 총서 5권에 수록된 전창근 작 <자유만세>의 경우도 비교·정리하였다. 하지만 아단문고 총서에 수록된 시나리오 <삼타홍>(이경선 작), 희곡 <임진왜란>(김태진 작), <당대놀부전>(함세덕 작), <에밀레종>(서항석 각색), <숙향전>(윤지혁 작 악극) 등은 이번 선집에 수록하지는 않았다. 이들은 모두 1945년부터 1950년 사이에 발표되었지만, 이들 자료를 발굴한 관계자들과 협의를 하지 않은 작품들이기 때문이다.

이렇게 해서 애초에 예정된 4권으로는 분량상 문제가 있어서, 경제적

어려움을 감수하고 5권으로 재편집하게 되었다. 새로 수집 · 정리한 작품들과 함께 5권 편집상에 여유(?)가 있다고 판단하여, 몇 가지 자료를 덧붙이기로 하였다. 예정된 해방기 공연 · 상연물 목록 엑셀 작업을 5권 부록으로 덧붙이고, 해방기 관련 필자의 논문 2편을 3권과 4권에 나눠 실었다.

끝으로 본 추가 작업에 도움을 주신 여러분들께 감사의 인사를 전한다. <산적> 자료를 제공해 주신 김석만 교수님, 자료 엑셀 작업을 맡아준 김종훈, 김건 조교, 마지막 교정 작업을 도와준 정재춘 선생에게 감사를 드린다. 어려운 출판 환경에서도 돈이 안 되는(?) 작업을 기꺼이 맡아 주신 평민사에도 무한한 감사를 드린다.

2019. 4.
이재명

[목차]

일 러 두 기

1. 수록된 작품은 원문 그대로 게재하는 것을 원칙으로 한다. 다만 의미 전달의 효율성을 높이기 위해 띄어쓰기는 현대 방식을 적용하였다. 그러나 작품 전체가 일본어로 발표된 경우는 번역하는 과정에서 띄어쓰기와 맞춤법 모두 현대 문법을 적용하고, 일본어 원문은 별도로 영인하였다.

2. 한자(漢字)의 경우 역시 원문 그대로 표기하는 것을 원칙으로 한다. 따라서 '한자(한글)' 혹은 '한글(한자)', '한자'의 경우나 '정자·약자·간자'의 경우 가급적 원문 그대로 표기하였다.

3. 문장 부호는 가로 조판 방식에 맞게 현대적으로 변형하였다. 또한 '◇ ○ ◎ ( )' 등 원문의 독립 지문 표시 기호는 현대 방식에 맞게 모두 생략하고 위아래로 한 줄씩 띄워 독립된 지문 표시를 하였다. 다만 시나리오의 경우, '씬(scene)' 앞에 '#' 기호를 붙여 표시하였다.

4. 단어가 반복될 때 '〳'이나 '〃' 기호로 표시하거나 일본어 '々'를 사용하는 경우, '〳'이나 '〃'는 현행 가로쓰기 체계에 맞지 않기 때문에 앞의 단어나 구의 반복을 그대로 살려주는 방식으로 표기하였다(예 : 떨어질 듯이 〳 → 떨어질 듯이 떨어질 듯이). 다만 일본어 '々'를 사용한 경우는 당시 표기법을 살리기 위해 원문 그대로 표기하였다.

5. 일본어 번역의 경우, 한자로 되어 있는 일본 사람의 이름은 한자 그대로 표기하였고 일본 지명은 일본식으로 읽어주었다. 그리고 일본어 원문의 경우, 한글 문장에 일본어 발음으로 읽은 한글이 들어갈 경우는 번역을 해서 주석 처리하였다. 그러나 한글 문장 안에 단어나 구가 일본어 표기로 들어간 경우는 번역을 해서 본문 중에 '[ ]' 표시하였다. 전체가 일본어 문장으로 되어 있는 경우도 번역을 해서 '[ ]' 표시하였다. 다만 'の, さん, はい(ハイ)'와 같이 자주 쓰이는 단어들은 처음 나왔을 경우에만 번역 처리하고 이후에는 생략하였다.

6. 문맥상 오자(誤字)임이 분명한 것이라 할지라도 본문에서 수정하지 않고 주석 처리를 하였다. 또한 의미 해석이 필요한 단어나 구, 절에 대해서도 주석 처리를 하였다.

7. 원문 판독이 불가능한 글자의 경우, 가능한 그 숫자만큼 '○' '*' 표시를 하였다.

산적

(5막)

함세덕

동양극장
낙랑극회 창립공연

배경

제1막 낭림산중의 주막
제2막 왕치겸랑 천향궁
제3막 (보덕사 자비전) 낭림산중의 산적소굴
제4막 보덕사 자비전
제5막 산적소굴

시대

고려조 중기

인물

왕치겸	정1품, 대신, 왕의 질제
엄	장남, 종3품 운마장군
낭림	도적수령, 엄의 후신
섭	차남, 은청광림대부
나모나	여진추장의 딸, 치겸의 양녀
목련	엄의 시녀
최주후	대승
담씨	엄의 유모
파금	집의 시녀
금적	나모나의 시녀
은적	나모나의 시녀
수피달	무령화,1) 후에 도적
청룡	
백호	
주작	
현무	
염노인	
부소	
가장한 병사	
기타 도적들, 승려들	

---

1) 무뢰배, 부랑배?

제1막

낭림산중의 어느 조그만 무대
우변은 산림으로 내려가는, 좌변은 종립된 절벽 사이로 통하는 길
후면은 길은 계곡을 건너 천년 노송이 옹립한 울창한 숲에 토한다.
염노인 노루사냥을 해가지고 들어온다.

염노인　(딸이 없음으로) 솔아, 솔아! 이 기집애가 또 어델 싸질러 갔나?
　　　　(멀리 향하야) 솔-아, 솔아- 이런 애물애 게집애, 말을 잊어버리구
　　　　두 찾을 생각은 않구. 노루꼬리 잡을려는 무당년 같이 헤매구만 댕
　　　　기니…

이윽고 부소(18세 성장한 야생적인 게집애) 중얼거리며 들어온다.

부　소　(부의 목소리를 흉내며) 솔아, 솔아, 누가 어듸 숨 넘어가나? 어느
　　　　놈이 업어가나? 눈꿈적하기가 무섭게 불러대니, 두깐엘 갈 수가 있
　　　　나? 말 한번 내려갈 수가 있나?
염노인　하루 종일 어델 그러케 댕기냐?
부　소　싸질러 댕기긴 누가 좋아서 싸질러 댕기나? 뭐.
염노인　그럼 뭐야. 이년아, 수깔 놓기가 무섭게 나간 년이 땅거미가 질 때
　　　　야 겨 들어오니, 늙은 애비 딸기 따다 줄려구 댕겻단 말이냐?
부　소　말 찾으러 댕겼지, 누가 놀았나?
염노인　그래 오늘두 못 찾았나?
부　소　촉새골루, 수리재루, 집집마다 굴마다 할트다 싶이 찾었어, 우리 점
　　　　백이 봤단 사람은 하낳두 없어.
염노인　그러게 이년아, 내가 뭐라든, 요샌 도둑이 심하니까 말깐만은 꼭꼭
　　　　장을 질르라구 했지?
부　소　흑…
염노인　꼴 주구 똥 처주기 싫든 참에 아주 잘됐다.
부　소　오늘까지 길르긴 누가 길렀는데, 나하구 아버지하구 누가 더 정들
　　　　었나 물어보면 알 걸
염노인　(콧물을 훔치며) 그게 어젯밤에 어마나 울었을구.
부　소　오늘 아침에 타구서 *주2) 갈랴구 맑아케 닦아놓구, 대정깐에 가

	서 굽까지 가려는 걸, 어느 씨알머리가 훔쳐 갔어?
염노인	*주 갈려구?
부　소	응.
염노인	이년아, 또 *주야. 그저 자구 깨면 *주구, 말끝마다 *주야. 네년이 틀림없이 비짱을 찔렀다지만, 읍에 내려가랴구 그렇게 맘이 들떠있었으니, 우리깐문을 잠겄을 리가 없어.
부　소	꼭 잠겄었어.
염노인	대관절 읍엔 뭘 찾어 먹으러 또 내려 갈려구 했었냐?
부　소	구경.
염노인	구경? 이년아, 밤낮 봐야 그눔이 그눔이구, 그 장(市)이 그 장이지. 뭐 볼 게 있다구 구경이야.
부　소	서울 사신이 지나간대.
염노인	사신이?
부　소	응, 원나라 연경으루 공물 가지구 가는 사신이래.
염노인	그래, 사신 일흠이 뭐라든?
부　소	일흠은 들었는데 닞어버렸어. 님금님 조카벌되는 사람인데, 나이가 수물다섯이라나 봐. 키가 크구, 얼골이 참 음진스러운 귀족이애. 오늘 아츰에 *주를 지내간댔다니까, 벌서 지금쯤은 무다리 건너서 여우고개 지나갈 꺼야. 빨리 점백일 찾어야 쫓아가 구경할 텐데.

이때 도적 장강 달려온다.

장　강	솔아, 솔아. 너 혹시 우리 말 달아나는 거 못 봤냐?
부　소	무슨 말?
장　강	아, 타는 말이지, 무슨 말이야? 뭬 우리 점백이 말이다.
부　소	못 봤어.
장　강	이 눔의 짐성이 어데루 뛨나? (하고 다시 달려가려고 한다)
염노인	(달려가 그의 팔을 붓들며) 점백이라니?
무뢰한3)	일흠이지 뭐야? 털이 어떻게 곱든지 꼭 기름먹은 장판이야
염노인	자네한테 언제 그런 말이 있었든가?
무뢰한	제-기, 말은 자기 혼자 갖이구 있는 줄 아나배?
염노인	어끄저께까지 없든 말이 하루 밤에 어데서 생긴단 말이야? (달려들

---

2) 본문에 특정한 지명을 언급하지 않고 *주로 표기되어 있음. 의주?
3) 산도적인 '장강'을 이르는 표현인 듯.

며) 바른 대루 대- 지금 그게 우리 점백이지?

무뢰한 이눔의 늙은이가 고테꿀엔 가구 싶어서 이러나? 사람을 보구 말을 해.

염노인 뭐야. 골고개 도둑이지, 뭐야?

무뢰한 늙은 거라구 한술 떠떼주이까 못하는 소리가 없군. 그래 말이면 모두 자기네 말이군… 아, 훔치는 거 두 눈으루 봤어?

염노인 보지 않으면 몰라? 당연한 노릇이지.

무뢰한 늙지만 않았으면 배때기다 바람구멍을 내줄 걸.

부 소 (부에게) 아버진 괜이 보지두 못하구 그런 소릴 하구는 욕을 먹어. (무뢰한에게) 대관절 어떻게 생긴 말인데?

무뢰한 *주 장에 가서 이번에 샀어. 느이집 점백이 하구 쌍둥인지, 털이며 키며 아주 박은득 닮았드라.

부 소 줄을 끌르구 도망갔는지, 도둑눔이 훔쳐 갔는지 어떻게 알어?

무뢰한 (신음하듯) 으-ㅁ. 참 그러구 보니, 어느 눔이 훔쳐갔는지두 모르겠다.

부 소 호호호. 도둑이 도둑을 맞었군. 쇠풀고개에 도둑이 또 하나 늘었는데?

무뢰한 어느 눔인지 쟀히기만 해봐라. 다리 옹두라질 잘근잘근 분질러 놀 테니. (하고 성이 나서 나간다)

염노인 생부란당 같으니, 제 눔이 무슨 돈으루 장에 가서 말을 샀단 말이야. 뭐 쌍둥이가 봐?

부 소 뒤루 살살 딸아가 볼가?

염노인 내가 밟어봐야겠다. 넌 여깄거라. (하고 뒤따라 나간다)

수피달, 주위를 두리번거리며 들어온다.

부 소 누굴 찾어요?

수피달 색시가 쥔이요?

부 소 웨 그러세요?

수피달 당신 혹 말 한필 사지 않을 테요?

부 소 말이요?

수피달 음, 아주 기가 맥히게 늠늠하구, 실하구, 빠른 말이야. 하하하.

이때 집 뒤에서 말 우름소리.

수피달 저 우는 소리 좀 들어 보. 명마란 울름소리부터 달으거든.
　　　　나와 보구 맘에 들거든 사슈. 사실은 나두 오래 정이 들어서 내놓
　　　　구 싶지 않지만, 주머니에 돈이 딱 떨어저서 헐 수 없이 팔려는 거
　　　　야. 아주 싸게 해줄 테니 사슈.
부　소 글세요. 아버지 들오시거든 얘기해 보지요.
수피달 어델 나가셨는데?
부　소 말 찾으러 나가셨어요.
수피달 말이요?
부　소 네, 우리두 한필 있었는데, 어제께 어느 녀석이 훔쳐갔어요.
수피달 그래 아즉도 못 찾았오?
부　소 네.
수피달 그럼 아주 안성마침이군. 기왕 잃어버린 걸 찾이면 뭘 허우?
　　　　저거 싸게 해 줄 테니, 사두룩 잘 얘기해 보시구려.
부　소 기대려 보세요. 들오시거든 얘기해 볼 테니. 그러기 않어두 참헌
　　　　게 있으면 샀으면 하셨으니까…
수피달 우선 나가서 구경이나 좀 하시구려. 천고마비 계… 에… (다음 구
　　　　가 않나와 기침만 한다)

　　　　부소 끌려나와 한참 보드니 달려간다. 이윽고 다시 들어오며,

부　소 당신 말 어서 났어요?
수피달 어서 나다니? 무슨 말을 그렇게 섭섭하게 하우.
부　소 (쏘는 듯이) 어서 났어요?
수피달 어서 나다니? 나긴 샀지.
부　소 샀어요?
수피달 응. 아니, 산 게 아니라… 집에서 길르든… 응… 참 타구 댕기든…
부　소 거짓말 말어요! 이 말 도둑놈. (외친다) 도둑이야, 도둑이야. 아버-
　　　　지, 아버-지.
수피달 여보, 색시. 색시. 도둑이라니, 도둑이라니.

　　　　염노인과 장강 뛰여온다.

염노인 어됫서? 그눔이.
부　소 이녀석이에요.

염노인과 장강 달려들어 수피달을 넘어트리려고 한다.

수피달 　(위엄을 띠며) 어데다 함부루 막례한 짓을 하는 거야?
장　강　막렌 뭐야, 이 도둑놈아. (하고 달려든다)
수피달 　나루 말하면, 일홈을 수피달. 고향을 *주 갓나무골, 저 수만장군이
　　　　여진을 치실 때 북계 38성을 혼자 말이야, **4)드는 천병만마를…
염노인 　거짓말 말어, 이놈아.
장　강　어서 내노치 못하겠냐?

양인 달려들어 삼인이 싸운다.

부　소　(산을 향하야) 도둑이야, 도둑이야. 누구 없어요?
수피달 　색시. 색시. 난 도둑이 아니래두. 도둑이 아니라… 일홈은 수피달.
　　　　고향은,
부　소　도둑이야, 도둑이야.

무기를 든 도적떼들 달려온다. 가세하여 싸우나 원체 수피달이 천하장사
라, 한눔 두눔 능지가 돼드니, 슬슬 꽁무니를 빼고 다라나려한다.

장　강　이눔들아, 빨리 덤벼 묶지 않구 뭘 하구 섰는 거냐?
부하들　……
수피달 　보아 하니, 느이놈들이 정말 도둑눔들이로구나.
청　룡　저눔 보게. 진짜 도둑놈이 남 보구 도둑놈이라네.
부　소　그럼 바른 대루 말해 보세요. 그 말 어서 났어요?
수피달 　(장강을 깔구 앉은 채) 사실 대루 말하면, 말없이 끌구 왔든 거야.
장　강　남의 물건을 말없이 끌구가는 게 도둑이지 뭐야?
부　소　어데서 끌구 왔어요?
수피달 　저 고개넘어 골짜구니에 매있었오. 도라보니 님자가 없드군 그래.
　　　　웬 떡이냐 이게 하구, 끌구 왔든 거야.
장　강　이눔아, 내가 거기다 매놨었는데, 님자가 없긴 왜 없어?
염노인 　(장강에게) 이눔아, 넌 또 왜 남의 말은 훔쳐다, 거기다 매두는 거
　　　　야?
수피달 　대관절 어느 눔이 말님자야?

---

4) 2자 판독 불가.

장　강　내지, 누구야.

부　소　이런 도둑녀석, 여보 손님, 가서 새루 간 말굽을 보면 알 꺼요. 오
늘 아츰 읍에 타구 가려구 마구깐에 매둔 말을 훔쳐가구서…

수피달　(목을 조리며) 네눔이 훔쳐다 매놨었지?

장　강　아야야, 형님.

수피달　이눔아, 네가 날 언제 봤다구 형님이야?

장　강　사람 살려라, 백호야, 청룡아, 주작아, 현무야. (숨이 맥혀) 형님,
형님. 바른 데루 댈 테니, 이손 노슈. 놓고 애길하슈.

　　　　수피달 손을 느춘다.

장　강　사실은 그 말은 이 집 거요.

염노인　망할 자식, 그럼 그렇다구 진작 그럴 것이지. (수피달에게) 여보,
나그네. 늙은 게 실수했우. 용서하우.

수피달　천만에.

부　소　미안합니다.

수피달　피차 실수지, 하하하.

　　　　염노인과 부소, 물을 퍼들고 꼴을 들고 나간다.

장　강　형님, 미안하오. 난 이 쇠풀고개 사는 도둑으로, 일훔을 장강이라구
불러 주슈.

수피달　이왕 도둑질을 하려면 크게 해먹지, 그런 좀도둑질을 해먹는담?

장　강　일이 그렇게 됐오. 그런데 형님을 어디루 가신는 길이요?

수피달　나야 바람부는 데루, 물결치는 데루지.

장　강　그럼 우리 여기서 같이 삽시다. 인간도처 청산이라지 않소?

수피달　여기서?

장　강　네, 아까 왔든 녀석들이 다 우리 동무요. 형님하구 이렇게 맞나는
게 우연이 아니라, 하늘이 식힌 건가 보우. 이 자리에서 의형제 맺
구 형님 아우루 허물없이 지냅시다.

　　　　도적떼 들어온다.

청　룡　청룡이라구 불러 주슈.

장　강　쇠도리께질을 잘 하오.

백　호　백호라고 불러 주슈.

장　강　창을 잘 쓰오.

주　작　내 일흠은 주작이나, 항용 주착이라구 불르지요.

현　무　현무라고 합니다.

장　강　표창이라고, 대속에다 활을 넣어 가지구 혹 불면, 호랭이두 거꾸러
　　　　지오. 걸 제 손으로 맨들어서 쓰구 있오.

현　무　난 아직 도덕질.

장　강　이것들은 그저 새끼들이오.

　　　도적들 각기 절하고 물러난다.

수피달　(위엄을 갖추며) 나는 일흠은 수피달,

장　강　(말을 막으며) 고향은 잣나무꼴. 아까 들어서 다 아오.

수피달　(위엄을 깎였스나, 다시) 그런데 의형젤 맺으려면 술이 한잔 있어
　　　　야지.

장　강　안송림으루 들어갑시다.

수피달　그럼, 흥이 식어. 당장 맺은 의형제니, 당장 나눠야지.

　　　뒤란에서 염노인의 '이러, 이러' 하고, 말을 우리에 몰아넣는 소래.
　　　이윽고 부소가 들어온다.

염노인　미물이라두 제 집하구 제 쥔을 알아보는지, 아주 코방궐 펑펑 뀌
　　　　구, 대가릴 비벼대구 야단이오.

수피달　여보, 쥔. 우리가 화우[5]하구 의형젤 맺기루 했는데, 어떻게 술 한
　　　　잔 줄 수 없을가.

염노인　술이야 있지만… (하고 장강을 훔혀본다)

장　강　내가 그만 잠간 귀신이 썼었오. 꽁하게 생각말구 한잔 주슈.

염노인　(솔에게) 차려 디려라. (도적들에게) 여기 아까 잡아온 노루 있으니
　　　　귀서 안주하게. (하고 밖으로 나간다)

　　　부소 부엌으로 들어간다.

장　강　이리 올라들 오게.

_____

5) 화해.

　　　　　도적들 올라와 둘러 앉는다.
　　　　　부소 주상을 갖다놓고 방으로 들어간다. 청룡 백호 노루를 나무에 걸고
　　　　　굽는다.

장　강　그런데 형님. 지금껏 내가 형님이라구 불르긴 했지만, 정말 의형젤
　　　　　맺는 마당에야 나이대루 가야 할 게 아니오?
수피달　그야 이를 말인가?
청　룡　올에 대관절 몇이슈?
수피달　스믈다섯일세.
일　동　수물다섯? (하고 놀랜다)
수피달　아직 장가두 못 갔지만, 열다섯부터 전장으루 돌아다녀서 피기두
　　　　　전에 늙었네.
장　강　그럼 내가 설흔둘이니, 형이군.
청　룡　(어깨를 탁 치며) 아우, 한잔 들어라.
수피달　(할 수 없이 받아 마신다) 에이. (웃는다)
백　호　원 자식두, 그래 고작 수물다섯이야? 아주 애숭이 아니가. 하하하,
　　　　　자, 형님 술 한잔 받어라.
수피달　(어이가 없어 받어 들고) 아니게 아니라, 정말 주책이군.
장　강　아, 이 녀석아. 손우의 형이 주시는 술이니 받어, 어서.
수피달　이 녀석? 이런 경을 칠. 나 이눔의 의형제 안 맺는다. 형님, 형님,
　　　　　하든 놈들이 금새 이 녀석, 저 녀석이야. (하고 마루에서 내려온다)
백　호　(끌어다 도로 앉히며) 애비는 뭐구, 에미는 뭐냐? 형은 뭐구, 동생
　　　　　은 뭐냐? 부모형제는 무변대해6) 가 찾어라. 너나 내나 다 그렇구
　　　　　그런 놈인데, 막례하구 상하없이 지내자꾸나.
수피달　올치, 네 말이 맞었다. 형젠 형제돼, 우이아래 없는 형제.
일　동　좋다. 말 잘했다.

　　　　　부소 말숙히 채리고 방에서 나온다.

백　호　어델 가냐?
부　소　＊주에.
백　호　사신 행렬 구경하려?
부　소　응.

────────────────────

6) 無邊大海, 가없이 넓은 바다.

20

청　룡　벌-서 지나갔지. 입때 있을 줄이야?

부　소　이륵봉 넘어서 앞찔러 가보지.

백　호　구경은 좋지만, 바람나까 봐 난 그게 걱정이다. 이번 사신은 송도 서울 랑군중에두 그중 잘난 젊은 귀족이라드라. 이쁘다구 버쩍 안어다 말에다 태구, 그냥 다라나면 어떻걸래?

부　소　그럼 연경까지 따라가지.

백　호　랑림 산골에 귀인 하나 또 나게.

일　동　하하하.

부　소　내가 귀인 되면 당신네들 모두 서울루 불러올려서 벼슬을 식혀줄 테니, 때만 기대리구려. (하고 말을 타고 노래를 부르며 내려간다)

　　　부소의 부르는 노래
　　　1. 말아 말아 빨리 가자
　　　낭림산에 해지기 전에
　　　해가 지면 우리 낭군
　　　산꼴에서 노숙한다

　　　2. 말아 말아 빨리 가자
　　　삿갓 벗어 등에 걸고
　　　짚신 벗어 손에 들고
　　　천방지방 쉬지 말고

　　　3. 말아 말아 빨리 가자
　　　용마처럼 날러가지
　　　읍에 가면 검정 콩에
　　　푸런 콩에 실컷 주마

수피달　우리두 의형젤 맺었으니, 가치 뭘 하나 해야 할 게 아닌가? 여기서 동네집 말이나 후리치구 있어서야 사내 대장부 부끄러우이.

현　무　뭘 했으면 졸가?

백　호[7]　절을 하나 지면 어뗘? 돈버린 이게 젤이야. 돌부처나 뒤개 홈처다 놓구 인경이나 하나 매다러 놓면, 극락에 보내달라구 얼치기들이 쌀하구 필목을 그냥 막 바칠 꺼란 말이야.

---

7) 백호가 아니라 현무인 듯.

백 호	원 자식은. 이눔아, 중 영업은 아무나 해먹는 줄 아냐? 천지현황두 몰으는 놈이 경은 어떻게 읽구, 넘불은 어떻게 외?
청 룡	송도 가서 옹기장수 할가?
현 무	에끼, 이 옹졸한 자식.
백 호	서울 가서 상여도가집(喪輿집)하면 어떻? 두패루 나눠서, 한패는 밤중에 길가는 행인들을 내리치구, 한패는 그 집을 찾어가서 관하구 상열 듸리 밀면?
장 강	난 아무대두 안 가겠다.
백 호	그럼 여기서 뭘 할 테야?
장 강	가만이 앉어서, 이따금 지나가는 나그네나 치겠다.
수피달	이눔아, 사내 대장부가 무슨 할 일이 없어, 죄없는 행인들 물건을 빼서 먹구 살어?
장 강	배운 게 도둑질인 걸 어떻게 해?
수피달	이눔들아. 그래, 하나같이 그렇게 두뇌가 없단 말이냐?
백 호	그럼 두뇌 존 놈 어서 얘기해 봐.
수피달	(니러서서 심각한 표정으로) 이리들 갓가이 와. 지금 내 이 머리 속에 들앉어 있는 지혜가, 응아 소랠치구 나을려구, 나올려구 하는 중이다.
일 동	(서로 찔르며 킥킥거린다)
수피달	(돌연 이마를 치드니 격한 어조로) 나왔다, 나왔다. 이거야 말루 귀신이 곡할, 기기묘묘한 생각이다. 봉오리 밑에 피혀 올르는 구름같이 홀연히 패여 올라왔고, 샘물같이 솟아 올라온 생각이야. 천지개벽 후에 한눔두 생각 못하든 일이다.
현 무	작담은 제하구, 그 귀신곡할 얘기나 빨리 뱉게. (하니, 동배들 배를 붓고 웃는다)
수피달	나는 오늘 이 자리에서 비로소 잠에서 깼다. 나는 무엇을 해야 하겠다는 걸 알었단 말이다. 동시에 두뇌가 없는 너이들에게 무엇을 가르켜 줘야 하겠다는 것두 지각했다.
청 룡	저 눔이 별안간 정신이상이 생겼나?
백 호	가르켜 준다니, 대체 뭘 가르켜 준단 말인가?
수피달	(신중히) 부잣집 담 넘는 법, 돈궤 자물쇠 여는 법, 문서위조하는 법, 장터 습격하는 법, 곡창에 불질르구 고스란이 쌀 꺼내는 법, 님금님 망건 훔치는 법,
일 동	(망연하야) 그럼 도적질을?

수피달　그렇다. 우린 오늘 이 자리에서 도적단을 결성하잔 말이다.

장　강　도적단?

수피달　그렇다. 이건 너이 놈들이 하는 그런 좀쓰런 고리타분한 도둑질이 아니라, 북으로는 여진으로부터, 동에 왜놈나라에 이르기까지, 고려 천하를 상대루 하는 대대적 도둑단이다. 여기에는 첫재, 생각을 가리지 않는 용기가 필요하다.

청　룡　용기라면 나보다 있는 눔이 누구란 말이야? 늘때 부랄을 따오래도 따오마.

백　호　나는 호랭일 맨손으루 잡는 눔이야.

수피달　(한거름 앞으로 나와) 오라, 고려 건국의 영웅 왕건의 피가 한방울이라도 너이들 심쭐 속에 흐르구 있다면, 자, 따러라. 우리들은 낭림산중에 성을 쌓구, 인적미도의 송림엔 진을 처, 고려 천지를 뒤흔들고저 한다.

일　동　(일제히 니러서며) 만세, 도적단 만세, 우리 도적단 만세.

수피달　그럼 모두 나와 한 생각이란 말이냐?

일　동　이르다뿐이겠나?

청　룡　영업으루야 그만이지만, 쟂이는 날이면 당장 사형일 걸세.

수피달　(멱살을 잡으며) 그게 무서우니 송도 가서 옹기장술하잔 말이지.

청　룡　그, 그런 게 아니라, 네가 말한 건, 오, 모두 내가 일년 열두달 궁리하구 끙끙 앓든 걸 속 시원이 얘기해 줬단 말이지.

수피달　(만족하야) 내가 얼마나 지혜있다는 것 이번에 확실히들 알았을 걸.

청　룡　알구 말구.

수피달　내가 과거를 봤으면 정일품 대신은 못했어두, 삼품 대승 벼슬은 했을 거야, 하하하.

백　호　그만한 머리면 능히 대신두 했을 걸세.

백　호　어쩌면 그렇게 우리들이 맘 먹었든 걸 꼭 알아 마치나? 네가 군데 들어갔다면 지금쯤 기대장군은 됐을 거다.

수피달　님금님이 이 수피달이가 대장 않됀 걸 여간 섭섭히 생각지 않으실 걸.

현　무　자네 머리라면 경이나 넘불같은 건 하루 밤에 외일 걸세. 그렇니 백호 말대루 중이 돼두 돈버린 념려 없을 거야

수피달　중쯤이야 아무 것두 아니지. 내가 의박사 공불했다면, 십년 안진뱅일 그 자리에서 것두룩 맨들어 놀 자신이 있다. 하하하.

청　룡　자, 그럼 우리들 선조가 대대로 잠들구 있는 랑님산 깊은 송림으로…

일 동 (무기를 쳐들고) 용감한 진군이다.

장 강 (이때까지 침묵을 직히다가) 잠간만, 이렇게 물덤벙 술덤벙 떠들
일이 아니야. 가긴 어델 간다구 날뛰냐?

일 동 (의아하야) 뭐?

장 강 (독기를 띠고) 만사엔 순서가 잇는 법이야. 이리 떼에두 대장이 있
구. 날짐생에두 앞잽이가 있는 법이야. 그게 나라엔 님금님이 있
구, 도둑놈에게 두령이 있지 않냐?

청 룡 참, 두령이 있어야겠군.

현 무 깜박 그걸 잊어버렸드랬군.

장 강 그 두령자리에다 누굴 앉히겠냐 말이야? (하고 일동을 쏘아본다)

수피달 첫채 용감하구, 둘째 지혜있는 이 수피달을 빼놓구, 어느 눔이 두
령으로써 적임자란 말이냐?

장 강 그만한 머리룬 천하를 상대루 할 도적단 두령은 자격부족이다.

수피달 (칼을 빼며) 뭣이 어째? 이눔!

장 강 그렇게 역정낼 게 아니라, 내 얘길 좀 들어보게, 적어두 고려 천지
에 가랭일 걸치구 해먹을려면, 첫째 천문지리에 능통해야 할께 아
닌가? 어듸 산과 숲이 있구, 어듸 강이 깊구, 어듸 어느 고을에 보
물이 있다는 걸 환이 디려다 볼 수 잇는 지식이 필요하단 말이야.

수피달 (신음하듯) 으-ㅁ.

장 강 그리구 둘째 나라의 조정과 민심을 한자 물길같이 잘 디려다볼 수
있는 정치 지식이 있어야 해. 그래야지 금군대장이 누가 됐구, 누
굴 구슬리면 사형을 면할 수 있다는 걸 알 게 아닌가.

수피달 (더 한층 신음하듯이) 으-ㅁ.

장 강 셋재 술을 먹되 색이시고 지면 부하를 건사할 수가 없어.

수피달 (아주 절망한 듯) 으, 으-ㅁ.

장 강 그렇다구 난 수피달이 머리가 나뿌다는 건 아니야.

수피달 그럼 누가 그중 적임잘가?

장 강 (어서 추천하라는 듯이 청룡을 쏘아본다)

청 룡 내 보기엔 직… 내가 생각하는 바에 의하면… 장강이가 합당할 줄
아오.

백 호 이눔아, 청용아. 공사를 뒤섞지 마러! 이때까진 장강이가 네 대감
이지만, 오늘부턴 백지루 도라 가지구 새루 맹그는 거야.

장 강 주책이, 넌 나를 그렇게 무시하냐?

백 호 무시가 아니라 사실이야. 까놓구 말하구, 네가 두령이 되구싶어 끄

	낸 애기지만, 터러놓구 말이지, 네게 천문지리니 둥치니 하는 뭣이 있단 말이냐?
백 호	옳다, 내 말이 옳다. 장강이나 내나 뭐가 달르게. 장강이가 두령이면 난 뭐냐?
현 무	넌 대두령이다.
일 동	하하하.
수피달	여러분 조용히, 조용히.
백 호	(일동에게) 동무들, 우리의 이 영광스러운 도적단은 수피달의 머리 속에서 구름같이 피였고 샘같이 솟은 것이니, 그를 두령으로 삼는 게 어떤가?
일 동	(장강을 빼고) 좋소!
청 룡	(공기에 따라 표변하며) 좋소.
수피달	여러분, 조용이 조용이 하슈. 나는 이 영광스러운 도적국의 왈짜, 즉 두령을 사임하오. 그 리유는 술이오. '수피달아, 너는 왕관과 술과 둘 중에 어느 것을 택할 테냐'… 할 때, 나는 서슴지 않구 '술을 택하겠나이다' 할 수밖에 없오. 그렇니 장강이가 말한 두령 과거엔 낙제요.
장 강	그럼 잠시 두령 추대는 보류합시다.
일 동	좋소.
현 무	소뿔은 단김에 빼랫다구, 도적단은 다 됐으니 빨리 일을 시작하세.
백 호	만사엔 시초가 좋아야 하는 법이야. 아주 고려 천지가 벌컥 뒤집혀질 일을 하지.
수피달	(다시 니러슨다. 이마에 손을 대고) 지금 이 수피달의 머리에서 기기묘묘한 도적법이 그름같이 피고, 샘같이 솟을려구 한다.
일 동	(숨을 죽이고 침묵)
수피달	(주목한다. 격한 어조로) 나왔다, 이거야말로 실로 천지개벽할 묘책이다.
일 동	어떻게?
수피달	고려 건국의 영웅 왕건의 피를 이어받은 자는 나를 따르라.
백 호	어데루?
수피달	여우고개로!
일 동	여우고개?
수피달	그래! 서울을 떠나 조공 가는 사신의 일행이 막대한 금은보화를 가지고 지금 여우고개를 지나갈 것이다. 우리는 아까 솔이가 나간 길

　　　　　로 가 일행의 길목을 가로질러 그들을 습격하고, 공물들을 약탈해
　　　　　오잔 말이다.
일　동　와- (하고 환성을 한다)

　　　　수피달을 선봉으로 도적군, 무기를 처들고 나가려할 때, 부소 풀없이 들어
　　　　온다.

백　호　어, 웨 벌서 오냐?
부　소　사신 않 지나간대.
백　호　않 지나가? 누가 그려든.
부　소　*주 장에서 오는 사람을 맞났어.
일　동　(실망의 빛)
청　용　웨 중지했다든.
부　소　그끄저께 밤 *주 너구리바위 앞에서 도적떼를 맞나서 몰살을 당했
　　　　대.
일　동　('도적떼들' 하고, 서로 얼골을 본다)
부　소　응, 일행 중 열두 사람은 죽구, 그 사신은 행방불명이 됐대.
수피달　(땅을 발로 캉캉 굴르며) 내 계획을 가루채가는 눔이 있네 그려.
백　호　거 참, 생각할수록 분한데.
부　소　금그릇 은그릇이 수무 궤짝, 비단이 백필, 연태가 이천필, 호피가
　　　　백장, 인삼이 열상자, 서문금 오색나채가 삼백단이나 된대.
청　룡　삼대를 두구 먹어두 남을 거 아닌가?
부　소　그런데 어데를 갈려구 나서섰서요.
수피달　아, 아니. 우리두 저, 그 사신 행렬 구경갈가 하구 나왔는데, 그렇
　　　　게 됐다니 가서 뭐하겠냐?
부　소　그 사신 살었다면 얼마나 속이 탈가.
현　무　속이 아니라 똥줄이 바짝바짝 타겠지.
부　소　집에두 못 들어갈 걸.
청　룡　집엔 고사하구 도성 안에 무슨 얼굴루 들어가겠냐?
장　강　그럼 우리들은 일단 안송림으루 들어들 가지.
일　동　그러지.

　　　　도적군 '잘 먹구 간다, 잘 잇거라.' 인사를 던지구 올라간다.
　　　　부소 술상을 치운다.
　　　　주위 차츰차츰 어두워진다. 호- 호- 하고 음울하게 부엉이가 운다.

26

산울(山鬱)에서 염노인의 '솔아, 솔아' 불으는 소래, 멀리서 산울림.
부소 벼랑으로 올라가 소리나는 쪽을 바라보드니, 부를 발견하고 달려간
다.
이윽고 염노인과 둘이서 전신 피투성이인 나그네를 부축해 들어온다.

염노인 (딸에게) 빨리 들어가 불 때라. 허리를 몹시 상하신 모양이다.
부 소 (의아하야) 누구유?
염노인 네가 구경하겠다든 바루 그 사신나리시란다.
부 소 그럼 그분이?
엄   미안합니다. 려로에 뜻하지 않은 봉변을 당해서 고생하든 중, 아버
      님께서 후의를 베푸러 주서서 렴치불고하고 따라 왔습니다.
염노인 말슴 나춰 하십쇼. 산두메서 아무렇게나 자라서 꼴이 저렇게 말 아
      닙니다. 루추하지만 비바람은 의지됐겠으니, 맘 턱 놓구 쉬십쇼.
엄   감사합니다.
염노인 불은 나종 때구 진지부터 차려 오너라.

      부소 나무를 패다가 부엌으로 들어간다.

엄   밥은 그만두십쇼. 물이나 한그릇.
염노인 물 한그릇 떠 오너라.
부 소 (물을 떠들고 나와 공손이 바친다)
엄   고맙습니다.
염노인 이 옷 벗으시지요. 지레잡게.
엄   괜찮습니다.
염노인 벗으세요.
엄   날만 새면 곳 떠나야 할 테니까.
염노인 아니, 그 몸으로 떠나시다니, 아애 그런 말 마시구, 여기서 맘 턱
      놓구 물릴 때까지 쉬구 가십쇼.
엄   저두 쉬구싶지만.

      부소 밥상을 들고 나와 엄 앞에 놓는다.

염노인 산드메라 찬은 없으나 한술 드십쇼.
엄   (미안하야) 아이, 이렇게 후대를 해주셔서… 그럼 사양않구 들겠습
      니다. (하고 먹는다)

부　소　몹시 시장하셨을 걸요.

엄　　　사흘 만에 수깔 드나봅니다.

부　소　(부에게) 아이, 매워서 못 때겠네. 아버지가 좀 때부슈.

염노인　어듸, (하며 부엌으로 들어가 불을 짚인다)

부　소　(엄의 옆에 앉으며) 그래 물건이야 도둑이 갖어 갔겠지만, 일행은 어떻게 됐어요

엄　　　몇 사람은 싸우다 죽구, 나두 칼을 맞구 까무러쳤었는데, 깨구 보니까 뿔뿔이 도망을 갔는지, 한 녀석두 보이지 않습디다.

부　소　저런 망할 녀석들. 그런데 댁에서 도둑 맞은 거 나라에선 아즉도 몰르시지요?

엄　　　이런 소문이란 빨르니까. 현감을 통해 상주됐겠지요. 일이 일인 만큼 조정이 벌컥 뒤집혔을 겁니다.

부　소　그럼 댁에게 서울 가시면 파직당하시겠군요?

엄　　　파직뿐입니까. 귀양을 가거나, 투옥되거나 하겠지요.

부　소　아이, 저를 어쩌나?

엄　　　그까짓거야 두려울 거 없지만, 신하루서 존명을 봉행치 못한 게 죄송하구, 사내 대장부루서 도적의 습격을 받어 보통 물건도 아닌 공물을 잃었으니, 어찌 얼골을 들구 거리엘 나갈 수 있겠소?

부　소　그런데 서울에서 떠나실 때, 그만한 고위군을 않 더리고 나오셨든가요?

엄　　　원체 밤중에 습격을 받어서 방비할 여지가 없었습니다. 더욱이 적이 오륙십명의 도군이라 중과도 부적했고.

부　소　대관절 어떻게 생긴 놈들이었어요?

염노인　(부엌에서 버럭 소리를 질른다) 버릇없이 미주알고주알 캐구 앉었네. 어떻게 생긴걸 알면 넨가 찾어낼 테냐?

엄　　　이 근처에두 도적패가 있다는 소문을 들은 듯한데, 혹시…?

부　소　네, 이 산너머 안송림에 있어요. 허지만 좀도적이라 조공가는 나라 사신을 몰아칠만한 담력갖인 녀석은 하낳두 없에요. 그것만은 제가 잘 알어요.

벼랑우이가 떠들석하드니 도적들 짓거리며 내려온다. 엄을 발견하고 하수에 부복한다.

수피달　(앞으로 한거름 나오며) 대군나리께 아뢰오. 대군께서는 도둑을 마지셨다 하온데?

엄   네.

수피달 대관절 어떻게 생긴 놈이였습니까.

부 소 깜깜해서 자세 못 보셨대.

엄   그중 한 녀석은 내가 칼로 쳤는데, 빗나가서 목이 안 떠러지구 벙거지가 떨어졌었오. 쫓아가서 다시 칠려이까 그대루 도망가는데, 머리를 깎었읍디.

도적들 (서로 얼골을 본다)

부 소 어듸 그런 머리 깎은 도적 녀석 있는 것 못 봤어?

청 룡 금시초문인데.

현 무 (앞으로 나오며) 대군나리께 아뢰오. 대군나리께선 앞으로 어떻게 하실려구 하십니까.

엄   … 글쎄요…

부 소 어떻허시긴 뭘 어떻거? 풀숲으루, 바위 속으루 도둑을 찾으셔 가지구, 첨대루 연나라 서울루 가시겠지. (엄에게) 그렇시지요?

엄   (흥미없는 듯한 어조로) 네.

수피달 대군나리께 아뢰오.

부 소 '대군나리께 아뢰오'는 한번 했으면 고만이야. 그런 말은 아모나 쓰는 줄 아나? 다 격에 맞어야 하는 법이야.

수피달 대군나리께 아뢰오.

부 소 (푸- 하고 웃는다)

수피달 (한층 점잔을 빼며) 대군께서는 그 도적을 혼자서 찾으실 작정이십니까?

엄   나 혼자 남었고, 그렇지 않고라도 내가 정사니 혼자라두 찾어야 하지 않겠오?

부 소 (앞으로 나오며) 대군나리께 아뢰오. 사실은 저이들은 도적단이온데.8)

엄   도적단요?

백 호 네. 바루 조금 아까 이 자리에서 결성했었읍지요. 년이나 그러하오나 일행이 수가 적어 앞으루 적당한 사람이 있으면, 과거시험 치르지 않고 채용할려고 하든 참입니다. 그러하오니 대군께서 혼자 찾으시느니보다 저이들이 협력해 디리겠아오니, 저이 도적단에 입단하시면 어떻하겠아옵니까?

엄   내가요?

---

8) 수피달의 대사?

백　호　　대군나리께 아뢰오. 그렇게 놀라실 거야 있아옵니까.

염노인　　주책이, 사람을 보구 말을 해, 나중에 벼락 맞구 싶은가?

백　호　　난 대군나리의 처지가 딱해서 하는 소리야.

염노인　　(질연히 그를 쏘아보며) 처지가 딱하시니 자네더러 동정을 청하시
　　　　　든가, 구원을 바라시든가. 말이면 다 하는 줄 알구.

부　소　　그리게 말이야. 대군께선 상감마마의 조카님이셔. 대광대감나리의
　　　　　맞아드님이시어. 운수불길하셔서 봉변은 당하셨지만, 도적단에 입
　　　　　단하시란 게 무슨 망언이야?

백　호　　제기, 저 게집앤 뭐나 되는 것처럼 떠들구 있네. 서울에서나 임금
　　　　　님 조카시구, 대신아들이시지, 여기서두 그래? (낭송조로) 님금은
　　　　　뭐구, 조카는 뭐냐? 이런 건 무변대해에 가 찾어라.

엄　　　　무어랬다? (하고 칼을 빼다가, 무슨 생각을 했는지 다시 칼집에 넣
　　　　　는다)

수피달　　(마주 칼을 빼구 덤빌려는 백호를 훔쳐 갈기며) 이 눔이 눈깔에 뵈
　　　　　는 게 없나? 어데다 이런 무뢰한 짓을.

　　　　백호, 성이 나가지고 획 나가버린다.

수피달　　대군나리께 아뢰오. 저눔은 무식한 버럭지 같은 인간이니, 치지도
　　　　　외하시고 곱갑게 생각마옵소서. 아까 이 주책이가 나리께 우리 도
　　　　　적단에 무시험으로 들오시라는 건, 뭐 그냥 새겨 듣지 마옵소서.
　　　　　들어시라는 것은 결코 아닙니다. 시실을 대군나리를 우리 도적단
　　　　　두령으루 모시고저 한 것입니다.

엄　　　　두령요?

수피달　　네, 대군나리께 아뢰오. 우리들은 여간 대군나리를 존경하고 있는
　　　　　게 아닙니다. 두령은, 즉 다시 말하면, 단장은 우리들에게는 님금님
　　　　　이요, 이 낭림산의 산신령입니다. 그래서 신중에 신중을 기해서 골
　　　　　르기로 했습니다.

엄　　　　……?

수피달　　대군나리께 아뢰오. 대저 무릇, 즉 이 두령이 되는 데는 세 가지
　　　　　조건이 있어야 하는 법인데, 첫재… 애… 첫재는… 즉… 그

장　강　　(둥기준다)9) 천문자리에 능하고,

수피달　　애… 천문지리에 능통해야 하고, 둘째에… 즉, 그 조정에 관한 뭐

─────────────
9) '힌트를 주다'의 뜻인 듯?

에 능해야 하고,

장 강 정치에 능해야 하고야.

수피달 마젔어, 그 정치에 능해야 하고, 셋째. 이 수피달같이 술을 먹어서
는 않되고, 그런데 아무리 골르고 토파 봐두 이 세 가질 다 차지한
사람이 없습니다. 그래서 당분간 보류하기로 결의했든 중, 대군께
서 봉변을 당하시구 렴로인에게 니끌리시여 그의 집으루 가셨다는
소릴 듣구, 몰려왔든 것입니다

엄 (갸륵한 그들의 죄없는 성의에 감격하야, 긍지를 꺾인듯한 분노는
사라진다) 그건 나를 돋보구 하는 소리요. 나는 그런 자격이 전연
없오.

수피달 대군나리께 아뢰오. 그건 겸손의 말씀입니다. 수천 명 벼슬아치 중
에서 뽑히시여 만리타국에 칙사루 가시는 양반이니, 천문지리는 물
론이실 게구, 대광아드님이시니 정친 환하실 꺼구… 우리 두령은
대군 빼놓군 없습니다.

엄 난 한시가 급한 몸이오. 날만 새면 떠나야겠오. 어떻게 안한히 여
기 머믈러 있을 수 있겠오? (하고 니러선다)

염노인 아, 웨 일어서십니까.

엄 한시바삐 범인을 찾아봐야겠오.

부 소 작구 두령 되시라니까 역정이 나서 그러시지요?

엄 저 사람들은 나를 대접하는 소린데, 성이야 나겠오? 허지만 내가
도적패에 가담치 못할 애길 하려면, 자연 저 사람들의 자랑을 꺾고
모약할 말을 안할 수 없게 되지 안겠오? 그러니 내가 좀 괴롭드라
두 떠나야겠오. (염노인에게) 신세 많이 졌습니다. (도군에게) 청을
못 들어드려 섭섭하지만, 노엽게 생각들 마시오. (부소에게) 잘 있
으시오

염노인 그럼 삻여서 가십쇼.

부 소 안령히 가세요. (눈물이 핑 돈다)

수피달 거 참 아까운 양반 놓쳤는 걸.

일 동 그러게 말이야.

부 소 (그를 보내고 들어오며 도군에게) 도둑눔, 도둑눔, 도둑눔! (하고
소리를 내어 엉엉 운다)

　　도군들 무슨 영문인지 몰라 그를 쳐다본다.

–막–

제2막

십일 후.
대정 왕치겸의 저택 대청.
건축은 규모가 고려의 민족성과 같이 웅대하고 화려하다.
정면 뒤는 수렴을 격하야 조원술10)을 다한 후원.
그 뒤로 울창한 나무들을 둘러쌓고, 높은 돌담이 솟아있다.
후원 일우에 양녀 나모나의 처소가 있으나 보이지 않고, 좌변은 안채로,
우변은 대문과 회랑으로 연한다.
단하엔 화분에 여러 가지 꽃이 한참 피었다.
시녀들 소제에 한창 바쁘다. 금적은 마루를, 은적은 회랑밭을. 둘 다 나모
나의 시녀들이다

금 적 은아, 아즉두 도령님한테선 소식이 없니?
은 적 (물 주든 손을 멈추며) 응.
금 적 어떻게 된 노릇인가? 돌아가셨는지 살아 계신지 대종을 잡을 수가
　　　　없으니.
은 적 *주 관찰사가 보고해오긴, *역과 *역 사이에서 행방불명이 되셨으
　　　　니까, 그 근방 일대만 찾으면 알 수 있을 거라구 했다드라.
금 적 그래 육위에선 수색대가 나갔다든? 넌 느 아버지가 령장이시니까
　　　　들었겠구나
은 적 응. 삼십인령에서 기운 센 장병들을 뽑아서 벌-서 **주루 파견했
　　　　다나 봐. 그리구 서북(좌평양) 병마사하구, 주현관역에다 통첩을 해
　　　　서, 삿삿히 찾으라구 했대. 허지만 도령님은 고사하구 일행 열여섯
　　　　명중 한 사람두 못 찾았다나 봐.
금 적 그러, 도적들두 물론 못 잡았겠지?
은 적 응. 방방곡곡에 방을 붙이구 수색을 하지만, 아주 오리무중이라드라.
금 적 (울음섞인 소래로) 이대루 영영 않 도라 오시는 게 아닐까?
은 적 금인 제법 아기씨 흉낼 잘 내는구나.
금 적 흉내라니?
은 적 아기씬 자나깨나 '은아, 큰 오라버님께서 이대루 영영 않 도라오시
　　　　는 게 아닌가' 하시곤, 땅이 꺼질듯이 한숨을 혹- 쉬시니 말이야.

_____

10) 造園術. 정원이나 공원을 만드는 기술.

　　　　 호호호.
금　적　아이 기집애두…

　　　　이때 목련(엄의 시녀) 급히 달려온다.

목　련　애들아, 큰일 났다.
금　적　아-니, 언니 웨?
목　련　어제밤새루 궁중해선, 큰도령님한테 대한 생각이, 별안간 꿈에두
　　　　생각지 못할 혐의루 바뀌것다는구나.
금　적　혐의루요?
목　련　응, 이번 공물은 도적에서 뺏긴게 아니라, 첨부터 큰도령님께서 일
　　　　행하구 짜가지구 한 것같다구들 한다는구나. 그래서 도적을 마진
　　　　척 꾸며 가지구 행방을 감춰버렸다는구나.
금　적　그럼, 큰도령님께서 가지고 다라나셨다구 한단 말이유?
목　련　응, 그렇니 이런 어굴할 데가 어데 있겠냐? (금, 은의 손을 붓들며
　　　　호소하듯이) 금아, 은아, 너이들은 그 소리가 고지 들리니?
금　적　(오관이 동결된 듯) 고지 들리다니요?
은　적　난 무섭구, 치만 떨리우.
목　련　너이들만이 아니라, 집안내는 물론이구, 이 서울에 큰도령님을 아
　　　　는 사람이면, 누구나 다 고지 들을래야 고지 들을 수 없다구 할 애
　　　　기다. 더구나 난 도령님이 서울을 떠나실 때까지 부액하구 있었지
　　　　만, 그런 기색은 꿈에두 못 봤다.
금　적　큰도령님이 무엇이 답답하셔서 그걸 훔처가지구 다라나시겠우.
은　적　언니. 그런데 누가 그럽뒷가?
목　련　지금 도령님의 빈 방을 치우고 있는데, 나모나 아가씨께서 지나시
　　　　며 그러시드라.
금　적　대관절 누가 그런 허무한 혐일 품구 있답디까.
목　련　대승 최주후 어른을 비롯한 그 일파라나 부드라.
은　적　언니. 그럼 그자들이 큰 도령님을 시기하구, 간교를 부려서 해칠려
　　　　구 하나 보우.
금　적　그렇지 않구야, 어떻게 그런 동에두 않달[11] 죄를 둘러 씨울려구
　　　　하겠우?
목　련　도라가신 마님께서 이 소릴 들으신다면, 얼마나 복통하실가?

────────────────

11) '동이닿다', 조리가 맞다.

금　적　그러게 말이유.
은　적　마님보다두, 큰도령님께서 사서서 이 소릴 들으신다면, 얼마나 놀라
　　　시겠우? 만일 살아 게시다면, 지금 백방으루 공물을 찾으러 헤매구
　　　게실 텐데, 이 소릴 들으시면, 얼마나 역정이 하시구 실망하시겠우?

　　　이때 나모나 수심에 쌓인 얼굴로 들어온다. 여진추장의 딸이다.
　　　용모는 달으나, 언어 동작은 완전히 동화됐다.
　　　안쪽에서 여인의 애호하는 소래.

나모나　누가 울구 있니?
목　련　큰도령님 유모가, 도령님께서 혐의 받구 있으시단 소릴 듣구, 어굴
　　　하다구 저렇게 울구 있답니다.
나모나　…… (무언)
금　적　그런데 아기씨, 대감님께서 그런 어굴하신 소릴 들으시구두 웨 가
　　　만이 게셨을가요?
나모나　결코 그럴 리가 없다구 딱 잘라 말슴하셨으나, 모두들 믿지를 않드
　　　란다. 그리구 자식의 혐은 어버인 모르는 법이라구 비꼬다싶이 하
　　　드래.
은　적　그럼 상감마마께선?

　　　이때 계속해 여인의 애호 소래.

나모나　(목련에게) 들어가서 유모더러 고만 울라고 해라. 대감마님 들오시
　　　면 갓득 역정나신데 더하신다구…

　　　목련 '네' 하고 안으로 들어간다. 이 때 멀-리서 집을 향하야 가까워 오는
　　　마채 소래. 이윽고 문전에서 정지한다. 마명 일성.

금　적　아기씨, 대감마님께서 도라오셨나 봅니다.

　　　금적, 은적이 미처 영접차 나가기도 전에 '섭아, 섭아' 하고 노호하듯이 부
　　　르며 대광 왕치겸 들어온다. 일생을 전장 속에 보낸 이라, 노쇠하되 생년
　　　의 정휘하고 용맹한 풍모는 형형한 안광과 작열된 안색에 그대로 남아 있
　　　다.

나모나   아버님 오십니까.

치 겸   네 작은오래비 어데 갔냐?

나모나   아까 금부에 간다구 나가나 보오든데…? 웨 또 무슨 일이 있었어요?

치 겸   그눔두 대승 최추후와 한패다.

나모나   작은오라버니가요?

치 겸   그래. 오늘두 지금껏 궁중에서 엄이 얘기가 론의됐는데, 대승의 말이 '이건 우리들의 추측만이 아니라, 대광어른의 둘째자제 광록대부(光祿大夫)두 그렇게 믿구 있소.' 하기에, 일언반구두 대답 못하구 창황이 어전을 물러나왔다.

나모나   작은 오라버니가 웨 그런 소릴 하셨을까요?

치 겸   허느니 내가 그말이다. 딴 사람들이야 무슨 루명을 씨우건 동생 눔이 형을 두던은 못할 망정. 같이 얼리어 부채질을 한단 말이냐?

나모나   (귀을 기우리드니) 들오셨나 보군요.

　　　　이때 차자 섭 들어온다. 사헌대(시정을 논하고 풍속을 바르게 하는 곳) 근무의 섭청광록대부다.

치 겸   (노기띠운 소리로) 어델 갔다오는 길이냐.

섭   형님 일이 걱정이 돼서 육위로, 금부로, 한 바퀴 돌구 오는 길입니다.

치 겸   오늘 조회 시에 최주후의 말이 '이건 우리들의 속단이나 추측이 아니라, 대감의 둘째 아들 광록대부도 그렇게 생각하구 있습니다.' 하는데, 너는 어쩌자구 그런 경솔한 소릴 하구 뎅기는 거냐? 더욱이 집안끼리도 아닌 남에게다.

섭   사실을 알고 잇는 저로서는 도저이 은익할 수가 없었습니다.

치 겸   무어랬다? 사실을 알구 있는 너로서는? 도대체 넌 무슨 증거루 네 형을 도적으루 모는 거냐?

나모나   오라버니두, 할 말이 잇구 못할 말이 있으시지. 그런 경망한 소릴 웨 하구 단기시오?

섭   넌 가만있어!

왕치겸   대체 증거가 뭐냐?

섭   (낭중에서 봉서을 꺼내서 아버지의 앞에 놓으며) 아버지, 저는 이번 일에 대해서 전면 모르는 척할려구 했었습니다. 형 한분에 관한 일이 아니라, 우리 가문의 흥망에 관게된 일이라, 입을 봉하구 영원이 비밀에 붙일려구 했었읍니다. 그러나 아버님께선 저이들에게 공과 사를 결코 혼동치 말라 교훈해 오지 않으셨읍니까? 제가 함구하구 진상을 이야기 않하면, 사를 위하야 일국의 대사를 헤아리지 않는 것이 됨으로, 눈물을 먹음고 이야기했던 것입니다. 이것을 보시면 만사를 수긍하시게 될 것입니다.

왕치겸　(떨리는 손으로 편지를 편다) 들어가 안경 갖어 오너라.

섭　제가 읽어드리겠음니다. (넑는다) 전략, 형님과 헤여진 후 향리에 돌아와 청경우독12)으로 소일코 있읍니다. 뜯하지 않은 풍문을 들었삽기에 형님께 전해야 졸지, 않해야 졸지 망서렸으나, 백씨께 관한 이애기라 간단이 진상을 물을 겸 일필합니다.

왕치겸　대관절 이 글의 님자가 누구냐.

섭　보만이라구, 대상 도선야의 둘째 아들입니다. 요전 저와 같이 과거시험을 보았다 낙제해서 아주 향리로 내려갔었든 것입니다. 저이 집에 두 각금 놀러 왔었음으로, 아버님께서두 보시면 잘 아실 겁니다.

왕치겸　어서 게속해 읽어라.

섭　원제 황태자 경축사절로 백씨께서 뽑히시어 조공가시든 중 *역과 *역 사이에서 불의의 도난을 맞이셨단 소문은 이 고을에도 쫙 퍼졌었음으로 내심 적지않게 걱정하구 있압든 중, 작안 제의 집에서 부리는 하인 하나가 마을에 갔다오는 중 산중에서 왼 사나이를 맞났었다 합니다. 그 사나인 숫한 필묵과 금은보기를 내놓으며, 자기들과 앞으로 일을 같이한다면 이 물건을 주겠다구 했다 합니다. 보니 필목의 포지와 그릇의 상가에는 사위사(공물기계를 관하는 곤)의 도장이 찍혀 있었다 합니다. 그래서 불연듯 겁이 나서 일단 도라가 주인과 해약을 하고 와서 정식으로 참가하겠다고 한 후, 도망하다싶이 하야 달려왔다 합니다. 머슴의 말이 그 사람들은 모다 례복을 입었으며, 그중에는 기골이 늠늠한 무관들도 있었다 합니다. 제의 추측으로는 백씨와 그의 일행이 아닌가 생각되는데, 만일 억칙이였으면 관서하시기 바라오며, 참고로 보고하는 바입니다. 여불비.

치　겸　(분노와 의아의 참잡한 감정에 쌓이어) 그래, 그 글이 언제 온 거냐?

섭　도착한지 사흘 됐습니다.

치　겸　그런데 웨 임마, 나한테 보이길 않 했었니…

섭　아버지께서 놀라시고 역정하시고, 실망하실까 봐 참아 보여드릴 용기가 없었던 것입니다.

나모나　하지만 이것만으루서야, 그 사람들이 오라버니와 그 일행이라고, 단정할 순 없지 않겠어요?

---

12) 晴耕雨讀, '날이 개면 농사하고, 비가 오면 공부한다', 부지런히 일하고 공부한다.

치　겸　그눔이. 그눔이. 그눔이…

섭　　형은 첨부터 이 집을 떠나구 싶어 했었습니다.

치　겸　무엇이 답답해서 그눔이 집을 떠나구싶어 했단 말이냐?

섭　　……

치　겸　밥이 없나 옷이 부족한가. 이붓어미가 있으니, 구박을 했단 말이냐? 표독한 안해가 있으니, 가정불화가 있었단 말이냐?

섭　　아우루서 형의 이야길 아버님께 여쭙는 게, 저는 중상을 하는 것 같어 엿줍기가 지극히 괴롭습니다만, 형은 하루바삐 가독[13]을 맺겨 주시기를 바라구 있었든 것입니다. 그런 건 아버님께선 물려주시지 않음루 기대리다 기대리다 못해 출분(出奔)을 한 셈이지요.

치　겸　내야 어디 그 녀석에게 상속을 아니 해줄려구 했나? 사실은 이번 연경엘 다녀오면 나모나와 혼례를 가춰주구 가독을 맡긴 후, 조정 두 은퇴를 할 생각이였다.

섭　　형을 그것이 기대리기 지루했었든 것입니다. 그래서 사실은 처음부터 칙사루 임명된 것두 탐탐치 않게 생각했을 뿐더러, 가기 싫어 했었습니다. 그것을 존명이라 거역지 못하고 억지루 떠났든 것입니다.

치　겸　무어랬다. 칙사를 탐탁지 않게 생각해? (격하야 부들부들 떨며) 고려의 왕실과 민초를 대표하야 원조제실의 경사를 앙축하는 칙사를 탐탐지 않게 생각해?

섭　　아버님, 너머 역정치 마십쇼. 로쇠하신 몸에 해롭습니다. 형은 상감의 신하가 되느니보다 무뢰배의 대장되기를 늘 생각하구 있었습니다. 저와 자리를 같이할 적마다 그런 소릴 해 왔었습니다. 그럴 쩍마다 저는 불충물의를 간했었으나, 형은 제 말 같은 건 상대도 않고 비웃고만 있었든 것입니다.

치　겸　모를 일이다. 열자 물속은 볼 수 있어도, 한 자 사람 속은 모른다더니…

섭　　그럼으로 이번 일은 일행이 서울을 떠날 때부터 주밀한 계획 밑에 진행됐든 것입니다.

치　겸　그렇니. 그눔이 공물로 군자금을 삼어 도단을 뭉을 계책이였구나.

섭　　그렇지요.

치　겸　그럼. 그것이 조정에 대한 반기요. 상감마마께 대한 반항이였단 말이냐?

섭　　동시에 아버님에게 대한 저항이였습니다.

---

13) 家督, 집안을 감독하는 사람. 집안을 이끌어나갈 맏아들의 신분을 이르는 말.

치 겸 태조 이후 이백년간 곱게 내려오든 우리 왕실에 역적이 나다니? 왕족인 그놈이 모반역모를 하드란 말이냐? 우리 가문은… 우리 가문은…

나모나 아버님, 오라버님의 어렷슬 적부터 자라온 자최를 다시 한 번 살펴 보십쇼. 오라버니가 역모할 사람인가.

섭 그야 네 말대로 형님은 용감과 야심과 강직한 기개를 갖이고 자라셨다. 하지만 그것이 옳게 자라지 못하고 삐뚜루 자런 것을 닞지마라. 형님의 용감이란 도적이나 무뢰배같은 만용으로, 야심은 권세에 대한 노예로, 강직한 기개는 반항정신으로 변했다. 그리고 네가 말하는 그 부드러운 맘씨는 항간의 하천배 게집들에게도 정을 두는 방종한 탕성으로 변했단다.

나모나 아니에요. 아니에요. 그건 억설이고, 모함이에요.

섭 나모나야, 형님이 네게는 의리의 오라버니요, 나에게는 피와 뼈를 나눈 골육이라는 것을 닞지마라. 네가 오라버님의 성질을 잘 안다 하지만, 네가 우리 집에 들오긴 아버지께서 너의 고국 녀진을 치시고 전왕의 유아이든 너를 더리고 오셔서부터가 아니야? 그때 네 나이 열 다섯이었으니까 삼년 밖에 더 됐냐?

나모나 허지만, 큰오라버니께서 그런 역모를 않 하시리라는 것만은 저두 알구 있어요.

섭 (냉소하는 듯) 그야, 그렇겠지. 네겐 장차 남편될 사람이니까…

나모나 (말이 쿡 멕힌다)

섭 (최촉하듯이) 아버님, 빨리 립궐하셔서 상감마마께 이 진상을 아뢰시는 게 좋을가 합니다. 끝까지 아니라고 버티셨다가, 나중에 진상이 백일하에 들어나게 되면, 자식의 죄를 감추기 위하야 황감하게도 성상을 속히시고, 창생을 기만하신 것처럼 되시지 않겠읍니까. 더욱이 아버님은 신하로서 최고의 관직에 게신 몸이온데…

치 겸 (비통한 소래로) 말 차비 하라고 해라.

    섭 '네' 하고 나간다. 치겸 니어 나간다.

나모나 (어떻게 감정을 수습해야 할지 모르며) 그럴 리가 없어. 그럴 리가 없어.

    섭 부를 바래듸리고 다시 나온다.

섭　　　나모나야, 형은 그것뿐이 아니다. 너루선 더 한층 상상도 못할 죄악
　　　　도 범하고 있느니라.

나모나　(공포에 떨며) 죄라니요?

섭　　　참으루 네 앞에 내 입으루선 얘기치 못할 일이다.

나모나　뭔데요?

섭　　　차라리 듣지 않는데 낳을 게다.

나모나　무슨 짓을 하셨기에.

섭　　　기어쿠 들어야 하겠나?

나모나　네.

섭　　　형님은 이때까지 너를 속이고 시정의 하천한 게집과 정을 통하고
　　　　있었다.

나모나　딴 여자와요?

섭　　　그래. 바루 연경으로 떠나든 전날까지 그랬다. 네 앞에서 혼인 후의
　　　　살림에 대해서 달콤한 이야기를 하고 돌아서선 하천한 게집애를 품
　　　　에 안고 있었으니, 신인이 공로할 노릇이 아니냐?

나모나　(격하야) 혼례식을 앞으고 하천한 게집애와… (하고 입술을 깨문다)

섭　　　내 말을 믿지 못 하겠거든. 형님이 도라오시는 대로 네가 듸린 그
　　　　비취패물을 엇다 두었오냐구 무러 봐라. 얼골이 파랗게 질리며 우
　　　　물쭈물 뭐라고 둘러일 것이다. 형님은 그때 들른 너의 아버지가 운
　　　　명하시며 너에게 남겨 주신 그 패물을 지금 얘기한 그 하천한 게집
　　　　애에게 내주었었다.

나모나　그 패물을. 그 패물을.

섭　　　그러나 그것이 오히려 나모나한텐 다행일지도 모른다.

나모나　(쏘는 듯이) 다행이라니요?

섭　　　형님은 벌써부터 앞으로 도저이 너와는 결혼 못할 몸이 되구 말었다.

나모나　결혼 못할 몸이라니요?

섭　　　몸을 방종이 가졌기 때문에, 입밖에도 못낸 불결한 병까지 가지고
　　　　있으니 말이다. 그 몸으로 어떻게 깨끗한 너와…

나모나　그만하세요. 그만하세요. (하고 손으로 얼골을 싸고 도망하듯이 다
　　　　라난다)

　　　치겸 무슨 생각을 했는지 도중에서 되도라오다 딸과 마주친다.

나모나　(아버지 가슴에 업데여) 아버지. (하고 느껴운다)

치 겸　모두가 이 애비 잘못이다. 내가 그런 놈을 애당초에 잣치만 않았든 들 너를 이렇게 심뇌케 하지는 않았을 게다.

섭　웨 입궐치 않으셨습니까?

치 겸　애비 자식 새가 뭔지. 가면서 말우에서 아무리 생각해두, 그놈이 그런 짓을 할 것 같지가 않구나. 그래서 좀 더…

섭　(가로막으며) 아버지, 그럼 지금까지 제가 말씀 엿준 건 모두가 꾸며낸 말이란 말씀입니까?

치 겸　그런 게 아니라,

섭　그만두십쇼. 그래 아버님껜 큰아들만 자식이지, 작은아들은 자식이 아닙니까.

치 겸　내가 언제 널…

섭　그만큼 말씀 엿줬으면. 조금이라도 신용을 하지 않습니까? 대관절 무슨 대천지 원수가 있기에, 제가 형을 중상하겠습니까? 속담에두 팔이 안으루 굽지 밖으루 굽겠냐는 말이 있습니다. (하고 부를 쳐다본다)

치 겸　내가 직접 그 놈을 맞나봐야 하겠다.

섭　(불안하야) 맞나시다니요?

치 겸　직접 그놈이 그릇이 노나주고, 필목을 노나준 랑림산에 가서 그놈을 맞나봐야겠다,

나모나　(소생한듯) 아버님. 그게 젤 정확하겠어요.

치 겸　그래서 사실로 그놈이 무뢰배를 거느리고 랑인 검객을 몰아 반역의 계획을 하고 있다면, 부자지간의 천륜을 끊어 이 칼로 그놈을 버이고 오겠다.

나모나　아버님, 저두 딸아가겠어요!

치 겸　넌 못 간다. 섭이 넌 나하구 같이 가자.

섭　(낭패해지며) 아버지, 직접 가보시는 건 저도 찬동입니다. 그리고 사실은 저도 직접 형을 맞나보고저 했었든 차입니다. 그렇나 랑림산 일대는 원체가 산세가 험악하고 울창한 숲이 많아, 자고로 맹수독사가 끓고, 도적과 랑인, 무뢰배가 들끓고 있음으로 위험하실 것 같습니다.

치 겸　육십 평생을 전진 속에 늙은 내다. 짐생과 도적이 무서우랴. 곳 떠나도록 준비해 놔라. 그동안 난 입궐하야 사가를 받자14)오고 올 터이니… (하고 나간다)

─────────────

14) 賜暇(휴가를 줌)를 받다. 임금으로부터 휴가를 받다.

나모나   오라버니, 그럼 빨리 준비하시지요?

섭   난 좀 바뿌니, 네가 해다우. .

나모나   뭐뭐 실흐면 될가요?

섭   집사더러 애기하면 다 알어. 나가는 길에 파금이 좀 듸려보내다구.

나모나   네. (금적에게) 그럼 가보자.

     나모나 금적을 데리고 나간다. 섭 어찌할 바를 몰르고 낭패한다.
     파금 '불르 게오셨읍니까?' 하며 들온다.

섭   너 빨리 최대승댁에 가서 대승어른 좀 곳 오시래라.

파   금   조금 아까 오셔서 기대리고 게십니다.

섭   조금 아까? 그럼 빨리 들오시래라.

     파금 대답하고 나간다. 그는 섭의 심복의 시비다. 이윽고 대승 최주후 들어온다. 교활하고, 민첩하고, 표독한, 덕성이라곤 찾어불 수 없는 오십 중노이다.

섭   어서 올라오십쇼. 그리지 않어도 지금 사람을 보낼려는 참입니다.

주   후   무슨 일이 있었오?

섭   큰일났어요. 아버님께서 직접 편지한 집엘 찾어가서 그이하구 형을 찾어보구, 사실이라면 형을 칼로 버이구 오겠다구 떠날 차빌 하라구 하셨어요.

주   후   지금 어델 가셨는데?

섭   궁중에.

주   후   거 일이 작구 틀어지는 걸. 거길 가시는 날이면 모-든 비밀은 탄로가 나구 말 게 아니오.

섭   그러니 어떻개야 졸지.

주   후   광록대부, 나에게 좋은 게책이 있소.

섭   어떤?

주   후   첫 게획이 트러지면 대봉칠15) 걸 미리부터 안출해 두었었오.

섭   나모나가 나오기 전에 빨리 하세요.

주   후   (섭의 뒤에다 뭐라고 한참 속사긴다)

섭   (한거름 뒤로 물러가며) 난 그런 무서운 짓은 못하겠오.

---

15) 代捧치다. 다른 것으로 대신 채우다.

주　후　(위협하는 듯) 이제 와서 그게 무슨 소리요?

섭　　　나는 이 이상 더 그런 무서운 죄는 못 짓겠오 선량한 형을 역적으로 몬 것도 죽어 지옥을 면치 못할 짓이어든, 그 우에 또 어떻게 생사람을 생으루 매장을 하란 말이오?

주　후　대부, 대부가 이제 와서 발을 빼실려면 빠지실 상싶소? 한번 업질른 물이 주서 담겨질 줄 아요?

섭　　　그야 아니될 일이지만…

주　후　나는 뭐, 나때문에 이렇게 주야로 뿐줄낳게 돌아다니구 있는 줄 아시오? 오-즉 대부를 위해서 량심을 괭이에게 멕이구, 악마나 돼가지구 일하구 있는 거요.

섭　　　… 그야 낸들…

주　후　대부는 형님대신 사절로 연경에 가야 하오.

섭　　　……

주　후　형대신 아버님께서 은퇴하시는 대로 이 집을 상속해야 되요. 그리고 형대신 연경서 돌아오는 대로 나모나와 결혼을 해야 하오.

섭　　　……

주　후　그리고 끝으로 상감마마께서 승하하시면, 아래 혈통이 없으시니 룡상에 올라 이 나라의 주권이 되서야 하오.

섭　　　…… (흥분과 공포에 쌓인다)

주　후　가치 있으면 의심을 살 터이니, 난 먼저 가겠오. 대광어른께서 돌아오시는 대로, 곳 그자에게 칼을 돌려 보낼 테니 잘 차리하시오. (하고 나간다)

섭　　　(쫓아가며) 대승, 대승. (다시 들어와 불안과 가책에 안절부절한다[16])

　　　호외에서는 마차준비를 하는 남녀노비들의 떠드는 소래. 수행할 군졸들의 왔다갔다 하는 소래. 마차를 대는 바퀴소래. 물건을 싫는 소래. 말울음 소래. 채쭉 소래 등등.
　　　이윽고 왕치겸 다시 들어온다.

섭　　　다녀오셨읍니까?

치　겸　차빈 다 됐냐?

섭　　　지금 량식을 싫는 중입니다.

---

16) '안절부절 못하다'의 잘못.

나모나 들어온다.

나모나 아버님 다녀 오셨읍니까?

이때 파금 들어온다.

파 금 대감마님께 아뢰옵니다. 지금 큰도령님을 모시고 갔든 호위군졸 한
사람이 피를 흘리고 문전에 다었읍니다.
치 겸 빨리 더리고 들오너라.

파금 나간다. 그의 안내로 가장한 호위군졸 한 사람이 들어온다. 전신 피
투성이며 피묻은 칼 한 자루를 들었다.

가장한 호위군졸 대광대감께 아뢰옵니다. 호국장군 왕가대군께서는 염주산
성에서 검객력사를 몰아 군대를 조직하시든 중, 배반한 부하의 칼
에 억울하게 돌아가시였읍니다. 숨이 다하실 때 끝까지 시위한[17]
소인에게 이 칼을 주시며, 서울 본댁에다 전하라고 한마디 남기시
고 눈을 감으시었읍니다.
섭 (달려가 그 칼을 받어서 한참 디려다 보드니) 틀림없는 형님의 칼입
니다.
치 겸 (섭에게 칼을 받어 보드니) 과연 엄이의 물건이구나.

나모나 울음이 터저 도라서 운다. 치겸의 볼에 눈물이 흘은다. 섭은 우는
시늉.

치 겸 그럼 공물을 가지고 다라났었든 게 사실이였구나.
가장한 호위군졸 예. 그렇나 소인은 무슨 영문인지 몰으고 그저 충실이 장
군의 명령대로 복종하였을 다름이였읍니다.
치 겸 이게 내 자랑이요, 희망이요, 온갓 사랑을 끝았든 자식의 최후란
말이냐? 이렇게 무참하게 죽을 바에야 죄나 범치 말고 죽을 것을…

무거운 침묵.
씨종노비들. 택내 용인들 단하에 나와 엄업여 소리를 나추고 운다.

---

17) 侍衛하다. 임금이나 우두머리를 모시어 호위하다.

섭　　　(눈물을 훔지며) 아버지. 그 칼자루에 뭐라구 글씨가 씨여있는 듯 합니다.

치　겸　글씨가? 오. 참 피로 뭐라 씨였구나. 빨리 읽어 봐라.

섭　　　(칼을 받아서 읽는다) 아버지, 불효를 용서하십쇼. 아우 섭이를…

치　겸　아우 섭이를 뭐라고 했느냐?

섭　　　내 대신… 연경에… 사절로 보내주십쇼.

치　겸　무어, 너를?

섭　　　(고개를 숙인다)

치　겸　어듸 다시 한번 보자. (하고 칼을 받어 돌안경을 쓰고 본다) 글씨체가 좀 달른것 같지 않냐?

섭　　　숨이 끊어저 가면서 썻다니까, 물론 달르겠지요.

나모나　(부에게서 칼을 뺏어보드니) 아버님 이 뒤에 글씨가 써 있어요.

치　겸　뒤에도?

나모나　네

치　겸　빨리 넑어봐라.

나모나　(넑는다) 나모나야. 내 동생을 나와 같이 생각하구 사랑해 주어라. (하고 격한 동에 칼을 땅에다 떠러트린다)

　　　　이때 전갈도 없이 최주후 달려온다.

치　겸　어서 오시오.

주　후　진국장군의 호위군노가 대감댁으로 들어가드라는 소릴 듣고 달려왔는데…

치　겸　대승. 내가 잘못했어. 대승이 말이 맞었었오.

주　후　그럼?

치　겸　역시 그눔이 갖이고 달아났었든 거요. 그렇나 님이 죽었으니 용서하고 명복이나 빌어주시오.

주　후　죽다니요?

치　겸　천벌을 받었나 보오. 제 부하 손에 죽었다는군요

주　후　쎗 쎗 가엽서라. 참 아까운 사람 잃었오. (하며 콧물을 훔치고 비감한 시늉을 한다) 그래 앞으루 어떻게실 작정이요?

치　겸　시체도 없는 장살 치를 수야 있겠오? (땅에 떨어졌든 칼을 집으며) 이것이 그의 단 한가지 유물이니, 보덕사에 가서 간단히 향이나 올리고 관속에 넣어 묻도록 하겠오.

주　후　그럼 하속히 대신으로 사람을 선정해서 연경에 보내야 하지 않겠오?

치 겸 그애 유언대로 섭이를 보내고저 하고. 난 보덕사로 가겠으니 대승
       이 미안하지만, 이앨 대리구 입궐해 주시오. 그래서 상감마마께 자
       세한 말씀을 아뢰고, 곧 공물을 싫고 떠나도록 마련해 주시오
주 후 넘녀마시오.
치 겸 그렇나 큰애가 실패했는지라 상상마마께서 이 애에게 다시 분부를
       나려주실지?
주 후 그건 나에게 일임하시오. 처음부터 엄장군은 적임자가 아니었오.
       그리게 내가 그처럼 광록대부를 극력 천거치 안었었오?
치 겸 대승이 역시 나보다 선견지명이 있다는 걸, 이번에야 말로 확실이
       알었오
주 후 원, 무슨 말씀을… 그럼 먼저 입궐하겠오. (섭에게) 가십시다.
섭   ……
치 겸 빨리 모시고 가라. 일각이 급하다.
주 후 물론 아우로서 형님의 장례에 참석치 못하는 건 섭섭하겠지만, 그
       건 어데까지나 사사일이오. 조칙을 봉하는 건 나라 일이오, 빨리
       갑시다.
섭   그럼, 아버지 다녀오겠습니다.
치 겸 오, 빨리 가라.
섭   나모나야, 그럼 다녀올 때까지 아버님 뫼시고 잘 있어라.
나모나 (억지로) 네. 먼 길에 몸조심하세요.
파 금 (기대리고 있었든 듯이 사모관대를 받히며) 갈아 입으십쇼.

       섭, 관대를 받아들고 주후를 딸아 나간다.

치 겸 (나모나에게) 그 칼 깨끗한 헌겁으로 싸가지고 오느라.
나모나 (긴 수건을 꺼내서 싼다)
치 겸 (노비들에게) 마차에 싫은 것들 도루 내려라. 그리구 말 머릴 보덕
       사로 돌려라.

       노비 용인들 '예' 하고, 울며 나간다. 유모 담씨 거상을 쌓은 보재기를 두
       개 들고 나와, 치겸과 나모나 앞에 각기 한개식 놓는다.

나모나 유모 이게 모야?
담 씨 (울며) 어떻게 됐었을지 몰라. 재가 내손으루 지어뒀든 것입니다
치 겸 고맙소. 유모도 같이 가지?

담　씨　다 가면 누가 도련님 방을 직히겠습니까. 전 집에서 싫건 울기나
　　　하겠습니다.

치겸과 나모나 들어가 애복으로 갈아입고 나와 묵어운 거름새로 나간다.
금적 ,은적, 목련, 파금 뒤따른다. 가장한 호위병도 따른다.
굉대한 저택이 텅 비이니, 묘지같은 정적이 깃들기 시작한다.
이윽고 담씨 조그만 목반에다 향노 하나를 노아 가지고 들어온다. 횡사한
서북편을 향해 놓고 앞에 꾸러 앉어 향을 피운 후, 명목합장하고 마치 생
사람에게 이야기하듯,

담　씨　도령님, 어떻게 그렇게두 무참하게 도라가신단 말슴이오? 이 늙은
　　　유모에게 가신단 말도 한마디 않하시고 그냥 가셨오? 섭섭합니다.
　　　이 늙은 유모는 혼자 집에서 싫건 울랴구 절에는 않 따라갔오…
　　　(콧물을 훔친다)

이때, 텅 비인 택내 안채 쪽에서 '섭아, 섭아' 부르는 소래. 담씨 귀를 기
우린다. 이어서 나모나의 처소쪽에서 '나모나야, 나모나야' 부르는 소래.
담씨 벌덕 이러나, 소래나는 곳으로 달려갈려 할 때, 다시 '아버지, 아버
지' 라고 부르는 소래. 담씨 주춤 선다. 이윽고 '아버지, 아버지' 하며, 엄
달려온다.

엄　　　유모. 유모. 나야.
담　씨　(여우에 홀린듯 얼을 잃고, '네?' 하며 멍하니 서있다)
엄　　　유모. 뭘 그렇게 얼빠진 사람같이 쳐다보구 있어? 나야, 엄이야.
담　씨　(도저이 믿을 수 없다는 듯이 고개를 이리저리 흔든다)
엄　　　(시차게 어깨를 치며) 유모! 나를 몰라봐? 이 집 큰도령 엄이야. 연
　　　경에 사신으로 갔든 엄이야.
담　씨　(그때서야 꿈이 아니라는 것을 깨닷자, 달려가 '도령님' 하고 그 앞
　　　에 업더저 운다)
엄　　　(격하며) 오래 기다렸지? 그런데 모두들 어듸 갔어? 집이 텅 비였으
　　　니…
담　씨　……
엄　　　모두들 어듸 갔어? 아버님도 않 게시고, 나모나도 섭이도 없으니…
　　　그리고 밖앗채에 하인들도 하낳두 없어. 암만 불러두 대답이 없길
　　　래, 그동안에 이사하셨나 했지.

담　씨　('도령님' 하고 울기만 한다)

엄　　　그렇게 울구 있지만 말구 애길 좀 해. 무슨 일이 있었어? 응?

담　씨　……

엄　　　가깝해 죽겠어. 그 동안에 집안에 무슨 일이 있었든 게군? 그래? 유모.

담　씨　(고개를 끄떡끄떡이며) 어떻게 이렇게 살아오셨어요?

엄　　　다 죽구 나만 살았어. 곳 돌아올려구 했지만, 빈손 들구 무슨 면목으루 상감마마와 만조백관들을 대하겠어? 그것보담두 어떻게 아버님 앞에 나타나겠어? 그래서 팔방으로 도적을 찾어댕기누라구 오늘까지 걸렸어.

담　씨　그럼 공물을 찾이셨어요?

엄　　　찾았어.

담　씨　찾이셨어요? 그럼 밖에 있오?

엄　　　어데 숨겨있다는 것만 탐지해 놓고 왔어 그놈들을 뭇질르는 거야 나 혼자라두 넉넉하지만 물건을 싫어올 수가 있어야지. 그래서 챙피하지만 서울에 도라와서 응원을 구해서 군졸들과 마차를 더리고 가서, 그눔들을 일망타진하고 싫고 올라고, 부끄럼 무릅쓰고 달려왔어!

담　씨　그럼 도령님께서 부하의 칼에 도라가셨다는 건 거짓말이구료?

엄　　　뭐? 내가 죽어? 이렇게 유모 앞에 멀뚱멀뚱 살어서 애기하구 있지 않어?

담　씨　예…

엄　　　뭐가 '예'야? 별안간 여우에 홀렸어?

담　씨　도령님, 이 늙은 유모는 도령님이 나시든 해부터 오늘까지 시중을 해 왔었오. 꼭 한 가지 여쭤볼 말슴이 있으니, 속히시지 마시고 바른 대루 말해 주슈.

엄　　　무언데?

담　씨　도령님, 도령님께서 공물을 가지고 도망을 하셨다는 게 사실이오? 거짓이오?

엄　　　무어? 도망?

담　씨　예.

엄　　　누가 그런 무엄한 소랠 해?

담　씨　세상에 쫙-그렇게 소문이 돌고 있답니다. 그리고 조정에서도 상감마마와 중신들이 모두 그렇게 생각하시고 계시다우.

엄　　　상감마마께서도?

담　씨	예. 뿐만 아니라 집에서두 대감마님과 작은도령님과 아기씨 모두들 그 소릴 믿구 있으시우.
엄	(분노에 떨고) 아버님께서두? 나모나두? 그리두 동생두?
담　씨	이 할멈은 끝까지 도령님이 그런 나쁜 짓을 하셨을린 만무하다구 생각하구 있었오. 내 젓으로 내가 키웠는데 몰르겠오? 보선목을 뒤 짐 듯이 알고 있었오. 대관절 그게 사실이오?
엄	그래. 아버님께서는 어데 가셨어?
담　씨	보덕사에 가셨다우.
엄	거긴 웨?
담　씨	대감나리께서 직접 산에 가셔서 도령님을 맛나보시겠다구 하시구, 작은도령님을 더리시고 랑림산으루 떠나실려는데…
엄	그런데?
담　씨	그때 도령님을 모시고 갔든 군졸 하나가 도령님이 부하의 손에 도 라가셨다구 하면서, 도령님이 쓰시든 칼을 갖이고 왔었오.
엄	내가 쓰든 칼을?
담　씨	예. 그래서 모두들 울구, 대감마님과 나무나 아가씬 모두들 더리시 고 장례식허러 지금 막 나가셨다우. (하고 운다)
엄	어느 눔의 행원지 주밀하게두 얽어놨구나. 그래 조공의 건은 어떻 게 됐대?
담　씨	새로 칙사를 파견키고 됐다구하오.
엄	누가 결정됐는데?
담　씨	작은도령님께서 님명되시어 아까 입궐하셨오. 지금쯤 어전을 물러 나오시어 일행과 함께 서울을 떠나셨을거오.
엄	그럼 나는?
담　씨	파, 파직이 되셨다 합니다. (하고 운다)
엄	파직? (하고 마루에 가 주저앉는 듯 앉는다)
담　씨	예. (돌연 눈물을 닦고) 도령님, 이 유모 생각엔 꼭 누가 도령님을 모함할려구 일을 꾸며논 것처럼 생각되오. 그러니 빨리 절로 가서 서 장례식을 걷어치우시게 하시오. 그리고 궁중에 들어가시어 상감 마마를 뵈옵고, 자세한 사연을 아뢰오시오. 그래서 다시 연경으로 떠나시두룩 하시오.
엄	지금 가서 변명을 한듯 무엇하겠어?
담　씨	허지만 웨 죄없이 루명을 쓰시고, 살아게신 채 장사를 당하신단 말 이오? 않될 말슴이오. 않 될 말이야.

48

엄		……
담	씨	어서 빨리 가보시오. 작은도령님께서 아즉 남대문을 지나시진 않으셨을 거요. 곳 중지하시게 하시고, 도령님께서 떠나시오.
엄		… (조용히 이러서서 무한이 슲은 얼골로 허공의 일각을 한참 처다보고 있드니, 비통한 소래로) 유모, 난 다시 떠나겠어.
담	씨	떠나시다니요? 어데루요?
엄		내가 첨 도적을 맞었든 랑림산골로!
담	씨	닷다가 거기는 또 웨요.
엄		난 오늘이야말로 서울이 얼마나 더러운 곧이라는 것을 알었어. 그리고 조정이 얼마나 불순한 곧이라는 것도 알었고…
담	씨	허시지만 랑림산골두 역시,
엄		거기엔 나를 신령님과 나를 하늘같이 존경하는 사람들이 있어. 나를 님금님같이 섬기고, 산신령같이 떠바치고 싶어하는 사람들이 있어. 나는 그들을 천하게 생각하고 경멸했지만, 오늘 비로서 그들이 나한텐 얼마나 필요한 사람들이라는 것을 깨달었다.
담	씨	허지만 도령님…
엄		(타일르듯이) 이거 봐, 유모. 내가 마즈막 유모한테 청이 하나 있어.
담	씨	(훌쩍어리며) 무슨 말슴인지?
엄		내가 집에 왔드란 말, 아무한테두 말어 줘, 응. 아버님과 작은도령님과 아기씨한테두 절대루 얘기 마러 줘… 내가 만일 유모 말대로 궁중엘 가서 공물을 가지고 조칙을 한다면, 작은도령님이 얼마나 실망하겠어? 남대문밖에서 서민들 앞에서 내가 동생과 교대를 했다면, 작은도령님 꼴이 뭐가 되겠어? 난 기왕 죽은 사람으루 됐으니, 나만 없어저 버리면 그만 아니겠어? 그러니 일절 아무한테두 내가 살어서 도라왔드란 말 마러.
담	씨	…… (고개를 끄덕인다)
엄		유모, 그럼 대감마님과 아기씨 모시고 잘 있어. (하고 표연이 나간다)

담씨 울며, 그의 뒤를 바라본다.

-막-

제 3 막

랑림산중의 도적산채.
인적미답에 부월[18]이 않찍힌 채, 아름드리 천년노수가 백주에도 암울을 이루고 울창하게 총립[19]하고 있는 태고림. 락상[20]한 층암괴석, 내려다보기만 해도 현기증이라 천고단애 고소[21]가 있는 종립된 절벽.
삼도천[22] 양안 같은 깊은 계곡.
맹수독사가 서식함 직한 깊은 동굴.
멀~리 층층히 연한 해발 만척의 랑림산맥의 고봉들.
우변의 동굴에는 큰 문이 세워 있다.
그 앞에 도적들의 집합과 해산을 고하는 종루.
근처에 폭포가 있나 보다. 요란한 물소리.
밤.
황토불이 벍어케 피어오르고, 산채를 지키는 수직이 도적 두 사람이 이리 갔다 저리 갔다 한다.
이윽고 멀-리 원정 나간 도적들이 유량을 고하는 각고한 진패 소래.

도적1 모두들 도라오나 보군. (하고 횃불을 들어 신호를 한다)
도적2 (뚜- 하고 호응의 진패를 분다)

이윽고 쌍횃불을 든 도적을 앞세우고 원정갔든 엄, 일행을 거느리고 드러온다. 말울음 소리. 떠들고 짓거리는 소리.
각기 금촉대, 은촉대, 금은동기, 세사필목, 회사상자, 철궤 등을 들고 들어온다. 뒤따르는 일행들 공물궤짝들을 메었다.
뒤의 일행은 남녀 승려와 무장한 승병들을 포박해 가지고 끌고 온다.

엄   (횃불을 들며) 빠진 사람 없이 다-들 도라왔나 셔 봐라.
백 호   (횃불을 들고 둘러 보드니) 수피달이가 않 보입니다.
엄   수피달이가?

---

18) 斧鉞(큰 도끼와 작은 도끼, 도끼 종류의 총칭)의 잘못인 듯.
19) 叢立, 빽빽하게 들어섬.
20) 락뢰하다, 落落磊磊, 돌이 반듯하게 포개져 쌓여 있다.
21) 古巢, 옛 둥우리.
22) 三途川, 사람이 죽어서 저승으로 갈 때 건너는 큰 내.

백 호	젤 나중에 따라오드니 떠러졌나 보군요.
백 호	(산울을 향하여) 수피달이-
장 강	수. 피. 달. 이 -

멀-리서 '어-' 하는 소래.

청 룡	저-기 오나 붑니다.
백 호	난 사실 토하구 말이지, 두령께서 그렇게 칼을 잘 쓰시는 줄은 전연 몰랐었오.
백 호	몸이 훅훅 날르십디다.
청 룡	한 칼에 승병 늄들이 대여섯 늄식 툭툭 쓸어질 땐, 사실이지 나두 신바람이 났오.
주 작	두령은 우리가 잘 맞났지, 잘 맞났어.

수피달 고리짝 하날 미고 끙끙대며 올라온다.

엄	그건 뭐냐?
수피달	저. 저. 아무 것두 아닙니다. 판두방23)에 있는 허접쓰레기를 버리기 아까워서, 그냥 여기다 틀어 넣가지구 왔습니다. (하고 한쪽 구석에다 내려놓고 진땀을 씻는다)
엄	치사스럽게 뭘 가지구 올께 없어… 판두방 허접쓰레길 메구 온단 말이냐! (도적들에게) 저늄들 중에 주지 놈을 이리루 불러내라.
주 작	(포박한 승려들에게) 어느 늄이 주지냐?
주 지	소승이 화상이올시다.

주작, 백호, 청룡, 주지를 끌어다 앉힌다.

엄	대체 무슨 리유루 조공가는 일행을 습격했었니?
주 지	도 닦는 향도들이오. 사신을 습격하다니.
엄	(땅을 발로 꽝꽝 굴르며) 도 닦는 중놈들이 창은 웨 갖었으며, 칼은 웨 들었냐? 곡간에 쌓인 갑옷 투구와 궁시 창검은 어데다 사용하는 거냐? 그리구 그 무기들에 묻은 피는 닭 잡은 피란 말이냐? 노루 사냥한 피란 말이냐? 저렇게 공물들이 너이 절 곡간에서 나왔는데두,

―――――――――――――――――

23) 판도방(判道房), 절에서 고승이 거처하는 큰방, 혹은 승려들이 모여서 공부하는 글방.

끝까지 거짓말을 하겠단 말이지? (부하들에게) 이눔 주릴 틀어라.

　　　도적들 '예' 하고 주지를 엎어놓고 창끝으로 누른다.

엄　　　이눔아. 경속에 적힌 지옥이 구천지하에 있는 게 아니라, 여기가
　　　　바루 산지옥이다.
수피달　두령은 염마대왕이구, 우린 빨강귀신, 파랑귀신이야.
백　호　(주위를 가르키며) 저게 지옥봉이고, 저 내가 삼도내(河)이야. 이
　　　　길이 고대꿀24) 가는 황천로구, 저 골작이가 바루 고대꿀이야.

　　　승려들 공포에 쌓여 서로서로 얼굴들을 본다.

청　룡　지금 두령께선 왈, 염마경이라는 걸 갖이구 계시는데. 그건 너이들
　　　　이 젤 무서워하는 거울일 게다. 썩 한번 꺼내서 디려다보는 날이면,
　　　　무기가 얼마구, 병정 수효가 얼마구, 쌓움을 몇번 했구, 정치에 얼
　　　　마나 간섭했구, 조정에 들어가 무슨 얘기 무슨 얘기한 게 다 적혀
　　　　있을 뿐 아니라, 허다 못해 너이놈들이 부처님 앞에서 경 읽다가
　　　　방구 뀐 수효두 세세히 적혀 있단 말이야.
백　호　그것뿐인가? 백성들한테서 도조 받은 쌀이 얼마, 아들 낳게 불공
　　　　다려준다구 뺏어 먹은 게 얼마, 절 짓는다구, 혹은 수리한다구 동
　　　　량받어서 끼리끼리 노나먹은 게 얼마, 아주 그야말루 세세히 적혀
　　　　있지, 적혀 있어.
엄　　　(돌연 닥다리듯) 네 이놈. 주지야, 듣거라. 어째서 공물을 훔쳤는
　　　　고?
주　작　빨리 대답하렸다!
엄　　　(주지에게) 정말 고태골 구경이 하고 싶으냐? 호랭이 늑댄 말만 들
　　　　었겠지? 정말 한번 볼 테냐?
주　지　대답하겠읍니다. 저인 명령에 복종했을 다름이였오.
엄　　　명령?
주　지　네.
엄　　　그럼 누가 훔치라구 해서 훔쳤단 말이지?
주　지　네.
엄　　　그게 대체 어느 눔이냐?

────────────────
24) 고택골로 가다. '죽다'의 속된 말.

주　지　대승 최주후 어른과 은청관록대부 섭대군이오.

엄　　　(경천하야 재차 묻는다) 무어? 은청광록대부?

주　지　네. 청향궁의 둘째 아드님이요. 대군의 바로 동생이오.

엄　　　그럼 그눔이. 어째서?

주　지　잘 모르오나, 아마 대군대신 연경에 사절로 가실려구 한 책도였다 합니다. 즈인 대승 어른께서, 아무 아무날 어데 어데로 사신이 지나가니 습격해서 보관하라구 해서, 명령에 복종했을 다름이오.

엄　　　너이 절에 최주후의 첩이 있다지?

주　지　네.

엄　　　(포박해온 남녀승녀를 가르키며)

주　지　녀승이온데, 저긴 보이지 않습니다.

엄　　　무어, 녀승?

주　지　네, 본신 신앙이 깊은 독신한 처녀였었는데, 대승어른께서 그만 탈을 내놓신 후…

엄　　　그런데 웨 저 속에 없단 말이냐?

주　지　자다가 습격을 맞어서 소승두 어델로 도망갔는지 모르겠지만, 분명히 산문쪽으로 벌거벗은 채 다라나는 것 같았습니다.

엄　　　산문으로?

수피달　(당황하야 막으며) 이눔아. 거짓말 말어라. 두령하구 다른 사람들은 전부 법당 판두방 쪽으루 들어가서 토끼 몰듯 밖으로 내몰구, 산문에선 나하구 주책이가 지켜 서서 나오는 대루 연눔 하나 않 빼놓구 배추단 묶듯 묶어났는데. 그런 계집이라군 치마짜락 그림자두 못 봤다. (주작에게 눈을 꿈쩍꿈쩍하며) 그렇지? 주책이,

백　호25)　으. 응. (하고 흐려버린다)

엄　　　거. 분한 걸. 좌우간 저눔들을 끌구 가서 바위구멍 속에다 트러 넣워라. 그리구 그중에 도적눔이 되겠단 눔은 입당 식혀줘라.

엄　　　그래 그 대승이 가끔 이 절에 들르느냐?

주　지　(오늘) 오시는 날이오.

엄　　　(수피달에게) 그 계집중을 찾아봐라.

수피달　그까직 껀 찾아서 뭘 하실렵니까? 두령님께선 입만 아푸실 텐데.

엄　　　(가로막으며) 찾어 봐라.

　　　수피달 찾는 척하고 나간다.

_____

25) 주작의 오식인 듯.

엄   (도적들에게) 저눔을 앞세우구 가서 감춰둔 것을 끄내 오너라. 그리
      구 물건대신 저눔들을 틀어 넣둬라.

      도적들 '예-' 하고, 주지를 앞세우고 아까 포박한 중들을 끌고 들어간다.
      무대에는 엄만 남는다.
      이때 멀-리서 부소의 노래 소리 들린다.
      "말아 말아 빨리 가자
      랑림봉에 해지기 전에
      해가 지면 우리 랑군
      산곡에서 로숙한다"

엄   (달려가 아래를 내려다 보며) 너 솔이 아니냐?
부소의 소래   누구 한사람 내려보내 주세요.
엄   웨?
부소의 소래   이눔의 말이 주저앉어서, 말을 들어먹어야지요.
엄   그 낭구에다 매다러두구, 너만 올라오면 되잖냐?
부소의 소래   누굴 약을 올리는 셈이세요? 이 술동일 들구 거길 어떻게 올
      라가란 말이애요? 빨리 누구 한사람 보내주세요.
엄   지금 마치 아무두 없는데… (하드니 그냥 자기가 내려간다)

      이윽고 엄과 부소, 술동이를 둘이서 들고 올라온다.

부 소   (후- 한숨을 쉬며) 젓먹은 기운 다 빠졌네. 깜깜해서 뭐이 벼야지요.
엄   그런데 아닌 밤중에 여긴 웨 왔냐?
부 소   웨 왔냐가 뭐예요? 이렇게 술동이 가지구 오지 않했어요?
엄   그건 알지만, 웨 술을 가지구 예까지 왔냐 말이다.
부 소   가지구 오라니까, 가지구 왔지요.
엄   누가?
부 소   누군 누구예요? 랑림산 도둑패들이지. (주위를 한 바퀴 둘러보며)
      그런데 모두들 어데 갔어요?
엄   곡간에 공물 끄내러 갔단다.
부 소   그럼 그때 닞어버렸든 거 기어쿠 찾이셨군요?
엄   응.
부 소   아이, 좋아. 어디 구경 좀 해야지.

54

엄	그런데 술은 뭐 한다구 가조라든?
부 소	아. 오늘밤 이 절에서 대군님 축하잔치 하신다면서요?
엄	(놀라며) 축하잔치?
부 소	네. 도둑패 두령되신 축하잔치 한다구, 그래서 끌구 왔지요. 그란하 문 누가 저걸 싫구 이 꼭대길 와요? 랑림봉서 여기가 몇십리라구.
엄	아-니. 그럼 바루 여기서 잔칠 한단 말이지?
부 소	그럼요 웨 대군님은 그런 얘기 몰르세요?
엄	첨 듣는 소린데…
부 소	그럼 괜이 가주 왔게요? 대군님 잔치 한대니까. 이 깜깜한데 들구 왔지. 다른 사람 잔치라면 가지구 오기나 했나요?
엄	이게 또 필경 수피달이 수작인가 부다.
부 소	아부지하구 나하군 일해 가지구 소굴에 도라와서 허면 어떻냐구 했드니, 부득부득 절에서 해야만 흥이 난다구 하는군요. 장군 술은 떠러트린 산성에서 달을 보면서 먹어야 좋구, 도둑눔 술은 담 넘어 간 집에서 껌껌한데 먹어야 맛이 있다구 하면서, 죽여주 살려주 해 서 이렇게 끌구 오지 않았어요.

이때 도적들 공물 든 궤짝들을 들고 나와 한쪽에다 놓는다.

도적들	술이 왔구나?
부 소	응.
백 호	애썼다. 이따가 코구멍에 대추나 하나 박어주마. 히히히.
부 소	그게 인사야?

수피달 들어온다.

수피달	원 최주후 첩년이라군 그림자두 없습니다. (부소를 보구) 가지구 왔구나?
엄	최주후 첩버덤두 어떻걸하구 여기서 잔칠 한다는 거냐?
수피달	(머리를 긁적거리며) 여늬 잔치하구 달러서 절에서 해야만 되겠기 에…
엄	축하식이 다 뭔가? 그런 건 다 부지럽구 쑥스러서. 그대루 밝기 전 에 빨리들 도라가자.
수피달	허지만 사람에게 례의범절이 있어야 하지 않습니까? 병마사, 드단 련두 새루 도임할 땐 의례 잔치하는 법이오. 나라에서두 님금님이

　　　　옥쇠 돌려받으실 땐 의식이 있지 않습니까? 도둑눔이 죽어두 엉엉
　　　　울어주는 사람이 있어야 좋구, 행랑채 과부딸 귀머리두 그냥 풀어
　　　　주면 섭섭하답니다.

청　룡　오늘은 두령은 손님이십니다.

백　호　굿이나 보구, 떡이나 잡숩쇼.

백　호26)　그저 구경만 하구 게십쇼.

　　　　수피달과 도적들 준비차 원내로 들어간다.

부　소　좀 여러봐두 괜찮어요?

엄　　　얼마든지.

부　소　(뚜껑을 열고 휘황하야) 아이구, 어쩌면 어떻게 번쩍번쩍 하는지,
　　　　눈이 다 부시게, (하고 왕관을 꺼내보고, 또 왕비복을 꺼내본다) 난
　　　　언제나 한번 이런 걸 쓰구, 이런 걸 입어보나.

엄　　　그거 너 주랴?

부　소　이걸요?

엄　　　응.

부　소　그럼 이걸들 나라에 도루 있다 바치지 않으세요?

엄　　　응. 모두 노나줄려구 한다.

부　소　아이, 좋아라. (무슨 생각을 했는지 다시 궤속에다 넣으며) 허지만
　　　　이걸 닙으면 뭘 해요? 개팔에 팬자지27).

엄　　　웨?

부　소　나같이 이런 산드메서 도둑눔들한테 술이나 파는 계집애가 저런
　　　　걸 닙을 자격이 있어야지요?

엄　　　그럼, 딴 거 뭐든지 갖구싶은 거 있으면 말해 봐.

부　소　정말요?

엄　　　응.

부　소　대군님 앞섶에 차신 그 패옥.

엄　　　이거? 이건 안돼!

부　소　웨요?

엄　　　이건 누가 나한테 선물로 준거야. 그렇니 아무리 친한 사람이래두
　　　　이것만은 줄 수 없어.

---

26) 청룡의 대사인 듯.
27) 개발에 편자, '옷차림이나 지닌 물건이 체격에 맞지 않아 어울리지 않음'을 이르는 속담.

56

부 소   그거 디린 사람이 여자에요? 남자에요?

엄   아무면 어때?

부 소   아니, 글세 말이애요.

엄   그건 알어 뭘 해?

부 소   녀자지요?

엄   ……

부 소   난 다 알아요! 그 녀자두 귀족이시지요?

엄   응. 나모나라구, 북쪽 녀진이란 나라의 공주이셔.

부 소   그럼 그 색시하구 앞으루 혼인하시게 되겠군요? 이게 그 약속한 표지요?

엄   그런 건 아니야.

이때 도적패들 호피를 한 상자, 도끼, 기치 창검을 들고 들어온다.
수피달은 주지를 포박을 끌러가지고 더리고 왔다.
의자에다 강제적으로 엄을 앉힌 후, 앞에다 모피를 깔고 좌우로 늘어선다.
부소도 끌니어 한쪽에 선다.

주 작   (점잔을 빼며) 에- 지금부터 자랑스러운 우리 랑림산 도적당의 두령을 받드는 의식을 거행하겠습니다

도적들   히히히. (하고 기성, 함성을 친다)

이때 염노인 숨이 가쁘게 올라온다.

염노인   여보게들. 두령, 빨리 이 잔치 걷어치우두룩 하슈.

도적들   걷어치여?

엄   무슨 일이 있었어요?

염노인   오늘 읍에 갔다 이상한 애길 들었오. 대승 최주후가 상감마마께 아뢰여서. 이 랑림산과 송림 일대의 산적, 화적, 야도패28)들을 일제히 소탕하기루 했다는구료. 대명을 받고 서북병마사가 기마군댈 거느리고 이쪽으로 떠났다는 애깁니다.

엄   그럼 우리들을 소탕하겠단 말이지요? 하하하하하. (하고 대소한다)

수피달   어디 한번 잡아 보라지.

---

28) 夜盜패, 밤을 타서 남의 물건을 훔치는 짓을 하는 사람들.

도적들 하하하하.

염노인 그렇게 웃을 일이 아니오. 당신네들 떠난 후에두 웬 수상한 놈들이 산기슭 쪽에서 왔다갔다 하는 걸 내가 봤오.

엄 그까짓 놈들이 무서우면, 애당초에 도둑당에 들오질 않겠오.

수피달 어서 빨리 내려가슈. 괜이 올라와서 남 잔치 흥만 깨뜨려 놓구 왔네.

염노인 허지만,

엄 령감님. 걱정마십쇼. 서북병마사가 십만군댈 거느리구 온들, 조곰두 겁날 건 없오. 처들오면 일전을 사양치 않겠오.

백 호 영감님. 남 의식 거행하는데 웨 올라와서 방해요? (일동에게) 여러분. 이 주책일 보아 주시오.

도적들 빨리 해라.

백 호 에. 지금부터 자랑스러운 우리 랑림산 도적당의…

도적들 두령 받드는 의식 한다는 건 아까 하지 않았냐? 그다음 빨리 시작하게.

주작 '에- 그럼 그다음' 하고 백호에게 눈짓을 하니, 산채에 들어가 주지를 끌고 나온다. 도적들 함성을 친다. 주지 벌벌 떨며 식히는 대로 목탁을 두들기고 축원의 염불을 한다.
염불이 끝나니, 수피달 허연 백지를 접은 축사같은 것을 들고 심각한 표정으로 엄의 앞으로 나온다.

수피달 (축문을 읽는 식으로) 단풍은 연홍이오, 황국은 토양할 제, 천고마비하고 추야장 달 밝어. 버레 우는 소래에 랑군 기다리는 규중 처녀, 심신이 싱숭생숭하고. 들에는 오곡백과가 풍년 들고, 우리 간에는 돼지다리가 푸둥푸둥 살이 올라. 도적질 해먹긴 똑 알맞는 이때에. 우리의 두령을 모시게 되는 건, 참으로 기뻐 마지않는 바이니라.

도적들 (히히히 하고 떠든다)

백 호 여러분 정숙하십쇼.

수피달 대저 무릇, 즉 천지는 부모여라. 만물은 처자로다. 강산은 형제어늘, 풍월이 붕우로다. 이중에 두령과 우리 도적들 앞으로 대의를 직히고 섬기구 사랑하야, 대가리가 팟뿌리가 될 때까지 기리기리 만수무강 하고지고, 때까지 기리기리 만수무강 하고지고.

도적들 (히히히 기성을 친다)

수피달　돌아보건대, 자랑할시고. 랑림신 우리 소굴에는 부두령으로는 역발
　　　　개세의 이 수피달이가 있고, 천하장수 주책이, 청룡이, 백호, 현무
　　　　의 사대문이 있어, 참모지모로 장강이가 있고, 그 아래로 충신 도
　　　　적 효자 도적이 감자새끼같이 무수하고, 목왕천자 항우장사. 명황
　　　　영주가 나무단같이 묶여 덤벼두, 발구락의 고린내두 못 맡을 만고
　　　　불구의 영웅 우리 두령이 우리를 명령인도 하시니. 천지신명이여,
　　　　천황씨 지황씨여. 이 뜻을 아오시고 우순풍조하셔서, 금년 일년두
　　　　한사람두 붓들히거나 상하는 사람 없이 도적질 잘 해먹게 될 것같
　　　　습니다.
도　적　히히히. (폭소, 기성)
수피달　대저, 무릇, 직 도적이 크고 적고, 유명하고 무명한 것은, 그 도적
　　　　의 목아지에 걸린 나라의 상금이 많고 적은데 인참이니, 오늘 이
　　　　좌석에서 이 수피달이는 한층 묵어운 책임을 늣기는 바입니다. 그
　　　　렇나 조금두 걱정 마옵소서. 우리는 헌신조력하야 두령의 목에 백
　　　　미 오백석과 기와집 한 채와 비단 오백필과 전무후무의 상금이 걸
　　　　리도록 분골쇠신 힘을 다하겠습니다.
도적들　히히히히. (하고 기성을 치며, 깡똥 따위들 두들긴다)
수피달　그렇게 되면 두령과 우리들의 일흠은 고려 천지에 전파되여. 랑림
　　　　산 도당이 용명은 하늘 끝까지 닷게 될 것이오, 천하를 풍비할 것
　　　　이니. 우리를 흠모하고 부하가 되겠다는 지망자들이 운하같이 몰러
　　　　오게 될 것입니다. 그럼 부하들이 또 늘게 될 것입니다. 도적 부두
　　　　령 수피달이 문은 절하고 붓은 치하나, 감이 두령의 뜻을 받들어
　　　　일동을 대표하야 자에 축의를 바치는 바입니다.

　　　　수피달 절하고 뒤로 물러나니, 도적들 노래를 불르기 시작한다.

백　호　여러분, 정숙히. 아직 끝않났습니다. 지금으로부터 우리의 산신령
　　　　이오 님군인 두령께 영광스럽고, 자랑할 두령의 옥관을 바치기로
　　　　하겠습니다.
도　적　히히히. (폭소)
장　강　(악의에 한 소래로, 옆에 있는 청룡에게) 미친 자식들. 이자식들아.
　　　　도적눔 두령에 관이 무슨 기급할 관이냐?
백　호　(한걸음 앞으로 나온다) 주책이, 이거 일이 좀 잘못됐네.
백　호　(입에다 손을 대며) 쉬, 이눔아. 조회중이다.

백　호　아니. 그 조회가 잘못됐단 말이야. 빠진 거 하나 있어.

백　호　무엇이 빠졌단 말이야?

백　호　병마사, 관찰사는 고사하고, 허다 못해 주부현에 목이 부임할 때두, 의례 뒤에 장선 들구 시녀들이 줄래줄래 딸른 법인데, 이 두령 취임하시든 경사에 시녀들이 하낳두 없어서 쓰겠나?

수피달　(돌연이 이마를 치며) 과연. 자네 말이 옳으이. 이건 아주 이 수피달이의 한을 천추에 남길 실책이었네.

엄　　없으면 어떻냐? 그냥 계속해라.

수피달　아닙니다. 어데까지든지 이 의식은 엄숙히 해야 합니다. (다시 이마를 치며) 나온다, 나온다. 좋은 방도가 지금 막 구름같이 피여올려고 한다. 샘같이 솟을려고 한다.

장　강　(옆에다 대고) 경을 칠 자식. 산모 진통이 어떻냐?

수피달　(주작에게) 솔이를 갓다 세우세.

부　소　오마. 누굴 죽일려구? (하고 나간다)

백　호　(그를 꼭 붙들며) 역시 자네 머린 달르이, 달러. 그런데 옷이 있어야지.

현　무　옷은 공물 속에 왕비옷이 한벌 들었어. 림시루 빌려 입지 뭐.

백　호　만사가 척척 들어맞을려면, 다 이렇거든.
　　　　주작, 현무, 공물 궤짝을 끌러, 왕비복을 끄내서 부소에게 준다.

백　호　빨리 입구, 뒤에 가 서라.

청　룡　이런 때 않 닙어보구, 언제 입어볼래?

부　소　그럼 내 흥녁게 닙구 나올개. (하고 옷을 들고 뒤로 들어간다)

　　　　도적들 '제-가 봉잡았네' '하루밤 시녀드라' '솔이 호사하네' 등등 떠든다.

백　호　쉬- 여러분, 조용하시오.

　　　　이윽고 부소 왕비복으로 가라입고 나온다.
　　　　도적들 주목한다. '이건 바루 양귀비구나' '후미인인데' '천하 절색이로다' 등등 칭송한다.

수피달　두령께 아뢰오. 시녀루 셔놓긴 너무두 아까웁고, 옷두 왕비 옷이니 아주 두령부인처럼 옆에 앉히겠습니다.
　　　　백호 결상을 하나 옆에다 갓다놓니, 부소 다시 앉는다.

60

백　호　　그럼 지금부터 관을 바치겠습니다.

수피달 헝겊으로 만든 벙거지같은 관을 두 손으로 바쳐들고 나온다.

백　호　　잠간만, 좀 잘못된 게 있네.
청　룡　　저 자식은 눈깔에 티만 뵈나?
백　호　　(공물상자에서 왕관을 꺼내들고) 이왕이면 령천왕29)이라고, 이걸
　　　　　바치게. 그거 어디 초라해서 쓰겠나?
현　무　　잘 생각했다. 네 대가리가 수피달이보다 훨씬 낫구나.

수피달 왕관을 받어 먼저 것은 백호에게 주고, 두 손으로 신중이 쳐들고
나아가 바친다.

엄　　　　고맙다. 그렇나 너이들이 나에게 관을 줄려면, 아까 너이들이 만든
　　　　　그 관을 다구.
수피달　그건 좀 초라해서…
엄　　　　초라해두 나에겐 그게 쓰구 싶다. 너이들이 나를 줄려고 서투른 솜
　　　　　씨로 정성껏 만든 그 관을 내 머리에 씨워다구. 지금 자네가 나에
　　　　　게 줄려는 황금 면류관은 내가 서울에 있었으면 머지않어 쓰게 됐
　　　　　을 것이다. 상감마마께 세자가 없으시어 승하하시면. 내가 왕통을
　　　　　니으도록 내정이 돼있었다. 난 네가 아까 축문에 말한 바와 같이
　　　　　구중의 빛난 궁궐과 부귀영화를 차버리고, 너이들을 찾아온 몸이다.
　　　　　그 화려한 관을 쓰고저 했으면, 내가 웨 여길 들왔겠니?

수피달, 백호, 주작과 쑤군쑤군하드니, 다시 아까 물렀든 벙거지같은 관을
나아가 바친다.

엄　　　　(받아서 투구를 벗어놓고 쓴다. 감개무량한 표정으로) 이것으로 난
　　　　　너이들의 소위 두령이 되었다. 오늘부터 나는 너이들과 가치 슲어
　　　　　하고. 가치 기뻐하며 동고동락하리라. (점점 격양된 소래로) 나에겐
　　　　　형제의 사랑도, 친구의 우의도 없는 것이다. 오-즉 반항과 복수가
　　　　　있을 다름이다. 잔디밭불이 산화가 되고, 양이 호랭이가 되듯, 전신

---

29) '이왕이면 청덕궁'(이왕 택할 바에는 더 나은 쪽을 택함)과 비슷한 표현인 듯.

의 피는 거꾸로 흘르고, 머리털은 밧밧이 이러서 분누가 되고, 저주가 되길, 나는 원하구 있다.

도적들　……　(조용해진다)
엄　　　내 염통엔 독을 뿜는 살무사를 집어넣고, 내 이 숨통엔 불가사리를 넣을런다. 천륜이나 도덕이나, 정의니 진리니, 신뢰니 사랑이니, 하는 건 내 앞에선 벌-서 없어진 지 오래다. 그리고 눈물을 흘릴 줄 아는 자비도, 동정도, 참회도, 량심도, 다 가마귈 먹여버리고. 고양일 먹여버렸다. 천향궁의 맛아들 종삼품 운휘장군 엄이는, 이것으로 영원이 슬어저 버린다. 남은 건 도적두령이다. 너이들은 오늘부터 나를 랑림이라고 불러라. 랑림이란 글짠은 너이들 산적소굴인 산에서 땄다.
　　　나에겐 애비두 없구, 에미두 없구, 처자두, 집두 없다. 오-즉 피와 죽엄이 있을 뿐이다. 내가 너이들의 두령인 이상, 너이들 중에 그중 모질게 불을 질르는 사람을 칭찬하고, 그중 독하게 사람을 죽이는 눔에게 상을 주고, 그중 무섭게 략탈하는 사람에게 행복을 축원해주마. 그대신 너이들도 나에게 생명을 바치고, 충성을 맹세해 다구. 자, 나에게 목숨을 바처 충성을 직히겠다는 사람은 이리들 와 내 손을 잡어라.

　　　도적들 '충성을 직히겠오' '두령께 목숨을 바치겠오' 등등 흥분해서 떠들며 몰려와 그의 손을 잡는다.

엄　　　고맙다.
수피달　자, 식은 그만 걷어치구, 축배루 들어갑시다.
도적들　그게 좃소.

　　　도적들 술동이를 들어다 놓고, 둘러앉어 먹는다. 만수무강을 서로 비는 축배가 왔다갔다 한 후, 둘레를 짓구 들러서서 노래를 불으며 춤을 춘다.

　　　(도적들의 노래)
　　　도둑이란 무언가
　　　훔치는 게 장수지
　　　도둑이란 무언가
　　　죽이는 게 락이지

쌈하는 건 약과구
불놓는 게 좋드라
맛나는 게 내게집
자구나면 갈어라

포졸라졸 눈깔은
우리들을 노린다
붓잽히는 날에는
목아지는 두동강

너나 내가 뭐있냐
배운 것이 도적질
오늘하로 잘 벌어
오놀하로 잘 먹자

막걸리로 해장코
돼지다리 술안주
왼 몸은 용을 쓰고
기운은 무럭무럭

불어라 뿔 호각
달려라 내 룡마야
앞뒤산 쩡쩡 울구
산천초목 벌벌 떤다

이때 부소 돌연 산악을 내려다보고 규환한다.

부 소　큰일났어요. 저거 보세요. 말 탄 기마대들이 이리로 몰려오고 있어
　　　요.

일행 노래와 춤을 끝이고, 일제히 부소의 가르키는 곳을 내려보고 놀랜다.
멀―리 정적을 깨틀고 몰려오는 요란한 진패 소래와 뿔호각 소래, 북 소래,
징 소래.

엄　　　어느 기마댈까?
수피달　서경(현 평양)병마사의 군댄가 봅니다.

부　소　모두 만 명두 넘겠는데?

주　작　대승 최주후가 상감마마께 랑림산 일대의 도적소굴을 소탕하시도
　　　　록 아뢨다드니, 그럼 그 병대들인가 봅니다.

엄　　　소리만 내지않으면, 우리들이 여기 있는 줄 몰르고 그대루 지나갈
　　　　것이다. 자, 잔친 걷어치구 빨리 산색으루 돌아들 가자

　　　일당 도라갈 차비를 한다.

장　강　(독기를 띠우고) 물건들은 어떻거실렵니까?

엄　　　장강인 하루 종일 찌푸리구만 있으니, 어디 뭐 불평이 있어서 그렇냐?

장　강　내가 웨 불평이 있겠오? 물건들을 어떻게 나누시려는가 말입니다.

엄　　　일단 전부 산색으루 가지구 가자. 그래서 반은 공평하게 우리가 논
　　　　구, 반은 없는 사람들한테 노나주기루 하자.

장　강　노나주다니요?

엄　　　홍수에 집을 잃은 사람들, 흉년 들어 기아에 울구 있는 농민들, 겨
　　　　울을 앞두고 거리에 방황하는 부랑자 걸인패들, 의지할 곳 없는 로
　　　　인 과부 고아들, 또는 큰 뜻과 좋은 천품을 갖고도 넉넉지 못해 과
　　　　거시험을 못 보는 유위한30) 젊은이들에게 노나주잔 말이다.

수피달　(감탄하며) 거참 좋은 생각이십니다. 그게 태조 왕건의 나라를 만
　　　　드시던 시대에 바루 그 판국이란, 의적들 하든 짓입니다. (혼자말
　　　　로) 의적 부두령 수피달. 거-참 좋습니다. 도적 부두령보담 듣기두
　　　　그게 훨신 낫군요.

장　강　이눔아. 좋긴 뭐가 좋은 생각이야? 대체 그럼 우리들은 뭣 때문에
　　　　도적질을 한단 말이에요? 죽 쒀서 개모일 할 바에야, 포졸들 눈 피해
　　　　도적질 할 놈이 누가 있오? (옆에 동료에게) 다-들 그렇지 않은가?

도적들　(한사람도 동의치 않는다)

엄　　　그만흔 물건을 갖다가 뭣에다 쓸 작정이냐? 우리들에게 처자가 있
　　　　냐 부모가 있냐? 그렇다구 동기가 있냐? 고루당같은31) 기와집이
　　　　있으니 금은식기가 필요하며, 례의범절을 가려야하겠으니, 호사한
　　　　옷을 입어야 하겠단 말이냐? 세상만사가 우리 뜻이요. 천하만물이
　　　　우리 물건이 아니냐?

장　강　허지만 세상 사람이 어듸 다 두령 같은 맘이랍딧가. 하나 가지면

────────────────

30) 有爲하다, 능력이 있고 쓸모가 있다.
31) 고래등 같다. (기와집이) 덩그렇게 높고 크다.

64

둘 갖구 싶구, 둘 갖으면 셋 갖구 싶구. 피땀 흘려 농사질 땐 이밥 먹자는 게 아닙니까?

산악에선 계속하야 요란한 진패 소래, 호각 소래, 북 소래, 징 소래 등.

도적들　두령, 빨리 도라갑시다. 점점 기마군대가 이쪽으루 몰려오구 있소.
엄　　　(장강에게) 얘긴 소굴에 가서 하기루 하구, 우선 빨리 도라가기루 하자.

도적들 제각기 공물과 노획한 물건들을 메고 니러설 때, 수피달 종각 뒤에 감춰뒀든 고리짝을 미고 나온다.

엄　　　그게 뭐냐?
수피달　아무 것두 아닙니다. 그냥 저… 허접쓰래기를 주서넌 겁니다.
엄　　　(추상같이) 뭐냐, 그게?
수피달　… 저… 그… 바루 그겁니다.
엄　　　뭐야? 빨리 뚜껑 열어 봐라. 명령에 거역 않할 작정이냐?

수피달 허는 수없이 뚜껑을 여니, 녀승 튀여나온다.
일동 아연하야, 황망히 바라본다.
이 틈을 타서 여승 쏜살같이 종각 뒤에 올라가 필사적으로 종을 난타한다.
부소 '이년' 하구 쫓아가 여승을 나뛰친다.
여승 밑으로 굴러 떠러진다.
급을 고하는 종 소래를 들었나보다. 산악에선 요란한 진패 소래와 뿔호각 소래, 징, 북을 두다리는 소래, 욋외 소래를 치고 몰려오는 기마차의 환성, 한층 높아진다.

백　호　두령, 큰일 났습니다. 군대가 산을 둘러 쌓기 시작합니다.
청　룡　뒤루 빠저 도망들 가지.
백　호　그쪽에두 벌서 삥 둘러 쌓은 걸.
현　무　이거 슬그머니 덫에 걸치구 말았네 그려.
장　강　(꼴 좋다는 듯이 픽 냉소한다)
엄　　　그렇게 서툴지들 말구 차근차근 빠저 나갈 궁릴 하자.
장　강　사방이 꽉 맥혔는데, 어딜 빠저 나간단 말이요? 두령 노릇은 아무나 하는 줄 알았오? (하고 처참하게 웃는다)

부　소　모두가 수피달이 때문이야. 그리게 첨부터 소굴에 와서 하라구 그
　　　렇게 일렀지!

이때 어데서인지 화살 한 개가 날러온다. 청룡 달려가 집어오니, 화살 끝
에 종이 한 장이 끼여 있다. 일동 그를 에워싼다.

엄　　　빨리 펴봐라. 어데서 쏜 건가?
청　룡　(이모저모 돌리기만 하고 있다)
백　호　이리 내라. 이눔아, 몰르면 몰은다구 선득 그러지 않구. (읽어내려
　　　가드니) 서경병마사의 친필입니다.
엄　　　뭐라구 했냐?
백　호　이번 서북 랑림산맥 일대에 걸처 대대적으로 산적 야도들을 일제
　　　히 소탕하란 분부가 있으셨는데, 이번만은 관대하신 성은으루 두령
　　　만 체포하라 하셨으니, 너이들이 두령을 체포해 바치면, 느이들은
　　　용서해 준다구 하였습니다.
엄　　　어디? (하고 뺏는듯이 받어서 읽어 내려간다)

기마군사의 선봉이 점점 중턱 갓가이까지 올라왔나 보다. 산울에서 들리
는 진패, 뿔호각 소래, 징 소래, 북 소래, 욀욀 하는 환성들은 더 한층 크
게 갓가이 들린다.

수피달　뭐라구 했나? 자세이 얘기 좀 하게.
백　호　잘 못 알아듣겠는데?
백　호32)　이번엔 괴수만 잡을려는 것이니까, 우리들이 우리 손으로 두령
　　　을 체포해서 병마사에게 바치면, 우리들만 무사하게 용서해 준단
　　　말이야?
청　룡　그렇지 않으면?
백　호　그렇지 않구 가치 끝까지 반항하면, 체포하는 대로 사형에 처한다
　　　구 했어.
수피달　원, 실업애 아들놈들, 별 개똥새 같은 소리두 다하구 있네.
엄　　　(얼골이 어두워진다)
부　소　수피달이 그 구름같이 피어나고, 샘같이 솟아난다는 지헨 이런 때
　　　않 쓰구 언제 쓰랴는 거야. 빨리 좋은 궁릴해 봐.

────────────────

32) 수피달의 오식인 듯.

수피달 (이마를 치며) 그렇지 않아두, 지금 머리 속에서 피어나는 중이다. (어조을 다시 하야) 두령, 뭐 그렇게 생각하구 있읍니까. 어듸 그 글 좀 봅시다. (하고 채는 듯이 잡어 뺐드니, 발기발기 찢어버린다) 생각하구 있으면 뭘 합니까. 모두가 내 잘못이시지만, 기왕 업찌른 물인 걸 어떻거시겠오? 죽거나 살거나 해 봅시다.

백 호 옳소. 해 봅시다. 한번 죽지, 두번 죽겠오?

백 호 두령, 수피달이 말대루 죽이 되건, 밥이 되건 해 봅시다. 이래두 죽구 저래두 죽을 바에야, 싸워보구 죽지 그냥 죽는단 말이오?

청 룡 별안간 구리물을 가라먹은 것처럼 기운이 부쩍부쩍 나는데… 내 기운이 얼마나 신가. 이번에 한번 시험해 봐야겠어.

현 무 난 구리말이 아니라, 산삼을 한뿌리 먹은 것처럼 용을 쓰구 있네. 어서 명령을 내리십쇼.

새끼도적들 어서 내리십쇼.

장 강 그런 기운들은 뒀다가 써라. 보다 싶이 우리 독 안에 든 쥐가 아니냐? 그야 싸워보는 것두 좋겠지만, 불과 수무명두 못 되는 수효루 몇 천명 군사한테 어떻게 덤빈단 말이냐?

수피달 이 개똥벌레같은, 비겁한 놈의 자식. 네놈은 가만이 있거라. 몇 천명이 아니라, 몇 만명은 웨 못해본단 말이냐? (하고 밧작 멱살을 쥐며) 너같은 약질부터 처치하구, 그담에 저눔들하구 싸와야겠다.

엄 수피달이. 그 손 놔라, 놔. 못 놓겠냐?

수피달 (허는 수 없이 놔준다)

엄 (일동에게 비통한 소래로 한마디 한마디 똑똑히) 우리는 지금 장강이 말과 같이, 어떻게 싱겁게 그만 독 안에 든 쥐가 되구 말었다. 그야 느이들 말대루 죽거나 살거나 쌓워보구 끝장을 보는 것두 좋긴 하지만, 번연이 승산이 없는 것을 알면서 덤비는 것은, 앞에 그 물이 있는 것을 보구 뭐어드는 거와 같이 어리석은 노릇이다. 그것두 일커러 용기라면 그건 만용이지, 정말 용기는 못 된다. 용맹한 자는 떳떳이 싸우되, 떳떳이 패하라구 했다. 현자는 나갈 때와 물러갈 때를 잘 헤아리라구 했구. 지금 적의 수효는 아무리 적게 봐두 만 명은 넘을 것이다. 장강이 말대로 우리가 아무리 천하영웅인들 수무 명 남짓한 수효로 적을 뚫고 어떻게 빠져 나갈 수 있겠냐?

수피달 그렇다구 이대루 주저 않어서, 두 손 내밀구 잡아가라구 해야 하겠단 말씀이오?

엄 나만 잩여가겠다.

도적들　그건 어떻게 하시는 말슴이오?

엄　　　이번엔 괴수만 잡으려는 것이니, 나만 잡어바치면 너이들 생명은 구해주구, 죄두 용서해 준다구 했다. 그렇니 우리가 다 가치 의의 두 없는 개죽음을 할 필요가 뭐란 말이냐? 한사람이 희생이 되드라두 남어지 열몇 명은 살어야 하겠다. 더욱이 이 자리엔 우리와는 아-무 관게두 없는 솔이까지 끼어 있다. 그애가 술 가지구 간 채 세상을 떠낫다면, 즈 아버지가 얼마나 통곡하며, 또 우리들을 얼마나 원망하겠냐?

부　소　(돌아서서 눈물을 닦는다)

　　　　요란한 뿔호각 소래, 요란한 진패 소래, 북 소래, 기마대의 돌격해 오는 굉음, 점점 더 커진다.

엄　　　(허리에 찻든 밧줄을 풀러 부하들 앞에 내주며) 자, 기마대가 올라오기 전에 서슴치 말구 누구든지 나를 묶으라, 어서. 나를 너이들의 두령 엄이라 보지말구, 한 허잘것없는 도적으로 봐라. 그렇면 묶기가 쉬울 께다. 어느 때든지, 어느 곧에든지 반듯이 희생이라는 것은 있는 법이다. 이것은 이 지상에선 그중 깨끗하고, 아름답고, 높은 것이다. 이 우둔한 두령 랑림이가 너이들의 희생이 되어 너이들을 구할 수 있고, 솔이를 무사이 집에 도라가게 할수 있다면, 나는 그것으로써 만족하겠다. 자. 적의 화살과 창이 날러오기 전에 어서 누구든지 나를 묶어라

　　　　무거운 침묵. 이윽고 장강 결심한 듯 엄의 앞으로 나간다.
　　　　도적들의 시선 일제히 그에게로 집중된다.

장　강　두령, 미안하오. (하고 바쭐을 들어 묶을려고 한다)
수피달　(장강의 앞으로 나가며) 나하구 가치 묵자. 그리구 리두 가치 논아 먹기루 하자.

　　　　수피달, 장강이가 들고 있는 바쭐의 한쪽을 받어 엄을 묶은척 하다가, 단도로 그의 엽구리를 자루가 다 들어가도록 찔른다. 장강 소래도 못 찔르고 그대루 두서너 바퀴 돌드니 쓸어저 절명한다. 도적들 춤을 삼킨다.

수피달　(일동에게) 다-들 이 배반자의 처참한 죽엄을 보았겠지? 우리는 바

68

루 이 자리에서 두령의 손을 잡고 충성을 맹서했다. 그 입술에 침이 채 말르기두 전에 배반을 해야 옳단 말이냐? 두령은 우리들을 구하고저 자기 한 몸을 희생할려고 하셨다. 그 높고 깨끗한 두령을 적에게 팔아, 목숨과 공명을 살려는 눔은 누구냐? 있거든 이리 나오너라.

도적들　(흥분하여) 그런 눔은 한 눔두 없다.

수피달　(팔을 높이 들며) 고려 건국의 영웅. 왕건의 피가 너이들 심줄에 한방울이라두 흘르고 있거든, 저 두령을 위하야 끝까지 싸와보자.

도적들　최후의 한눔까지 싸우자.

부　소　나두 함께 싸우겠어요.

엄　　　(이윽고 입을 열고) 너이들 뜻이 그렇게 장하다면, 나두 끝까지 싸우겠다. 자, 앞산이 쩡쩡 울고, 산천초목이 덜덜 울리도록 힘차게 나를 따르라.

　　　도적들 엄을 선두로 '와-ㄱ' 소리를 치며, 눈보라치듯 돌격해 내려간다.

제 4 막

2년 후

왕치겸의 댁, 천향궁.
오늘은 왕치겸의 2주기 소상날입니다. 서울 장안에서는 사월팔일 불탄제의 관등노리가 한창입이다. 여기 천향궁은 댁네에는 반비하야 음산한 공기가 묵업게 흘은다.
대청에는 고인의 영혼을 모신 상청.
나모나와 유모 담씨 상청 앞에 앉어 불공을 디리고 있다.
그 옆에 독경을 하고 있는 노승 한 사람.
먼- 호외에서 불탄제를 지내는 유양한 풍악 소래.
갓가운 승원에서 시녀들의 탑도리 하는 노래 소래.
한사람이 멕이면, 딴 사람들이 받어서 따라 부른다.
노래 소래에 대조되어 댁내는 더 한층 고적이 숨인 듯하다.

연경가는 사신들아
당경실을 선사해주오
진사 중에도 오색당사
곱고 긴 걸로 선사해주오

그물 맺세 그물 맺세
매디매디 사랑을 넣어
사월팔일 구층탑밑에
몰래몰래 치놓으세

걸리소서 걸리소서
정든 님만 걸리소서
고려 서울 으뜸 가는
우리 님만 걸리소서

도세 도세 탑을 도세
똬리처럼 탑을 도세
동리에 첫닭 울고
공산 만월 질 때까지

나모나 (불공을 마추고 나오며) 지금 들리는 노래 소래가 무슨 소래요?
담 씨 목련이하구 금이 은이가 탑도릴 하나 봅니다.
나모나 탑도리?
담 씨 네.
나모나 참 그렇구 보니, 오늘이 사월파일이군.
늙은중 사월팔일. 불탄제날. 대감께서 돌아가긴 것두 역시 그 어른께서 복이
　　　 많으신 탓이오. 또 부처님의 자비를 받으신 탓입니다.
담 씨 (소래 나는 쪽을 향하야) 아이, 기집애들두 주책두 없지. 대감마님
　　　 제사날 탑도리가 뭐람.
나모나 내가 좀 나가들 놀라구 했오. 아버님께서 도라가신 후, 일년 동안이나
　　　 너무두 조심성하게만 지내지 않었우? 그래 오늘은 제사날 하지만 또
　　　 일년에 한번밖에 없는 명절이라, 오래간만에 좀 맘 턱놓구 놀구 오라
　　　 그 했오.

　　　 이때 섭과 최주후 들어온다.

70

나모나 지금들 들어오세요?

섭   응. 상감마말 모시고, **사에 갔다 왔다.

　　　섭, 주후 올라가 위패 앞에 절하고 환향한다.

나모나 ……

섭   오늘두 상감마마께선, 웨 나모날 아니 더리고 왔느냐구 작구 물으
　　　　시는데, 대답할 길이 있어야지. 제사 때문에 못 온다구 아룄드니,
　　　　부처 탄생하신 날 형님께서 도라가신 건 부처님으로 현신하신 것이
　　　　니, 너무 오래 상에 복치 말라구 하셨다.

나모나 ……

주 후 아기씨, 늘 이 집에 올 적마다 생각하는 거지만, 집에 안주인 없으
　　　　니 쓸쓸하고 허전하오. 오면서두 작은오라버닌 누가 열두 시녀와
　　　　서른이 넘는 씨종을 부려주겠냐구 몹시 걱정하셨오.

나모나 ……

주 후 오늘두 상감마마께선 약혼을 해뒀다 래년 삼년상을 치루구나선 결
　　　　혼을 하두룩, 저더러 주선하라구 분부하셨오. 두 분의 혼례에 관한
　　　　건 이 천향궁댁만 아니라, 국사에두 여간 긴급한 일이 아니오. 난
　　　　면첨 들어가 화상하고 이얘기나 하고 있을 테니, 두 분이 얘기하셔
　　　　서 오늘은 결말을 내시오. (하고 안으로 들어간다)

섭   나모나야, 너는 아직도 형님을 못 잊구 있지만, 한번 죽은 사람이
　　　　다시 살아오겠냐? 집에 주인이 없으니, 집안 꼴이 뭐가 되겠냐?

나모나 … 허지만 저루선 도저이 작은오라버님의 뜻을 따를 순 없어요. 제
　　　　가슴 속에서 큰오라버님의 그림잘 끄내 버리라고 하시는 건, 차라
　　　　리 저더러 죽으라구 하시는 거나 마찬가지에요.

섭   허지만 형은 칼에다 유언까지…

나모나 전 그 유언이 도저이 믿어지지가 않어요. 그리구 아무리 생각해두
　　　　그저 어데가 사라 계신 것만 같어요. 그래서 다시 절 찾어 도라오
　　　　실 것만 같구…

섭   허지만, 아버님께서 도라가실 때두… 나하구 혼례를 가춰서 이 집을
　　　　직혀나가라구 하시지 않었니? 그 유지를 리행해 디리는 게, 불공을
　　　　디리는 것보다 자식으로서 효도가 아니겠니?

나모나 ……

섭   아까두 얘기했지만, 궁중에 입궐할 적마다, 상감마마께서는 하로 바

삐 성례를 하라고 재촉하신다. 세자가 않 게시니, 승하하시면 아무래두 내가 왕통을 이으게 되지 않겠냐? 그렇게 되면 너는 이 나라의 국모가 될 몸이다.

나모나 ……

섭 나모나야, 난 네가 아버님을 따라 인질로 오든 그날부터 사실은 사랑해 왔었다. 허지만 넌 나보다 형을 좋아했고, 또 아버님께서도 넌 형의 배필을 삼을려구 하셨기 때문에, 난 한 마디두 못 하구 있었든 거다.

나모나 오라버님, 고려 서울 넓은 곧에 꼭 나라야만 될 이유가 뭐에요? 이 이상 저를 괴롭히기 말구, 딴 사람을 택해 보세요, 네.

섭 (약간 성난 소래로) 그럼 넌?

나모나 큰오라버니의 영혼을 축원이나 하면서, 일생 혼자서 보내겠어요.

섭 (억압했든 분노가 터진듯) 그럼 정 넌 형을 못 잊겠단 말이냐?

나모나 네.

섭 정 끝까지 내 사랑을 받을 수 없단 말이냐?

나모나 네.

섭 대관절 넌 뭘 가지구 그렇게 도도하게 구는 거냐?

나모나 (빤이 쳐다본다)

섭 일생 축원이나 하구 혼자서 살겠다구? 뭘 먹구 혼자서 살겠단 말이냐? 네 자신을 좀 도라 봐라. 예전엔 네가 여진왕의 공주였지만, 지금은 궁전이 있냐? 부모가 있냐? 동기가 있냐? 그렇다구 일가친척이 있냐?

나모나 (유체방타)33)

섭 네가 그렇게 호사한 옷에, 화려한 관을 쓰구, 아기씨 소릴 듣는 게 누구 때문인데? 예전엔 아버지때문이구 형때문이였을지 몰라두, 지금은 나때문이야. 우리 집에서 떠나는 날이면 기아가 기다리구 있을 다름이다.

나모나 오라버니, 이게 그렇게두 장한 것입니까? (관을 벗어 그의 앞에 놓며) 이걸 쓰구 있고저 하야 큰오라버님을 저바릴 순 없어요. 오라버님 말씀대루 천향궁을 떠나는 날이면, 전 갈 곳이 없어요. 허지만 그렇다구 어찌 녀자가 한번 바쳤든 맘을 달리 먹겠어요. (하고, 목거리 팔거리를 빼놓는다)

섭 (그의 앞에 업더지며) 나모나야, 내가 잘못했다. (하며, 늣기는듯 운

---

33) 流涕滂沱. 비가 오듯 눈물을 끊임없이 쏟아 붓는 모양.

　　　　다)
나모나　(인기척이 남으로) 이러나세요. 누가 오나 봐요. (니러나 안으로 들
　　　　어간다)

　　　이때 금적, 은적, 목련, 파금 외 천향궁 시녀들 후원에서 나온다. 섭 홍녀
　　게 나모나 다시 관을 쓴다.

나모나　탑모리들을 했다지?
시녀들　네.
나모나　느이들 탑도리 노랠 듣구 있을려느까, 도라가신 큰오라버님 생각이
　　　　나서 혼났다. 그래두 느이들은 소원이 있으니 좋겠다. 난 뭘 바라
　　　　구 뭘 니루게 해 달라구 한단 말이냐? 사람에겐 꿈이 있을 때가 제
　　　　일이야. 나같이 되구 나면…
금　적　아이, 아기씨께서 그런 말씀을 하시면…
은　적　그럼 저이들이 괜이 노래를 불렀습니다.

　　　이때 늙은 하라범 한 사람, 방을 써서 부친 말을 들고 나온다.

나모나　하라범, 그게 뭐유?
하라범　도적 잡으라는 방이랍니다. 집집마다 제각기 써서 문 앞에다 세우
　　　　라구 나라에서 고지가 왔어엽죠. 그래 작은도령님께 방을 쓰라구
　　　　해서 지금 세울려구…
시녀들　도적이요?
하라범　네, 랑림이라구 아주 무서운 도둑눔이랍니다. 잡는 사람에겐 백미
　　　　오백석에다, 기와집 한 채, 그리구 주단 삼백필을 하사하신다는군
　　　　요.
나모나　그래 그눔이 서울에 들왔대요?
하라범　네, 부할 거느리구 들온 흔적이 있다는군요. 금부에선 포졸들을 풀
　　　　어 령하구 합력해서 사방으루 수색하구 있다는군입쇼. (시녀들에게)
　　　　시비들두 여간 경계하지 않으면 안 되우. (하구 옹기만한 머리를
　　　　흔들흔들하며 밖으로 나간다)
나모나　랑림이라니, 들은 일흠같다.
금　적　산일흠이래요. 도둘들 소굴이 그 산에 있기 때문에 괴수 일흠이 랑
　　　　림이라는군요.
나모나　랑림산이라면, 바루 큰도령님께서 횡사하신 산 아니냐?

금 적　네.

은 적　아기씨, 그눔이 바루 큰도령님 죽인 늠이 아닐가요?

나모나　글세.

목 련　부하가 수백이라는군요.

파 금　모두 날구 기는 녀석들뿐이래요. 말들을 타구 기마군같이 댕긴다는
　　　군요.

금 적　그런데 아기씨, 이상한 게 그 도둑은 꼭 인색한 부자집 아니면, 악
　　　독한 벼슬아치 집에만 들어간다구 합니다.

은 적　빼서 가지구 또 가난한 사람들한테 모두들 노나준다나 봐요.

목 련　절에두 들어간다나 봐요.

나모나　절에두?

목 련　네. 백성들한테 도조 만이 받아먹구, 강제루 공양미 내라구 하구,
　　　또 중들이 군대조직해 가지구 세력 피구, 나라 일에 말참견하는 그
　　　런 절엔 치부해둔 듯이 꼭꼭 들어간다구 합니다.

　　　이때 대문 밖에 떠들석한 소란.
　　　하라범의 '글세, 않 된대두.'
　　　소래성 '잠간만 소향하구 갈 테니, 들어가게 해주시구료.'
　　　할아범의 소래 '않 돼요, 글세, 되면 된다구 하지.'…
　　　이윽고 수피달과 엄, 행인으로 변장을 하고 들어온다. 하라범 앞을
　　　막으며 뒷거름으로.

하라범　댁에선 눈 뒀다 뭘 하시우? 행길마다 써부친 거 봤겠지만, 요샌 서
　　　울에 도둑이 들왔단 소문이 있어서, 여늬 사람을 절대로 디리지 말
　　　라시구, 대감나리께서 아주 신신 엄령하셨오.

수피달　허, 령감두. 지금 우리더러 도둑이란 말슴이오? 무슨 말을 그렇게
　　　섭섭히 하시오?

나모나　(하라범에게) 누굴 찾으시는데?

하라범　대감어른 령전에 불공을 좀 디리게 해달라구 작구 그런답니다.

나모나　어데서들 오셨는데?

하라범　동게서 왔다나요?

나모나　동게서?

하라범　네, 녜전 대감마님께서 여진 북벌하실 때, 모시고 따라갔든 장졸이
　　　라는군입쇼.

나모나　이리 들오시래라.

　　　　수피달 앞으로 나온다. 엄은 고개를 폭 숙이고 뒤에 서있다

나모나　우정 그일때문에 올라오셨어요?
엄　　　네. 재작년 봄에 세상 떠나셨단 말슴은 듣구, 곳 장례식에 참석코
　　　　저 했자오나 여의치 못해 못 왔었습니다.
나모나　들어가 헌향하세요.
엄　　　감사합니다. (하고 전내로 들어간다)
나모나　(수피달에게) 댁에선?
수피달　전 대감어른하군 관게가 없습니다. 그냥 가티 가자구 해서 따라 들
　　　　왔지요. 문깐에 나가 기둘루구 있겠습니다. (하고 다시 나간다)

　　　　하라범 머리를 흔들흔들하며 다시 나간다.
　　　　엄 위패 앞에 정좌하야 묵념합장한다. 이윽고 설흠을 억제지 못하
　　　　고 업디어 소래를 죽이고 운다.
　　　　유모 담씨 안에서 나온다.

담　씨　대감마님 녜전 부하가 왔다지요?
나모나　응. (하고 엄을 가르친다)
담　씨　(엄을 발견하고, 한거름 뒤로 물러선다)
나모나　어떻게 유모 아는 사람이야?
담　씨　아, 아니에요.
나모나　그런데 웨 그렇게 놀라?
담　씨　놀라긴 누가 놀랍니까?
나모나　유모, 그런데 저이가 웨 저렇게 울가?
담　씨　(살작 눈물을 닦으며) 글세 전들 알 수가 있겠어요?
나모나　무척 서러운가 보지.
담　씨　네, 대감마님께서 퍽 귀여하셨다니가.
나모나　어떻게 설게 우는지 나두 작구 눈물이 나서 혼났어.
담　씨　……
나모나　세상엔 같은 사람두 많지?
담　씨　같다니요?
나모나　꼭 도라가신 큰오라버님 같지 않어?

담 씨 (억지로 평정을 지으며) 그, 그럴 리가 있겠어요? 저 보기엔 아주
　　　 딴 판인데요.

　　　 엄, 이러나 눈물을 닦고 나온다. 담씨와 시선이 마주치자, 황급히 시선을
　　　 돌린다.

나모나 다하셨어요?
엄　　 네. 자나깨나 묵어운 빗을 진 것처럼 가슴이 묵직했었는데, 인젠 아
　　　 주 것든해졌읍니다. 그럼 안령히 게십쇼. (하고 나가려 한다)

　　　 담씨 고개를 돌리고 운다. 이때 섭이 안에서 나온다.

섭　　 누가 아버님 부하래?
나모나 이 분이애요.

　　　 섭, 엄과 시선이 마조치자 얼골 빛이 삭 변한다. 공포가 전신을 싸
　　　 고 몸둘 곧을 몰르고, 망서리드니 도망하듯 안으로 들어간다

나모나 바뿌세요?
엄　　 문깐에 동행이 있으니까 가봐야겠습니다.
나모나 그렇게 바뿌시지 않거든, 아버님 모시구 전쟁나갔을 때 이얘기나
　　　 좀 들려주구 가세요.
엄　　 전 북벌 세번, 압록강 연안에 두번, 도합 다섯번 따라 갔었아온데,
　　　 참 무서운 양반이셨습니다. 어듸어듸 성을 점령하라 한번 명령하시
　　　 면 꼭 점령해야 하구, 아무개 아무개의 장군의 목을 벼오너라 하시
　　　 면 어떻게 해서라두 벼가야지, 그란하면 저이들 목을 쟁반에 올려
　　　 가야만 푸러지시는 성미였읍니다. 표기대장군 나타나셨다 하면 적
　　　 진은 싸우기 전에 기세가 반은 꺾였고, 울든 애두 끝였던 것입니다.
　　　 일생을 거지반 전야에서 보내셨지만 아기씨두 아시다싶이, 한번이
　　　 나 지고 돌아 오신 적이 있으셨습니다.
나모나 없으셨어요.
엄　　 그렇게 무서운 장군이셨지만, 저이들 부하들은 여간 참 끔직이 애끼
　　　 구 사랑해주셨지요.
나모나 저이들한테구 그렇셨어요. 그 중에두 큰 아드님을 그중 사랑하셨어
　　　 요.

76

엄   (가슴이 뭉클해진다) 공물을 가지고 다라나셨드라지요?

나모나   네, 허지만 주무시다가도 '그럴 리가 없다.' '내 아들이 그럴 리가
        없다. 내가 랑림산에 가서 직접 맛나부구 오리라.' 하군, 벌떡 이러
        나시군 하셨이요.

엄   그렇게 사랑하셨서요?

나모나   네.

엄   (눈물을 닦으며) 그런데 어떻거시다 도라가셨나요? 도라가셨단 소문
        만 들었지, 통…

나모나   큰아드님께서 도라가시구 나서부턴 늘 갑갑허다 하시드니, 언날 소
        풍겸 사냥을 나가셨어요. 그랬는데 절벽을 끼구 도는 산길에서 마
        차바퀴가 부서저서 한 쪽이 기우러지자, 그대로 마차채 낭떠러지로
        굴러 떨어지셨답니다.

엄   혼자 가셨든가요?

나모나   작은아드님과 최주후라는 대승어른과 동행하셨어요. 그런데 천행이
        그이들을 살구, 아버님만.

엄   (날카롭게) 그런데 웨 대감어른 마차만, 딴 분들 마찬 무사됐을까
        요?

나모나   앞에 가든 마차가 떨어지니까, 뒤에 딿른 두분은 급히 정거를 했다
        는군요.

엄   그런데 웨 해필 마차바퀴가 절벽 앞에서 부서졌을가요?

나모나   …… (의아한듯 그를 다시 한번 본다)

엄   아이, 제가 괜한 걸 물었읍습니다. (하고 고개를 다시 푹 숙인다)

나모나   아까 우셨지요?

엄   (굮이 눈물을 닦으며) 녜전에 너무두 저를 사랑해 주셨기 때문에…저
        두 모르게 그냥 눔물이…

나모나   …… (눈물을 딲는다)

엄   그런데 아기씨, 아기씨께 한 가지 엿줘볼 말슴이 있습니다.

나모나   뭔데요?

엄   대감어른께서 제 고향인 동게(동계, 현 강원도) 안변에 진을 치셨
        을 때, 절더러 이십 안자식이라구 작구 장갈 가라구 하셔서, 우선
        약혼을 하구 출정을 했었읍니다. 그런데 삼년 안에 고향엘 도라가
        니까, 어떻게 소문이 돌았는지 제가 죽었다구 해서 모두들 가장을
        지내버렸드군요.

나모나   그래서요.

엄   그래서 전 살았다구 하기두 뭘 해서 그냥 집엔 들리지 않구 도라와
         버렸는데, 아즉것 그 색시가 혼인을 않구 있다는데 어째서 그럴가
         요.
나모나   아이, 딱두 하셔라. 어째서요가 뭐애요? 댁에서 도라 오실 날만 기
         대리구 게시는 거겠지요.
엄   정녕코 그럴가요?
나모나   그럼요. 하로 바삐 도라가세요.
엄   아기씨. 그런데 제가 만일 그후에 도적놈이 됐다면 어떻게 될가요?
나모나   도적이요?
엄   아니, 그저 가령 그렇게 됐다면 말입니다.
나모나   … 그 색신, 슬퍼하겠지요. 당신이 도적된 걸 슳어하구 원망스럽게
         생각하겠지요. 허지만 사랑에야 변함이 있겠어요?
엄   정령코 변함이 없을가요?
나모나   (외치듯이) 오라버님!
엄   (소스라치듯이) 네?
나모나   그만 속이세요. 그만 속이세요. (하고 마루에 업퍼저 운다)
엄   ……
나모나   나를 어데까지 떠볼려구 하시는 거애요? 제 맘을 어데까지 짚어볼
         려구 하시는 거애요?
엄   (유체방타)
나모나   오라버님, 전 아까 유모와 오라버님이 마주칠 때, 그 얼굴로, 속으
         로, 오라버님이라는 것을 벌서 알았어요… 어쩌면 그렇게두 냉담하
         십니까? 제가 부르지 않었으면 오라버님은 그대로 도라가셔서 다신
         이 집에 안 오셨겠지요? 만일, 아버님이 떠나시지만 않었든들, 오
         라버님은 일생 이 나모나 앞에 않 나타나셨겠지요?
엄   … 난 기왕에 죽은 몸이 아니냐?
나모나   오라버님, 지금 뭘 하세요?
엄   … 그건 뭇지 마라.
나모나   지금 게신 데가 어덴데요?
엄   … 그것두 뭇지 마라.
나모나   웨 뭇지 말라구 하세요? 네? 웨 모-든 것을 제한테 감추세요? 다
         른 사람한텐 다- 감추시드래두, 이 나모나한테까지 감추실 께 뭐란
         말이에요? 유모한텐 얘기하시구, 저한테 속히구 게시는 리유는 뭐
         에요?

엄   내 정체를 모르는 게 오히려 너에겐 행복할지 모른다.

나모나 오라버님의 정체를 모르는 게 어째서 저에게 행복이 될 수 있단 말슴이애요? 뭘 하시는지 어데 사시는지 깜깜하게 몰르고, 주야루 궁금하게 지내는 게 어째서 행복할 거란 말이애요?

엄   내가 사는 곧과 내가 하는 일을 네가 알면, 네 꿈은 모두가 깨여질 테니 말이다. 알구 깨지는 꿈보다 모르구 꾸는 꿈이 사람에겐 행복을 주는 것이 아니겠냐?

나모나 오라버님, 그건 억설이애요. 저에게 모―든 것을 감추실려는 회피밖에 아무 것두 아니애요

엄   나모나야. 정 내 정체가 알구 싶으냐?

나모나 알구 싶어요.

엄   정 내가 사는 곧과 내가 하는 일이 알구 싶으냐?

나모나 네.

엄   나는 지금 행길에서 방을 걸고 찾고 있는 도적 랑림이다.

나모나 (경악하며) 네?

엄   백미 오백석과 기와집 한 채와 주단 삼백필의 상금이 목에 붙어 있는 도적 랑림이다.

나모나 오라버니. (하고 운다)

엄   나모나야. 내가 도적이 된 동기는 두 가지 이유가 있다. 하나는 내 아우 섭에게 대한 양보요, 하나는 이 세상에 대한 반항이었다. 내가 공물을 닇어버리고, 얼마나 가슴을 조리고 애를 태운 줄 아냐? 나는 그야말로 바늘 방석에 앉인 듯하였다. 로인에게 구함을 받어 다친 다리를 끌고 들어가니, 산도적놈들이 날더러 두령이 되라는구나. 나는 생전 처음 내 자랑과 자존을 꺽어 보이고 모욕을 당하야, 어떻게 분한지 몰랐다. 그렇나, 내 운수불길해 당한 일이라, 그것두 달게 받았다. 바위를 더듬고, 풀을 헤치고, 밥을 못 먹고, 잠을 못 자며, 겨―우 공물을 감춰둔 곳을 발견하고, 뛰는 가슴으로 도라 왔을 때, 나를 기다리고 있는 것이 무엇이었냐? 너두 그건 잘 알 것이다. 도적, 모반, 대역, 반역의 인간의 그중 크나큰 루명과 오욕이 내 일홈 우에 부터 있었다. 그리고 그것도 다 못해, 나는 벌서 죽은 자가 되여 장례식이 거행돼 있고, 칙사는 내 대신 서울을 떠날 차비하고 있었다. 나는 여기에 눈앞이 캄캄해졌다. 세상이란 이렇게도 더럽고, 추한 곳인가? 생각하였다. 자기의 복리를 위해 남을 수렁에 넣고 자기의 권세와 부귀를 위해 남에게 죄를 씨우는,

이 조정과 장안이 얏보였다. 그때 내 머릿 속엔 날더러 괴수가 되라는 그 도적패들이 도적질은 해먹을 망정, 얼마나 소복하고, 거짓업고, 단순하게 보이는지 몰랐다. 여기서는 나를 말살코저 하는데, 그들은 나를 신령님같이 떠 바쳐주겠다구 했다. 그래서 난 네가 놀라고 실망할 그 무서운 도적이 됐든 것이다. 그래서 나는 이 모-든 허위와 위선과 권세와 공명에 반항하였다. 그래서 그들 공명과 권세의 노비들을 이 지상에서 영원히 없애고저 했든 것이다. 그렇나 살인 업습 파괴 강도 등, 이런 무서운 죄악을 웃으며 범하면서도, 밤이면 내 가슴을 아푸게 하는 건 네가 준 이 패물이었다. (하고 패물을 내준다)

나모나   그럼? (하고 받아본다)

엄   이걸 지니곤 가슴에 칼끝을 대고 있는듯 운신을 할 수가 없기에, 아버님 소향과 겸하야 이걸 너에게 전하러 왔든 것이다.

이때 담씨 안에서 섭 나오는 것을 알린다.

나모나   (패물을 집어 안가슴에 넣으며) 작은오라버니가 나오시나 봐요. 이 뒤를 거니르시는 척하시지요.

나모나, 엄과 후원으로 나간다. 어끼어 섭과 주후 나온다.

섭   (담씨에게) 지금 그 손 어델루 갔냐?

담 씨   아기씨가, 대감마님이 그리신 병풍그림 구경식혀 주신다구, 지금 막 일로 더리구 드러가셨어요.

섭과 주후 가르키는 쪽을 바라본다. 담씨 피하는 듯이 나간다

최주후   틀림없이 형님이오? 상말에 도적이 제 방구에 놀란다구, 엇보구 그렇시는 건 아니오?

섭   (공포에 질린 얼골로) 엇보구가 뭐요? 내가 형님 얼굴을 닞어버리겠오? 변장을 한 데다 얼골을 푹 숙이구 있어서 똑똑히 못봤지만, 틀림없는 형님이었오

주 후   대군더러 뭐라구 그럽디까?

섭   말은 안 겁데다. 허지만 첨 나하구 둘이 눈이 마주칠 때 나를 노려보는데, 두 눈에서 번개가 나는듯 했오. 난 그냥 정술이 차거워지

구 전신이 떨려서, 그냥 도망하듯이 들어갔든 거요.

주　후　대군이 맘이 약해서, 지레 겁을 잡숫구 짐작으루 놀라신 건 아니요?

섭　대승두, 지레짐작이 뭐요? 자나 깨나 눈앞에 눈을 부릅뜨고 나타나는 형님 얼골 그대루였오.

최주후　그래 저쪽에선 눈칠 챈 모양입디까.

섭　물론 챗겠지요.

주　후　아기씬?

섭　나모난 전여 모르구 있는가 봅디다. 목소리, 키, 그 눈섭, 어깨, 틀림없는 형님이오. 대승, 어떻겠으면 좋겠오?

주　후　어떻거다니요? 그렇게 떨기만 아니라, 정신수습하구 차근차근 방돌 강구합시다.

섭　형님은 날 죽이러온 게 분명하오. 대승, 어떻게 했으면 좋겠오.

주　후　어떻거긴 뭘 어떻건단 말이오. 상감마마 어명대루 체포해버리지, 뭐.

섭　체포요?

주　후　그랬오. 대군은 여기서 형을 붓들구 시간을 끌구 게시오. 그럼

엄　나가서 육위에 얘기해서 삼십팔령, 삼만팔천명 군살 다- 풀어서 이 집을 에워쌀 테니.

섭　위에 가 이른다니, 나갈 수가 있어야 일를 게 아니오? 형이 부하들을 거느리고 왔나 보오. 웬 수상한 녀석들이 먼- 둘레루 집을 쌓구 있소.

주　후　(낭패하며) 그럼 벌-서 이 집을?

섭　미심하거든 잠간 나가보구 오시오.

주후 대문 쪽으로 나가드니 창황이 다시 달려온다.

주　후　큰일났오. 인젠 꼭 죽나 보오

섭　도망갈 수두 없구, 어떻게 하면 좋단 말이오?

주　후　(냉혹한 표정이 되며) 이렇게 된 바에야 죄짓긴 마찬가지요. 아주, (하고 귀에다 대고 뭐라고 속사긴다)

섭　(펄쩍뛰며, 한거름 뒤로 물러선다) 못하오. 그건 못하오. 내가 내 손으루 어떻게 형을 죽인단 말이오? 못하오. 못하오.

주　후　대군, 이 마당에 그게 무슨 어린애 같은 소리요 ?

섭 못 하겠오. 난 못 하겠오. 난 형을 도적으루 몰구, 또 산 채루 매장
   을 한 놈이오. 한번 죽인 그 형을, 또 어떻게 내 손으로 두번식 죽
   인단 말이오? (하고 식은 땀을 씻는다)

주 후 이번 형님을 처치해 버리면, 우리는 앞으루 죽을 때까지 다리 뻗구
   편이 살 수 있고, 그렇지 못하면, 또 대군같이 매일밤 무서운 악몽
   에 허덕일 거요.

섭 그래두 차라리 난 그 악몽을 달게 받겠오.

주 후 대군, 형님은 살인, 강도, 방화범, 랑림이지, 운휘장군 엄은 아니오.
   죽인대두 도적을 죽이는 게지, 형을 죽이는 건 아니요, 그렇게 되
   면 도적을 죽였다구, 백성들의 신망은 더 높아질 것이요, 상감마마
   의 은총은 더 한층 두터워지실 것이오.

섭 난 이제 그 공명과 부귀가 무서워졌오. 당신은 그것때문에 우리 아
   버질 죽이구, 이제 와서 산송장된 형을 내 손으루 또 죽이란 말이
   오?

주 후 대군, 저 도적 랑림이가 대군을 그냥 둬둘 것같소? 대군과 내 목은
   풍전등화요, 뿐만 아니라, 대군이 죽으면 나모난 형이 더리고 가서
   여자 도적을 만들 개요. 이년 동안이나 기대리다 이제 와서 나모날
   그대루 송두리째 뺏기구 있을 테요? (인기척이 남으로) 형님이 이
   리로 오오. 숨었다가 한칼에 해버리시오. 난 뒤에 있다 대군이 실
   패하면 가세할 터이니… (하고 숨는다)

   섭 불안과 공포와 질투에 자기 자신의 가질 바를 모르드니, 이윽고
   결심을 하고 칼을 빼들고 나무 뒤에 숨는다.
   이윽고 나모나와 엄 이야기하면서 들어온다.
   나무 앞에 엄이 이르를 때, 섭 떨리는 손으로 혼신의 용기를 다하
   야 칼을 들고 내리친다.
   엄 찬기를 정술에 느끼고, 삭 몸을 피한다. 섭 앞으로 고꾸라진다.
   동시에 최주후 칼을 들어 내리칠려고 하는데, 아까부터 슬그머니
   나와 그의 뒤에 대기하고 있든 수피달 그의 뒤에서 칼 든 손목을
   내리쥐어 비틀고, 칼을 뺏은 후 묶어버린다.
   앞으로 고꾸라젓든 섭은 다시 니러나 내리칠려고 할 때,

엄 (집이 쩡쩡 울리도록 대갈한다) 섭아!

섭 (정면으로 형을 대하니 부들부들 떨리어 든 칼을 못 내린다)

82

엄	네 눔이 그 칼로 나를 칠 테냐? 이 엄이를 칠 테냐?
섭	(식은 땀이 쫙 쫙 흘른다)
엄	빨리 처라, 빨리 처, 어서 내리처라.
섭	……
엄	나를 산 송장을 만들고, 이제 와서 다 못해서 그 칼로 나를 칠려느
	냐? 애비를 죽이고, 형을 죽이구… 네 칼이 얼마나 모진가, 어데
	한번 맞어보자!

섭 칼을 땅에다 툭 떠러트리고, '형님' 하며 엄의 앞에 업퍼진다.

섭	(단좌하며) 형님, 그 칼로 이놈을 버여주오. 이 섭이 놈을 버여 주
	오.
엄	내가? 웨 이눔아, 너를 버인단 말이냐? 너를 위해 내 한 몸을 이
	지상에서 없어지게 한 내가, 웨 너를 죽인단 말이냐?
섭	형님! (하고 부르며, 단도로 목을 찌르고 앞으로 쓸어진다)

나모나 달려가 '작은오라버님, 작은오라버님, 정신 차리세요' 하고 운다.
담씨도 붓들고 통곡한다.

섭	(끊어저가는 소래로) 형님… 이눔을… 용서해 주오. 끝으로 내… 말
	한마디만… 믿, 믿어 주오, 아, 아버님을… 주, 죽인 놈은… 내가…
	아니라… 저, 저… 최주후요.
주 후	오, 저눔이 죽으면 곱게 죽지, 남을 수렁에다 끌어넣구 죽을려는구
	나. 내가 언제 너이 아버지를 죽였단 말이냐?
섭	(최후의 힘을 다하야 땅에 떠러진 칼을 기어가며 집어들고, 힘을 모
	두어 이러나려다 다하여 도로 쓰러지며) 이 이눔, 최주후야. 너를,
	너를, 내 손으루 못 죽이고 혼자 가는 것만이 원, 원, 원, 통하다.
	(하고 숨이 끊어진다)

나모나의 비명을 들고 달려왔든 시녀들 붓들고 운다.

엄	(낙루을 삼키며 비통하게) 잘 죽었다. 허나 네가 못 죽인 저 눔은
	가장 처참하게 네 속시원하게 내가 죽여주마. (수피달에게) 저 눔을
	앞세우고 랑림산으루 가자.

수피달, 최주후를 떠다민다.
엄과 수피달 나가는데,

-막-

제 5 막

낭림봉의 도적산채.
수일 후.
엄, 최주후를 앞세우고 들어온다. 뒤따라 궤짝, 날날이, 북, 진패, 징 등 소
래나는 것을 하나식 든 도적들, 한구석에 신기한 듯한 표정의 부소.

엄　　(최주후에게) 우리 아버님과 사냥갔든 산도 이렇게 험하구 깊은 산
　　　이었냐?

주　후　깊은 산이긴 했지만, 이렇게 깊진…

엄　　대강 그 산의 모양 좀 얘기해 봐라.

주　후　(떨리는 소래로) 그, 그 산도 여기처럼… 사람이 들어간 쩍 없는
　　　태고림이였오. 저렇게 절, 절벽이 있고, 기암괴석이 솟아 있는 산길
　　　이였오.

엄　　(절벽을 가르키며) 그 절벽두 이만큼 깎아지고 높드냐?

주　후　(넘겨보드니, 현기증을 니르킨다. 겨우 정신을 차리고) 그 절벽두
　　　상당이 높은 절벽이였지만, 이, 이, 이렇게 높진 못했오.

도적들　(돌연 들었든 것을 두들기며 환성을 친다)

엄　　바루 마차바퀴가 부서진 곳이 어떻게 생긴 곳이였냐?

주　후　그 산길두 바, 바루 여기 같은 곳이였오.

도적들　(또 기성, 환성을 치고 북을 두들긴다)

엄　　(서리같이) 웨 해필 이런 절벽에서 마차바퀴가 부서졌단 말이냐?

주　후　……

엄　　바른 대로 대지 않으면?

주　후　(무서운 안광에 주눅이 들리며) 사실은… 그 전날 바퀴살을… 짤르
　　　고, 이어 났었오.

엄　　　우리 아버님이 떨어지실 때 어떻게 떨어지시든?

주　후　……

엄　　　어떻게 떨어지셔?

주　후　바퀴가 기울자, 마차째…

엄　　　말루 해선, 난 잘 몰르겠으니, 내 눈 앞에서 실지루 한번 해서 벼
　　　　다구. 우리 아버지가 떠러지시든 광경을 고대루.

주　후　그럼 나더러, 날더러… 저, 저, 절벽으루… 떠… 떠러저 보란… 말
　　　　슴이오?

엄　　　빨리 해 봐라. 난 우리 아버님이 얼마나 처참하게 돌아가셨나, 그
　　　　게 좀 보구 싶다.

주　후　허지만… (식은 땀을 뻘뻘 흘린다)

도적 중에서 삼막에 나왔든 주지 목탁을 들고 나온다.

주　지　이눔 최주후야. 난 네 눔 명령 거슬렀다간 보덕사두 폐사해야겠기
　　　　에, 네 말대루 공물을 훔쳤다가 벼락만 맞었었다. 그렇나 덕분에
　　　　고리타분한 넘불 집어치구, 이렇게 도적이 됐다. 그렇니 그 은헤루
　　　　네 령혼은 내가 빌어줄 테니, 두령님 명령에 빨리 복종해라.

주　후　…… (사시나무 떨듯 떨 뿐)

주지, 목탁을 두들린다.

주　후　(돌연 애원하듯) 장군, 나를 살려주시오. 그래서 나두 저 주지처럼
　　　　장군의 부하가 되게 해 주오.

엄　　　도적은 아무나 되는 줄 아느냐? 이 산색엔 너같은 눔은 한 눔두 없
　　　　다. 빨리 뒈라.

도적들　빨리 뛰라..

주후 최후의 결심을 하고, 눈을 감고 떠러진다. 밑에 심연이 있나 보다.
한참 후 풍덩하는 소래.
일동 환성을 치며 몰려와 아래를 내려본다.

부　소　죽었어요?

엄　　　죽구 여부구 없지 뭐.

이때 청룡 달려온다.

청 룡 다-들 깃버하게, 봉 물구 왔네.
도적들 봉?
청 룡 응, 봉두 큰 봉일세. 서울 가서 벼슬 하나 얻어살려고, 뇌물을 싫
　　　 구 쇠굴서 산경하는 만석군이가 지금 막 히주고개를 지나가는 걸
　　　 보구 왔어.
도적들 정말이야?
청 룡 거짓말이면 손톱에다 장을 지저라. 이 두 눈으루 똑똑이 보구 왔어.
도적들 두령, 갑시다.
엄 　　오늘은 그만두자.
도적들 그만두다니요?
청 룡 아 앨써 잡은 그 큰 봉을 그냥 내버려둬요?
엄 　　오늘은 밤두 늦구 했으니, 그만 쉬두룩 하자.
수피달 도둑눔에게 밤낮이 있겠오?
엄 　　오늘은 내가 좀 고닯으다. 최주후눔을 처치해 버리구 나니, 캥겼든
　　　 활줄이 탁 풀린 듯, 전신이 좀 죽으려진다.
도적들 허지만 그 존 걸 노처서야…?
엄 　　래일 그담 장소루 습격하문 되지 않냐?
청 룡 (일행에게) 그럼 우리들끼리 갈가?
수피달 그럴 수가 있나? 두령 말씀대루 그럼 오늘은 쉬구, 래일 하기루 하
　　　 지.
도 적 거 참 아까운 걸.
백 호 그럼 들어들 갑시다.
엄 　　먼점들 들어가라. 난 좀 앉았다 들어갈 테니.

　　도적들 떠들며 산채로 들어간다.
　　혼자 남은 엄은 부근의 바위에 걸터 앉아서, 멀-리 허공의 일각을 멀건-
이 바라다보고 있다. 이윽고 주머니에서 피리를 꺼내서 분다. 애류절절한
곡조가 정적에 쌓인 산곡에 흘러간다. 내려가다 말고 한쪽에 섰든 부소
소래를 건다.

부 소 무슨 가슴 아픈 일이 있으신 게군요?
엄 　　(깜짝 놀라 피리를 끝이며) 웨 않 내려갔어?
부 소 네.

86

엄　　　그럼 뒤에서 피리소리 들었겠군?

부　소　네, 난 대군님이 그렇게 숨은 재줄 가지구 게신 줄은 꿈에두 몰랐
　　　　어요.

엄　　　난, 솔이한테 여러번 얘기했지만, 대군이 아니라 두령이야. 그렇니
　　　　두령이라구 불러.

부　소　난 웨 그런지 대군님을 두령이라구 불르기가 싫여요.

엄　　　허지만 난 두령이라구 불러주는 게 좋아.

부　소　뭘요?

엄　　　(자기의 심중을 듸려다보인듯 당황하며) 뭘요라니?

부　소　다 알아요. 대군님께서 도둑눔 두령 노릇이 싫여지신 것 난 잘 알
　　　　어요. 말룬 그러커시지만, 속으룬 그 대군이 그리우시지요?

엄　　　원 동에두 닷지 않는 소릴?

부　소　서울이 그리우시구, 앞뒤에 딸른 궁녀들에게 '대군님, 대군님' 하구
　　　　불리우든 녜젼 그 시절이 생각나서 그렇시지요? 그리구 그 패물을
　　　　듸린 공주님이 보구 싶으시구. 난 대군님이 피리를 부시면서, 서울
　　　　에 게신 그 공주님을 생각하시구 게시는 걸 잘 알아요.

엄　　　그건 솔이 지레짐작이야.

부　소　서울, 서울 (동경에 찬 눈으로) 삼천궁녀들이 머리에 화관을 쓰고,
　　　　금으로 맹근 수레를 타구 댕긴다지요?

엄　　　응.

부　소　댁에 시녀들두 그래요?

엄　　　응. 우리 집은 천향궁이라구 하구, 왕족이라 시녀들도 궁녀 대접을
　　　　받구 있단다.

부　소　그럼 집두 고루당같이 크겠군요?

엄　　　규모가 좀 적을 다름이지, 담, 정원, 집채, 모두 궁전하구 똑 같단
　　　　다.

부　소　그럼 집에 누구누구 게세요?

엄　　　어머니, 아버진 다 도라가시고, 동생두 죽구, 누이동생 혼자만이
　　　　도라올 날만 눈이 까-마케 기다리구 있단다.

부　소　그 누이동생두 대군님이 도적 되신 거 알구 잇어요?

엄　　　요번 아버님 제사때 갔다가 그만 탄로가 나구 말었다.

부　소　아이 저런, 얼마나 놀라셨을가?

엄　　　내가 최주후를 끌구 이리 다시 돌아오든 날, 성문밖가지 따라오며
　　　　그만 도적당에서 발을 빼구, 하로 바삐 도라오라구 했지만…

부 소 그럼 집 때문에라두 도라가셔야만 되겠군요?

엄 　응.

부 소 허지만 대군님께서 떠나시면, 여기 일은?

엄 　여기야 나 없으면 어떻겠냐? 나 없드라두 넉넉히 해나갈 께다. 그렇지 않구라두 난 그만 이 도적눔 생활에선 발을 빼야만 하겠다.

부 소 떠나시게 되면, 언제 떠나시게 돼요?

엄 　모두들한테 얘기하구, 래일이라두 갈가 하구 있다.

부 소 대군님, 가실 때 저두 좀 데리구 가주실 수 없어요?

엄 　솔이를?

부 소 네, 난 서울 한번 가봤으면 원이 없겠어요.

엄 　그렇게 가보구 싶어?

부 소 네. 서울보다두 대군님 댁에 가보구 싶어요.

엄 　우리 집에?

부 소 네, 대군님께서 이대루 혹 떠나버리시면, 난 또 심심해서 어떻게 살아요? 도둑눔한테 술이나 팔구, 산으로 사냥이나 댕기구, 말똥이나 치구서 살게될 게 아니애요?

엄 　허지만.

부 소 대군님, 전 대군님 곁에서 살구 싶어요. 허지만 나같이 산김생이나 쪼차 댕기며 아모려케나 자라난 게집애가 시녀 노릇이야 할 수 있겠어요? 허지만 마당 쓸구 물깃는 거나, 부엌일 같은 건 할 수 있을 거애요. 전 뭐든지 식히시는대로, '네, 네' 하구 하겠어요.

엄 　(조용이 그의 손을 끌어 잡으며) 솔이, 정말 그렇게 내 곁에 있구 싶어?

부 소 네.

엄 　그럼 내 대리구 가줄 테니, 아버지한테 가서 잘 말슴 엿줍구 승락을 얻어.

부 소 아이 좋아라. 그럼 내 흥녀케 갔다 올께요. (하고 전신에 날개가 도치듯이 내려간다)

염노인 올라오다 딸과 부드친다.

엄 　올라오셨어요?

부 소 아버지, 난 서울 가요.

염노인 서울?

부 소 네, 천향궁이란 궁전에 가서 일하게 됐어요.

염노인 허? 가관이구나. (비꼬는 듯이) 그렇지 않어두 그 댁에서 모두들 지금 널 모시러 왔드라.

부 소 그 댁에서요?

엄 아니, 서울서 누가 왔어요?

염노인 그겟 때문에 올라왔오. 두령을 찾어왔다구 합디다. 뭐 누이동생 되신다든가요? 호위군졸 두 사람하구, 시비들 둘하구 도합 다섯 명의 일행입디다.

엄 그래 지금 어딧서요?

염노인 우리 집에 게시오. 안송림에서 길을 잃구 허매는 걸, 사냥 나갔다 맞나서 우리 집으루 모시구 왔오. 소굴까지 따라오겠다는 걸, 내가 불러다 디릴 테니, 푹 좀 쉬라구 하고 왔오. (딸에게) 뭘 하구 섰는 거냐? 넘하다 놓진 년같이, 왔두 그 사람들이 너 불르러 온 건 아니야. 서울이 이 무슨 기급 달범거짐할 서울이야. 빨리 내려가 밥 짓구, 노루 잡아온 거 창자나 훌터라.

부 소 (일부러 큰 소래로) 네, 네, 네, 마지막으루 싫건 악쓰시구료. (엄에게) 그럼 먼첨 내려가 시종들구 있을께, 빨리 내려오세요. (하고 뒤어 내려간다)

엄 그 사람들한테 나 여기 있다구 하셨어요?

염노인 그렇지 않구?

엄 미안하지만 내려가셔서 없드라구 해주세요.

염노인 없다구 하다니?

엄 난 그앨 맞날 수 없는 몸이애요

염노인 허지만 서울서 예가 몇백리요? 사내두 아닌 녀자의 몸으루 허우정정 왔는데, 내용곡절이야 고사하구, 아니 맞난대서야 어디 도리가 되오?

엄 내려가셔서 도적버리 나가구 없드라구 해 주십쇼.

염노인 난 그럴 수 없으니, 그럼 누구 딴 사람을 보내서 얘기하구료. (하고 내려간다)

이때 삿간에 행낭을 하고 지팽이를 든 나모나와 금적, 은적, 목련 들어온다. 뒤따라 무장한 호위군 두 사람.

목 련 (엄 앞으로 달려가며) 도령님!

엄 (어찌할 바를 모른다)

목 련 도령님, 아기씨를 모시구 왔습니다.

나모나 (앞으로 나오며) 오라버님…

엄   나모나 어떠케 왔어?

나모나 저애들을 더리구 말을 타구 왔어요. (산채문을 둘러보며) 이게 오
      라버님 게신 산채입니까?

엄   …… (고개만 끄덕인다)

나모나 최주훈 절벽에서 떠러트려 죽이셨다지요?

엄   응.

나모나 그럼 하실 일은 다 끝난 셈이군요. 인제 그만 저와 함께 서울루 돌
      아가시지요.

엄   서울루?

나모나 네

목 련 도령님, 저이들과 함께 서울로 도라가시두룩 하십쇼.

금 적 도령님, 생전 문밖이라군 시조묘에 성묘하시는 것과 신궁에 명절날
      제사 지내러 가시는 것밖엔 못 나가 보신 아기씨께서, 이 깊은 산
      속까지 허우정정 오시지 않으셨습니까?

은 적 도령님, 천향궁으루 도라가시도록 하십쇼.

엄   ……

나모나 오라버님, 집으루 가십시다.

엄   나모나야, 내가 이제 새삼스럽게 서울엘 어떻게 도라가겠냐? 저애
      들을 더리구 그냥 도라가두룩 해라.

나모나 그럼 오라버님은 여기 그대루 남어게시겠단 말씀이지요?

엄   응. 가구 싶어두 인젠 갈 수 없는 몸이 되구 말았다. 너두 아다싶
      이, 난 살인, 강도, 방화, 략탈을 생업으루 삼고 있는 도적이 아니
      냐?

나모나 오라버님, 거기서 발을 빼시면 되지 않어요?

엄   지금은 도저이 발을 뺄 수가 없게 됐다. 뺄려면 뺄려구 할수룩, 깊
      은 수렁에 휩쓸려 들어 가구 있다. 그렇니 그냥 이대루 너이들만
      다시 도라가두룩 해라.

나모나 그럼 오라버님은 앞으루두 사람을 죽이구, 략탈을 하구, 불을 놓는,
      그 무서운 짓을 그대루 계속하시겠단 말씀이시지요?

엄   …… (찔리는듯이 몸을 떤다)

나모나 그중 모질게 불을 질르는 사람을 칭찬하고, 그중 독하게 사람을 죽
      이는 자에게 상을 주고, 그중 무섭게 략탈을 해오는 자에게 행복을
      축원해 주며, 이 도적의 산색에서 호령을 하면서 사시겠단 말씀이

지요?

엄　　……　(무푸래로 두들겨 맞는 듯)

나모나　안악네와 어린애들의 사람 살리란 비명과 통곡소리를 피리소리 같
　　　　이 즐겁게 듣곤, 하눌에 다을 듯한 불꽃 속에 슬어지는 대하고래[34]
　　　　를 통쾌한 노래 속에 바라보시겠단 말슴이지요? 피를 물 먹듯 하
　　　　고, 염통엔 독을 뿜는 독사를 넣고, 숨통엔 불가사리를 넣고 사시
　　　　겠단 말슴이지요? 그렇다면 오라버님의 지니고 게신 건 대체 뭐에
　　　　요? 그게 오라버님의 찾으시는 정의에요? 그게 자유에요? 내 보기
　　　　엔 혐오와 죄악과 무서운 범죄 외의 아무 것두 아니에요.

엄　　(두 손으로 머리를 움켜쥐고 번뇌한다)

나모나　오라버님 같으신 분이 만일 이 세상에 두 사람만 있다면, 그야 말
　　　　루 신앙두, 도덕두, 진리두, 천륜두, 전부 뒤엎어지구, 나라는 쑥밭
　　　　이 되구말 꺼에요. (하고 격하야 엎더저 운다)

엄　　……　나모나야, 난 과연 네 말대루 어리석은 눔이였다. 나는 이 세
　　　　상을 폭력으로써 아름답게 할려구 했었다. 국권을 옹호하는 국법을
　　　　유린함으로써, 그걸로 정의를 삼었었다. 나를 명령하는 자에게 반
　　　　항함으로써 자유를 차지했다고 생각했고, 모-든 도덕과 제도를 파
　　　　괴함으로써 이 세상에 대한 복수를 하고 있다고 생각했다. 이 얼마
　　　　나 어리석고 못난 생각이였냐? 나는 지나온 잇해 동안 이 도적생활
　　　　에서 내 여러 가지의 틀린 생각과 그릇된 믿음을 발견했다. 폭력이
　　　　란 결코 이 세상을 굴복식힐 수 있으되, 순종식힐 수는 없는 것이
　　　　였다. 나는 이 산속에서 그 례를 너무도 뚜렷히, 실지로 보았다. 일
　　　　공심산에 만수습복[35]한다는 호령이보다, 나는 사슴의 순종과 안식
　　　　과 평화가 그리워졌다. 수리와 매를 찬양하는 내 맘속엔, 나도 몰
　　　　으게 비둘기와 꾀꼬리를 사랑할 수 있는 맘이 들앉게 되였다. 이건
　　　　내가 천향궁에 도라게 아버님께 향을 올리고, 너를 대한 후 더 한
　　　　층 나를 괴룹이기 시작했었다.

나모나　……

엄　　정의란 옳고 바른 것을 직히고 쫓는 것이지, 결쿠 짓밟는 건 아니
　　　　라는 것을 깨달았다. 나는 반항하고, 폭행하고, 유린하고 파괴해 왔
　　　　을 다름이지, 북돋고, 가꾸고, 새로 세울 줄을 몰랐었다. 새로운 세
　　　　옴과 이룩을 못할 유린과 파괴란 한품의 값두 없을 뿐, 오히려 죄

---

34) 대하고루(大廈高樓, 큰 집과 높은 누각, 웅장안 건물)의 오기.
35) 萬獸慴伏, 모든 짐승이 두려워하며 엎드림.

악뿐이라는 것두 확실이 깨달았다. 나는 네 얼골로 무서운 심연의 언저리에 지금 서있다. 참말루 나같은 눔이 둘만 있다면, 이 세상에 도덕과 평화란 송두리째 없어질 것이다.

나모나   오라버님, 그렇니 하루 바삐 여기서 발을 빼시어, 서울로 가시두룩 하는 게 오라버님을 위해서두 그중 좋은 방도일 것 같어요.

엄   허지만 내가 이러구 서울을 가면…

나모나   모-든 것을 자백하세요. 상감마마께서두 최주후와 작은오라버님 때문이었다는 걸 잘 아시구 게시오. 그렇니 모-든 것을 자백하시면, 다- 물에 씻은듯 용서해 주실 꺼예요.

엄   정말로 용서해 주실가?

나모나   네, 그건 제가 장담하겠어요. 떠날 때 국모마마 뵈옵구 왔어요. 아주머님께서두 꼭 오라버님을 모시구 오라구 하셨어요.

목 련   도령님, 빨리 들어가셔서 저 사람들한테 애기하구 나오시지요.

   엄 한참 생각코 있드니, 이윽고 결심을 한듯 산채 입구쪽으로 간다.
   수피달과 도적들 동혈에서 나온다.

엄   너이들한테 좀 조용이 애기할 께 있다.

수피달   무슨 애길 하실려는지 대강 짐작하겠오.

엄   그럼?

수피달   두 분이 하시는 애길 모두들 들었오.

엄   ……

백 호   앞으루 우린 어떻거란 말슴이오?

엄   (가라앉은 소래로) 지금 내가 한 애길 뒤에서 다-들 들었다니, 다시 번복진 않겠다. 다-만 난 이 이상 더 도적행위는 못하겠다.

백 호   그럼 서울로 도라가실 작정이오?

엄   응, 그렇니 나 없드래두 수피달이를 두령으루 삼고, 잘들 해나가기 바란다. 난 너이들의 뜻을 받들어 두령이 되긴 했지만, 이년 남짓한 동안 너이들을 리로웁게 했다기보다, 오히려 속박하고 자유스럽지 못하게 한 점이 많을 게다. 물건 훔치되 반은 떼서 빈민들에게 노나 주자는 둥, 녀인에겐 손을 대지 말라는 둥, 략탈을 하되 옳지 못한 방도로 치부를 한자에게만 한하는 둥, 여러 금기와 이런 것들이 다 너이들을 속박하고 흡족치 못하게 했든 것이 사실이다. 나는 이것을 한 신렴으로 생각하고, 소위 정의의 투사로써 자인해 왔다. 그러나 그것이 공평치 못하고 불의한 것을 깨트린 것은 될지언정,

세상과 고려 전체의 복지엔 아-무 힘닙한[36] 것이 없다는것을 깨달 았다. 그럼으로 이 도적행위에 대한 내 신념도 흔들려겠고, 내 자 신의 갈피조차 못 잡게 되었다. 내 하나의 앞길과 생각을 지탱치 못하는 자가 어찌 너이들의 생명을 맡고 인도할 두령이 될 수 있겠 느냐?

청룡 그럼 여기서 헤여지잔 말씀이슈?

엄 그렇다.

현 무 림시루 헤여지잔 말씀이요? 그렇지 않구 영영 헤어지잔 말씀이요?

엄 영원이 헤어지잔 말이다.

수피달 (살기를 띠우고) 두령! 어듸 지금 그 소리 다시 한번 해 보슈.

엄 ……

수피달 (뱉는 듯이) 반역자, 이년 전 바루 이 쟈리에서 우리들 손을 붓들 구 울면서 하든 애긴 가마귈 멕였단 말이오?

엄 반역자라니?

수피달 그렇지 뭐요? 금관을 되리니까, 그건 일 없다구 헌겁으루 만들 걸 달라든 그 입술이 침두 아직 않 말랐을 께요. 이제 생각하니, 그 금관이 다시 그리워진게구료?

엄 ……

백 호 부귀가 그리워젓거든, 바른 대루 그렇다구 하슈. 생각이 뒤흔들려 지는 건 뭐구, 지금 와서 중눔 넘불같은 소린 뭐 말라빠진 소리요?

엄 ……

수피달 요전 서울 갔다와서부터 두령 맘이 변한 건 난 젤 먼저 알구 있었 오. 아까 도적질 나가자는 것두 사실은 두령 맘을 떠볼려구, 나 혼 자 몰-래 꾸며냈든 책략이였었오.

엄 ……

현 무 게집 하나에 눈이 뒤집혀 우리들 전부를 배반한다는 건, 무슨 두령 답지 못한 용렬한 짓이오? 새끼도적들 두령은 우리더러 게집엔 손 대지 말라구, 자기 입으루 그러시지 않었나베? 모두 우릴 속이구만 왔었다.

새끼도적들 두령은 두령대루 혼자서 실속은 다 차리구 있었구료.

주 작 그건 너이들이 두령을 오해하구 하는 소리들이다. 두령은 오늘까 지…

---

36) '도움을 주다'는 표현인 듯.

수피달　(살기등등하여) 넌 가만 있어라. 중뿔낳게 두던이 뭐냐? (엄에게) 난 두령을 위해서 내 친한 친구 하나를 죽였오. 그야 장강이 눔은 야심가구, 의리부동한 눔이구, 좋은 눔은 아니였오. 허지만 나루선 말도둑 해가지구 첨 도둑눔이 되든 날부터 친해진 눔이였오.

청　룡　난 너보다 더 오래전부터 친했다.

수피달　난, 그 눔이 두령을 배반한 것을 저주하구, 두령 눈 앞에서 찔러 죽였오, 그것두 칼자루 쥔 손이 다 들어가두룩 이를 악물구 푹 찔렀든 것이오, 그런데 이제 와서 두령이 우리를 배신해야 옳단 말이요? 우린 두령한테 한번두 반항한 적이 없이, 개처럼 네네 하구 복종했었오. 두령을 위해선 죽임두, 물불두 가리지 않구, 목숨을 내던졌었오. 우리는 이 살덩어리로 두령의 방패가 됐고, 담이 됐고, 우리들의 몸둥일 봐서 두령을 직혀 왔었오. (하고 말끝이 울음에 섞인다)

주　작　수피달이, 자네가 그런 소릴 않하면 두령이 그걸 모르시겠나?

청　룡　아시면야, 지금 와서 우리더러 헤여지잔 소리가 어떻게 나온단 말이야?

백　호　우린 두령을 너무두 믿어왔기 때문에, 두령이 헌신짝 벗어 내버리듯 우릴 버리구 서울루 가겠다는 그 심속이 너무두 분하구 야속해서 그렇네.

수피달　(돌연 웃통을 벗으며) 주책아, 너두 나처럼 이런 상철 가지구 있겠지? 이년 전 바루 이 산에서 두령을 잡아바치면 우릴 용서해 준다구 했을 때, 두령께 충성을 직히고저 만여명 기마군댈 뚫구 나갈 때, 얻은 상처가 아니냐?

주　작　그야 나두 수물다섯 군데나 받었다.

　　　도적들 일제히 웃텅을 벗고, 디리댄다.
　　　'이것두 그때 받은 상처요.' '두령을 위해 받은 상금이였오.' '똑똑히 보시오.' 하고 통곡한다.

엄　　　(격하야 따라 울며) 너이들이 지금 몹시 흥분들 해 있기 때문에, 난 하고 싶은 말이 많으되 다 할 수가 없다. 허나 너이들이 그렇게 웃텅을 벗구 되리어야만 내가 알게 됐니?

주　작　두령, 저것들이 성미가 욱해서 그런 거요.

엄　　　난 너이들에게 한마디만 하겠다. 내가 너이들과 손을 끊구, 서울로 도라 가겠다는 건, 리별은 될지언정 결쿠 배반은 아니다.

94

도적들   아니면 뭐요?

주 작   이눔들아, 글세…

엄   배반이란 자기 한 몸의 공리와 사욕을 위해 동모들을 파는 것을 일
        커른 것이다. 나는 내 공리를 위해 너이들을 팔려고는 하지 않는다.
        내가 서울에 가드라두 내 맘은 늘 너이들의 행복과 평화를 따라 단
        길 것이다. 지난 이년 동안 너이들이 나한테 바처온 충성과 우애는
        누구보다도 내가 잘 알고 있다.

주 작   그야 물론이시지요. (도적들에게) 다-들 두령께 사과해라, 사과해.
        두령은 결쿠 우리를 배반하시진 않을 께다. 끝까지 우릴 사랑하구
        여기서 일생을 보내실려구 하구 있다.

백 호   거짓말이다.

도적들   새빩안 거짓말이다.

주 작   우리하구 두령 사일 끊어논 자가 있다. 우리하구 두령하구의 맹서
        를 중간에서 리간 부친 자가 있다. 책을 할려면 그 사람을 해야지,
        두령을 탓할 리윤 없다.

수피달   (포호하듯이) 그자가 누구냐?

도적들   (살기등등하야) 누구요?

주 작   저기 저 두령의 누이동생이다.

금 적   이눔들아, 아무리 도적질을 해먹을 망정 우아래를 알아봐야지, 어
        데다 이런 쌍소릴 함부루 하구 있는 거야?

은 적   에구 분해라, 저눔들을 당장 그냥…

수피달   그게 사실이라면, 우리는 이 도적당의 법측대루 처치해 버려야겠
        다.

도적들   그렇다. 저 기집앨 처치해라. 저 기집애만 처치하면, 두령은 우리의
        것이다.

엄   진정들 해라. 내가 너이들을 버리자는 것이 잘못이라면, 이 엄이의
        잘못이지, 내 누이의 과실은 아니다.

백 호   허지만 저 사람때문에 두령의 맘이 변한 것이 아니오?

나모나   (비로서 침묵을 깨트리고) 대체 당신들은 뫼요? 그야 오라버님과
        당신들과는 두령이고 부하고 한패니까, 무슨 소릴 주구 받든지 내
        알 배가 아니에요. 허지만 아무 관게두 없는 나한테 그런 막례한
        소릴 하는덴, 난 그대루 듣구 있을 수 없어요.

도 적   (기세에 억압되어 조용해진다)

나모나   또 내가 설혹 당신들에게 죽을 죄를 지었다구 합시다. 당신들이 무

	슨 권리로 나를 처치한단 말이오? (하고 돌연이 일동을 쏘아본다)
나모나	오라버님, 아까 가신다구 하셨으니, 그대루 떠나십시다. 저 사람들 이야 자기들 멋대루 짓거리게 내려벼두구…
엄	나모나야, 난 역시 이 산색에 머물러 있어야만 하겠다.
나모나	그럼 안 떠나시겠단 말씀이지요?
엄	나는 저들을 버리구 나 혼자 살려구 했든 내가 어리석었다. 죄를 범 해두 같이 범하구, 여기서 빠저나가드라두 함께 빠저나가두룩 해야겠 다.
나모나	그럼 난 어떻거란 말씀이에요?
엄	‥‥‥‥
나모나	큰오라버님, 둘중에 하날 택해 주세요. 나를 택하시든지, 저 사람들 을 택하시든지.
도적들	그렇소. 둘 중에 어느 것을 택하겠오?
엄	나는 그 어느 것도 택할 수 없고, 그 어느 것도 버릴 수 없다.
나모나	오라버님, 알겠읍니다. 이년 동안 오라버님 험모하고, 그리고 있었 든 제 자신이 어리석은 자였읍니다.
엄	‥‥‥‥
나모나	오라버님, 전 이 길로 아까 오라버님 말슴대로 깨끗이 도라가겠어 요.
엄	‥‥‥‥
나모나	허지만 도깨비가 놀 것같은 천향궁엘 도라가면 뭘하겠어요? 이때 까진 오라버님은 지하에서라두 절 사랑하구 게시겠지 하는 것이 한 가지 즐거움이였고, 까닥하면 어데 가 아즉두 사라게실 지도 모른 다 하는 게 한가닥의 히망이였어요. 그렇나 이젠 그 가느단 기쁨도, 히망도 슬어지고 말았어요
엄	‥‥‥‥
나모나	오라버님, 전 제 자신을 잘 압니다. 도저히 전 제 목숨을 지탱해 나갈 순 없을 것같아요. 그렇니 차라리 오빠의 손에 이 세상과 하 직하고 싶습니다. 그 칼로 이 나모날 죽여 주세요. (하고 그의 앞에 무릎을 꿇른다)
엄	나모나야.
수피달	(나모나 앞으로 가며) 당신이 끝까지 두령을 빼서갈 작전이라면, 두령 대신 내가 죽여 주겠오.
나모나	(숙였든 고개를 소스라치듯 처들고, 쏘아부친다) 난 당신의 손에

죽을 리유가 없어요. 사랑을 뺏긴 것두 원통한데, 웨 당신의 더러운 손에 내 곱게 길른 반생을 내버린단 말이에요?

수피달 (그의 기세에 억압된다)

나모나 오라버님, 나를 이 사람들 앞에서 우습꺼릴 만드시지 마시고, 어서 그 칼로 버혀 주세요. 마즈막 나모나의 소원이애요. 둘 중에 하날 택한다는 건 하날 버리는 게 아니애요?

엄 나모나야. 정 그렇다면 이 몹쓸 오래비놈이 너를 죽여 주마. (칼을 빼들고) 허지만 다시 한번 너한테 얘기한다. 너두, 나두, 그리구 이 동무들두, 다 함께 살 도리가 없겠냐?

나모나 다함께 살 도리라니요?

엄 너두 죽지 않구, 나와 동무들과두 헤여지지 않구, 다같이 살아나갈 길이 없겠냐 말이다.

나모나 그럼 나더러 오라버님의 두목패에 들으란 말슴이세요?

엄 (숙으러지며) 내가 아무리 악독한 놈이기루서니, 너한텐 참아 내 입으루 그 대답을… 다만 난 네가 네 한 몸을 히생해서, 다같이 우리가 헤여지지 않구 살 수 있도록 선처해주길 바랄 뿐이다.

도적들 (서로 얼굴을 마주보고 표정을 교환한다)

나모나 오라버님, 알겠어요. 제가 도적이 됨으로서 다같이 행복할 수 있다면 되지요.

엄 고맙다, 나모나야. (하고 그의 손을 붓들고 격한다)

나모나 (일동에게) 그럼 여러분도 나를 당신들 한패에 넣주시겠어요?

수피달 소원이라면…

나모나 이 자리에서 맹서하지요. (하고 관을 버서 팽개치고, 목거리 팔거리 패물들을 뚝뚝 뜯어버린다)

도적들 중의 누구의 입에선지 '공주 도적이다.' 하고 절규하듯 소래를 질르니, '좋다', '우리패다.' '동고동락이다.' 하고 환성을 치며.

금 적 아기씨, 아기씨께서 망령이 들리셨어요?

은 적 진골의 귀하신 몸으로 도적이 되시다니… 지하에서 대감마님께서 이 소릴 드르신다면…

목 련 도령님, 전 도령님이 원망스럽습니다. (하고 우니, 금적, 은적 따라 운다)

나모나 오라버님, 그대신 이 나모나에게도 한 가지 소원이 있습니다.

엄 뭐냐?

수피달   뭽니까? 아기씨 소원이라면 삼신산 불로초라두 패다 디리겠오.

나모나   이 산색에서 떠나십시다.

도적들   (일제히) 떠나다니?

나모나   서울로 가십시다.

엄   서울로?

나모나   네, 잇해 전 아버님께서 도라가시구 난 후론, 조정은 딱 두 패루 갈라지구 말었습니다. 아버님을 물리치고 일약 국권을 잡게된 최주후는 삼감마마께 가진 침소를 다하야 총애를 받고저 하고, 정광송여는 송여대루 자기 세력을 궁중에다 뿌리박을려고 자기의 일가당속들을 작구 궐내에 디리구 있습니다. 서로 상감마마께 중상을 하고, 권세잡기에만 눈이 뒤집히어, 정사는 전연 내던저 두고 파벌당쟁으로 날을 보내고 있음으로, 백성은 갈피를 못 잡고 방황코 있습니다.

엄   그 애긴 나두 벌-서부터 듣구 있었다.

나모나   북쪽에선 원나라가 호시탐탐 우리나라를 노리고 있고, 남쪽에선 왜놈들의 해구37)가 상고38)들을 위협코 있는데, 조정은 피비린내와 황음일낙39)으로 부패타락돼 있으나, 누구 하나 나서서 바로잡을 만한 사람이 없습니다.

수피달   아기씨, 그 사람은 바루 여기 있오. 그눔들을 두들겨 부실 사람은 이 수피달이오. 두령, 칼을 들어 명령하시오. 시식40)이 급하오.

엄   나모나야, 가자. (칼을 높이 들며) 다-들 지금 내 동생의 이아길 들었겠지. 오늘부터 우리 도적당은 나라를 바로 세우는 순충보국의 의렬당으로 현판을 갈아 부치자. 그래서 나라를 혼자 사랑하는 척하고, 기실은 권세와 부귀를 찾이하기에 골몰하며, 탕쟁파벌로 애매한 백성들의 귀취41)를 혼란케 하는 그 역적눔들을 조정에서 내몰아치자.

도적들   배추단 묶듯 묶어칩시다.

도적들   꾸래미처럼 줄래줄래 달아서 개천에다 틀어박어 버립시다. 아주 팽이 죽은 송장같이 멀찍암치 갖다 묻어버리지.

수피달   충신 수피달, 렬사 수피달. (하고 혼자 감탄한다)

---

37) 海寇, 바다로부터 침입하는 외적.

38) 商賈, 장사꾼.

39) 荒淫逸落, 함부로 음탕한 짓을 하고 쾌락을 즐기며 마음대로 놂.

40) 시색(時色, 시대의 추세)의 잘못인 듯.

41) 歸趣, 일이 되어가는 형편(귀추(歸趨)와 같은 뜻.

도적 한사람 단아하게 진패를 분다. 도적들 출진 준비를 한다. 부소는 아까부터 염노인과 올라와 이 광경을 보고 있다.

엄　　(비로서 부소를 발견하고) 솔이, 우린 다같이 서울루 가기루 했어. 솔이두 빨리 함께 떠나두룩 해.

부 소　전 그냥 여기 있겠어요.

엄　　아—니, 아까 그렇게 서울 가겠다든 사람이 별안간…?

부 소　여러 가지루 생각해 봤는데, 역시 전 이 산구석에서 사는 게 졸 것 같어요. 노루 발자욱이나 찾구, 여우껍질이나 버끼구, 이따금 지나는 행인한테 말이나 태워 고개 넘겨주구 사는 게 좋겠어요.

엄　　그럼 그대루 여기서 눌러서 살겠어?

부 소　네.

엄　　그럴 걸, 웨 아깐 대리구 가 달라구 했어?

부 소　아깐 가구 싶었지만, 지금은 여기서 살구 싶어졌어요.

엄　　그럼 우린 바뻐 떠나니 잘 있어.

부 소　네.

엄　　(염노인에게) 안녕이 게십쇼.

염노인　부디 성사하시오.

엄　　(일동에게) 그럼 곳장 서울로?

도적들　용감한 진군이다.

산곡에 퍼저가는 요란한 진패 소래, 각저, 바라 소래.
도적패들 칼을 뽑아 들고, 우렁찬 노래를 불으며 비탈을 내려간다.
나모나의 일행도 뒤따른다.
도적들이 부르는 자유의 노래

"자유의 노래"

활은 집 속에 울고 / 피는 염통에 뛴다
평원에 말을 먹이고 / 랑림에 칼을 갈어
달려라 내 룡마야 / 따러라 동무들아
원근 산천이 쩡쩡 울고 / 초목 금수가 벌벌 떤다

우린 왕관도 싫고 / 부모 처자도 싫다
피로 자유를 찾고 / 불로 정의를 구하리

불어라 뿔호각 / 두드려라 쇠북을
원근산천이 쩡쩡 울고 / 초목 금수가 벌벌 떤다.

썩은 뿌리는 뽑고 / 빗둔 골통은 바셔
송이 송이 끝피여 / 구중높은 자유의 성
피어라 황톳불 / 불어라 새노래를
원근산천이 쩡쩡 울고 / 초목 금수가 벌벌 떤다.

노래소래 점점 멀어진다.
염노인과 부소, 바위에 올라 그들을 전송한다.
이윽고 부소 참았든 울음이 복바처, 부의 가슴에 얼골을 묻고 운다.
염노인, 그의 등을 조용이 어루만진다..
점점 멀-리 사라지는 도적들의 노래.

-막-

내 고향

영화문학

김승구

삼천리 강토를 굽어보듯 거연히[1] 솟아 있는 백두 령봉, 이 나라의 유구한 력사와 인민들의 슬기로운 전설을 담은 천지에 찬연한 해발이 비낀다. 그것을 배경으로 자막이 나타난다.

"내 고향"

'다시 찾은 내 고향' 노래의 선율이 정중하게 울린다.

푸른 하늘 기름진 땅 맑은 시내물
대를 이어 살아오는 삼천리 강산에
원쑤 일제 기여들어 서른여섯 해
피눈물과 어둠만이 깊어갔다네
아 김일성 장군님 밝혀주신 광복의 한길로
이 나라의 아들딸은 싸워 이겼네

정든 산천 부모형제 모두 버리고
설한풍과 가시밭길 몇만리였더냐
꿈결에도 잊지 못할 내 고향 품에
광복의 새봄 안고 돌아왔노라
아 김일성 장군님 길이길이 함께 모시고
이 땅 우에 새 나라를 세워 가리라

숲이 우거진 산을 등지고 자리잡은 고향마을, 맑은 개천이 산기슭을 에돌아 마을 앞 벌을 적시며 흐른다. 그 동뚝에는 소소리높은[2] 미루나무와 능수버들이 이 마을을 호위하듯 주런이 늘어섰다. 경치는 이렇듯 아름다운 고향이였건만 사람들은 억년 가난 속에 허덕이며, 게딱지같은 초가 삼간에 허리도 못 펴고 살고 있었다.

그들의 생활을 멸시하고 위압하듯, 고래등 같은 기와집 한 채가 네 활개를 벌리고 마을 한복판에 들어앉았다. 지주 최경천의 집이다.

육중한 대문을 들어서면, 높은 축대 우에 덩그러니 올라앉은 사랑채에 최경천이가 치부책을 뒤적이고 있다.

이때 관필 어머니가 들어오다가 최경천을 보고 겁에 질려 가까이 다가서지 못하고 대청을 올려다보며 입을 연다.

---

1) 거연(巨然)히, 크고 우람하게. 또는 당당하고 의젓하게.
2) 하늘로 솟은 모양이 아득하게 높다.(북한말)

관필어머니　나리님! 부르셨습니까? (하고, 허리를 굽힌다)3)

경　천　응, (돋보기 너머로 내려다보며) 관필이란 놈이 요즘두 우리 산에 가
　　　　서 나물 해다 판다지?

관필어머니　생나무야 어디 베다 팔았습니까? 가랑잎, 솔잎 떨어진 걸 더러
　　　　긁어다가 때기두 하고, 좀 남은 걸 아마 갖다 팔았나 봅니다.

경　천　가랑잎, 솔잎? 아니 그건 제 거야! 지주네 산에서 나물 했으면 갖
　　　　다 바치구 좀 얻어다 때면 몰라두, 갖다 팔아? 요즘 갖다 판 건 모
　　　　조리 갖다 바치도록 해! 고약한 것들, 그리구 서방님 맞으러 관식
　　　　일 정거장에 내보냈어?

관필어머니　예, 조반 전에 내보냈습니다. 그런데 저 나무 해다 판 거야 어
　　　　떻게…

경　천　듣기 싫어, 여러 말 말구 관필이를 나한테 당장 들여보내…

관필어머니　예…

　　　어머니는 고개를 숙이고 나간다.
　　　경천은 치부책을 뒤척거리다가, 뜰 아래에 쪼그리고 앉아있는 작인들에게
　　　눈길을 돌린다.

경　천　너 이놈, 윤식아.

윤　식　네.

경　천　삼년 전에 장리쌀 갖다 먹은 걸 아직도 못 물구 있으니, 그게 사람
　　　　의 짓이야?

윤　식　해마다 이자 물기가 바빠서요.

경　천　잔소리 말구 올가을엔 갖다 물어. 일곱 가마니 반이야.

　　　쪼그리고 앉았던 윤식이가 눈이 둥그래서 일어난다.

윤　식　아니, 일곱 가마니 반이라니요?

경　천　해마다 이자를 못 물어서 이자에 덧이자가 붙어서 그런 거야. 왜
　　　　일곱 가마니 반이 많아서 그래?

윤　식　아니올시다. 물기가 너무 벅차서 그래요…

경　천　벅찬 걸 누가 먹으래? 세상 물정두 모르면서 장리쌀 갖다 먹었나.

---

3) 본문에는 지문을 뜻하는 ( ) 표기가 없으나, 이후 대사 끝에 이어지는 지문에는 ( ) 표시를
　　하였음.

	하여튼 꿔갈 땐 꿔가더래두, 내놓을 건 다 내놓아. 그리구 이놈 덕칠이.

덕 칠 네?

경 천 고약한 놈, 종자벼도 안 내놓구, 몽땅 쓸어 처먹어? 뭘루 농살 짓겠나? 땅을 내놓구 당장 나가라!

덕 칠 아니, 종곡은 내줄 테니, 바칠 건 바치라구 해서 다 내놓질 않았소.

경 천 듣기 싫어. 오죽 변변치 못하게 농살 지었으면 도지도 못 물었겠나? 안 된다, 안 돼. 땅을 내놔라!

덕칠은 대꾸도 못하고 경천을 쳐다본다.

경 천 이놈아, 농사지을 사람이 너 혼자뿐인 줄 아니. 소, 돼지, 닭을 통으로 가지구 와서 농사를 짓겠다는 사람이 문턱이 닳도록 온다.

경천은 올방자4)를 틀고 앉아서 다시 치부책을 뒤적이며 수판알을 튀긴다. 기가 막힌 듯 멍하니 올려다보고 있는 작인들.

관필이네 집

아름드리 고목이 우거진 뒤산 언덕 밑에 자리 잡은 초가 삼간이다.
어머니와 관필이, 관식이 형제 세 모자가 사는 보잘 것 없는 집이다. 그러나 구석구석에 손이 가고 윤이 나게 닦고 문질러서, 이 집 어머니의 근면하고 정갈한 마음씨를 엿보게 된다.
큰아들 관필이가 나무를 한짐 잔뜩 해지고 뒤등에서 내려다본다.

관필어머니 ……

어머니가 부엌에서 나와 나무짐 내려놓은 것을 거둔다.

관필어머니 어이구, 조반두 안 먹구 시장하겠구나.
관 필 괜찮아요. 관식인 어데 갔어요? (하며, 수건으로 땀을 씻는다)

어머니는 말하기 거북한 듯, 아들의 눈치를 보며 말한다.

---

4) 책상다리.(북한말)

관필어머니 최주사 집에 갔다.
관 필 거겐 뭘 하러 갔어요?
관필어머니 인달이가 서울서 돌아온다나 보더라.
관 필 인달이가 오는데, 관식인 왜 불러요?
관필어머니 짐을 좀 날라다 달라구…
관 필 짐을?

　　관필은 얼굴색이 달라지며 머리수건을 다시 동이고 나무짐을 진다.

관필어머니 애야. 아, 조반을 먹구 가지 않구…
관 필 나무 팔구 와서 먹겠어요.

　　관필은 나무짐을 지고 성큼성큼 언덕길을 올라간다.
　　어머니는 아들의 심상치 않은 거동에 마음이 불안하여, 한참동안 뒤모습을 바라본다.

동리길

　　한쪽 다리가 부실하여 작대기를 짚고 다니는 순칠이가 골목길에서 나오다가 관필을 보고 알은 체하며 말을 건다.

순 칠 관필아! 나무 팔러 가니?

　　그러나 관필은 딴 생각에 골몰한 듯, 쳐다보지도 않고 지나간다.

순 칠 자식… 별안간 벙어리가 됐나? (하고, 마땅치 않게 돌아보다가 절뚝거리며 야장간 쪽으로 걸어간다)

읍으로 가는 길

　　나무짐을 지고 관필이가 동구밖 길로 나오다가 문득 발을 멈춘다. 무엇을 보았는지 그 눈에 불꽃이 튄다.
　　앞길 노송나무 사이로 언듯번듯 보이는 지주의 아들 인달이와 관식이. 인달은 양복차림에 중절모를 쓴 미끈한 신사다. 그 뒤에 트렁크와 포스톤빽을 지게에 진 관식이가 따라온다. 관필은 한참 쏘아보다가 지게를 벗어놓고 관식의 앞을 막아선다. 관식은 형의 노기에 찬 눈길에 기가 눌려서 발을 멈춘다.

인 달 여!

인달은 알은 체하며 관필을 바라본다.
관필은 인달이를 거들떠보지도 않고 관식에게 다가간다.

관 필 관식아. (하고, 다짜고짜로 후려친다)
관 식 아이쿠!

짐을 진 채 쓰러지는 관식이. 지게에 얹었던 짐짝들이 길바닥에 나뒹군다.

인 달 저 자식이, 이게 무슨 버르장머리야.
관 필 못난 자식! 처 먹구 할 일이 없니! 죽어라, 죽어!

관식은 아무 대꾸도 못하고 흙을 털고 일어선다.

관 필 썩 가지 못해… 빨리 가!

관식은 빈 지게를 걸머지고 어슬렁어슬렁 마을로 들어간다.
길바닥에 나딩굴은 트렁크와 짐짝들.

인 달 아니, 이 자식이, 이게…

관필은 그를 거들떠보지도 않고 나무짐을 지고, 읍쪽으로 성큼성큼 걸어간다.

인 달 흥, 종년의 자식들이… 두고 보자.
      (쏘아붙이고 나서 짐을 양 손에 들고 끙끙거리며 걸어간다)

최경천의 집 안채

관필어머니가 뜰 아래에 머리를 수그리고 서있다. 대청마루에서는 이 집 식구들이 밥상을 둘러싸고 앉아서 게걸스럽게 먹고 있다. 상다리가 휠 듯이 차려진 진수성찬이다.

경　천　쇠도적놈 같으니라구. 그래 그런 짓을 해야 옳단 말야?
관필어머니　제발 이번 한번만 용서해주십시오. 그 녀석이 철이 없어서 그
　　　　　　랬으니까…
경　천　용서하긴 뭘 용서해. 빌어먹을 것들…
경천의 처　사람이란 은공을 알아야 하는 법이야. 그래 그놈들이 황소새끼
　　　　　　처럼 피둥피둥 자란 게 뉘 덕이냐?

　　　인달은 술을 놓고 부엌을 향하여 소리친다.

인　달　물 가져와!
경천의 처　믿는 도끼에 발등 찍힌다구, 나중에 별것들한테 망신을 당한다
　　　　　　니까. 어이구.

　　　기름독에 빠졌다가 나온 듯이 매끈하게 차린 인달의 처가 숭늉그릇을 들
　　　고 나온다.

경　천　아무튼 여러 말 말구, 금년부턴 내 땅을 내놓게, 내놔!

　　　관필어머니는 그 말에 얼굴을 번쩍 들고 한발자국 나선다.

관필어머니　나리님! 땅이야 어떻게…
경　천　어떻거긴 뭘 어떡해. 내 땅 내가 내놓으라는데, 고약한 것들.

　　　인달이가 일어나서 입가심한 물을 뜰 아래에 내뱉는다. 그것이 관필어머
　　　니 발등을 적신다. 관필어머니는 눈길을 치뜨고 인달을 쳐다본다.

인　달　보긴 왜 보는 거야.

　　　관필어머니는 북받치는 울분을 참으며 머리를 숙인다.

중문간

　　　안채로 들어가는 중문 밖에서 관식이가 귀를 기울이고 있다. 경천의 처의

되알진5) 목소리가 들린다.

경천의 처 너희들은 개만두 못한 것들이야. 개두 사흘을 치면 주인을 알아
　　　　　보는데…

안뜰

머리를 숙이고 있는 관필 어머니.

인　달 종년의 새끼들이 건방지게 마음은 살아서… (하며, 싸늘한 눈으로
　　　　내려다본다)

관필 어머니는 끓어오르는 분을 씹어 삼키는 듯 입술을 지그시 깨문다.

옥단의 집

옥단이가 아궁 앞에서 불을 때며, 야학에서 배우는 공책을 펴들고 읽는다.

옥　단 우리의 원쑤는 일제다. 지주도 우리의 원쑤이다. 우리 나라에 일제
　　　　와 지주놈이 있으면 우리는 잘 살 수 없다. 우리는 일제와 싸워야
　　　　한다. 지주하구두 싸워야 한다. 싸워서 이겨야 한다…

그때 밖에서 관필이가 와서 인기척을 한다.

관　필 안녕하셨어요?

옥단 어머니가 문을 열고 반색한다.

옥단어머니 아이구, 어서 오게.

옥단이는 읽던 공책을 품에 감추고 귀를 기울인다.

---

5) 되알지다, 힘주는 맛이나 억짓손이 몹시 세다. 또는 힘에 겨워 벅차다. 또는 몹시 올차고 야
　무지다.

관　필　옥단이 있어요?
옥단어머니　부엌에 있네.
관　필　그래요.

　　옥단이가 옷매무시를 고치고 일어서는데, 관필이가 부엌문을 열고 들어선다.
　　옥단은 한편 반갑고 한편 부끄러워서 어쩔 바를 모른다.

관　필　우리 어머니 안 왔댔어?
옥　단　아니.
관　필　여기두 안 오시구, 어딜 갔었을가?

　　관필은 말없이 옥단이 옆에 앉는다.
　　누데기로 싸고 짚신을 신은 그의 발.

옥　단　나무하러 갔었어?
관　필　응.
옥　단　아이, 발 시리겠어. 이리 앉아서 발 좀 쬐요!
관　필　괜찮아.

　　관필은 못 이기는 체, 그 옆에 다가앉으며 발을 쪼인다.

야장간

　　옥단아버지 오서방과 야장쟁이가 연장을 벼리고 있다. 순칠이가 풍구질을 하면서 일손을 돕는다.
　　여기에 옥단 어머니가 들어온다.

옥단어머니　관필이 어머니 못 봤나?
순　칠　사위 대접은 안 하구 왜 나 댕기슈.

　　모두 웃는다.

옥단어머니　에끼 이 사람 실없는 소린… (하며, 순칠을 밉지 않게 눈을 흘긴다)

순　칠　아, 그래 동네 사위는 사위가 아니랍디까?

　　　모두 웃음보를 터뜨린다.

오서방　어서 찾아보구려.
옥단어머니　순희네 집엘 갔을가? 내 좀 다녀오리다. (하고, 밖으로 나간다)

　　　순칠이가 풀무를 당기며 한 가락 구성지게 뽑는다.

　　　"푸르른 봄배추는
　　　찬이슬 오기만 기다리고
　　　부엌에 있는 처녀는
　　　총각이 오기만 기다린다.
　　　어랑어랑 어이야, 어허라 엄마 디어라
　　　모두 다 내 사랑이로구나6)"

　　　오서방과 야장쟁이는 가락에 맞춰 신바람나게 망치질을 한다.

옥단의 집 부엌

　　　나란히 앉아있는 옥단과 관필. 오래동안 그렇게 말없이 앉아있는 듯, 옥단은 활활 타들어가는 불길에 눈을 주고 생각에 잠겨 있다.

관　필　그런데 뭘 그렇게 생각하구 있었어? 사람 오는 줄도 모르구.
옥　단　가난뱅이 생각이 별 거 있나.
관　필　또 살림살이 걱정이야⋯ 걱정만 하면 뭘 해.
옥　단　싸워야 한단 말이지?
관　필　그럼 싸워야 하지 않구. 우린 싸워야 해. 야학선생님 말씀두 그렇구. 그 책에두 씌여 있잖아. 일제가 망해야 우리 나라가 독립할 수 있구, 지주가 없어져야 우리 잘 살 수 있다구⋯

　　　이때 밖에서 관식이의 다급한 목소리가 들린다.

관　식　형! 형! 여기 있어?

─────────────

6) 어랑타령, 민요 '신고산 타령'을 달리 이르는 말.

110

관　필　왜 그러니? (하며 나간다)
관　식　큰일 났어! 최주사가 땅을 뗀대…
관　필　땅을?

　　옥단이는 그 말을 듣고 불안한 얼굴빛을 하고 나온다.

관　식　응, 저 인달이 그 자식이 어머니 보구 개만두 못한 것들이라구 막
　　　　욕을 하면서, 당장 땅을 내놓으라구 야단이예요.

　　야장간에서 오서방과 순칠이가 나와서 걱정어린 얼굴빛으로 관필을 바라
　　본다.
　　관필은 말문이 막혀 주먹만 부르쥐고 어쩔 바를 모르다가, 경천네 집쪽으
　　로 내달린다.
　　오서방이 걱정스런 낮으로 보다가 뒤따라간다. 관식이도 내달린다.
　　옥단 어머니가 오다가 달려가는 오서방을 돌아보며 불안감을 느낀 듯 묻
　　는다.

옥단어머니　아니, 무슨 일이 생겼소?
오서방　최주사네가 관필이네 땅을 뗀대… (하고, 급히 관필의 뒤를 쫓는
　　　　다)

　　순칠이도 절룩거리며 따라나간다.
　　옥단 어머니가 바라보다가 한숨을 쉬고 혼자 말한다.

옥단어머니　어이구, 형님이 또 우시게 됐구나.

관필이네 집

　　맥이 풀려 앉아있는 관필 어머니. 어머니는 허황한 눈길을 한구석에 던지
　　고 있다.
　　옥단 어머니가 걱정스러운 얼굴로 언덕길을 내려와서, "형님 계시우?" 하
　　며, 문을 연다.
　　옥단 어머니는 인사보다 걱정이 먼저 나간다.

옥단어머니　아니, 최주사네가 땅을 뗀다구요? 관필이하구 관식이하구 지금

최주사네 집으로 가는 모양입니다.

관필어머니 가면 뭘 하겠소. 어이구, 어서 이리 좀 올라오시오. (하고 말할 기력도 없는 듯 깊은 한숨만 내쉰다)

옥단어머니 다른 사람은 몰라두 형님네 땅이야 차마 뗄라구요.

관필어머니 그걸 누가 안다나요?

옥단어머니 아, 원 5년 동안이나 종처럼 부려먹다가 땅 한 뙈기 준 걸 도루 떼다니, 그게 될 말이요?

관필어머니 가을이면 애써 지은 곡식을 모조리 빼앗아가면서두 땅재샌7) 땅재새대루 하니, 제 땅 없는 사람이 이런 말할 건 아니지만…

순칠이가 고목나무 언덕을 내려오면서 소리친다.

순 칠 아주머니!

그 다급한 목소리에 놀래여 옥단 어머니와 관필 어머니가 문을 열어젖히며 나온다.

순 칠 아주머니! 큰일났어요!

옥단어머니 아니, 왜 그러나?

순 칠 저 관필이가 최주사네 집에서 대판 싸움을 하구 있어요.

관필어머니 아니, 누구하구?

순 칠 인달이란 녀석이 단장으로 후려 갈기려는 것을 관필이가 번쩍 들어 동댕이쳤어요…

관필 어머니는 두 손으로 무릎을 치며 주저앉는다.

최경천네 집 사랑마루

경천의 처와 인달이 처가 으르렁거리는 인달을 붙잡고 머리에 붕대를 매 주고 있다. 인달이는 고랙고래 소리치며 엄살을 부린다.

인 달 어이구, 이놈의 자식을 그저, 아이쿠! 나 죽는다. 아이구!

---

7) 재세, 어떤 힘이나 세력 따위를 믿고 교만하게 굴다.(북한말)

112

인달의 처   좀 가만히 계셔요.
인 달   아이 저리 비켜, 아이쿠. (하며 처의 손을 뿌리친다)
경천의 처   인달아, 인달아, (밖을 내다보다 큰소리로) 원, 천하에 저런 몹
          쓸 놈의 자식을, 그래 이놈! 관필이 이놈, 종년의 새끼가 상전을 몰
          라보구 이런 발칙한 짓을 해. 무사할 줄 아느냐, 이놈!

    밖에서 군중들의 아우성소리가 들린다.
    "땅을 떼다니 무슨 소리요!"
    "취소하시오!"
    "관필이네 땅은 못 뗀다…"

대문 앞에서

    마을 사람들이 경천을 에워싸고 떠들고 있다.
    앞장서서 경천을 쏘아보는 관필.
    군중들이 고함치며 대문으로 밀려든다.
    경천은 뒤걸음치다가 안으로 들어가며 소리친다.

경 천   총을 내오너라! 총!

    경천의 처가 벽에 걸린 엽총을 내다준다.
    군중 속에서 옥단과 관식이가 겁에 질려서 보고 있다. 경천이가 총을 겨
    누며 나온다.
    아연하여 바라보는 군중들. 그 앞에서 경천을 쏘아보는 관필. 그의 눈에서
    불이 인다.

경 천   이놈의 자식, 내 집 문전에서 살아나갈 줄 아니!

    엽총을 관필의 가슴에 겨누며 다가든다.
    옥단의 공포에 질린 얼굴.
    바위처럼 굳건히 버티고 서서 경천을 쏘아보는 관필.
    옥단은 분격하여 웨치듯 큰소리로 말한다.

옥 단   어서 저 총을 빼앗아요!

    군중들이 호응하듯 환성을 올린다.

"저 총을 뺏어라!"
"총을 뺏으라구!"
등등, 함성이 그칠 새 없이 터진다.

옥　단　사람을 죽여요! 총을 뺏어요!

오서방이 경천을 막아나서며 소리친다.

오서방　아니, 이게 무슨 일입니까?
경　천　비켜라! 이놈아!

사람들이 덤벼들며 총을 뺏으려 한다.

"이 영감이 미쳤나!"
"나리, 참으슈!"

경　천　놔라! 이놈아!

최경천은 독이 올라서 다시 겨눈다.
이때 옥단 어머니의 부축을 받은 관필 어머니가 허둥지둥 사람들을 헤치
고 들어와서 관필의 앞을 막아선다.

경　천　이놈!
관필어머니　서라, 이애 아버지도 일제의 총에 맞아 죽었다. 이번엔 일제
　　　　　대신 애를 총으루 쏘아죽이겠니?…
경　천　뭣이 어째, 이년아!

순칠이가 앞에 나선다.

순　칠　이 두상이 미쳤나? 누구 보구 이년이래! (하며, 작대기를 추켜든다)
경천의 처　이 불한당 같은 놈들아, 내 아들을 저 꼴루 만들어 놓구, 누구
　　　　　한테 또 함부루 손을 대는 거냐?

이때 군중들의 아우성소리가 울린다.

"총을 쏘는 건 누구냐!"
"때려잡아라!"
안에서 머슴이 어슬렁어슬렁 나온다.

경천의 처   너 뭘 멍청하니 보구 서 있는 거야. 빨리 가서 순사를 불러오지
     못해!

머슴은 비실비실 사람들 뒤로 빠진다.
순칠이가 그를 보고 쫓아가며 윽박지른다.

순 칠   너 이 자식, 가기만 해봐라. 다리 몽두라질 불러 놓는다!
경천의 처   어서 빨리 가지 못해!

경천은 여전히 총을 겨누며 소리친다.

경 천   비켜라, 이놈들 쏘아 죽일 테다!
관필어머니   죄가 있으면 나를 쏘시오! (하며, 어머니가 앞으로 나선다)

관필은 어머니를 막아나서며 가슴을 벌리고 소리친다.

관 필   쏴라! 쏠 테면 쏴라!
관필어머니   애는 못 죽여요! (하며, 다시 관필의 앞을 막아선다)

순칠이가 관필이 옆에 와서 귀띔한다.

순 칠   애, 관필아, 순사 데리러 갔다. 빨리 도망가!…
관필어머니   애, 관필아!

사람들이 관필을 에워싸고 경천을 쏘아보며 아우성을 친다. 옥단이가 옆
으로 와서 관필의 옷깃을 잡아끈다.

관필의 집 앞

어둠을 타고 기여드는 검은 그림자들.
경관놈들이 집을 포위하고 죄여든다. 그 중에는 최경천이도 보인다.

이윽고 관필이가 조그마한 보따리를 끼고 방에서 나온다. 뒤따라 어머니와 관식이가 나온다. 어머니는 옷자락으로 눈굽을 찍는다.
어둠속에서 쌍심지를 켜고 지켜보던 사복경관놈이 호각을 분다. 미친 개처럼 달려드는 경관들, 관필은 어쩔 사이 없이 포위되어 묶이운다. 어머니가 최경천에게 매달리며 애원한다.

관필어머니　나리님, 말씀 좀 해 주슈. 한번만 용서해 주슈. 예.
경　천　저리 비켜, 이년아!

발길로 걷어찬다. 어머니는 비틀거리며 저만치 쓰러진다. 관필이는 어머니의 참혹한 모습을 보고 경관들을 뿌리치며 경천에게 달려든다.

경　천　이놈, 또 덤비겠니? 덤벼봐라! (하며, 단장으로 머리를 후려친다)

관필은 증오에 찬 눈으로 그놈을 쏘아본다.

경　천　이놈아, 똑똑히 보면 어쩔 테냐? 이놈아. (하며 다시 한 번 후려친다)

어머니는 쓰러진 채 운신을 못 한다.

관　필　어머니.

경관들이 관필의 등을 밀친다.

경　관　가자!
관　식　형!

검은 구름이 달빛을 가리며 몰려든다.
"어머니" 관필의 애타는 부르짖음이 구름 속에 사라진다.

경찰서 취조실

관필이가 형사와 마주앉았다.

116

형　사　너의 아버지가 언제 죽었니?
관　필　기미년 만세 때에 돌아가셨습니다.
형　사　응, 독립군의 새끼로구나.

다른 취조실

여기서도 순사부장놈이 중년남자를 취조하고 있다. 그는 김일성 장군님께서 이끄시는 항일유격대에서 국내공작을 나왔다가 체포된 김학준이다. 그는 오래동안 갇혀 있은 듯 병색이 완연하고, 고문에 시달려 운신을 잘하지 못한다.

순사부장　야! 안 댈 테냐? 바른대로 대라. 쓸데없는 고집 쓰지 말구, 바른
　　　　　대루 대란 말이야! 응! 김일성부대가 어데 있느냐 말이다!
학　준　알면 댈 줄 아니!
순사부장　죽어두 몰라?

와이샤쯔 바람으로 대기하고 있던 형사놈에게 눈짓을 한다. 그놈은 덤벼들어 학준을 공중에 매단다.
악 물고 고문을 이겨내는 학준.

관필의 취조실

형사놈이 관필의 입을 틀면서 심문한다.

관　필　아무 죄두 없는데, 땅을 떼는 법이 어데 있어요.
형　사　야, 지주집을 습격하라구 누가 가르쳤어?

손가락 사이에 철필대를 끼우고 비튼다.

관　필　아야… 아야… 시키긴 누가 시켜요. 아야, 아아, 화가 나니까 내가
　　　　그랬지. 아-야… 아이야…
형　사　화가 나면 지주두 상전두 몰라봐, 이 자식아. (하며, 철필대를 끼운
　　　　손가락을 쥐고 비튼다)
관　필　아야… 제가 무슨 죄가 있어요. 아야야…

관필은 형사놈의 손을 뿌리치며 악을 쓴다. 그의 이마에서 비지땀이 솟는

다.

감방

빈틈없이 앉아있는 죄수들, 책상다리를 하고 기세당당하게 앉아 있는 사람도 있고, 두 팔로 무릎을 끼여 앉고 생각에 잠긴 사람도 있다. 어떤 사람은 고문에 시달려 운신도 못하고 한 구석에 누워 있다.
취조실에서 고문당하는 사람들의 신음소리가 여기까지 들려온다.

죄수1   에이, 야차8)같은 놈들…
죄수2   저게 (신음소리에 귀를 주며) 김학준 선생이 아니야?
죄수3   그 선생이야 그럴 리 있나.
죄수2   글세.

이때 형사놈이 김학준을 데리고 들어와 간수에게 인계하고 나간다.
김학준은 간신히 몸을 가누며 자기 감방 앞으로 걸음을 옮긴다. 이 감방,
저 감방에서 사람들이 내다보며,
"김학준 선생이다."
"유혈이 랑자하군."
"죽일 놈들." 등, 수근거린다.
간수가 뒤따라와서 육중한 감방 자물쇠를 연다.

간   수   야, 들어가! (하며, 김학준을 감방에 밀어넣는다)

밤이 되었다.
학준이가 자리에 누워서 관필에게 이야기를 해주고 있다.

학   준   … 강도 일제는 조선을 침략하자, 먼저 지주들과 야합해서 우리 농
민들을 략탈하기 시작했소. 놈들은 총독부를 만들고, '토지조사'라
는 구실 밑에 농민들의 땅을 빼앗아 국유지를 만들고, 일부는 친일
파와 매국노들의 소유로 만들어, 농민들의 고혈을 빨아먹기 시작했
소.

---

8) 夜叉, 두억시니, 모질고 사나운 귀신의 하나. 사람을 괴롭히거나 해친다는 사나운 귀신. 염
마청에서 염라대왕의 명을 받아 죄인을 벌하는 옥졸.

간수가 두런두런하는 말소리에 귀를 도사리다가 감방을 기웃거리며 온다.
"쉬―"
문 옆에 앉았던 사람이 눈짓을 한다. 학준은 말을 중둥무이하고[9] 눈을 감는다. 간수가 와서 관필을 쏘아보며 소리친다.

간 수 왜 거기 가 있어!

관필은 간수를 흘깃 쏘아보고 자기 자리로 온다.
간수는 발길을 옮겨 다음 감방 안을 보며 지나간다. 억눌린 정적 속에 간수의 구두발 소리만 요란하다. 밤이 깊어간다.

다시 날이 밝아서

학준이가 벽에 몸을 기대고 엇비슷이 앉아서 관필에게 또 이야기를 하고 있다.
다른 사람들도 그의 말에 귀를 기울이고 있다.

학 준 보천보 사건에서 일제는 조선 사람들이 죽지 않았다는 것을 알게
       됐을 뿐만 아니라, 우리 유격대와 김일성 장군님의 이름만 들어두
       혼비백산하게 됐소…

간수가 또 다가온다.
건너편 감방에서 지키고 있던 사람이 헛기침으로 이쪽 감방에 신호한다.
간수는 다시 3호 감방 앞에서 발을 멈춘다.

간 수 무슨 말들이야? 관필이 앞에 나와 앉아! 앉지 못해, 이 자식아!
관필은 자기 자리로 오면서 큰소리로 투덜거린다.

관 필 앓는 사람 병구완두 못하우?
간 수 앉아라!

경찰서 앞

---

9) '중둥무이하다', 하던 일이나 말을 끝내지 못하고 중간에서 흐지부지 그만두거나 끊어 버리
   다.(북한말)

옥단이가 조그마한 보퉁이를 들고 와서 순사에게 간청을 하고 있다.

옥 단 면회는 안 되더래두, 옷이나 받아주세요.

순사는 대꾸도 없이 그냥 들어간다.
옥단은 따라 들어가다, 문이 탕 닫히는 바람에 다시 발길을 돌린다.
시름없이 옮겨지는 옥단의 발걸음.
골목길에 회오리바람이 맴돌면서 눈보라를 휘감아 올린다.

감방

모진 바람에 전선줄이 울부짖는 소리가 감방을 더욱 음산하게 한다. 몸을
가눌 수 없이 등골이 얼어든다. 그러나 사람들의 눈길은 불길을 뿜으며
학준이와 관필이가 주고받는 이야기에 귀를 기울인다. 학준은 신열로 인
하여 말라터진 입술을 감빨면서10) 이야기를 계속한다.

학 준 동무는 일제와 싸울 용기가 있소?
관 필 네, 싸울 수 있습니다.

학준은 빙긋이 웃으며 그의 손을 잡는다.

학 준 우리가 힘을 합쳐서 싸우기만 한다면, 반드시 이기고 말 것이요.
관 필 네.

학준은 목이 타는 듯 말을 잇지 못하고 입술을 감빤다. 관필은 안타깝게
보고 있다가, 벌떡 일어나 문앞으로 다가서서 소리친다.

관 필 간수 나리!

신문을 읽던 간수는 힐끔 돌아볼 뿐 대꾸를 안 한다.

관 필 여보, 간수 나리!

간수는 여전히 신문만 보고 있다.

―――――――――――
10) 감칠맛 있게 빨다. 맛있게 먹다. 입맛을 붙이다.

거기에 관필의 벼락같은 웨침소리가 들린다.

관 필 간수야! 개새끼야!

그제야 간수는 신문을 내동댕이치고, 목검을 들고 3호 감방 앞으로 온다.

간 수 뭣이 어째… 뭘 그래!
관 필 앓는 사람한테 물 한 모금 달라!
간 수 못 줘!

다른 감방에서도 사람들이 창살을 부둥켜 잡고 내다본다.

관 필 앓는 사람한테 물 한 모금도 못 줘?

간수는 성이 나서 목검으로 찌르며 발악한다.

간 수 앉지 못해! 앉어! 앉어! 앉어라! (하며, 목검으로 찌른다)

관필은 목검 한쪽을 휘여잡는다.

관 필 물 한 모금두 안 멕이는 게 일본제국주의의 법이냐? 엉!
간 수 … 앉아! 앉지 못하겠니? 이놈아! 앉으라!…

악에 치받친 간수놈이 고래고래 소리친다.

다른 감방

군중들이 이 감방 저 감방에서 일제히 격노하여 웨친다.
"물을 주라!"… "물을 내라!"
"간수놈아! 물을 내라!" 등등 웨친다.
관필은 군중들의 힘에 합세한다.
호응한 군중들은 일제히 들고 일어나, 문을 두드리고 마루바닥을 구른다.
기세충천한 군중의 웨침 소리가 온 감방에 가득차고 넘친다.
격노한 군중들의 맨앞에 관필이가 서 있다.
간수놈은 겁에 질려 우왕좌왕하며 어쩔 줄을 몰라 돌아친다11).
이 감방 저 감방에서 군중들이 단결하여 일제히 호응하여 들고 일어난다.

취조실

감방의 합세된 고함소리가 여기까지 들려온다.
"물을 내라! 이놈들아!"
겁먹은 순사놈들이 모자를 집어쓰고 뛰여나간다.

형사실

형사놈들이 당황하여 담배를 비벼 끄며, 황급히 달려나간다.

복도

겁에 질린 형사놈들이 무질서하게 복도를 뛰여온다.
여기에 순사놈과 형사놈이 물통을 들고 들어온다.
모두 조용해진다.
간수놈이 물을 떠서 문살 틈으로 들여민다.
관필은 간수놈을 쏘아보며, 물을 받아가지고 학준에게로 간다.

관 필 선생님! 물 드십시오! (하며, 물그릇을 공손히 준다)

학준은 빙긋이 웃으며 말한다.

학 준 잘 싸웠소!

관필은 학준의 얼굴을 바라본다. 다른 사람들의 얼굴에도 미소가 어린다.

취조실

형사놈들이 관필의 사지를 찍어 누르며 물고문을 들이댄다.
몸부림을 치는 관필. 그는 중과부적으로 어찌할 수 없다.

형 사 야, 이 자식아. 물 달라구 했지? 자, 실컷 마셔라! 마셔… (하며, 커

---

11) 나대며 여기저기 다니다. 싸돌아 다니다.

다란 주전자를 들고 관필의 입과 코에 마구 부어넣는다)

야수같은 형사놈들은 웃으며, 몸부림치는 관필을 찍어 누르며 주전자의 물을 계속 퍼먹인다. 물통의 물이 다 없어질 때까지 관필은 용을 쓰다가 기진하여, 사지를 늘어뜨리고 운신을 못한다.

골목

음식점이 있는 어두운 골목에서 거나해진 사람들이 비틀거리며 어둠 속으로 사라진다.
술집 모퉁이에서 방한모에 솜저고리를 입은 중년 남자가 한 청년에게 귀속말을 하고 있다.

중　년　어느 날 어느 곳으로 와야 한다는 것을 잘 알려주구 나와야 하우.
청　년　네.
중　년　그럼, 자…

둘은 굳은 악수를 나누고 갈라진다.
청년은 골목을 지나 집모퉁이를 돌아가다가, 앞에서 인기척을 느끼고 술 취한 사람처럼 비틀거리며 골목을 에돌아간다.
청년은 형사놈이 눈알을 번뜩이며 마주 오는 것을 보고, 비틀거리며 형사놈을 얼싸안고 혀 꼬부라진 소리를 한다.
형사가 청년을 후려갈긴다.
청년은 "아이쿠!" 하며 쓰러진다.
형사놈은 청년의 멱살을 움켜쥐고 일궈 세운다.
청년은 혼자 혀 꼬부라진 소리로 중얼거린다.
형사놈은 청년의 등을 밀치며 앞세워 끌고 간다.
청년은 비틀거리며 웅얼거린다.

감방 복도

순사가 주정뱅이 청년의 등을 밀치며 들어온다. 청년은 비틀거리며 가락도 맞지 않는 노래를 흥얼거린다.

순　사　야야… (하며, 청년을 후려갈기고 유치장에 밀어넣는다)
청　년　왜 때려! 왜 때리느냐 말야!

순 사   집어넣어!

순사놈은 간수에게 지시하고 나간다.
청년은 간수가 앉는 의자에 털썩 주저앉으며, 날카로운 눈으로 감방을 휙
돌아본다. 감방사람들이 모두 밖을 내다본다.
간수가 청년의 덜미를 잡고 감방 앞으로 끌고 가서 문을 연다.

간 수   들어가라. (하며, 등을 밀어넣는다)

소란하던 유치장이 다시 조용해진다.
감방 앞을 왔다갔다 하는 간수의 구두발 소리만 유치장 안에 가득 찬다.
여기에 울부짖는 바람소리가 새여든다.
모두 잠이 든 듯, 다만 신음소리와 코 고는 소리가 들린다.
간수도 자리에 엇비슷이 앉아서 코를 곤다. 시계는 자정이 넘었다. 그런데
잠자지 않는 한 사람이 있다. 주정뱅이 청년이다. 그는 긴장한 눈빛으로
바깥 기척에 귀를 기울인다.
간수의 코고는 소리와 시계소리가 들릴 뿐이다.
옆의 사람도 코를 골며 꿈 속을 헤매는 듯…
청년은 가만히 벽으로 다가붙어서 통방12)을 한다.
아무 반응이 없으므로 밖에 신경을 주며 반복한다.
옆방 학준이가 귀를 강구고13) 있다가 눈이 빛나며 변신한다. 그들은 신호
가 통한 듯 눈이 빛나며 통방을 계속한다.
간수놈은 입을 헤벌리고 드렁드렁 코를 곤다.

통방하는 학준과 청년

옆의 사람이 신음하며 몸을 뒤챈다.
청년은 그 사람의 동정을 살피다가 담요를 뒤집어쓰고 잠을 청한다.
그 옆방에서 학준이는 잠을 못 이루는 듯 천장에 시선을 던지고, 그 무슨
구상에 잠겨있다.
관필이가 문득 잠을 깨며 학준을 지켜본다.
철창문에 새벽빛이 어렸다.

학 준   좋은 방법이 있는데…

---

12) 通房, 교도소나 유치장 따위에서, 이웃한 감방의 수감자끼리 암호로 의사를 통함.
13) 주의하여 듣느라고 귀를 기울이다.

관 필 좋은 방법이요?
학 준 있소.

학준은 주위 사람의 숨결을 살피고 돌아앉더니, 관필의 앞 마루바닥에 '탈옥'이라는 글을 쓴다.
관필은 눈이 둥그래서 학준을 한참 본다. 학준은 관필의 손을 꼭 잡는다.
흥분한 관필의 얼굴.
들창이 훤히 밝아온다. 학준은 옷섶에서 조그마한 종이 쪽지와 손톱만한 연필을 꺼내서 약도를 그린다.
간수가 기지개를 켜고 시계를 쳐다보더니 일어나서 소리친다. "기상!"
감방사람들은 일어나서 누데가 같은 담요를 갠다. 간수가 한 방 한 방 문을 열자, 사람들은 담요를 들고 와서 복도 벽장에 넣고 들어간다. 그러는 틈에 관필이 문살 틈으로 쪽지를 다음 방에 넘겨준다. 그쪽 문 옆에 대기하고 있던 공작원 주정뱅이가 그것을 받아서 옷섶에 감춘다.

들창으로 아침 해빛이 흘러든다.

당직형사가 들어와서 감방을 돌아본다.

형 사 이젠 정신이 좀 드니?
청 년 네네, 미안합니다.
형 사 젊은 놈의 자식이 술이나 처먹구… 나가라! (하며, 한 대 후려갈기고 등을 민다)
공작원 예!

청년은 굽실하고 나간다.
간수가 감방 문을 연다.
공작원은 3호 감방 앞에서 학준과 눈길을 맞추고 나간다. 학준과 관필은 긴장하여 내다보다가 서로 돌아보고 남모를 미소를 짓는다.

경찰서 앞

숫눈14)이 쌓인 정문 앞에 옥단이가 전번과 같이 조그마한 보퉁이를 안고, 안타까운 마음으로 담장 안을 들여다보고 있다.

---

14) 눈이 와서 쌓인 상태 그대로의 깨끗한 눈.

순사가 들어갈 때마다 간청하려고 다가갔으나, 거들떠보지도 않으므로 말을 걸지 못한다. 옥단은 단념하고 돌아서려다가 다시 마음을 다지고 문을 밀고 안으로 들어간다. 그러나 열린 문이 닫히기도 전에 당직 순사가 밀어내는 바람에, 옥단은 몸을 가누지 못하고 눈 우에 쓰러진다.

경찰서 안에서 새여 나오는 매질 소리와 신음 소리.

옥단은 벌떡 몸을 일으켜 담장으로 다가가서 귀를 기울인다. 혹시 관필이가 저렇게 당하고 있는 것이 아닌가?

옥단이가 바라보는 조그마한 철창살, 저기에 관필이가 있을 것이다. 옥단은 가슴을 에이는 듯 들려오는 매질 소리와 신음 소리를 들으며, 북받치는 것을 억지로 참는다.

유치장

다시 밤이 되었다.

철창 사이로 내다보이는 네모난 하늘에 차거운 별빛이 반짝인다. 학준은 별을 내다보며 생각에 잠겼다.

사람들의 신음 소리와 시계 소리…

무릎을 그러안고 생각에 잠긴 사람들.

관필은 한점을 응시하고 앉아서 남모를 생각을 더듬고 있다.

시계가 열시를 친다. 하품을 하며 신문을 보던 간수가 열쇠뭉치를 들고 일어나, 1호 감방 문을 열고 소리친다. "이불 가져가!"

한 사람이 나와서 복도 벽장을 열고 담요를 한 아름 안고 들어간다.

학준과 관필은 긴장한 눈길로 마주보고, 간수놈이 문을 열고 닫는 소리에 온 신경을 집중한다.

간수놈이 문을 잠그고 다음 감방을 열고 소리친다. "이불 가져가!"

또 한 사람이 나와서 덮개를 들여간다.

긴장하는 학준과 관필.

간수놈이 감방 문을 여는 소리가 더 크게, 더 가깝게 들린다.

간수가 3호 감방 앞에 와 열쇠 묶음으로 문을 연다.

긴장하는 관필와 학준, 둘은 남모르게 손을 꼭 잡는다.

간수가 문을 열어 제낀다. 아무도 일어나는 사람이 없다.

긴장하는 관필, 그는 주먹을 부르쥔다.

간수놈이 거만하게 버티고 서서 소리친다. "이불 가져가라!"

관필이가 일어나 성큼성큼 걸어나간다.

긴장하여 바라보고 있는 학준. 그는 주먹을 부르쥔다.

관필은 문지방을 넘어서자 비호같이 덤벼들어 간수놈을 덮치며, 놈의 목을 힘껏 틀어쥔다.

내다보는 감방 사람들의 얼굴, 얼굴…
관필의 두 손이 마치 육중한 무쇠집게 모양으로 간수놈의 목을 꽉 조인다.
눈을 흡뜨고 사지를 뻗는 간수놈.
놈의 손에서 열쇠뭉치가 떨어진다.
눈이 둥그래서 내다보는 감방 사람들
관필과 학준은 축 늘어진 간수놈을 감방에 밀어넣고, 유치장 복도문을 나
선다.
경찰서 안은 쥐죽은 듯 괴괴하다.
두 사람은 불이 켜진 방 앞을 가만히 지나 복도를 긴장하게 빠져나간다.
학준은 관필에게 '자 빨리…' 하며, 복도를 에돌아 뒷문으로 돌아간다.
숙직실에서는 형사 두 놈이 바둑을 두고 있다.
모진 바람이 눈가루를 흩날린다.
관필이가 학준의 손을 잡고 경찰서 뒷문을 빠져 골목으로 몸을 숨긴다.

담장을 끼고 골목을 에돌아 거리 뒷산으로 오르는 두 사람의 그림자

이윽고 비상 싸이렌 소리가 요란하게 밤하늘에 진동하고, 이어서 순사, 형
사들이 경찰서에서 쓸어나오며 호각을 분다.
눈길을 헤치고 산길을 오르는 학준과 관필, 회오리치는 바람이 눈을 날려
그들의 행적을 감춰준다.
캄캄한 밤, 칠흑같은 어둠 속에서 개 짖는 소리와 총소리가 어지럽다.

관필의 집, 밤

희미한 등잔 밑에서 관식이가 새끼를 꼬고 있다. 어머니는 관필이 걱정에
상심한 나머지 몸져 누웠다.
문풍지 우는 소리.
집 앞 나무 낟가리와 굴뚝 모퉁이에 몸을 숨기고 있는 검은 그림자들. 관
필을 잡으려고 잠복한 놈들이다.
놈들은 뒤언덕 고목나무에도 붙어있다.
바람소리, 눈보라.
주위를 살피는 검정개들의 날카로운 눈초리.
순칠이가 급한 걸음으로 고목나무 밑을 지나 내려온다.
나무 뒤에 숨은 놈이 눈이 둥그래서 그를 주시한다.
순칠은 그런 것을 모르고 집 앞으로 다급히 내려간다.
집 앞 나무 낟가리 뒤에 숨었던 놈들 중에서 한 놈이 뛰쳐나오려는 것을
옆의 놈이 제지한다.

순칠이가 방 안으로 들어가자, 방문이 닫긴다.
품을 숨기고 있던 형사 한 놈이 살금살금 방문 앞으로 기여나간다.
슬그머니 문지방을 잡는 검은 손.
이윽하여 권총 끝이 문지방 우로 솟아오르자, 검은 머리가 불쑥 나타난다.
형사놈이다.

방안

반신을 일으키고 듣는 어머니. 관식이도 일손을 놓고 놀라운 소식을 듣는다.
순칠이가 나직한 목소리로 말한다.

순　칠　… 지금 온 동리가 발칵 뒤집히구 야단이 났어요.
어머니　제가 도망을 치면 어디를 가겠나?
순　칠　야학교 선생님이 늘 말씀하시던 곳, 김일성 장군님께서 싸우시고
　　　　계시는 거기루 갔을 거예요.

굴뚝 옆 벽에 붙어서 엿듣는 검정개의 그림자

밀림 속, 낮

총소리가 메아리친다.
관필이가 학준의 손을 잡고 숲을 헤치며 달려 올라간다. 신발은 거덜이
나고, 옷도 나뭇가지에 찢겨서 불성모양15)이다.

다른 산 속

경찰들이 두리번거리면서 수색한다. 지휘관놈이 눈을 밝은 발자국을 보고
졸개들을 지휘한다.

어느 산중턱

허덕이며 내달리는 학준과 관필.

---

15) 不成模樣, 모양이 제대로 이루어지지 아니함. 또는 몹시 가난하여 살림이나 복색 따위가
　　말이 아님.

험한 숲과 바위산을 톺아오른다.16)
그들의 눈앞에 보이는 유표한17) 나무, 그 중 한 가지가 방향을 가리키듯 한쪽으로 꺾어졌다.
저 멀리 산 아래 숲속으로 추격하는 놈들이 보인다.

관　필　선생님, 개놈들이…
학　준　빨리.
놈들의 목소리 "서라! 안 써면 쏜다! 서라!" (하고, 악을 쓰며 뒤를 쫓는다)

　　두 사람을 발견한 적들은 이리떼 모양으로 달려든다.
　　총소리가 메아리친다.
　　학준이가 무릎을 꿇고 어푸러진다.
　　관필은 얼른 학준을 둘쳐업고 내달린다.
　　추격하는 적들. 거리가 점점 죄여든다.
　　놈들은 두 사람을 생포할 작정으로 총을 쏘지 않고, 양쪽에서 에워싸며 올라온다.
　　학준은 이미 의식이 없는 듯 머리를 숙였다.
　　관필은 억척스럽게 산을 톺아오른다.

유격대원들이 진을 치고 있는 산마루

　　눈보라가 휘몰아친다. 7~8명의 유격대원들이 학준이가 그린 약도를 보고 있다.
　　이때 어디선가 총소리가 메아리친다. 긴장하는 대원들

산중턱

　　적들의 악을 쓰는 소리가 들린다. 놈들은 지척에 다가든다.
　　이때 산마루 바위 뒤에서 대원들이 불쑥 나타나며 사격한다.
　　난데없는 사격 소리에 기겁을 하여 바위 뒤에 숨은 경관들.
　　학준을 업고 허덕이는 관필. 두 대원이 달려 내려와서 관필을 부축하여 올려보내고 적을 쏘아 눕힌다.
　　은폐지를 찾느라고 우왕좌왕하다가 쓰러지는 경관들.

---

16) (가파른 곳을) 조심스럽게 발자국을 떼며 힘들게 더듬어 오르다.
17) 有表하다, 여럿 가운데 두드러진 특징이 있다.
　　有標하다, 어떤 표지가 있다.

바위 뒤에 몸을 숨기고 몰방[18]으로 내려갈기는 유격대원들
경관들의 주검이 여기저기에 너저분하게 널렸다.
몇 명 남지 않은 놈들이 허겁지겁 꽁무니를 뺀다.

산마루

대원들과 관필이가 학준을 바위 뒤에 조심스럽게 눕힌다.
그러나 학준은 정신을 차리지 못한다. 옷깃에 유혈이 낭자하다.
이윽고 총소리가 멎고 대원들이 모여든다.

소대장　학준 동무, 학준 동무!
학　준　소대장 동무!
대　원　학준 동무!

가슴을 헤쳐보고 침통하게 말한다.

대　원　학준 동무!
관　필　선생님!

한참만에 학준은 겨우 눈을 뜨고 사람들을 돌아본다.

학　준　소대장 동무! 관필 동무를… 부탁합니다. 잘 도와서… (하고, 눈을
　　　　감는다)
관　필　선생님!

대원들 모두 모자를 벗는다.
눈보라가 휘몰아친다.
뜻을 다하지 못하고 가는 혁명투사의 마음을 산천도 헤아리는가, 눈보라
도 울며 몸부림친다.
그 속에 머리를 숙이고 서 있는 관필, 두 주먹을 부르쥐고 멀리 눈보라
속에 아득한 고향을 바라본다.

끝없는 광야가 눈앞에 펼쳐진다

---

18) 沒放, 총포나 기타 폭발물 따위를 한곳을 향하여 한꺼번에 쏘거나 터뜨림.

유격대원들의 긴 행군 서렬이 뽀얀 눈보라를 뚫고 나아간다.
그 우에 자막이 흐른다. "유격대에서 관필이는…"

유격대 근거지

'유격대 행진곡'이 울린다.
유격대복을 입은 관필이가 다른 대원들과 함께 소대장의 지도하에 사격훈련을 하고 있다.
소대장은 대원들의 사격훈련을 돌아보며, 겨누는 총신과 조문[19]을 보는 자세를 고쳐준다.

이렇게 훈련의 하루가 지나고 밀영에 어둠이 깃들면,
우등불[20] 두리[21]에 앉아서 학습을 하는 대원들, 정치지도원이 책을 펴들고 이야기한다.

정치지도원 그러기에 바루 우리에게는 오직 단 한가지 진리가 있을 뿐이요. 그것은 장군님께서 밝히신 조국광복과 조선혁명의 길이요. 우리들은 오직 이 길을 따라서 싸워 나갈 때에야만, 원쑤들을 쳐물리치구 조국을 해방할 수가 있는 것이요.

관필이와 기타 대원들은 목책을 펴들고 적으면서 듣고 있다.

다시 시일이 지나서

나무를 패서 우등불을 피우는 대원들.
식량을 지고 밀영으로 들어오는 대원들.
관필이도 한짐 지고 들어온다.
떨어진 신발을 꿰매는 여대원들.
소대장과 관필 나란히 앉아서 각반을 고쳐 매고 있다.
관필은 아직 익숙하지 못하여 몇 번씩 풀어서 다시 맨다.
소대장이 손수 도와서 다시 매준다. 서로 마주 보고 웃는 소대장과 관필.
그들은 다시 령을 넘고 밀림을 지나 행군을 다그친다.

---

19) 가늠구멍, 소총의 가늠자 위쪽에 뚫어 놓은 작은 구멍.
20) 화톳불, 혹은 모닥불의 북한어.
21) 둘레.

시내물이 굽이치는 계곡을 따라가는 대원들

시내물에 자막이 흐른다. "그 이듬해 봄"
눈석임물이 벼랑을 씻으며 흐른다.
봄바람에 설레이는 나뭇가지, 광막하던 광야에 꽃이 피였다.
봄향기에 가슴뿌듯한 빨찌산 대원들의 얼굴에도 흐뭇한 미소가 어리고,
행군을 다그치는 발걸음도 가볍다.

산마루를 뒰아오르는 대열

녹음 우거진 숲을 지나 맑은 내물을 다시 건너서 산에 오른다.
큰길이 내다보이는 벼랑
관필이가 총을 겨누고 길을 내려다보고 있다. 벼랑 꼭대기 여기저기에 대
원들이 몸을 숨기고 매복했다.
그 우에 자막이 흐른다. "관필은 처음으로 유격전에 참가하였다."
길 아래를 굽어보면 개미 한 마리 얼씬 안하고 무시무시한 정적, 가만히
귀를 기울이면 그 밑으로 흐르는 내물 소리가 쏴아 하고 골 안을 울린다.
바위가 된 듯 움직이지 않는 유격대원들.

조용한 길

이윽고 저쪽 굽인돌이22)에서 일제침략군의 한 부대가 돌아나오는 것이
보인다. 상당히 긴 대렬이다.

긴장하는 대원들

소대장이 망원경으로 그쪽을 바라본다. 철갑모에 중기, 경기까지 둘러멘
놈들이다.
소대장이 놈들을 내려다보면서 싸창23)을 바로잡는다. 관필이도 슬그머니
격발기를 재운다.
자세히 내려다보니 일제침략군 대렬 중간에는 조선농민들이 탄약상자며
식량을 한 짐씩 지고 따라온다. 짐을 실은 말파리도 끼였다.
소대장은 가만히 옆사람에게 주의를 준다. "조선농민들은 다치지 마우!"
옆동무가 다음에 전달한다.

---

22) 모퉁이, 혹은 굽이돌이(굽어 도는 곳)의 북한어.
23) 모제르(Mauser) 권총. 반자동식 권총의 한가지를 일컫는 북한어.

그 말이 다음에서 다음으로 전달되어 간다.

소대장이 앞장선 일제침략군 장교놈을 묘준하고 방아쇠를 당긴다.
땅!
총소리를 신호로 하여 콩볶듯, 귀청을 째는 총소리가 골 안을 뒤집는다.
갈팡질팡 쥐구멍을 찾는 놈들.
개울가의 바위를 방패로 응사하는 놈, 벼랑 밑에 붙어서 쏘는 놈. 놈들의
머리 우에 수류탄이 내려박히며 벼락을 친다.
소대장이 몸을 솟구치며 아래를 향하여 돌격명령을 내린다.

소대장 돌격 앞으로!
관 필 만세!…

소리를 웨치며 적진으로 내달린다.

대원들이 "만세!" 소리를 웨치며 산을 내린다.
적을 족치는 대원들.
관필은 적의 경기사수를 쏴눕힌 다음, 날쌔게 적의 경기를 앗아 대응하는
적들을 쓸어눕힌다.
조선농민들은 짐을 내버리고 벼랑을 기여오른다.
농민들은 기여오르면서 적들을 향하여 큰 돌들을 굴러 내린다. 굴러 내리
는 돌에 얻어맞고 박살나는 놈, 총탄에 맞고 쓰러지는 놈, 골 안은 아비규
환으로 가득 찼다.
신바람나서 내려 갈겨대는 유격대원들, 관필의 솜씨도 이만저만이 아니다.
소대장은 침착한 묘준 사격으로 한놈씩 잡아제낀다.
총탄을 아끼고 돌을 굴리는 대원들. 벼랑을 굴러 내리며 바위부리를 치고,
공중 높이 솟았다가 놈들의 머리 우로 내려박히는 바위돌. 그것을 가슴에
안고 너부러지는 놈, 돌덩이는 계속 꼬리를 문 듯, 지동치며 굴러내린다.
길에는 삽시에 적들의 주검이 누렇게 깔렸다.
총소리, 총소리.
공포에 질린 놈들은 더 대항할 넘도 못하고 도망치기 시작했다.
소대장은 싸창을 높이 들며 벼랑을 내리뛴다. 대원들도 내리달리며 몰방
으로 갈긴다.
개울을 건너 도망치던 놈들이 얻어맞고, 물 우에 둥둥 떠내려간다. 관필이
가 경기를 틀어쥐고 도망치는 놈들을 향하여 휘두른다. 적들이 무데기로
쓰러진다.
개천 바위에 너부러진 놈, 떠내려가는 놈…

이윽고 총성이 멎는다.
대원들은 농민들과 함께 놈들의 무기와 짐짝을 수습하여 걸머진다.
흐믓한 관필의 얼굴, 그는 경기를 쓰다듬어 본다. 노획품을 메고 벼랑으로
올라가는 대원들, 농민들도 짐을 지고 뒤따른다.
전투 승리를 축하하는 듯, 하늘도 맑고 개었다.

대원들은 발걸음도 가볍게 다시 령을 넘는다. 소대장이 관필이의 어깨를
두드리며 같이 걷는다.
이렇게 원쑤와의 판가리 싸움과 끝없는 행군으로 해가 저물고 날이 밝았
다.

다리목의 적 보초를 까고, 철교를 폭파하는 유격대원들

성시24)를 습격하는 빨찌산들, 그 앞장에서 내달리는 관필

산마루를 기여오르는 적들을 소탕하는 유격대원들

깊은 계곡을 건너서 험준한 바위산을 넘는다.
그 발자국 우에 자막이 흐른다. "이렇게 또 일년이 지나서…"
백설이 덮인 밀림 속.
여기 인적미도25)한 천고의 밀림 속에 유격대원들이 쉬고 있다.
우등불이 기세 좋게 활활 타오른다.
모진 설한풍에 나무초리가 몸부림치며 울부짖는다.

어느 밀영

유격대의 한 부대가 행군을 멈추고 휴식하고 있다. 여대원들은 소랭이26)
에 통강냉이를 삶아 식사 준비에 분주하고, 남대원들은 무기 소제를 하며
전투 이야기에 신바람이 났다.
관필이도 그들 속에 끼여 신들메를 고친다. 한 여대원이 다가와서 관필에
게 말한다.

---

24) 城市, 도시를 달리 이르던 북한말.
25) 人跡未到, 사람의 발자취. 또는 사람의 왕래가 아직 도달하지 아니함.
26) 운두가 조금 높고 굽이 없는 접시 모양으로 생긴 넓은 질그릇. 독의 뚜껑이나 그릇으로 사
용함.

여대원 관필 동무!
관 필 네?
여대원 소대장 동무가 부르십니다.
관 필 네. (하고 일어난다)

　　여대원들은 작식대원27)들한테로 가서 그들의 일손을 돕는다.
　　굵은 나무등걸에 소대장이 앉아서 목책에 무엇을 쓰고 있다. 여기에 관필
　　이가 온다.

관 필 소대장 동무, 부르셨습니까?
소대장 예, 앉으시오. 더 가까이 앉으시오.

　　관필은 그 옆 나무등걸에 다가가 앉는다.
　　소대장은 "저…"하며, 지도를 펴보이면서 무엇인가 설명한다.
　　관필이의 얼굴에 비장한 결의가 어린다.

폭넓은 강에 걸려 있는 철교

　　일본군대가 총창을 비껴 들고 철교를 감시하고 있다.
　　다리목에 매복하고 있던 관필이와 한 유격대원이 날쌔게 달려들어, 보초
　　놈을 까눕히고 철교를 내달린다.
　　다리 중턱에 이르른 관필과 대원은 비야 밑에 폭파 장치를 하고 동뚝쪽으
　　로 재빨리 몸을 피한다.
　　아무런 일도 없었던 듯, 괴괴한 정적 속에 잠긴 철교.
　　강물만 소리없이 소용돌이치며 흐른다.
　　이윽고 기적소리를 울리며 기차가 쾌속으로 달려온다.
　　손에 땀을 쥐고 지켜보는 관필과 대원.
　　기차가 다리 중간에 다달으자, 요란한 굉음과 함께 기차가 다리 밑으로
　　곤두박힌다.
　　원쑤를 족치는 가렬한 투쟁 속에서 관필은 늠름한 투사로 자라났다.

밀영의 밤

　　활활 타오르는 우등불 두리에 관필을 비롯한 남여대원들이 모여 앉았다.

---

27) 식사 준비 일을 맡은 유격대의 한 집단.

목책에 일기를 쓰는 대원도 있고, 아름드리 나무에 몸을 기대고 별들이
반짝이는 밤하늘을 바라보는 대원도 있다.
우등불에 눈길을 던지고 생각에 잠겨 있는 관필.
고향을 그리는 그들의 마음인 양, 절절한 선율이 가슴에 스며든다.
바느질을 하는 한 여대원이 관필을 돌아보고 말을 뗀다.

여대원 관필 동무! 또 고향 생각이예요?
관 필 고향 생각… 그렇소. 고향 생각이요… 지주놈한테 학대받던 어렸을
        때 생각이요… 어느 해 정월 대보름날이었소. 명절이라구 해서 지
        주 최경천네 집에서는…

그의 이야기가 화면으로 옮겨진다.

고향마을 최경천의 집 마당

높다란 회담 안에서는 성장을 한 경천의 처와 기타 부자집 계집들이 널을
뛰고 있다.
"워야!", "워야!"
하늘 높이 날아오르며 기성을 부리는 계집들.
경천의 처는 널복판에 앉아서 깔깔거리며 방정을 떨고 있다.
털배자에 비단저고리를 받쳐 입고 널을 뛰는 여자가 하늘 높이 날아오르
는 모습이 담장 밖에서도 보인다.
어린 옥단이가 어머니의 손을 끌며 지주집으로 들어가자고 흥얼거린다.

옥단어머니 옥단아, 못 써! 마님이 욕해!
옥 단 싫어, 널뛰는 거 볼래. 응!
옥단어머니 집에 가자. 우리 옥단이 용치. (하며, 손목을 잡고 나간다)

아이들이 지주집 대문 간에서 웅성거린다.
날아갈듯이 차려입은 부자네 계집들이 안으로 들어간다.
한 켠에서 어린 관필이가 그들을 아니꼽게 보고 있다. 관필은 누덕누덕
기운 옷을 입었다.
천의 아들 인달(13살)이가 팽이를 돌리며 호통친다.

인 달 야, 내가 제일이다. 이 자식아, 비켜라! 우리 집이야. 비켜라! 비켜!

관필 어머니가 안채에서 나오며 관필을 타이른다.

관필어머니   관필아, 사랑방에 불 좀 때라, 응. 어서, 또 마님한테 욕 먹을
            라.

관필은 뾰로통해서 안으로 들어간다.

옥 단   오빠! 나하구 같이 가자. (하고, 따라 들어간다)

아들의 측은한 뒤모습을 보다가 치마끈으로 눈굽을 찍으며 돌아서는 어머
니.
인달이가 대문간에서 옥단이를 밀쳐버린다. 다리병신인 순칠이가 작대리
를 짚고 서서 보다가 인달이 앞으로 다가가서 을러댄다.

순 칠   이 자식아, 남의 아인 왜 때려!
인 달   누가 때려, 망할 자식!
순 칠   이 바보 같은 자식아! (하며, 쫓아 들어가려고 하는데, 경천의 처
            나오며 욕을 퍼붓는다)
경천의 처   아니, 망할놈의 자식이 누구한테 욕지거리야. 썩 가지 못해! 인
            달아! 저런 거지 같은 것들하구 같이 놀면 못 써! (하며, 인달의 손
            목을 끌고 들어간다)

인달은 들어가다가 중문간에 쪼그리고 앉아 있는 관필의 동생 관식을 보
고 뱉듯 뇌까린다.

인 달   나가! 거지 같은 자식! (하며, 발길로 찬다)
관 식   왜 때려! (하며, 운다)
경천의 처   아니 궁상맞게 웬 울음소리야! 딱 그치지 못해! (하며, 어린 관
            식에게 눈총을 쏘고 들어간다)

이때 사랑방에서는 술판이 벌어진 듯, 웃고 떠드는 소리가 들창으로 새여나
온다

그 들창 밑 함실[28] 아궁이 앞에서 관필이가 쪼그리고 앉아서 불을 때고
있다.

관식이가 눈물을 씻으며 그 옆으로 지나간다. 뒤축이 주저앉은 짚신을 끌고가는 동생의 뒤모습을 지켜보는 관필.
사랑방에서 웃고 떠드는 소리가 관식의 그 뒤모습을 더 처량하게 한다.

학교 운동장

눈이 하얗게 내려앉았다.
관필이가 성에 낀 유리창으로 교실을 들여다보다가 선생님의 눈총을 맞고 비켜선다.

교실에서 공부하는 아이들, 인달이는 장난에 정신이 팔렸다

관필은 학교 담장 밑에 쭈그리고 앉아서 눈 우에 "가갸 거겨"를 써본다.
지우고 또 써본다. "고교 구규…"
이때 관필의 등뒤에서 "관필아, 어서 업지 못해!" 하는 되알진 소리.
인달이가 책가방을 메고 서서 쏘아본다. 관필은 시무룩해서 일어선다.

인 달 이 자식이.

　관필은 엉거주춤하고 등을 들이대며 업는다.

길

관필이가 인달이를 업고 온다. 뚜껑보선에다 다 떨어진 짚신을 끄는 관필의 발, 짐은 무겁고, 길은 미끄럽다. 더운 입김을 확확 뿜으며 바람을 맞받아 걸어온다.
여기에 관필의 이야기소리가 들린다. "저두 학교에 가구 싶었구, 공부도 하구 싶었습니다."
입에서 더운 김을 뿜으며 언덕길을 올라가는 관필이. 인달이가 등을 두드리며 길을 재촉한다.
모진 바람이 휘몰아친다.
관필은 입술을 깨물며 한걸음 한걸음 힘겹게 걸어간다. 뽀얀 눈보라가 그를 감싼다.

방앗간

---

28) 부넘기가 없이 불길이 그냥 곧게 고래로 들어가게 된 아궁이 구조.

지주집 헛간에 차려놓은 디딜방아, 관필이 형제가 어머니를 도와 방아를 찧고 있다. 관식은 모지랑비자루29)를 가지고 확30)에서 튀여나는 쌀을 쓸어 넣고 있다.
어머니는 관필이와 방아틀을 밟으며 시름없이 이야기를 한다.

관필어머니 너의 아버지가 일제의 총에 맞아 돌아가시지만 않았어두, 너희
　　　　　들두 남들처럼 학교에 다녔을 텐데…
관　필　엄마, 나 야학에 가두 좋아?
관필어머니 야학에?
관　필　응.
관필어머니 그래, 가거라.
관　필　야! 형은 좋겠네.

＃　야학방

다 찌그러진 초가집 기둥에 야학 간판이 붙어 있다.
이슥한 밤.
학생들이 공부를 끝내고 몰려나온다.
선생이 뒤쫓아 나온다.

학생들 선생님, 안녕히 계신시오! (하고, 머리를 숙여 인사를 한다)
선　생　오냐, 내일 밤에 또 오너라!
학생들 네. (하고, 어둠속으로 뿔뿔이 헤여져간다)

흡족한 마음으로 바라보는 선생

＃ 고목나무가 있는 언덕, 밤

어린 관필이와 옥단이가 나란히 걸어온다.
여기에 관필의 목소리가 들린다. "어머니의 승낙을 받고 처음 야학에 갔을 때 참말로 기뻤습니다. 저는 야학선생한테서 비로소 누가 우리의 원쑤인가를 알게 되었습니다. 그러나 그 배움의 길은 오래 계속되지 못했습니다."

---

29) 끝이 다 닳아서 무디어진 비.
30) 절구의 아가리로부터 밑바닥까지의 부분.

최경천의 집

사랑방에 술상을 차려놓고 경천이가 순사부장과 마주앉았다.
그 옆에서 술시중을 하며 아양을 떠는 경천의 처.

경　천　우리 인달이가 그러는데, 그 야학선생이 지금… (하며, 순사부장의
　　　　귀에 대고 소곤거린다)
경천의 처　그녀석이 사상이 나쁘대요. 그리구 뭐라더라, 무슨 주의자라든
　　　　가?
순사부장　그놈이 공산주의자가 사실이구만.
경　천　사실이구말구요.
순사부장　음, 그놈이 큰놈이구나. 허…
경　천　하… 이번엔 단단히 한턱 내셔야겠수다. 허…

행랑방

어머니가 다듬이질을 하고 있다.
관필이가 그 옆에서 글을 읽는다.

관　필　우리의 원쑤는 일제다. 지주놈들은 우리의 원쑤이다. 우리 나라에
　　　　일제와 지주놈이 없으면, 우리는 잘 살 수 있다.
어머니　애, 야학선생님이 그런 걸 가르쳐 주더냐?
관　필　응, 여기두 씌여 있지 않아요. (하며, 그 책을 보인다. "농민독본"
　　　　이라는 책이다)

이때 밖에서 대문 여는 소리.
어머니　그 소리에 귀를 주며 책을 옷갈피 속에 감춘다.

대문간

최경천 부부가 초롱불을 들고 나온다.
거나한 순사부장이 뒤따라 나온다.

순사부장　주인님, 밤늦게까지 실례 많았습니다.
경　천　원 천만에…

경천의 처 안녕히 가세요.
순사부장 안녕히… (하고, 비틀거리며 어둠속으로 사라진다)

경천은 대문을 닫고 들어오다가 행랑방을 보고 소리친다.

경　천 아 그 방에 웬 불이냐?
경천의 처 저 지랄들을 하니깐 석유 한 병이 한 장도막31)두 못 가지.

관필이 모자가 불안한 얼굴로 귀를 기울이다가 등잔불을 끈다.

깜깜한 어둠 속에서 모자는 한참동안 말없이 앉아있다.
이윽과 관필이 울먹이며 입을 연다.

관　필 엄마, 우리 이 집에서 못 나가나? 난 종의 자식이란 소리가 죽기보
　　　　다 더 듣기 싫어.

어머니는 관필을 부둥켜안고 머리를 쓰다듬는데, 목이 메여 말이 나오지
않는다. 두 줄기 눈물이 볼 우에 흐른다.

어머니 오냐. 나가자, 나가자…

어머니는 관필의 머리를 쓰다듬으며 울먹인다.

집 앞

관필이가 책을 들고 행랑채에서 나온다.
달이 휘영청 밝다.
관필은 짚낟가리 우에 올라가서 책을 펴들고 달빛을 등잔삼아 공부를 한
다.
뒤동산에서 접동새가 운다.
어머니는 웃방에서 창으로 새여드는 달빛을 의지하여 빨래를 손질한다.
시름없이 한숨이 나간다.
애타게 우는 접동새 소리.

---

31) 한 장날로부터 다음 장날 사이의 동안을 세는 단위.

야학교실

멍석을 깐 방이다. 야학선생이 조그만 칠판을 걸어놓고 글을 가르치고 있다.
관필이와 옥단이, 순칠이 등 람루한 옷차림을 한 아이들이 멍석에 앉아서 선생님의 이야기를 듣고 있다.

선 생 … 일제가 왜 우리의 원쑤인지 알아요. 일제는 우리 나라를 빼앗고 우리를 못살게 구는 원쑤들입니다. 그리고 지주놈들도 일제와 꼭같이 우리를 못 살게 굴고 있습니다. 지주놈과 일제가 있는 한…

그때 문이 확 열리면서 순사놈들이 들이닥친다.
어쩔 바를 모르는 아이들, 아이들은 눈이 둥그래서 한구석으로 쏠린다.

순 사 손을 내밀엇! (하며, 다짜고짜로 덤벼들어 선생을 결박한다)

울상이 되어 보고 있는 아이들.

관 필 선생님! (하고, 앞으로 다가간다)

순사놈은 관필을 밀쳐버리고 선생의 등을 밀어낸다.

동구밖 길

포승을 진 선생이 무겁게 발길을 옮긴다. 관필과 아이들이 따라오며 애타게 부르짖는다.
"선생님!"
"선생님!"
선생은 가슴 아픈 듯 발길을 멈추고 돌아본다.
"선생님!" 하며, 울상이 되어 마주보는 관필과 소년들…
관필은 주먹으로 눈물을 씻는다. 아이들도 눈물이 글썽하며 어둠 속으로 사라지는 선생을 지켜보고 있다.
고목나무 언덕을 넘어가는 선생…

다시 우등불

심각한 낯으로 관필의 이야기를 듣고 있는 유격대원들.

관   필 … 악독한 지주놈은 일제의 개를 시켜서 우리들의 배움의 길까지
　　　　　막아놓고 말았습니다.

"… 내 고향! 산수도 아름다운 금수강산 내 고향!…"

그의 이야기가 다시 화면으로 옮겨진다.
'광복의 봄을 기다리며' 노래가 흐른다.

"앞벌에는 두루미떼 날아와 앉고
뒤동산엔 진달래가 봄마다 피네
찬 서리와 눈바람이 사납다 해도
이 땅 우에 피는 꽃을 꺾지 못하리
시내가엔 버드나무 늘어서 있고
밀보리밭 우에는 흰구름 떴네
모진 가난 천대 학대 깊어가지만
우리께도 행복이 꽃필 때 오리"

산기슭

관필이가 풀을 베고 있다. 옥단이가 바구니를 끼고 숲에서 나뭇가지를 헤
치며 나온다. 옥단은 미소를 머금고 관필을 보다가, 조그만 돌을 집어 관
필의 옆에 던지고 나무 뒤에 숨는다. 관필이는 두리번거리다가 옥단을 발
견하고, 싱긋이 웃으며 풀단을 안고 올라온다.
나무 밑에 나란히 앉은 옥단과 관필.
관필은 옥단이가 들고 있는 바구니에 담긴 산나물을 들춰 본다.

이야기하는 관필

듣고 있는 대원들, 모두 우등불에 눈을 주고 생각에 잠겨 귀를 기울이고
있다.

관   필 … 어머니가 울고 있는 내 고향, 동생과 친구들, 애인이 기다리는
　　　　　내 고향, 친일파, 민족반역자들이 판을 치는 내 고향은 지금 일본
　　　　　제국주의의 전쟁기지로, 피비린내나는 암흑의 땅으로 되고 있습니

다. 그 암흑 속에서도 동포들은 사령관 동지를 광명한 힘으로 알고 있으며, 우리 유격대의 승리를 항상 바라보고 있습니다. 그러므로 우리들은 김일성 장군님을 우러러 용감하게 일제와 싸우고 있는 국내 동지들과 긴밀한 련계를 가지고 끝까지 싸워야 합니다. 일본 제국주의는 머지않아 반드시 패망하고야 말 것입니다. 그러니 우리는 아름답고 그리운 고향으로 돌아갈 것입니다. 그때에 지주와 친일분자들을 숙청하고, 농민들은 항상 념원하던 땅의 주인이 될 것입니다.

승리의 그날을 그려보는 듯 대원들의 얼굴마다에 더 한층 혈기가 넘친다. 우등불은 더 한층 밝게 타오른다.

잠들 줄 모르는 밀영의 밤,

끝없이 잇닿은 수해천리, 여기에 설한풍이 파도를 일으키며 건너간다.

날이 밝는다

수림 사이로 해살이 줄기차게 흘러내린다.

밀영의 귀틀집

소대장과 정치지도원이 지도를 펴놓고 관필에게 설명하고 있다.

소대장　여기가 (지도를 가리키며) 단천이구, 여기가 오봉산이요, 거기 가면 나무하는 사람이 있을 게요. 암호는 뻐꾹새… 알만하지요?
관　필　네, 알만합니다. 암호는 뻐꾹새…
소대장　좋소.
관　필　알았습니다.
소대장　잘 싸우시오.
관　필　네.
소대장　잘 다녀오시오.
관　필　잘 싸우겠습니다.

소대장은 관필의 손을 굳게 잡는다.

첩첩한 산맥

산발[32] 우에 자막이 흐른다.

"관필은 국내공작의 중요한 임무를 맡고…"

산발을 타는 관필

강기슭을 끼고 가다가 벼랑으로 오른다.
농민으로 변장한 관필이가 구럭을 메고 벌판길을 건너간다.

다시 산발을 타고 넘는다.

관필은 산중턱을 내리다가 눈앞에 벌어진 조국산천을 바라본다.
깊은 한숨을 쉬고 발길을 옮긴다.

산기슭

방한모를 쓴 농군(조국광복회원 김동무)이 갈퀴로 섶나무를 긁고 있다.
어디선가 뻐꾹새 소리가 울려온다.
김동무는 예사로 듣다가 이윽하여 일손을 늦추며 귀를 기울인다.
관필이가 바위 뒤에서 뻐꾹새 소리를 하며, 그를 살핀다.
저쪽 숲 사이로 보이는 김동무도 두리번거리다가, 새소리로 화답한다.
관필의 얼굴에 반가운 기색이 돈다.
그는 바위 뒤에서 나와 주위를 살피고 나무군에게로 다가간다.
서로 마주보는 두 사람
이윽고 관필이 입을 연다.

관 필　조국.
김동무　해방.

관필은 가까이 다가가서 그의 손을 굳게 잡는다.

관 필　김동무시지요?

---

32) 산줄기, 산기슭.

김동무 예, 관필동무이십니까?
관 필 네, 최동무와 박동무는 어데 있습니까?
김동무 저와 함께 공작 중입니다.
관 필 네…

관필은 감개무량한 듯 산천을 바라본다.

관 필 5년 만에 보는 고향산천입니다.
김동무 참 감개무량하시겠습니다. (하며, 대통에 담배를 담고 쌈지를 관필에게 준다)

관필이도 종이를 찢어서 담배를 만다.

관 필 동양화학이란 큰 공장입니까?
김동무 예, 아마 군수공장치고는 제일 클 겁니다. (하고, 담배를 붙이고 관필에게 불을 준다)

공장 앞길

숲처럼 일떠선 굴뚝, 굴뚝마다에 삼단 같은 연기가 해빛을 가리우고 뭉게뭉게 솟아오른다. 거리에는 달구지며 화물 자동차의 왕래가 빈번하고, 사복형사놈과 일제헌병들의 눈초리가 날카롭게 오고간다.
전보대 옆에 신 깁는 장사가 일감을 벌려 놓고 지하족33)을 깁고 있다.그는 관필이다. 관필은 일손을 놀리면서 옆에 앉은 사람과 이야기한다.

"노동자는 얼마나 되오?"
"한 5천 명 가량…"
"네."
"우리는 일할 수 없소?" 하며, 관필은 공장으로 드나드는 짐차들과 사람들을 유심히 살핀다.

어느 정거장

---

33) 地下足, 예전에, '노동화'를 이르던 말.

일본 군대들을 가득 실은 군용열차가 기적소리를 울리며 통과한다. 역 인입선에 정차하고 있는 군수열차들, 방금 도착한 객사에서 사람들이 내린다. 관필은 홈에 서서 역구내를 은밀히 돌아보다가 출입구로 나간다.
순사놈과 헌병놈들, 사복경관놈들이 눈을 까뒤집고 승객들을 욱박지른다.
로인이 들고나가는 보따리를 나꿔채서 조사하는 순사놈.
관필은 그것을 쏘아보며 당당히 밖으로 나간다.

높이 솟은 형무소의 벽돌담

여기에 자막이 새겨진다.

"고향에서는… 놈들이 전쟁을 위하여 모든 것을 빼앗아 갔다."

마을

순사놈과 인달을 비롯한 경방단놈들이 농가에서 곡식 가마니를 끌어낸다.
농민이 달려나오며 애원한다.

농　민　여보슈.
순　　사　나쁜놈의 자식이다. 비켜라! (하며, 발길로 차고 가마니를 끌어간다)

딴 집에서는 할머니가 쌀자루를 붙들고 늘어진다

할머니　아이구, 나으리… 이것마저 가져가면 우리 식구 굶어죽어요. 예, 나리.

경방단원 인달놈이 노파를 밀어치운다.
할머니는 쓰러져 땅을 치며 넉두리를 한다.

할머니　아이구 하느님! 어떻게 살라구 이러슈. 예, 하느님…

면사무소 앞

곡식가마니가 산처럼 쌓여 있다. 우차가 연달아 쌀가마니를 실어간다.

길
　차와 자동차에 실려 나가는 량곡가마니를 순사와 경방단이 호위하고 간다.

역구내

　화차에 실려지는 쌀가마니와 놋그릇 등 거기에 붙은 "대판행(大阪行)"이라
는 꼬리표.
　내달리는 열차

항구

　기중기가 쌀가마니를 계속 물어 올린다. 줄지어 부두로 들이닥치는 쌀 실
은 자동차며 우차의 장사열.
　그 우에 새겨지는 자막
　"그것만이 아니었다. 놈들은 사람까지 강제로 몰아갔다."
　순사들이 미친개마냥 쏘다니며, 사람들을 끌어내여 차에 태운다.

우물가

　물을 긷는 순희, 그의 얼굴에 수심이 어렸다.
　옥단이가 동이를 이고 나온다.

옥　단　젊은이란 젊은인 모조리 징용으로 끌어가니, 농사는 누가 짓노?
순　희　농사를 지으면 뭘 해? 애써 지어놓으면 다 뺏어가는 걸…
옥　단　글쎄 말이지…
순　희　참, 저 인달이란 자식이 글쎄 나중엔… 별 꼴을 다 보겠어…

　인달이가 거드름을 피우며 저쪽으로 간다.

옥　단　널 보구두 그러던?
순　희　누구누구 할 것 있니. 녀자만 보면 쫓아다니는 거.

　여기에 한 소녀가 달려온다.

소　녀　순희야! 순희야, 너의 오빠두 징용에 나가.

순 희 뭐? 오늘 아침까지두 아무 통지가 없었는데…

소 녀 이젠 모두 산으로 도망가니까, 닥치는 대루 막 실어간대.

최경천의 집마당

자동차에 올라타는 징용군들.
그들의 식구들이 달려들어 울며불며 아우성친다.
순희가 달려오며 소리친다.

순 희 오빠!

그러나 자동차는 먼지를 풍기며 달아난다.
자동차가 또 한 대 들어온다.

우물가

옥단이가 멍하니 서서 바라본다.
이때 인달이가 뒤에 와서 능글맞게 웃으며 옥단의 어깨에 손을 얹는다.
옥단은 기겁을 하듯 그 손을 뿌리치고 돌아본다.

인 달 옥단아, 저것 봤지? 너의 아버지두 저 꼴을 만들 테야. 응?

옥단은 거들떠보지도 않고 동이를 이고 가버린다.

인 달 흥, 두고 보자!

들길

산에서 나무를 해지고 내려오는 옥단아버지(오서방)를 순사가 맞받아가 지
게를 밀어제친다. 지게를 진채로 넘어지는 오서방.

순 사 징용이다! (하며, 강제로 지게멜빵을 벗겨치우고 오서방을 끌고간
다)

옥단의 집

순칠이가 절뚝거리며 달려나와서 소리친다.

순 칠　아주머니! 옥단아!… 너의 아버지를 끌구 간다.

길

순사놈과 경방단원들이 오서방을 끌고 간다. 이 골목 저 골목에서 사람들
이 끌려나오고 아우성 소리에 동네가 뒤집혔다.
옥단이와 그의 어머니가 달려온다.
관식이도 잡혀서 고목나무 언덕을 넘어온다. 관식의 어머니기 허둥지둥
나오다가 언덕 밑에 쓰러진다.

관 식　어머니!
관식어머니　관식아! (하고, 일어나지 못하고 손만 내젓는다)

길

끌려가는 사람들.
옥단이가 울상이 되어 보고 섰다.
한 노인이 옷깃으로 눈굽을 찍으며 중얼거린다.

노 인　… 세상에 이런 법두 있소? 어이구. (하며, 땅을 친다)

최경천의 앞마당

순사놈, 로무계원, 인달이, 경방단원놈들이 사람들을 자동차에 밀어올린다.
식구들은 울며불며 덤벼든다.
순사놈들이 그들의 덜미를 잡아 동댕이친다.
나가쓰러져 우는 늙은이들.
박서방의 처가 매달리며 넉두리를 한다.

박서방처　아이구, 여보, 여보… 생사람 끌고가면 난 어떻게 해요! 여보!
박서방　여보! 몸 성히 잘 있소!

인달놈이 관식이를 차에 밀어 올린다.

순 칠 야, 관식아. 이 자식아, 어머니만 혼자 놔두구 가면 어떡해!

　　순칠이가 울상이 되어 하는 소리다.

관 식 가구 싶어서 가나요, 형님! 우리 어머니를 잘 봐 주우…
순 칠 야, 그런 걱정 하지 말구 네 몸이나 성해서 돌아와! 죽지 말구 살
　　　아와야 한다!

　　인달놈이 순칠을 밀어치우며 호통을 친다.

인 달 무슨 개수작이야! 비켜!

　　순사놈과 인달놈이 자동차에 달라붙는 식구들을 밀어치운다.
　　한 노인이 노무계원을 붙잡고 애원한다.

노 인 여보슈! 우리 손주 대신 내가 가리다. 예, 저애는 안 되우!
노무계원 비켜!

　　관필의 어머니가 허둥지둥 언덕길을 넘어온다.

최경천네 집안

　　대청마루에서 최경천놈과 순사부장놈이 바둑판을 벌리고 있다. 면장과
　　유지들은 훈수하는 격으로 보고 있다.
　　밖에서는 여전히 아우성소리, 고함소리가 소란하다.

순사부장 요놈두 징용이다! (하면서, 포위된 검정알을 집어낸다)
경 천 아, 좀 참아주십시오!

　　훈수군들이 웃는다.

순사부장 징용이야 거저 참을 수 있나, 한턱이나 내야지.

　　모두 웃는다.

면　장　징용 말이 났으니 말이지. 오과부 부탁은 어떻게 되었습니까?
순사부장　면장이나 부탁인데, 벌써 경방단에 입단시켰소.
유지1　그러니까 오늘 술값은 오과부하구 반반 내야겠네.
노무계주임　왜 꽁무닐 빼려구 그래.

　　　　그 말에 모두 웃는다.

유지2　아, 이 사람아. 이번 장사에 돈 많이 벌었다는데, 술 한잔 내는 게
　　　　아까와서 그러나?
유지1　아까와서 그러는게 아니라, 오과부 생각해서 그러지.
노무계주임　아따 고양이가 쥐 생각하듯 하는군…

　　　　모두 웃는다.

면　장　오과부네 술이야 내일 먹으면 되지.
유　지　고생하는 거야 소작인들이지요.
순사부장　소작인들이야 의례히 멕히기 마련이지. 하… 그러니까 양반사람
　　　　이나 좋지. 하하…

부엌

　　　　상에 차려진 푸짐한 음식.
　　　　경천의 처와 여자들이 음식차리기에 신이 났다.
　　　　풍로에서 지글지글하는 불고기.

경천의처　아니, 고기가 다 타누만. 상 이리 줘. (하며, 상을 들고 나간다)

앞마당

　　　　앞마당에서는 남녀노소들이 계속 아우성친다.
　　　　경방단원과 순사놈들이 계속 잡아다가 자동차에 싣는다.
　　　　관식의 어머니를 옥단이가 부축하고 온다.

관　식　어머니!…

차 우에서 관식이가 소리친다.
어머니는 그 소리도 안 들리는 듯, 멍한 시선을 보고 있을 뿐이다.

최경천네 집안 대청

경천의 처가 작은 상을 들고 대청에 니와, 큰상에 음식을 차리면서 뇌까린다.

경천의 처 아니, 나라를 위해서 일하러 나가는데, 왜 저 야단일가?
면 장 그게 다 애국심이 부족해서 그러는거요. 애국심이…
유지들 옳은 말씀이요. 옳은 말씀… 호호…

순사부장놈은 바둑판을 한쪽에 치우면서 말한다.

순사부장 아주머니! 오래간만에 소리나 한마디 들어봐야 되겠는데…
경천의처 원, 다 늙은 게 소리가 다 뭐요!

마당

인달이가 자동차 운전대 발판에 올라서서 호통을 친다.

인 달 … 대일본 황군은 지금 전선에서 피를 흘리며 싸우고 있는데, 무슨
짓들이야!

이때 순사부장놈이 안에서 나오며 소리친다.

순사부장 어떻게 됐어?
인 달 하. (하며, 차렷자세를 한다)
순사부장 왜들 떠드는 거야! 죽으러 가는줄 알아? 영예스러운 징용전사로
돈 벌러 가, 돈!
옥단어머니 여보! 이젠 우린 다 죽었구려! (하며, 오서방을 잡고 늘어진다)

순사부장놈이 옥단 어머니를 밀어치우며, 배알듯 뇌까린다.

순사부장 왜 지랄이야!

옥　단　왜 사람을 쳐요?
순사부장　가라! 방해하면 모두 죽인다! 가라! (운전수에게) 빨리 가라, 빨
　　　리!

　　　자동차가 우르릉거린다.
　　　사람들은 더욱 기승스럽게34) 달려든다.

관　식　어머니!
어머니　관식아!

　　　서로 찾고 부르며 아우성친다.
　　　인달놈과 경방단원, 순사놈들이 사람들을 몰아치운다.
　　　자동차가 떠난다.

순　칠　관식아!

　　　소리높이 부르며, 순칠은 울상이 되어 떠나는 관식을 바라본다.

동구 밖으로 달려가는 자동차

　　　관식어머니가 바라보다가 그 자리에서 기절하며 쓰러진다.

관　식　어머니!
옥단어머니　어이구, 이 일을 어떻게 한담. (하며, 운다)
옥　단　어머니! (하고, 달려가 관식의 어머니를 부축한다)

가물가물 사라지는 자동차

관필의 집 (방안)

　　　관식의 어머니가 정신을 잃고 누워있다.
　　　그 옆에서 옥단 어머니가 근심에 잠겨 보고 있다.

---

34) 氣勝스럽게, 억척스럽고 굳세어 좀처럼 굽히지 않으려는 데가 있는 모습, 기운이나 힘 따
　　위가 성해서 좀처럼 누그러들지 않으려는 모습.

옥단어머니   형님, 정신 좀 차리시유. 약이래두 한 첩 져 와야겠는걸…
옥 단   순칠오빠가 의원한테 갔어요.

　　순칠이가 부엌문으로 들어온다.

옥단어머니   순칠이 왔구나. 에이, 후.

　　순칠은 저고리 앞섶에서 조그만 쌀주머니를 꺼낸다.

순 칠   이걸루 죽이나 좀 쑤어 드리세요.
옥단어머니   아니, 이건 웬 쌀이냐?
순 칠   감춰뒀던 거예요. 놈들이 배부르라구 다 내주겠어요?
옥 단   약은 못 지어왔어요?
순 칠   약이 소용없대요. 속이 허해서 넘어진 것이니까, 풀기가 들어가면
　　　　곧 일어나신대요.
옥단어머니   애, 옥단아. 어서 이 쌀을 씻어라.
　　옥단이가 자배기에 쌀을 쏟아가지고 뒤켠 박우물35)로 나간다. 순칠이도
　　따라 나온다.

순 칠   에이, 이놈의 세상이 빨리 망해 버려야지. 도무지 그놈들 등쌀에
　　　　살 수가 있어야지.
옥 단   놈들의 세상이 며칠 안 남았어요.
순 칠   그 인달이란 자식 꺼덕거리는 꼴을 도무지 못 보겠어. 그때 관필이
　　　　가 그저 그놈의 자식을 죽여 없애 치웠어야 했을 걸 그랬어. (하면
　　　　서, 언덕을 넘어간다)

　　옥단은 일손을 놓고 멍하니 생각에 잠긴다. 그런다가 한숨 쉬고 다시 쌀
　　을 씻는다.

고목나무에서 우수수 락엽이 휘날린다

　　그 우에 새겨지는 자막.
　　"일제는 처녀들까지 징용으로 내몰았다.:

---

35) 바가지로 물을 뜰 수 있는 얕은 우물.

옥단의 집

옥단이와 순칠이가 징용장을 앞에 놓고 수심에 잠겨 있고, 옥단 어머니가 땅을 치며 넉두리를 한다.

옥단어머니 아이구 세상에, 이런 변이 또 어데 있단 말이냐. 아버지두 가구 너까지 마저 가면, 난 늙은 게 누굴 믿구 산단 말이냐. (하며, 운다)

옥 단 어머니, 너무 서러워 마세요. 설마 하니 죽기야 하겠어요.

순 칠 이게 다 인달이란 자식의 조화야. 그놈의 자식을 그저… (하며, 작대를 틀어쥔다)

옥 단 오빠! 나 없는 동안 잘 돌봐주세요. 관필이 어머니하구 두 분을 꼭 부탁하구…

순 칠 그런 걱정말구, 너나 몸 성히 잘 있다 돌아와! 이제 고생두 며칠 안 남았을 게다. 이놈의 세상이 며칠 못 가.

옥 단 어머니, 관필이 어머니한테 다녀오겠어요. (하고, 일어난다)

옥단어머니 오냐, 그래라.

마을길

인달이가 거드름을 피우며 오다가 무엇을 보았는지 길옆 나무그루 뒤에 숨는다. 옥단이가 수심에 잠겨 걸어온다. 발걸음이 무겁다.
고목나무 곁을 지나려는데, 인달이가 나무 뒤에서 불쑥 나오며 앞을 막는다.

옥 단 에구머니… (하며, 흠칫 놀라 물러서는 옥단)

인 달 옥단아! 너 아직두 늦지 않았어. 지금이라두 내 말만 들으면, 징용두 면할 수 있다.

옥 단 왜 이래요.

옥단은 그놈을 쏘아보다가, 분을 참으며 그냥 지나가려 한다.

인 달 너, (다시 앞을 막으며) 정 내 말을 안 들을 테냐! (하며, 옥단의 손을 잡으려 한다)

옥 단 개자식! (하며, 인달놈의 뺨을 후려치고 급히 발길을 옮긴다)

인달은 어이가 없는 듯, 쓴입을 다시며 볼을 만진다.
인달 '두고 보자!' 하며, 독을 품고 걸어가는 옥단의 뒤모습을 바라본다.

관필의 집 우물가

관필어머니가 우물가에서 나물을 씻고 있다.

옥단이가 언덕을 넘어 숨 가쁘게 달려온다.

옥　단　어머니! (하며, 달려가 관필 어머니의 무릎에 안겨 흐느낀다)
관필의 어머니　애, 너 웬 일이냐. 응? 무슨 일이 생겼니?
옥　단　어머니, 나 공출 나가게 됐어요.
어머니　뭐? 공출? 너두? (하고, 관필의 어머니는 기가 막혀 말을 잇지 못
　　　한다)

무릎에 엎드려 흐느끼는 옥단을 물끄러미 보는 어머니.

관필의 어머니　어이구, (손을 마주 비비며 혼자 말하듯) 제발 이놈의 세상
　　　이 망하게 해 줬으면… 세상에 이런 변이 또 어데 있단 말이냐, 어
　　　이구.
옥　단　어머니, 일제는 꼭 망할 거예요. 관필이두 그랬어요. 머지 않아서
　　　일제는 꼭 망할 거라구요.

어느 아지트

수수바자를 둘러친 농가.
그 집 앞으로는 큰길로 통하는 달구지길이 뻗어 있다.
수수바자문 앞에 중년 농민이 담배를 피우며 먼 산을 바라보고 있다. 망
을 보는 것이다.
그 집 뒤고방36)을 통하여 들어가는 지하실에 관필이와 두 공작원이 앉아
서 이야기하고 있다.
관필이가 약도를 보며 묻는다.

관　필　이곳 연락은 다 됐습니까?

---

36) 골방의 북한말.

공작원1　네!
관　필　여기는?
공작원2　다 됐습니다.
관　필　수고들 하셨습니다. 이번 공작은 놈들의 삼엄한 경계망을 뚫고 들
　　　어가서 해야 하는 일이니 만큼, 각별히 주의해야 하겠습니다.
공작원들　네.

　　밖에서 소방울 소리가 들린다.
　　관필은 긴장하여 귀를 기울인다.

#　집앞

　　큰길쪽에서 김동무가 도람통을 실은 우차를 몰고 온다.
　　망을 보던 중년 남자가 일어나서 수수바자문을 활짝 열어 제치고, 동무에
　　게 이상없다는 눈짓을 한다.
　　김동무는 우차를 바자 안으로 들여세우고, 달구지 밑에서 기름통(등사잉
　　크)를 벗겨들고 들어간다.
　　망 보는 남자는 밖으로 나가서 다시 한번 주위를 살핀 다음, 쭈그리고 앉
　　아서 담배를 피운다.

#　지하실

　　공작원 두 사람이 등사기에 삐라를 밀고 있고, 한편 구석에서는 관필과
　　김동무가 이야기하고 있다.

관　　필　공장동무들이 폭파장소에 접근하지 않도록, 미리 주의시켜야 합니
　　　다.
김동무　알겠습니다.
관　　필　정오 싸이렌이 나면, 공장 앞 전주 옆에서 담배를 피우는 노동자가
　　　있을 것입니다. 암호는 "빈 성냥갑 속에 든 우표딱지"요.
김동무　네.
관　　필　시간은 밤 열 시. (시계를 꺼내보고) 동무를 화약 준비가 다 됐겠
　　　지요.
김동무　네.
관　　필　자, 그럼…

관필은 그의 손을 굳게 잡는다.
김동무는 우차를 몰고 간다.

검은 연기를 내뿜는 공장굴뚝

싸이렌소리가 귀청을 쨌다.
공장 정문앞
작업을 교대한 노동자들이 밀려 나온다. 두 놈의 수위(순사)가 문 양쪽에
서 눈을 부라리고 그들을 지켜본다.
남루한 차림의 노동자들, 그들의 안색은 피로했어도 눈에서는 불이 일고
있다.
수위를 맞받아 쏘아보며 나가는 젊은 노동자들, 우차를 몰고 온 김동무가
정문 옆에 우차를 세우고 사람들이 지나가기를 기다리는 듯 보고 있다가,
담배를 꺼내들고 두리번거린다.
맞은편 전보대 옆에 모자를 쓴 노동자가 담배를 피우고 있다.
김동무는 그의 곁에 가 불을 청한다.

김동무 불 좀 붙입시다.

노동자는 슬쩍 돌아보고 피우던 담배를 준다.

김동무 (불을 붙이려다가) 이거 불이 꺼지지 않았습니까? (라며, 그의 얼
굴을 살피면서 속삭이듯 암호를 댄다)

노동자는 말없이 주머니에서 성냥갑을 꺼내준다.
김동무는 그걸 받아서 갑을 열어 본다. 그 안에 우표 한 장이 들어있다.
노동자는 여전히 시침을 떼고 먼 산만 바라보고 있다.
김동무는 담뱃불을 붙이고 성냥갑을 준다.
노동자는 조용히 속삭인다.

노동자1 … 폭약은 화약창고 옆이요. 세 번째 도람통, 시간은 밤 10시 정
각.

노동자는 우차쪽을 눈여겨본다.
우차에 실린 유표한 통.
노동자는 퇴근하는 대렬에 끼여 들어 저쪽으로 사라진다.

그런 일은 알 길 없이 그냥 버티고 서있는 공장 수위.
공장에서 나오는 사람도 뜸해졌다.
김동무는 담배를 비벼 끄고 우차를 몰고 들어가다가, 수위 앞에 세운다.

김동무 안녕하시유.

수위놈은 다가와서 도람통을 두루 살핀다.
그놈의 눈치를 여겨보고 있는 김동무. 수위놈은 증명서를 보고 돌려주고,
별다른 눈치없이 달구지에서 물러선다.

수　위 좋아, 가라!
김동무 예, 이랴!

김동무는 수위놈에게 굽신하고, 소를 몰고 공장 안으로 들어간다.

공장 구내

우뚝 솟은 건물 옆에 도람통이 즐비하게 널려 있다.
김동무가 우차를 몰고 와서 도람통을 부린다.
아지트에서 싣고 온 것을 건물 벽에서 세 번째 도람통 곁에 눕혀 놓는다.
공장을 순시하는 감독놈이 어슬렁어슬렁 지나간다.
김동무는 허리를 굽신하며 인사를 하고, 일을 계속한다.
헐벗은 노동자들이 육중한 기계가 실린 밀차를 힘겨웁게 밀고 지나간다.
거드름을 피우며 지나가는 감독놈.
연기를 내뿜는 굴뚝.

밤, 같은 공장 구내

저쪽 어둠 속에서 용접하는 불빛이 번쩍인다. 무슨 괴물이 도사리고 앉은
듯한 육중한 변압기가 으르렁거릴 뿐, 어둑침침한 그 모퉁이는 사람 하나
얼씬거리지 않는다.
공장 앞에서 낮에 연락을 받은 공작원이 어두운 건물 모퉁이에 몸을 숨기
고 있다가, 도람통이 널려 있는 데로 날쌔게 접근한다. 유표한 도람통을
손더듬으로 찾아서 밑뚜껑을 제끼고, 그속에서 다이나마이트 묶음과 도화
선을 꺼낸다.

아지트, 깊은 밤

공작원들이 삐라를 찍고 있다. 관필이가 옆에서 글을 쓰면서 시계를 꺼내 본다.
10시 10분 전을 가리키는 시계.

공장 변전소

공작원이 다이나마이트를 안고 변전소 층계를 올라간다. 용접광이 번쩍할 때마다 그의 모습이 환히 어둠속에 드러난다. 벽에 몸을 붙였다가 다시 달아올라간다.

어둠 속에서 으르릉거리는 거창한 변압기들,

공작원은 다이나마이트 뭉치를 한구석에 장치하고, 도화선을 빼여 길게 늘여 사다리를 타고 내려와 도화선 끝에 불을 단다. 그는 급히 밖으로 나간다.
용접불이 번쩍인다. 구내 기차가 기적을 울리며 내달린다.
타들어가는 도화선.
으르릉거리는 변압기.
공작원은 벽 뒤에 몸을 숨겼다가 기차가 지나가자, 급히 어둠 속으로 내달린다.
한순간이면 불길에 싸일 컴컴한 변전소의 그림자, 그 안에서 불찌를 튕기며 타들어가는 도화선.

아지트

긴장하여 다시 시계를 보는 관필.
시계 분침은 방금 열시를 넘어간다.
관필은 초조하게 귀를 기울인다.
이윽고 땅속 깊은 데서 울려오는 듯, 웅심깊은[37] 굉음이 귀가 멍하게 들려온다. 등잔불이 가물가물 흔들린다. 등사를 밀던 공작원들이 손을 멈추고 빛나는 눈길로 관필을 돌아본다.
관필이도 입가에 웃음을 띠우고 돌아본다.

---

37) 雄深깊다, '웅숭깊다'의 북한말. 겉에 잘 드러나지 아니하거나 나타나지 아니하다.

불길에 싸인 변전소

검은 연기와 불길이 한데 용트림하듯 치솟아 오른다.
경보를 알리는 싸이렌이 아우성친다.
일제와 헌병놈, 순사놈들이 얼이 빠져서 어쩔 줄 모르고 우왕좌왕한다.
소방차들이 싸이렌을 울리며 달려든다.

아침 공장 구내

땅바닥에 삐라가 하얗게 널렸다.
회오리바람이 그것을 휘날린다.
삐라를 주어 읽은 노동자들.
일제 감독들이 몰려나와서 삐라를 주어 모으느라고 눈이 뒤집혔다.
순사놈들은 삐라를 보는 사람들을 단속하기에 정신을 못 차린다.
삐라는 거리바닥에도 뿌려졌다.
삐라를 주어보는 노인과 아낙네들.
순사들이 호각을 불며 미친듯이 돌아가며 단속한다.

경찰서 고등계실

고등계 주임놈이 삐라를 보고 있다.
삐라를 든 손이 경련이 인 듯 떨린다.
삐라의 내용이 관필의 목소리로 울린다.

"노동자, 농민들이여! 조선인민혁명군은 조국의 해방을 위하여 싸우고 있
다.
국내동포들도 힘을 합쳐서 일본제국주의를 반대하여 끝까지 싸우라!"

고등계 형사실

고등계 주임놈은 앞에 서있는 순사에게 호통친다.

주　임　빠가, 아직두 범인을 잡지 못하였는가?
순　사　핫.
주　임　하가 뭐야 하가. 그래 그 젊은 놈도 못 잡았나?
순　사　하, 아노… 보고 있는 놈을 다섯 놈을 잡았습니다.

162

전화종이 울린다. 주임놈은 수화기를 든다.

주　임　아아, 나야 나! 고등계주임이야. 뭣이 제철공장에서 삐라가? 그래 범인을 잡았는가? 뭣이 못 잡았어? 뭣들하고 있는가. 이 바보 같은 자식들아. (앞에 서 있는 순사놈을 보며) 빨리, 빨리 잡아내라!

순　사　하, 빨리 잡겠습니다!

주　임　빨리 가봐라! (하고, 주임놈은 수화기를 탕 놓고 미친 듯이 오락 가락한다)

아지트

관필과 공작원 한 사람이 등사기를 정돈한다. 여기에 또 한 사람이 들어 와서 보고한다.

고등계 형사실

고등계 주임놈이 전화통을 들고 고래고래 소리를 지른다.

주　임　못 잡았는가? 나쁜놈의 새끼가, 엉?

순　사　하, 저… 나까무라 중위한테서 연락이 왔습니다.

주　임　뭐라구?

순사놈이 들어와서 보고한다.

순　사　손정리 부근에 수상한 집이 있답니다.

주　임　어, 그래 수색했는가?

순　사　하, 다섯 사람을 보냈습니다.

주　임　아아, 안돼, 안돼, 더 많이 보내서 그 일대를 물샐 틈 없이 수색해 라!

순　사　하! (하고, 절도있게 돌아서서 나간다)

다시 전화종이 울린다.

주　임　(수화기를 들고) 아… 그 일대에 누구든지 얼씬만 하면, 모두 체포 하라! 아아, 종거시, 종거시.

아지트가 있는 근처

이 골목 저 골목에 잠복한 사복형사놈들이 지나가는 사람들을 모조리 수색한다.
순사놈들은 집집에 들어가서 어른들을 잡아낸다. 개 짖는 소리.
한 처녀가 물동이를 이고 가면서 놈들의 경계망을 살핀다.

순　사　야, 서라.
처　녀　네?

형사놈이 불쑥 처녀의 앞을 막는다.

순　사　너의 집이 어데냐?
처　녀　요 앞집이예요.

처녀는 집모퉁이를 돌아간다

형사놈은 공장에서 돌아오는 노동자를 단속한다. 노동자가 수색망에 걸려 심문을 당한다.
순사들이 총창을 비껴 들고 아지트로 쓰던 집 울타리를 부시며 들어간다.
저쪽 울바자 안에서 아까 그 처녀가 빨래를 주무르면서 놈들의 거동을 살핀다.
집안에서 김동무가 뒷문으로 빠져나간다.
순사놈들은 아지트를 구석구석 뒤지고 돌아간다.

거리

골목골목에 경관들이 경비하고 있다. 다리목으로 승용차 한 대가 지나가는 것을 경관이 정차시키고 문을 연다.
차안에 국방복으로 변장한 관필이가 점잖게 앉아 있다.
경관놈을 쏘아보는 그의 날카로운 시선.
경관도 지지 않고 유심히 본다. 관필은 주머니에서 명함을 한 장 꺼내준다.
경관은 받아보고 경례를 붙인 다음, 문을 닫는다.
다리를 건너 달리는 승용차.

요란한 기적 소리

열차가 어둠속을 달린다.
그 열차 한 칸에 관필이가 타고 있다.

차창으로 흘러가는 풍경

산협에서 송탄유[38]를 끓여내기에 고역을 겪는 사람들이 보인다.
이엉도 못 올린 찌그러진 초가집에 헐벗은 아이가 쭈크리고 앉았고, 구내 화물차들에는 징용으로 끌려가는 남자며 처녀들이 옹송그리고 앉은 모습이 보인다.
헌병놈이며 경방단놈들이 으시대며 돌아간다.

객차에 앉아서 그런 것을 바라보는 관필,

지금 그놈들을 하루 바삐 쳐없애지 못하는 안타까움이 마음을 조인다.

노호하듯 기적을 울리며 어둠을 헤치고 내달리는 기관차

관필의 고향마을

어둠 속에 거연히 서있는 정다운 고목나무. 그러나 고목나무는 낙엽이 지고 가지만 앙상하다. 어쩐지 쓸쓸한 회포를 자아낸다.
관필이가 동산쪽에서 내려와 고목나무를 짚고 선다. 그리운 집이 내려다 보인다.

창문에 비친 불빛,

여기에 허리 굽은 어머니의 애처로운 그림자가 어른거린다.
기침소리도 들리는 듯하다.
한달음에 달려 내려가고 싶은 마음을 입술을 깨물며 참는 관필, 창자를 끊는 듯 마음이 아프다.
기침소리, 허리를 짚고 기침을 패는 어머니의 그림자, 달려 내려가서 등이라도 쓸어주고 싶은 마음을 누르고 있는 관필, 안타까움에 나뭇가지를 토막토막 꺾으며 아픈 마음을 참는다.
긴 사이,

---

38) 松炭油, 松油. 솔가지를 잘라서 불에 구워 받은 기름.

언덕 너머에서 개 짖는 소리. 관필은 마음을 가다듬고 숲속으로 몸을 감춘다.
개 짖는 소리는 더욱 극성스럽다.

다음날 아침

최경천의 집 앞.
경천이가 마당에 떨어진 삐라를 보고 질겁을 한다. 삐라는 한 장뿐이 아니라, 마당과 앞길에 허옇게 널렸다.

경 천   허, 이거 봐라, 이걸 어쩐다. (하며, 삐라를 주어 뭉는다)

마을길에서 농민들이 삐라를 보며 얼굴에 화색을 띠우고 웅성거린다.

거기에 호각소리가 귀청을 쨌다.
순사와 경방단원이 미친개처럼 싸다니며 집을 수색하고, 삐라 보는 사람들의 등을 덮친다.
인달이가 경방단복에 장화까지 신고 으스대고 돌아가며, 삐라를 압수하고 사람을 친다.

관필이네 집

인달이가 사복형사놈들을 앞세우고 등을 넘어와서 집안을 수색한다. 개 짖는 소리, 기력이 쇠진하여 자리에 누웠던 어머니는 무슨 일인지도 모르고 어리둥절한다.

순사부장   야, 빨리 수색해!
순 사   핫.
순사부장   빨리.
순 사   야.

형사놈이 어머니를 끌어내여 순사에게 떠민다.
순칠이가 삐라를 보면서 언덕을 내려오다가 주춤한다.
순사놈들이 어머니의 등을 밀치며 올라온다.

순 사   아들이 왔다 갔지?

166

어머니 ……

인 달 너두 가자, 이 자식아!

순 칠 놓아요, 놓으라는데.

주재소

마루 바닥에 어머니가 쭈크리고 앉아 있다. 순사부장놈이 버티고 앉아서
취조한다.

인달이가 그 옆에 앉아 순사부장을 거들고 있다. 한쪽 구석에 순칠이도
앉았다. 그의 옷소매가 반은 떨어지고, 얼굴엔 피가 터져서 몰골이 말이
아니다.

순사부장 바른대루 말해. 네 아들놈이 어제밤에 집에 왔지?

어머니 죽었는지 살았는지 모르는 애가 어델 왔단 말이요?

순사부장 본 사람이 있어…

순 칠 본 사람이 있으면, 그 사람더러 물어 보구려!

순사부장 닥쳐, 이 자식.

인 달 (가서 발길로 조긴다) 닥쳐라, 이 자식아!

순 칠 아이쿠…

순사부장 자, 어서 말이나 해라. 너의 아들이 언제 왔다가 어데루 갔느냐?
          응?

순 사 바른 대루 말해.

어머니 난 모르우!

순사부장 몰라?… 너의 아들이나 삐라를 뿌렸지?

순사부장놈은 허덕이며 의자에 앉아서, 책상 우에 놓인 삐라를 어머니 앞
에 내댄다.

순사부장 이것이나 네 아들이 뿌렸지?

어머니 난 모른다!

순사부장 뭣이?

악의를 품고 씨근덕거리며 어머니를 사정없이 후려친다.

순칠은 차마 볼 수 없어 얼굴을 든다. 매를 치는 소리가 자기의 살을 에
이는 듯 아프다. 순칠은 애타는 마음에 달려들어 막으려 한다.

인달놈이 순칠을 발길로 걸어찬다.
순사부장놈은 독이 올라서 물매로 어머니를 내리친다. 어머니는 마루바닥을 그러쥐고 신음하며 고문을 이겨낸다.
기절한듯 쓰러진 어머니의 귀전에 언젠가 관필이가 책에서 읽던 그 목소리가 쟁쟁히 울려온다.

"… 일제는 우리의 원쑤이다. 지주도 우리의 원쑤이다. 우리는 원쑤와 싸워야 한다. 싸워서, 싸워서 이겨야 한다."

어머니는 그 소리에 기운을 차린 듯, 몸을 겨우 움직이며 혼자소리로 말한다.

어머니 옳다! 네 말이 옳다. 싸워라. 싸워서 이겨라! (하고, 다시 쓰러진다)

순칠이가 안타깝게 웨친다

그 목소리 우에 생겨지는 자막.
"생지옥은 여기뿐이 아니었다."

용광로 출선구 앞에서

쇠물을 젓는 관식이. 그는 허기지고 숨이 가빠 몸을 가누지 못한다. 감독놈이 눈을 부라리고 고함치는 바람에, 관식은 불길 앞에서 물러서지도 못하고 쇠장대를 붙들고 허덕인다.

탄광에서

탄차를 미는 옥단 아버지와 박서방, 신발은 거덜이 났고 옷은 남루하다.
피골이 상접한 몸으로 악을 쓰며 탄차를 밀고 나간다. 이마에서는 비지땀이 솟는다.

방직공장에서

노란꽃이 핀 얼굴에 눈만 퀭한 처녀들이 자욱한 수증기 속에서 움직이고 있다.
즐거움도 없고 기운도 없다. 그들중에 옥단이도 보인다.

감방

바늘을 세울 자리도 없이 비좁은 감방 안에 죄인들이 끼워 앉았다. 그들 속에 순칠이도 보인다. 순칠이가 무릎을 두 팔로 그러안고 생각에 잠겨 있다.
여자들의 감방에서도 젊은 여인들이 수심에 잠겨, 운신을 못하고 누워 있는 관 필 어머니를 애타는 눈길로 지켜보고 있다.

최경천의 집

진수성찬에 술판이 벌어졌다.
경천과 주재소 주임, 면장과 유지들이 기생들의 춤판을 바라보며 떠들고 있다. 경천의 처가 아양을 떨며 시중을 들고 있다.
인달이가 취하여 잔을 들고 돌아가며 술을 권한다.

인　달　아… 부쬬상, 한잔 드시지요.
순사부장　아… (하며, 잔을 받아 들이키고 게걸스럽게 닭고기를 물어뜯는다)

술판은 흥성거린다.
흥성거리는 춤판에 경천을 비롯한 면장, 지주, 주재소 주임들이 흥이 나서 춤을 춘다.
이윽고 떠들썩하던 춤판은 끝나고 박수갈채가 일어난다.

옥단의 집 (방안)

한 하늘 아래의 한 마을이건만, 여기서는 너무도 기막힌 사정이 벌어졌다.
통곡소리가 들린다. 옥단 어머니의 통곡소리이다.
이웃집 박서방이 징용판에 끌려갔던 옥단 아버지에 대한 비보를 가지고 돌아왔다.
동리 여인들과 노인들은 어떻게 위로하면 좋을지, 인사말도 못하고 눈물만 씻고 있다.
징용터에서 한쪽 팔을 잃고 구사일생으로 살아온 박서방이 전하는 기막힌 이야기는 이러했다.

박서방　한날 한시에 끌려 나갔다가 나 혼자 살아와서, 아주머니에게 이런 소식을 전하게 될 줄이야 꿈엔들 생각했겠어요. 그날두 형님하고 나는 몇 달째 고역에 시달려 그만 몸이 지쳐서 그 신병으로 누워있는데, 그 악독한 놈들은 채찍으로 후려갈기며 일터루 몰아내다가…

박서방의 이야기와 더불어 다음의 화면이 흐른다.

광산에서 옥단 아버지가 밀차를 타고 제동하면서 급한 구배를 내려온다.
쏜살같이 내리 달리는 밀차, 옥단 아버지는 기를 쓰고 제동 손잡이를 당기며 굽인돌이를 돌아간다.
박서방이 건너편 차길로 밀차를 몰고 올라가다가, 불안한 얼굴로 바라보고 있다.
쏜살같이 내려가는 옥단 아버지의 밀차, 박서방이 '앗' 하고 놀라는 순간, 옥단 아버지의 밀차가 굽인돌이에서 튕겨지며, 사람과 밀차가 함께 굴러 떨어진다.
박서방이 소리치며 달려간다.
여기저기서 징용군들이 달려온다.
흙먼지가 가시면서 버럭더미 우에 엎드러진 옥단 아버지가 보인다.
박서방이 한숨을 쉬고 말끝을 맺는다.

박서방   … 차라리 그때 내가 앞차에 탔더라면 형님은 팔이나 하나 잃어버리는 걸…
옥단어머니   아이구… 여보, 오죽이나 원통했겠소. 그 무지한 놈들한테 갖은 욕을 다 보구 생죽음을 당했으니… 옥단아! 옥단아! 너의 아버지는 돌아가셨단다. 너두 못 보구 나두 못 보구. 세상에 이런 원통한 일이 어데 있단 말이냐.

기가 막혀 앉아있던 백발노인이 땅이 꺼지도록 한숨 쉬며 한탄을 한다.
검은 구름이 어지럽게 밀려간다.

공장

수증기 자욱한 속에서 현기증을 일으키며 일하는 옥단이.
이윽고 옥단은 몸을 가누지 못하고 마루 바닥에 쓰러진다. 동무들이 달려들어 부축한다.

들판

기진맥진한 여인들이 밭머리에 헐벗은 아이들을 눕혀 놓고 밭을 매고 있다. 가물이 들어 불이 일 듯한 조밭을 매고 있다.

감방

고문에 시달리고 병들어 쓰러진 사람들.
관필 어머니와 순칠의 모습도 참혹하다.
여기에 고문에 시달리는 사람들의 신음소리와 매 치는 소리가 들린다.
이때 요란한 싸이렌 소리가 진동한다.
모두 눈이 둥그래서 얼굴을 마주 본다.

경찰서 지붕 우에 싸이렌이 악을 쓰듯 소리를 지른다.
여기에 자막이 나타난다.

"1945년 8월 15일"
감방에서 만세를 웨치는 애국자들
어깨를 겯고 거리로 밀려나가는 애국자들.
만세 소리가 산천에 메아리친다.
공장에서 물밀듯 밀려나오며 만세를 부르는 노동자들.
탄광에서도.
학교에서도.

경찰서

순칠이가 만세를 부르며 유치장에서 뛰여 나온다.
관필 어머니도 달려오며, 맑은 하늘을 우러러 만세를 웨친다.

"만세! 만세!…"

광명한 해빛을 안은 관필 어머니의 얼굴에서 처음으로 피여나는 웃음.

순 칠 아주머니! (하며, 얼굴에 기쁨을 담고 관필 어머니를 얼싸안는다)

장거리

농민들이 격노하여 주재소로 와 달려들어 주임놈을 끌어낸다.

면사무소로 밀려가는 군중들. 그들 앞에 박서방이 앞장을 섰다.
그들은 면사무소 간판을 떼버리고 면장을 끌어내여 족친다.
순칠이가 소방대 종루에 올라가서 종을 두드리며 소리친다.

순 칠   해방이다! 해방이다! 최경천이를 잡아라! 최경천네 집으로 가자! 해
         방이다! (등등 웨치며, 격노한 군중들이 파도처럼 밀려간다)

최경천의 집

경천의 식구들이 겁에 질려 어쩔 바를 몰라 한다.
경천은 트렁크에 돈을 쓿어 넣는다.
인달이가 짐을 들고 나가면서 경천에게 재촉한다.

인 달   아버지! 뭘 하세요. 빨리, 빨리요.
경 천   야야, 내 돈 내라! 내 돈!
         인달이가 먼저 달려나가다 문간을 나서지 못하고 뒤걸음쳐 들어온다.
         농민들이 고함치며 밀려 들어온다.

         "최경천이 잡아라!"
         "죽여라!"

         경천이가 가방을 들고 안으로 뛰려다가 덜미를 잡혀 물매를 맞는다.
         비명을 지르는 경천.
         돈뭉치가 농민들의 발에 짓밟혀 흩어진다.
         경천의 처와 인달의 처가 뒤담 문으로 도망치는 것을 동리여인들이 고함
         치며 뒤따른다.

여 인   저 여우를 잡아라! (하며, 쫓아가서 덜미를 잡는다)
경천의 처   사람 살리우!

         경천의 처가 눈이 뒤집혀서 비명을 지른다. 여인들이 덤벼들어 물매를 들
         이댄다.

         인달이란 놈이 헛간에 숨었다가 끌려나온다. 순칠이가 눈에서 불을 뿜으
         며 작대기로 인달놈을 후려친다.

인 달 순칠이, 순칠이, 한번만… (하며, 손을 비비며 애걸한다)
순 칠 어째, 이놈아. 개새끼. 일제의 세상이 한평생 갈 줄 알았니. 이 개
        새끼 같은 놈아! (하며, 발길로 인달이를 차버린다)
인 달 한번만! 한번만! 용서해 주게, 순칠이!

　　순칠의 발밑에 인달이가 엎드려 애걸하는 것을, 농민들이 달려들어 그놈
의 덜미를 잡아 일으켜 가지고 끌고 나간다.

또한 군중들은 면사무소에 달려들어 간판을 떼여 짓부시고, 안으로 뛰여들
어가 면장놈을 잡아낸다.

뒤동산

　　농민들이 면장과 순사부장놈을 아름드리 나무에 묶어놓았다.
　　군중들이 최경천이와 인달이를 끌어와서 한데 묶는다.

거리

　　"만세!… 만세!…"
　　"김일성장군 만세!"
　　"조선독립 만세!"

　　프랑카드를 든 군중들이 행진한다.
　　물결치는 사람들의 파도.

어느 역

　　기관차와 화차 지붕에까지 사람들이 하얗게 올라탄 열차가 기적을 울리며
들어온다.
　　여기에 새겨지는 자막.
　　"징병, 징용에 끌려갔던 동포들이 그리운 고향으로 돌아온다."
　　홈에 운집한 사람들이 이리 밀리고 저리 밀리면서, 차에 탄 사람들을 환
영한다. 서로 부르고 웨치는 소리들, 서로 부둥켜안는 사람들.

여 인 아이, 여보! 살았구려!

동네사람   야, 왔구나!… 야, 살았구나! (등등 목이 메여 어쩔 줄 모른다)

관식의 어머니는 안타까운 나머지, 사람들을 붙잡고 아들의 소식을 묻는
다.
순칠이도 군중 속을 헤치고 나가며 두리번거린다.
이때 저쪽 차간 승강대에서 옥단이가 두리번거리며 내리다가 순칠을 본다.

옥 단   오빠!
순 칠   옥단아… 살아왔구나…
옥 단   어머니!

순칠은 옥단을 부둥켜안고 쓰다듬는다.
기차가 기적을 울리고 떠난다.

관필 어머니는 그냥 차를 따라 움직이면서 아들을 찾는다.

"관필아! 관필아!" 했건만, 기차는 점점 속력을 놓아 내달리고 있다.
어머니는 발을 멈추고 멍하니 바라본다.

길

징병, 징용에 나갔던 청년들이 고향으로 돌아온다.

정거장

또 기차가 들어왔다가 떠난다.
텅 비인 정거장 홈에는 관식이 어머니와 함께 옥단이 모녀가 서 있다.
멀어져가는 기차.
심란한 얼굴색으로 멀리 바라보며 움직일 줄 모르는 관식이 어머니.

옥단어머니   형님, 고만 들어가십시다.

그러나 관식이 어머니는 한 자리에서 굳은 듯이 서 있다.
옥단이가 옆에 가서 관식이 어머니를 부축한다.

관식이어머니   우리 관식인 오늘두 안 오는구만.

174

한숨을 쉬고 시름없이 발길을 옮긴다.

관필의 집

관식이 어머니는 마루 끝에 홀로 앉아서, 하늘가를 물끄러미 바라보고 있다.
이렇게 며칠이 지나갔다.

산길

고향으로 돌아오는 청년들을 태운 자동차가 굽인돌이를 돌아내려오다가, 마을 어구에서 멎는다.

적재함 우에서 관식이가 뛰여내리고, 차는 붕 소리를 남기면서 내달린다.

관식이는 발걸음도 가볍게 그립던 고향산천을 설레이는 가슴을 안고 돌아보며 성큼성큼 걸어간다.
관식이가 시내를 건너서 고향마을이 내려다보이는 동산 마루에 홀가분스럽게 올라선다.

관필이네 집 (방안)

어머니는 방에서 바느질을 하고 있다.
심란한 얼굴빛을 한 어머니가 시름없이 바늘 끝을 옮긴다.
관식이가 고목나무 언덕을 넘어 달려 내려오다, 못내 그립던 집 앞에 이르자 어느새 소리내여 어머니를 부른다.

"어머니!"

어머니는 꿈결인 듯 일손을 놓고 인기척 소리에 귀를 기울인다.
관식은 어느새 문 앞에 와서 헐떡거리며 소리친다.

관　식　어머니!
관식이어머니 게 누구냐? (하며, 문을 열어젖힌다)
관　식　어머니!
관식이어머니　관식아.
관　식　어머니!

어머니는 버선발로 달려나가 아들을 품에 껴안는다. 어머니는 목이 꽉 메여 그저 아들의 머리를 쓰다듬는다.
쓰다듬는 어머니의 손끝이 부들부들 떨린다.
아들의 얼굴을 또 보고, 다시 보며, 품에 안고 어루만지는 어머니.

관식이어머니 용케 살아왔구나! 용케 살아왔구나!
관 식 어머니, 혼자서 얼마나 고생하셨어요.
관식이어머니 내야 무슨 고생을 했겠니. 일제의 등쌀에 너희들이 고생했지! 어서 들어가자!
관 식 형님은 왔나요?
관식이어머니 아니, 관식이두 이렇게 돌아왔는데 꼭 올 게다. (하며, 어머니는 밝은 얼굴빛을 하고 아들을 위로한다.

금수산 모란봉

청류벽을 감돌아 흐르는 대동강.
여기에 자막이 흐른다.

"1945년 10월 14일. 김일성장군 평양 입성"

인산인해를 이룬 군중들의 환호소리가 천지를 진동한다.
"김일성장군 만세!"
"만세! 만세!…"
환영 군중들의 다함없는 마음을 담아 을밀대가 멀리 바라보이는 광장.
맑게 개인 하늘.
오색기가 바람에 나붓긴다.
'김일성장군의 노래' 선율이 장중하게 울린다.
높은 연단에 오매에도 그립던 우리 민족의 위대한 영도자 김일성장군님께서 서 계신다.
15성상 풍운만리에 원쑤를 무찌르고 어둠에 짓눌렸던 이 나라 강토 우에
'김일성장군의 노래'가 장중하게 울린다.

"장백산 줄기줄기 피어린 자욱
압록강 굽이굽이 피어린 자욱
오늘도 자유조선 꽃다발 우에
력력히 비쳐주는 거룩한 자욱

아 그 이름도 그리운 우리의 장군
아 그 이름도 빛나는 김일성장군
만주벌 눈바람아 이야기하라
밀림의 긴긴 밤아 이야기하라
만고의 빨찌산이 누구인가를
절세의 애국자가 누구인가를
아 그 이름도 그리운 우리의 장군
아 그 이름도 빛나는 김일성장군"

해빛을 가져오신 위대한 태양 김일성장군님께서 서 계신다.
극악한 원쑤의 발굽 밑에서도 오직 그이께서 계심으로 하여 슬기롭게 살아온 이 나라 겨레들이, 지금 위대한 태양 김일성장군님을 가까이 모시고 목메여 웨친다.

"김일성장군 만세!…"
"만세! 만세!…"

인산인해를 이룬 군중의 환성이 온 누리에 울려퍼진다. 뜨거운 것이 앞을 가리는가! 눈굽을 씻고 또 씻으며, 장군님께서 계시는 연단 앞으로 군중을 헤쳐 나가는 노인들.
장군님께서는 군중들의 환호에 답례하시며, 역사적인 연설을 하신다.
주석단 옆에 서있는 항일유격대원들과 간부들, 그중에 관필의 늠름한 모습도 보인다.
우리 조국의 새 역사를 선포하시는 장군님의 말씀을 한 마디도 놓칠세라 귀를 기울이고 듣는 군중들의 감격에 찬 얼굴, 얼굴.
이날을 위하여 장군님을 모시고 고난의 길을 헤쳐 온 관필은 벅찬 심정을 금할 수 없는 듯 눈시울을 적시며, 장군님을 경건한 마음으로 바라보고 있다.

농촌

농민들이 모인 가운데 인민위원회 간판이 올려붙는다.
환호하는 농민들, 노인이 나서서 망치로 간판에 못을 박는다.
군, 도 인민위원회 간판도 나붙는다.

고향의 벌판

박서방을 비롯하여, 관식이와 옥단이, 집안 식구들과 마을사람들이 떨쳐나와 밭갈이를 한다.
두 농민이 분여받은 자기 밭에 표말을 박는다.
마을쪽에서 순칠이가 작대기를 짚고 급히 나오며 소리친다.

순 칠 옥단아, 관필이가 왔다!
옥 단 뭘?
옥 단 어머니, 관필이가 왔대요!

관필 어머니는 꿈결같은 소리여서, 그 말이 얼른 믿어지지 않는다.
사람들이 웨치는 소리가 이 논에서 저 논으로, 어머니가 서 있는 논배미에 전해진다.

옥단어머니 형님! 관필이가 왔대요! (하고, 신작로롤 달려 나간다)
어머니 아니, 뭐?

관필 어머니는 꿈결인 듯, 그 자리에 굳어져서 바라볼 뿐이다.

농민들 관필이가 왔다!
관 식 어머니, 빨리요!

농민들이 저쪽으로 내달린다.

순 칠 예, 옥단아, 관필이가 간부가 돼서 왔다!

옥단이도 기쁨을 안고 그들과 같이 뛰여간다.

순 칠 관필이!
관 필 순칠이!
순 칠 아니, 이거.

두 친구는 반갑게 손을 잡는다.

관 필 안녕하셨습니까? (하며, 달려온 동네사람들에게 인사를 한다)
옥단어머니 아, 형님, 빨리 와요! (하며, 관필 어머니에게 소리친다)

큰길

마을사람들이 관필을 에워싸고 밀려온다. 그들은 관필의 늠름한 모습에서 눈을 떼지 못한다.
맞받아 달려온 사람들이 손을 잡고 흔든다.
옥단은 차마 달려가지 못하고, 먼발치에서 설레이는 마음을 안고 그의 모습을 바라보고 있다.
관식이가 달려온다.

관 식 형!

그러안는 형제.

관 필 야, 컸구나. 어머닌 어데 계시냐?
관 필 어머니!
어머니 관필아!

어머니는 저만치에서 오다가 더 발길을 옮기지 못한다.
관필이가 달려가서 절을 한다.
'다시 찾은 내 고향'의 노래가 장중하게 울려 퍼진다.
어머니는 아들을 그러안고 목이 멘다.

순 칠 옥단아, 왜 이렇게 서 있니?
관 필 그동안 얼마나 고생하셨어요?
어머니 내야 무슨 고생을 했겠니. 저 옥단이가…

그제서야 관필은 옥단을 알아보고 정겨운 눈매로 바라본다.
옥단은 너무나 변한 관필의 모습에 눈이 부신 듯, 똑바로 보지 못하고 머리를 숙인다.
관필은 옥단이 앞으로 다가간다.
옥단은 말머리를 찾지 못하고 머리를 숙인다.

옥 단 관필씨!
관 필 옥단 동무!

둘은 뜨거운 마음으로 상봉한다.

노래의 선율이 이들의 마음을 담아 더욱 정중하게 흐른다.

"정든 산천 부모형제 모두 버리고
설한풍과 가시밭길 몇만리였더냐
꿈결에도 잊지 못할 내 고향 품에
광복의 새봄 안고 돌아왔노라
　아 김일성장군님 길이길이 함께 모시고
　이 땅우에 새 나라를 세워가리라"

옥단은 더는 말머리를 찾지 못하고 머리를 숙였다가, 조용히 입을 연다.

옥　단　못 만나뵐 줄 알았어요.
관　필　옥단 동무, 김일성장군님께서는 항일무장투쟁을 전개하시여 조국을
　　　　광복하시고, 우리에게 자유와 해방을 가져다 주셨소!

맑은 하늘에 햇솜 같은 구름이 뭉게뭉게 피여 오른다.

　　관필이와 옥단이가 논길을 나란히 걸어온다.
　　관필은 발을 멈추고 벌판을 감개무량하게 바라본다.

옥　단　김일성장군님께서는 토지를 우리 농민들에게 노나주셨어요!
관　필　그렇소. 토지는 영원히 농민들의 것이 됐소!

황금나락이 파도치는 논벌과 단풍든 동산으로 둘러싸인 고향마을,

　　그 거만스럽던 기와집도 인제는 무색한듯 을러대는 호령소리도 영영 없어
지고, 이제는 억눌려 천대받던 사람들의 행복의 새 노래인가 흥겨운 농악
에 풍년가가 실려서, 오곡이 물결치고 황금나락이 설레이는 저 벌판에 울
려 퍼진다.
　　황금파도를 타고가듯, 관필과 옥단이가 다정하게 무르익은 논판을 걸어간
다.

(1949년)

용광로

(영화문학)

김영근

등장인물

종수
혜영　요업과 연구실 조교
용연　룡수의 아내
왕대식
창훈
기두
서씨　용연의 어머니
정순
지배인
기사장
정상
직맹위원장
홍기사
조완섭　요업기사
석만
성호
도서실 책임자
향도
수직로인
로동자 1,2
옆집 로파
농민들
군중등

제철소구내 (늦은 저녁)

거세인 바람이 빼빼 마른 나뭇가지들을 허공에 휘젓고 있는 늦은 겨울날, 하늘 높이 연기를 뿜으며 서 있는 굴뚝에서 그 아래를 내려다보면, 기구, 기재들이 여기저기 흩어져 있어 살풍경을 이루고 있다.

몇몇 로동자들이 굴지¹⁾ 않은 차량들과 멈춰 있는 공장 옆을 지나 해탄로²⁾ 앞으로 해서 평로³⁾가 있는 쪽으로 걸어간다. 여기에 자막이 새겨진다.

"1947년 2월, 제철소의 인민경제계획은 위대한 김일성 장군님의 건국로선을 받들어 일제의 손에 파괴당한 공장들의 복구사업을 기본과업으로 내놓았다. 그 중에서도 용광로의 복구사업은 자재, 기술면에서 수많은 애로와 곤난이 가로놓여 있었다."

자막이 사라지면, 기사장과 정상이가 평로 앞을 지나 로동자들이 석탄을 퍼내리는 선창가로 해서 용광로가 보이는 언덕길을 내린다.

용광로

기사장과 직맹위원장 정상이가 묵묵히 용광로 앞을 거닐고 있다. 기사장은 로벽에서 온기나 찾아보려는 듯이 손으로 어루만지다가는 원한어린 눈초리를 남기고 발을 옮긴다.

"기사장 동무!" 하는 소리가 멀리서 들려오자, 두 사람은 그쪽으로 고개를 돌린다. 한 사람이 헐떡거리며 뛰여오더니, "지배인 동지가 회의를 하신다구 찾으세요." 하고 전한다. 얼굴에 웃음을 지으며 그의 머리를 쓰다듬어 주던 기사장은 정상이와 같이 지배인실로 향한다.

지배인실

지배인과 몇몇 행정간부들이 도면을 앞에 놓고 둘러앉아 있다.

산업국 홍기사 그러니만치 금년 안으로 용광로가 돌지 않는다면, 이 공장

---

1) 구르지.
2) 骸炭爐, 석탄을 넣고 가열하여 코크스를 만드는 가마.
3) 平爐, 선철, 산화철, 고철 따위를 넣고 녹여서 탄소, 인, 황 따위의 불순물을 산화시켜 없앰으로써 강철을 만드는 반사로.

이 멎는 것은 물론, 우리 전체 산업기관에까지 막대한 지장을 가져
옵니다.

기사장   이 일은 기어코 우리 손으로 해결하겠습니다. 그러나 이미 산업국
　　　　　에서 로력자재들은 수많이 해결하여 주었습니다만, 아직두 해결 못
　　　　　한 …

　　홍기사는 알아챘다는 듯이 웃으며 앞질러 말한다.

홍기사   석탄 말입니까? 산업국에서 책임지고 알선하지요.
기사장   석탄두 그렇지만 아직두 내화벽돌을 해결 못하고 있는데요.

　　홍기사는 턱을 쓰다듬으며 못박듯 말한다.

홍기사   하여튼 내화벽돌은 자재로 해결할 방도 밖에 없습니다.

　　이때 요업기사 로완섭이가 끼여든다.

로완섭   아니 화북점토를 수입해오지 않구서 어떻게.
홍기사   그건 어떻게든 해결합시다. 먼저 의지요. 자신이요!
로완섭   그보다 앞서는 건 과학이지요.
홍기사   과학은 모방이 아니지요. 연구와 창의로써 새로운 것을 창조하는데
　　　　　과학의 승리가 있습니다.

　　이들의 이야기를 듣고 있던 지배인이 일어나 얼굴에 웃음을 지으며 확정
　　조로 말한다.

지배인   그렇고. 해야만 할 것인 줄 알았다면 하구야 만다는 자신을 가지
　　　　　고, 모든 기술과 경험을 동원하여 국가의 계획을 완수하도록 싸워
　　　　　나갑시다.

요업공장 앞

　　완섭이가 아주 불쾌한 낯으로 걸어온다. 이때 요업과 연구실 조수 혜영이
　　가 그의 앞을 막아서며 묻는다.

혜　영　어떻게 되었어요?

완섭은 혜영을 바라보면서 귀찮아한다.

완　섭　뭐가요?

그는 다시 발을 옮기면서 혼자말처럼 중얼댄다.

완　섭　국내에서 구해보라구.

혜영은 못마땅하다는 듯이 그의 뒤를 따르며 말한다.

혜　영　아무러문 인민위원회에서 잘못이야 할라구요?

완섭을 노기를 띠며 소리지른다.

완　섭　잘-잘못이 문제요? 일이 안되니까 문제지.

룡수와 왕대식이 이들을 바라보고 서 있다.

대　식　흥, 저러다 요업과 때문에 용광로가 늦어지지…

룡수의 양손에는 돌이 쥐여있다.

룡　수　어서 자네 맡은 일이나 틀림없이 해 놓게.
대　식　왜? 못할 것 같은가? 그저 내 말이 듣기 싫거든 어서 벽돌을 굽게,
　　　　벽돌을…
룡　수　말이면 장땅인 줄 아나…
대　식　그럼 자네처럼 일년나마 돌 주어묽기만 하는 게 제일인가?

룡수는 제 손에 들린 돌을 바라보며 생각에 잠긴다.

룡　수　글쎄 …

#　벽돌가마 앞

가마 앞에 멍하니 서 있던 룡수가 무엇에 놀랜 듯이 가마에 석탄을 퍼넣는다. 그리고는 땀을 문지르며 아궁 앞에 주저앉아 망치로 돌을 까서 유심히 쳐다보다가 휙 내던진다. 정상이가 기사장과 같이 그 앞을 지나가다가 룡수가 던진 돌을 집어들고 웃음지으며 바라보다가 그에게 묻는다.

기사장　룡수동무, 동무들이 일을 책임적으로 해주어야겠고. 지금까지의 경험을 살려 연구와 노력을 기울여주시오.

기사장은 멍청하니 서 있는 룡수의 손을 잡는다. 정상이도 싱글벙글한 낯으로 룡수를 바라보며 한마디 한다.

정상이　　　사람이 하는 건데 뭣을 못하겠소.

룡수는 갑자기 무슨 영문이지를 몰라 어리둥절한 채 서 있다.

룡수의 집(방)

룡수가 방 안으로 들어서며 웃옷을 벗자 용연이가 받아 벽에 걸면서 묻는다.

용 연　시장하시지요?

룡수는 무엇을 대답하려다 문득 여러 가지 돌들이 널려진 책상 우에 놓인 책 몇 권을 보고 놀랜다.

룡 수　이게 웬 거요?

옷을 걸고 돌아다보는 용연이.

용 연　참 방금 직맹위원장이 저 책을 가지고 오셨댔어요.
룡 수　엉?

룡수는 생각지도 않았던 일에 놀래며 용연을 바라보다가 책상 앞에 앉아 희귀한 듯 책을 뒤적거리며 어이없다는 듯이 맹랑한 웃음을 짓는다.

룡　수　이게 뭔지 알 수 있나? 참.
용　연　갑자기 무슨 공부예요?

용연은 사랑스러운 눈매로 룡수를 본다.

룡　수　글쎄… 알긴 알아야 할 게 씌였겠는데…

룡수는 책을 들여다보다가 용연에게로 돌아앉으며 말한다.

룡　수　자, 우리 배우기 경쟁 해볼가?
용　연　나 같은 게 집이나 지키면 되지 않아요. 어서 영희 아버지나 하세
　　　　요.

룡수는 돌연히 불쾌한 빛을 띤다.

룡　수　뭐라구요. 뭐나 하겠어?

용연은 무안한 낯으로 고개를 숙이고 머뭇거리다가 부엌으로 나가 물사발
을 들고 들어온다. 룡수는 물사발을 받아들며 용연이를 물끄러미 바라본
다.

룡　수　어째 그런 소릴 하오?

용연은 말을 돌린다.

용　연　옆집 할머니가 산꿀이 생겼다구…

룡수도 그 말을 못 들은 듯이 계속 자기 말을 한다.

룡　수　제 나라 글조차 몰라서야 어쩌겠소?
용　연　자! 어서 잡수세요.

용연은 사발을 받들어준다. 룡수는 물사발을 놓고 다시 책을 뒤적거린다.

룡　수　어서 배웁시다.

책장이 한 장, 두 장 넘어간다.

연구실(밤)

완섭은 책을 덮으면서 옆에 놓인 노타4)를 보며 혜영에게 묻는다.

완 섭 이게 이번 그 돌이란 말이요?
혜 영 네.

완섭이는 벌떡 일어난다.

완 섭 역시 틀렸소. 아무리 구해야 결점투성인 걸 어떻게 한담.

완섭은 모든 것을 단념하였다는 듯이 손을 비비며 방을 걷는다.

혜 영 그래두…

말을 더 하려던 혜영이는 완섭의 얼굴색을 보자 위압을 느끼며 입을 다문
다. 완섭은 모자를 집어쓰면서 돌아가려는데, 혜영이가 편지를 주며 주밋
주밋5) 말한다.

혜 영 석만이가 저! 이것을 어떤 분이…

편지를 받아 뒤적거리다가 내용을 읽어보던 완섭이가 혼자말로 되뇌인다.

완 섭 석만이가?…

음식점 안방

술상을 사이에 놓고 석만이가 성호에게 낮은 목소리로 이야기를 하고 있
다.

---

4) 돌의 종류.
5) 주밋주밋하다, '주뼛주뼛하다'(어줍거나 부끄러워서 자꾸 주저주저하거나 머뭇거리다)의 북
한어.

188

석　만　글쎄… 하느라구는…
성　호　그럼 아무것두 못했단 말인가?

석만이는 성호의 음성이 높아지자 놀래여 손으로 입을 막으며, 두려운 듯이 주위를 살핀다.

석　만　말 말게. 요업과 연구실에 들어가 배기려는 것만두 그렇게 쉬운 일이 아닐세.

석만이는 제 공을 자랑하듯 웃어뵌다.

성　호　하여튼 저것들의 성공은 우리를 죽음에로 재촉하는 걸세. 용광로만 되어보게… 어떻게 되겠나?
석　만　념려말게. 내게 걸린 담이야…

석만이가 술잔을 권하자 성호 받아 마신다.

성　호　만일의 경우에는 내게도 방법이 있으니까… 하하…
석　만　자주 련락을… (하고 눈짓을 한다)
성　호　자네도 주의하게.

성호가 주머니에서 돈을 꺼내준다. 석만은 음흉한 웃음을 지으며 성호의 손을 잡는다. 성호가 나간 뒤로 혼자서 초조해 돌아가던 석만은 완섭이가 들어오는 것을 보자 반가운 체하며 끌어들인다.

석　만　어서 앉게. 그래 취직일은 끝났다지?
완　섭　그래두 대지주다보니까 땅은 빼앗겼어두 보스래기6)나마 넉넉한 모양일세 그려… 허허…

석만은 겁을 집어먹고 손을 젓는다.

석　만　여보게, 이사람! 이런 말은 감추기루…
완　섭　왜 겁나는가? 어서 그런 말은 걷어치우고 자… 어떻게 됐나?

---

6) 부스러기(쓸 만한 것을 골라내고 남은 물건)

석　만　자네가 인제 요업기술잘세. 흥… 벽돌이 귀하긴 하나부이.

　　　석만은 만족한 표정으로 술잔을 부어준다.

석　만　하여튼 고맙네! 아무려나 직업이 없다보니까 어디 사람의 꼴이 돼
　　　　야지…
완　섭　아무려나 자네도 의욕으로나 벽돌 만든단 말을 말게.

　　　석만은 마시던 술잔을 멈춘다.

석　만　그게 무슨 말인가?
완　섭　아니 너무 과학이 무시당하니까 말일세…

　　　석만은 음흉한 웃음을 지으며 완섭을 바라본다.

산골짜기

　　　골짜기에서 얼음이 녹아내린다.

하늘

　　　뭉게진 구름이 하늘을 덮으며 비가 내린다.

용광로(아침)

　　　용광로 앞에서 땀을 씻고 서 있던 창훈이가 물통 앞으로 간다. 기두가 로
체 내부에서 가스마스크를 뒤집어쓴 채 나서자 맥없이 쓰러지듯 누워버린
다. 창훈이가 물을 마시다 말고 기두에게로 달려가 마스크를 베끼고 얼굴
에 물을 끼얹어준다.

기　두　이게 무슨 장난이야?
창　훈　그렇게두 기운이 없나? 이사람.

　　　기두는 땀을 문지른다.

기　두　정말이지 이렇게 파괴한 일본놈들이 막 미워서 못 견디겠네.
창　훈　그러기에 더 기운을 내야지.

　　　버럭7)을 담은 궤짝이 로안에서 밖으로 끌리여 나가 쏟아진다.

기　두　아무려나 인제야 다 된 셈이지. 안 그러나?
창　훈　되긴 뭐가 돼. 벽돌 쌓은 것은 어쩌구.

용광로 아랫길

　　　용연이가 영희를 업고 한손에는 밥그릇을 든 채 창훈이를 쳐다본다.

창　훈　아니 어제두 또 안 가셨어요?
용　연　좀 쉬면 해두… 밤낮을 몰라요.
창　훈　헤에… 그러나 아주머니, 강짜일랑 마시유. 허허…
용　연　원 참, 호호…

　　　창훈은 정색해진다.

창　훈　어서 조반을 가져다주시오. 아무러나 배는 고프리다.

　　　돌아서 가는 용연.

요업과 연구실

　　　룡수가 물리학 서적을 펴놓고 열심히 들여다보고 있다. 혜영이가 한편에서 돌가루를 체에 치고 있는데 완섭이가 들어온다.

완　섭　혜영 동무! 화북점토의 재고를 좀 알아주시오.
룡　수　로 동무! 화북점토만 가지구 그러면 어찌겠소?
완　섭　동무는 참 시끄럽기두 하우. 그만치 실패를 했으면 무던하지 또 뭐요?
룡　수　그렇지만 화북점토의 재고루야 절반두…

---

7) 광석이나 석탄을 캘 때 나오는, 광물 성분이 섞이지 않은 잡돌의 북한어.

완섭은 룡수의 말을 마저 들을 필요조차 없다는 듯이 가로챈다.

완 섭 글쎄, 국내산이라니 돌이 있소?
룡 수 감북점토두 그렇구 더 연구해봐야 하지 않겠소?
완 섭 어서 연구 연구 그러지 말고 손에 닿는 일이나 챙기시오.
룡 수 그럼 연구한다는 게…
완 섭 룡수 동무! 동무는 무슨 발명가나 될 셈 치구 있소?

룡수는 모욕을 당했다는 것보다도 자기의 뜻을 몰라주는 것을 안타까와 한다.

룡 수 로 동무! 나는 발명가의 꿈두 꾸구 있지 않습니다. 그저 화북점토 를 가져온다면… 언제 가져다 계획을 맞추겠소?

그러자 완섭은 노기를 띠며 고아댄다[8].

완 섭 몇 번이나 말하라는 게요? 그렇지 않다면 그저 하라는대루 했으면 그만 아니요?

완섭을 배알 듯이 해버리고 밖으로 나간다.

룡 수 로 동무!

룡수는 대답도 없이 나가버리는 그의 뒤를 뚫어지게 쏘아본다. 혜영이가 그의 앞으로 오며 눅잦힌다[9].

혜 영 너무 흥분하지 말아요.
룡 수 왜놈이 원쑤요. 내가 조금만이라도 더 배운 게 있었던들.

이때 용연이가 문을 열고 들어서자 혜영은 그를 맞는다.

혜 영 정말 수고스레 가지구 다니시네.

---

8) 고함치다의 북한말.
9) 누그러뜨리다.

용연이도 역시 웃는 낯으로 혜영을 반긴다.

용 연 하는 게 뭐 있게요.

용연이가 룡수 앞에 조반그릇을 풀어놓는다.

용 연 여보! 어디 편치 않은게 아니세요?

룡수는 대답도 없이 멍하니 서 있다.

혜 영 글쎄 좀 쉬면 해두… 고집이 여간 아니지요.

전화의 벨소리가 울린다. 룡수는 고개를 돌려 용연의 등에 업혀 잠든 영회를 보며 용연에게 묻는다.

룡 수 영회는 좀 낫소?
용 연 글쎄 아직두 씨원치 않아요.

혜영이 전화를 받는다.

혜 영 네, 계십니다. 어디세요. 분석실이요. 네 네, 잠간만.

혜영은 머뭇거리다가 룡수에게 알려준다.

혜 영 저, 전화예요.

전화를 받는 룡수.

룡 수 뭐? 분석표가 다 되었다구? 응, 가지.

룡수가 분주하게 웃옷을 주어 입는데 용연이가 근심스럽게 그의 앞으로 다가온다. 룡수는 누구에게라는 것두 없이

룡 수 분석실에 좀 다녀오겠소.

룡수 내뱉듯이 말을 던지고는 밖으로 나가련다.

용 연 조반이라두 잡숫고 가시지?
룡 수 뒤두구 가오. 갔다와서 먹을게.
혜 영 어쩌문 저렇게 일밖에 모르시는지 몰라요.
용 연 글쎄 몸이 견디여 배기기나 하면 좋겠는데.

분석실

기사장 룡수 동무, 이 돌을 단념하는 게 좋을 것 같소.
룡 수 또요?

　　　룡수가 반문한다.

기사장 우선 재고품을 구워내시오. 그리고 자신심을 가지고 뚫고 나갑시
　　　　다. 사람이 하는 건데. 허허허…
룡 수 네!

　　　룡수는 쾌활해지며 뛰여간다.
　　　기사장은 룡수의 뒤모습을 바라본다.

제철소 구내 로상

　　　왕대식이가 멀리 지나가는 완섭이, 석만을 보고 말을 건다.

대 식 완섭 동무! 벽돌은 어떻게 되었소?
완 섭 아직 멀었소…

　　　석만은 완섭의 거동을 살피다가 대식에게 묻는다.

석 만 대식 동무, 그래 얼마나 되었소?
대 식 변전소말이요? 넘려마시오. 기한 전에 해놓을 테니까.

　　　석만은 대식을 쏘아보다가 웃음을 짓는다.

석　만　동무만 그렇소? 우리두 자신만만합니다.

그러자 완섭을 불쾌해한다.

완　섭　자신이라구, 흥, 뭘 가지구…
대　식　요업과에서 그러다가 제선과 동무들에게 몽둥이찜질을 당하지요. 하하…
완　섭　(대식을 바라보던 완섭은 돌아서며) 할 일을 해야지 그저… 흥…
　　　　(하고 코웃음을 친다)

석만은 완섭의 말에 동감을 표시한다.

석　만　아무렴, 용광로가 설 줄 알구들 저러게지…
완　섭　그러네, 자넨 무슨 자신이 있다구 밤낮…

석만은 흠칠하다 정색해진다.

석　만　월급값이야 해야지 않겠나.
완　섭　하기야 화북점토만 실어다주면야.
석　만　하기야 그렇게 속타면 중국에 가서 실어오게나.
완　섭　내가? 그게 내가 할 겐가?
석　만　그러니 말이지. 용광로가 된다쳐도 자네에게 무슨 리익이 있겠나.

석만이가 주위를 살핀다.

완　섭　그런다구 저 할 일이야 해야지 않겠나.
석　만　할 일은 무슨… 그저 우물우물 지나면서 월급이나 타먹구.
완　섭　그러나 어디 기술자로서…
석　만　기술자? 흥 그 따위 룡수같은 것한테 발등짚이는데… 룡수 따위가 뭘 한단 말이야.

요업과 재료저장고 앞

룡수는 노기를 띠고 손에 든 벽돌장을 혜영에게 내여민다.

룡　수　벽돌을 굽자는 게요? 말자는 게요? 이거야 용광로는커녕 굴뚝엔들
　　　　쓰겠소. 이 많은 철분을 어떻게 하겠소.

　　　혜영은 고개를 기웃거리며 대꾸를 못하고 있다. 룡수는 기가 막힌다는 듯
　　　이 벽돌을 책상 우에 놓고 방을 왔다갔다 한다.

룡　수　선별이 되지 않았소? 압축도 그렇고 대체 성의가 없소…
혜　영　(아무래도 알 수 없다는 듯이) 글쎄? (하고 얼버무리나)

　　　그러나 룡수는 더욱 성이 난다.

룡　수　뭣이 글쎄란 말이요?
혜　영　글쎄, 내가 넣은 돌은 이렇지 않았는데… 암만 해두 이상해요.
룡　수　대체로 성의가 없단 말이요.

　　　룡수는 혜영의 말을 들으려고도 하지 않는다.

혜　영　주의해서 다시 굽겠어요.
룡　수　시간을 아끼시오. 한번에 헛로력이 얼마나 손해요.

　　　완섭이가 들어오다 벽돌을 집어들고 보다가 픽 웃는다.

완　섭　어서들 이런 장난질을 말구, 계석련화나 더 추진시킵시다.

　　　혜영은 완섭을 증오의 눈초리로 바라본다.

혜　영　장난이라구요?
완　섭　안 그렇구 뭐요… 이게 뭐란 말이요.
룡　수　샤웃트[10]는 어쩐단 말이요?
완　섭　암만 그래야 화북점토가 없이는 될 수 없소.
룡　수　그럼 평로까지 멈추겠소?
완　섭　용광로가 없이두 평로가 돌아간단 말이요?
룡　수　그렇다구 뭘 가지구 하겠소?

---

10) ??

완　섭　책임은 어쩌겠소?

롱　수　무슨 책임을 뉘가 졌소?

완섭은 룡수에게 대든다.

완　섭　동무는 무슨 일을 하구 있소. 뉘 일을 하고 있소.

롱　수　나에게 무슨 강박이요.

완　섭　책임회피를 마시오.

롱　수　뭐라구요? 나는 될 수 있다고 말한 적은 없소.

완　섭　의욕만 가지구 떠들어 뭐이 된다구, 참.

완섭은 다시 한번 비웃는 듯 혼자소리로 중얼거리며 돌아선다.

롱　수　의욕만이라구요? 좋소. 의욕이 의욕만인가 두구 보시오.

완　섭　흥, 기기두 전에 날기부터 하겠다구, 참 세월두 좋지.

완섭이 혼자소리로 중얼거리며 가려는데, 혜영이가 얼굴을 불쑥 내밀며 대든다.

혜　영　뭐라구요?

창훈이와 기두가 이들을 바라보다가 다가온다. 기두가 룡수를 위로하는 척한다.

기　두　여보게 룡수, 너무 락심하지 말게. 그럭저럭 어떻게 되겠지.

룡수는 갑자기 격해진다.

롱　수　어떻게 된단 말이야?!

기　두　그런다구 어찌겠소. 모르는 게 원쑤일 수밖에.

롱　수　그래서 주저앉으란 말인가? 에끼, 이 못난이.

기두는 무안해하며 얼버무린다.

기　두　그렇지만…

룡수는 더럽다는 듯이 내쏜다.

룡　수　자네 같은 게 어려운 고비를 만나면 기지두 못할 게야.
창　훈　아무럼 사람이 하는 건데 무엇이 어렵다구. 어서 만들어내라구.

혜영이가 창훈을 밉살스럽게 쏘아보며 끼여든다.

혜　영　어디 창훈동무가 해보세요.
창　훈　내가? 그거야 내가 할 게 아니지. 그렇지, 룡수.

혜영은 더욱 뾰로통해진다.

혜　영　말로만 그러는 건 장한 게 못돼요.
룡　수　왜요? 내 할 거야 누구한테 지겠소?
기　두　룡수, 용서하라구. 그만…
룡　수　뭐이 용선가. 사람이 왜 그렇게 연약해.

기두는 기분이 언짢아 가는 룡수를 따라가며 부른다.

기　두　룡수!

창훈이가 웃음을 지으며 걷다가 혜영에게 말한다.

창　훈　아무튼 벽돌이 걱정이기는 걱정이요.
혜　영　그러기에 룡수 동무가 얼마나 걱정한다구.
창　훈　문제는 돼야지, 소용있나요?

혜영은 창훈을 밉살스럽게 바라보며 뒤를 따른다.

강이 보이는 언덕길

창훈이가 앞서 걷고 있다가 발을 멈추고 뒤를 따라오는 혜영이를 찾는다.

창　훈　혜영 동무!
혜　영　네?

198

창훈은 다시 묵묵히 걷는데 혜영이가 따라 걷는다. 궁금한 모양인지 창훈을 힐끔힐끔 쳐다보던 혜영은 말을 건넨다.

혜　영　네? 뭣을 생각하세요?

그러자 창훈은 갑자기 생각나는 듯이

창　훈　네, 적벽돌집이지요. 그놈의 벽돌을 어떻게 하면.

창훈은 딴 말을 꺼낸다. 혜영은 듣기 싫다는 듯이 핀잔한다.

혜　영　동무는 참 활발하지 못해요.
창　훈　내가요?
혜　영　안 그렇구 뭐예요.

창훈은 뭐라고 말하려다 말고 묵묵히 서있다.

룡수의 집(저녁)

용연이가 방을 쓸다가 책상에 널려진 종이쪽지들을 펴보다가 비벼 땅바닥에 내던지고 책상을 말끔히 정돈한 다음 구들을 쓸어담아 부엌으로 내간다. 이때 문 여는 소리가 나자 용연이는 현관쪽으로 나간다. 창훈이가 현관에 걸터앉아 있다.

창　훈　그래 어디 갔어요?
용　연　도서실 아니면 연구실이겠지요. 가는 데가 있어요?
창　훈　그런데 아주머닌 학교에도 안 가우?
용　연　나야 뭐 배우나 안 배우나지요. 호호…
창　훈　어디 그래 보우. 룡수는 대학생들이 배우는걸 보는데 알무식쟁이 네편네를 그냥 좋아할 줄 알아요? 허허…
용　연　아이참, 별소릴 다 하시네.
창　훈　별소리요? 어디 두고보오.
용　연　보긴 뭘 봐… 참.
창　훈　그러지 말구 어서 배워두시오. 뉘 때문이겠소.

용연은 대답대신 허리를 굽신하고 웃는다.

로동자회관(늦은 저녁)

정문을 들어서는 창훈이. 적지 않은 로동자들이 독서를 하고 있다. 창훈은 도서실 안을 휘 돌아보더니 도서실 책임자 앞으로 간다.

창 훈 요업과 룡수 동무가 오지 않았어요?
책임자 오늘따라 오시지 않은 걸요.

창훈은 탁구실에 기웃하더니 다시 무도장으로 들어간다. 남녀로동자들 속에 끼여 춤을 추고 있던 기두가 창훈을 발견하고 같이 밖으로 나온다.

운동장

창훈이와 기두가 공을 차고 있는 로동자들을 보며 두리번거린다.

산정(저녁)

룡수는 홀로 과수원이 있는 산 우를 생각에 잠겨 거닐고 있다. 그의 한 손에는 책이 들려있다. 문득 발을 멈추고 돌을 하나 집어들어 유심히 바라보다가 내여던지고는 다시 걷는다.

다른 산정(저녁)

무심히 거닐고 있는 룡수. 그는 다시 산허리를 내려온다.

룡수의 집

룡수가 방으로 들어서자 용연이는 영희를 안고 일어선다. 룡수는 무엇을 잠시 생각하는 듯 머리를 기웃거리다가 책상 우에 노트를 꺼내놓고 무엇을 열심히 찾는다.

용 연 뭘 찾아요?

용연은 궁금해서 룡수에게 묻는다.

룡　수　이 우에 글 써 놓은 종이들을 못 봤소?

룡수는 용연이가 눈을 말똥거리며 멍하니 서 있는 것을 보자 따지듯 재차 묻는다.

룡　수　어쨌나 말이요?

용　연　(사죄하듯 우물거리며 사실대로 말한다) 구겨진 게 땅바닥에 떨어져 있기에 못 쓰는 줄 알구.
룡　수　못 쓸게 뭐요. 어데다 버렸소? 어디다 버렸나 말이요?
용　연　아궁이에…

룡수는 어이없다는 듯 돌아앉아 노트를 들고 일어서며 입맛을 다시다가 혼자소리로 중얼거린다.

룡　수　무식쟁이란 참 할 수 없군.

용연은 그 말에 뾰로통해진다.

용　연　누가 무식쟁이를 데려오랬나?
룡　수　그래 잘했단 말이요?
용　연　누가 잘했다우.
룡　수　고 주둥아리만…
용　연　흥, 어서 유식쟁이 녀편네 데려오구려. 그러지 말구.

용연은 더욱 뾰로통해지고 룡수도 격해서 입술을 부들부들 떤다.

룡　수　녀편네가 저렇게야…

룡수는 말도 채 못하고 나가버린다.

#　연구실(방)

창문으로 항도가 슬며시 고개를 뽑고 방안을 들여다본다. 수직 로인이 책상에 엎드려 졸고 있는 것을 본 항도는 창문을 살그머니 열어제끼고 넘어들어온다. 그러더니 숨소리마저 죽이고 수직 로인의 기색을 살피며 가마 앞에 이르러 잠시 머뭇거린다. 덜커덩 하는 소리에 항도는 흠칠 놀래더니 다시 동정을 살핀다.

산길(밤)

룡수가 흥분된 빛을 띠고 있다.

연구실(밤)

허리춤에서 벽돌장을 꺼내들고 뒤걸음질하던 항도가 그만 실수하여 뒤에 있던 책상에 부딪쳐 그 우에 있던 단지가 떨어져 부서진다. 항도는 놀래여 후다닥 문을 뛰어넘어 달아난다. 그 소리에 로인은 놀래여 벌떡 일어나다가 그만 의자를 타고 뒤로 나가자빠진다. 이때 룡수가 방문을 열고 들어서다가 수직 로인이 허우적거리고 있는 것을 보고 달려가 일으키며 묻는다.

룡　수　어떻게 되었소?

수직 로인은 놀라면서 아직 깨어나지 못한 채 더듬거린다.

로　인　누가… 누가…
룡　수　누가라니요?

룡수는 주위를 둘러보다가 가만 문이 열린 것을 발견하고 다우쳐 묻는다.

룡　수　누가 열었소?

수직 로인은 제 잘못에 치떨며 가마 앞으로 오면서 얼버무린다,

로　인　글쎄… (창문으로 밖을 내다보다가) 이것두 닫혔었는데… (창문을 닫는다)
룡　수　뭐라구요?

룡수는 밖으로 뛰어나와 캄캄한 쪽을 뚫어지게 바라보고 섰다가 다시 방으로 들어온다.
수직 로인은 어쩔줄 몰라 룡수를 바라본다.

룡　수　내가 대신 있겠어요. 어서 들어가 쉬세요.
로　인　아, 아닐세, 늙은게 초저녁부터 무슨 잠이 들었겠나마는 글쎄…

수직 로인은 사과하는 빛이다.

룡　수　괜찮습니다. 밤 일도 좀 해야겠으니 겸사겸사 있지요.

룡수는 창문들을 점검하고 돌아선다.

수직로인　여보세! 그런데 자네 얼굴빛이 왜 그렇나.
룡　수　왜요?
수직로인　몸을 주의하게. 너무 지나치면 아주 해롭다네.
룡　수　웬걸요. 아직두 제 할 일의 시초두 못 잡구 있는데요.

수직 로인은 머리를 흔들며 걱정한다.

수직로인　아니야, 아니야. 불길한 이야기같네만 나는 미치는 사람을 본 일
　　　　　이 있다네…
룡　수　저는 그렇게까지 열중하지 못합니다. 자, 어서 돌아가 쉬시지요.
수직로인　그래도 그럴 수야 있나.
룡　수　괜찮습니다.

수직 로인은 입맛을 다시며 돌아선다. 멍하니 책상에 앉아있던 룡수는 벌떡 일어나 진흙반죽을 하더니 형틀에 압축하여 가지고 가마에 벽돌을 넣는다. 힘이 진한 룡수는 책상에 와 어푸러진다. 시계가 두 시를 친다. 전화벨 소리가 울리는데 룡수는 들었는지 못 들었는지 움직이지 않고 있다.

사무실

기사장이 전화기를 들고 노발대발 소리친다.

기사장 아주 비었단 말인가? 수직두 없이?

　　정상이가 다시 신호기를 요란히 누른다.

창　훈 제가 가보고 오지요.

　　정상이도 따라나선다.

정　상 나도 가겠소.
기사장 자거들랑 깨우지는 마시오.

제철소 구내(밤)

　　정상이와 창훈이가 걷고 있다.

정　상 그래 연구실에두 가보았단 말이지요?
창　훈 네, 열 시 지나서 들렀댔습니다. 그밖에 갔던 데가 없습니다.
정　상 아무려나 사무실을 비우다니, 도대체 요업과는 뭘 하는 게야?

연구실

　　정상이와 창훈이가 방에 들어서다가 룡수가 곤하게 졸고 있는 것을 보고
　　노여움을 푼다.

창　훈 아, 곤한 모양입니다.
정　상 동무는 도라가 쉬시오, 내가 대신 있겠소.
창　훈 제가 있겠습니다. 책이라도 보면서 제가 있지요.

　　정상이는 창훈이가 들고 있는 책을 보며 묻는다.

정　상 무슨 책이요?
창　훈 네, 별거 아니지요. 용광로두 거의 되어가는데 쇠가 어떻게 만들어
　　　　지는가나 알아야겠기에…

　　정상이는 그의 정열에 감탄한다.

204

정 상 그럼 부탁하우.

정상이가 나가자 창훈은 책상에 앉아 책을 읽는다. 시계가 다섯 시를 친다. 무엇에 놀랜 듯이 눈을 비비며 벌떡 일어서던 룡수가 사람의 그림자를 보고 소리친다.

룡 수 누구야!
창 훈 나요, 피곤한가?

룡수는 문득 시계를 쳐다본다.

룡 수 아니, 벌써 다섯 시가 지났나?

룡수는 혼자말로 중얼거리며 수도 앞으로 가서 머리에 물을 퍼붓는다.

분석실

룡수가 들어오는 것을 보자 기사장이 하던 일을 멈추고 그를 맞는다. 완섭이도 그 옆에 서 있다.

기사장 룡강에 남정석11)이란 돌이 나구 있다는 말을 들었는데…
완 섭 일본놈들이 쓰질 않은 것만 봐두 알구 있는 일이 아니요?
룡 수 일본놈들이 쓰구 안 쓰구 무슨 관계요.
완 섭 헛일입니다. 어서 화북점토를 구해보는 게 이제라도 빠른 길이지요.
룡 수 기사장 동무! 오늘이라두 떠나게 해 주십시오. 기사장 동무!
기사장 좋소! 갔다 오시오.

룡수는 기뻐서 뛰여나간다. 완섭은 쓸데없는 일이라는 듯 비웃으며 서있다.

룡수의 집

---

11) 알루미늄을 주성분으로 하는 규산염 광물. 고온 내화(高溫耐火) 재료로 쓴다.

룡수가 가방을 챙기고 있다. 용연이가 영희를 안고 따라나오며,

용 연　아버지, 언제 오시나? (영희에게 말하듯 웃는다)
룡 수　(영희를 달래며) 곧 올 텐데.

룡수는 현관을 나서다가 혜영이를 만난다.

혜 영　사왔어요.

혜영은 차표를 내민다.

룡 수　다녀오리다.

룡수는 혜영이와 나란히 서서 걸어간다. 그들을 보고서 있던 옆집 로파가
용연에게로 말을 건넨다.

로 파　혜영이두 인젠 훌륭한 색시감인걸. 저게 제법 동부인12)같지 않
　　　어… 호호.

용연이도 미소를 띠며 돌아선다.

기차

달리는 차창으로 룡수가 보인다.

산

룡수는 바위들이 드문드문 있는 산 아래서 망치를 들고 헤매이고 있다.
돌을 집어 부셔보다가 내던지고 또 다른 산으로 걸음을 옮긴다. 다시 돌
을 집어들고 유심히 바라보던 룡수는 실망한 빛으로 산중턱을 내려다보다
가 웬 돌을 발견한다. 룡수는 환희어린 표정으로 집어들고 보다가 망치로
깨본다. 그리고는 배낭에 집어넣는다.

길

---

12) 아내와 함께 동행함

창훈이와 혜영이가 나란히 걷고 있다. 보자기를 옆에 낀 품이 퇴근시간인
모양이다.

창　훈　이제 래일부터 쌓기 시작할 텐데. 지금 있는 건 절반두 못 자라가
　　　　구. 참, 걱정이요.
혜　영　룡수 동무가 남정석만 가지구 오면…
창　훈　그것두 구워봐야 알지.
혜　영　창훈 동무는 아무것두 못하면서 남의 말을 곧잘 하지.

혜영이가 뾰로통해진다.

창　훈　혜영 동무!

창훈은 더 말하려다 말고 묵묵히 걷는다. 혜영이도 그를 돌아보다. 아무말
없이 묵묵히 걷더니 보챈다.

혜　영　뭐예요?
창　훈　동무는 내가 활발하지 못하다고 했지?
혜　영　안 그렇구 뭐예요.
창　훈　혜영 동무! 동무는 다른 사람과는 결혼을 못합니다.
혜　영　아이 참, 별 말씀두 다하시네.

혜영이 깜짝 놀라며 돌아서는데 창훈이가 그의 앞으로 다가서며 다짐을
받는다.

창　훈　용광로가 준공되어 장군님의 뜻대로 쇠물을 뽑게 되거든 우리 결
　　　　혼합시다.
혜　영　몰라요.

혜영은 즐거운 마음으로 달려간다.

창　훈　혜영 동무!

창훈은 혜영을 웃는 얼굴로 바라보다가 따라간다.
혜영은 뒤따라오는 창훈이를 정어린 시선으로 바라본다.

숲속

석만이가 항도를 보고 분노하여 대든다.

석　만　미련한 놈 같으니. 그런 것도 못하구 또 실패란 말이지.

항　도　글쎄 나라일을 방해하는 것 같아서 몸이 떨리는데다가…

석　만　나라일이 아니래두. 혜영이란 년이 밉살스러워. 그런데다 룡수 같
　　　은 게 뭘 하겠나. 도리여 그놈들을 방해하는 건 나라에 유익한 거
　　　야…

항도는 그냥 고개를 숙이고 있다.

석　만　기술자야 완섭이나 내가 있지 않는가.

석만은 음흉한 웃음을 띠면서 주머니에서 돈을 꺼내준다.

석　만　옛네, 보태 쓰게.

항도는 눈이 둥그래진다.

항　도　네… 이렇게…

석　만　왜? 무정한 줄 아나? 안심하구 받아쓰게. 대신 혜영의 마음을 살랴
　　　거던 암만해두 창훈이란 놈이 방핼세. 그러니까…

석만은 항도의 귀에 대고 무엇이라 쏭얼거린다. 항도는 겁을 집어먹고 눈
을 휘둥거린다.

연구실(밤)

룡수는 남정석을 크렛새13)에 넣고 가루를 뽑고 있다. 책상 우에는 여러
가지 돌들이 쏟아져있다. 혜영이가 연구실로 들어오자 룡수는 일감을 준
다.

---

13) 돌을 부수는 기계?

룡 수 자, 어서 이것을 채로 쳐주시오. 그리고 곧 배합을 해야 하겠소. 남정석 40프로에 감북점토 30프로, 생기령점토를 30프로로 섞어주시오. 나는 그 사이 분석실에 갔다오리다.

룡수는 혜영이 듣는지 마는지 가리지 않고 과업을 주고 나가려다 말고 한마디 더 강조한다.

룡 수 혜영 동무, 참 방해를 노는 놈들이 있는 것 같은데 주위를 늘 정신 차려 살펴야겠소.

룡수가 나간 다음 혜영은 잠시 생각하더니 재료를 골라 형태를 찍는다. 혜영이가 한참 부지런히 일하는데 룡수가 기뻐서 뛰어 들어온다.

룡 수 혜영 동무, 기뻐하시오. 분석 결과두 나쁘지 않소. 더구나 상당히 높은 내열성을 가지고 있는 것만은 틀림없소.

그는 자기 손으로 다시 반죽하여 놓고는 가마에다 넣는다. 룡수가 시계를 들여다보며 말한다.

룡 수 자, 래일 저녁 여섯 시면 알 수 있소. 되느냐 안 되느냐, 여섯 시.

어쩔 줄 몰라 돌아가던 룡수가 의자에 와 주저앉는다. 동이 훤히 밝아올 때 룡수는 눈을 비비며 책상에서 고개를 쳐든다. 이러는 룡수를 보자 혜영은 가까이 가며 묻는다.

혜 영 곤하시지요?

룡수는 웃음지으며 고개를 흔든다.

룡 수 혜영 동무, 어서 들어가 쉬도록 하시오.
혜 영 난 괜찮아요.

룡수는 문장을 열어제낀다.

룡 수 여자가 그렇게 밤잠을 나가 잔다구 꾸중을 들으리다.

혜　영　아이 참, 룡수 동무는 꽤 봉건인걸요.
룡　수　안 그런가요?
혜　영　어서 세수나 하세요.

　　　혜영은 수건을 들고 그 옆으로 간다.

길가(아침)

　　　벽돌장을 든 석만이가 벽돌을 실은 짐차를 향하여 걸어간다.
　　　그는 주위를 살피다가 재빠르게 가지고 온 벽돌장을 적체함에 실은 벽돌 속에 끼워놓다가 발자국소리에 흠칠한다. 용연이라는 것을 알고 그는 안심하며 묻는다.

석　만　아침밥인가요?

　　　용연은 돌아서 인사를 한다.

용　연　수고하십니다.

　　　용연을 멈춰 세운 석만은 빈정거린다.

석　만　아무려나 아주머니두 남편 공대는 무던합니다, 그렇게 모욕을 당하면서도.

　　　석만은 용연의 거동을 곁눈으로 살핀다. 용연은 말뜻을 몰라 머뭇거린다.

석　만　하여튼 너무 지나치게 믿는 건 좀 주의하시는 게 좋을 겝니다. 이것두 아주머니를 위해서 하는 말이지요…

　　　석만은 용연이를 힐끔힐끔 보면서 사라진다. 용연은 그의 태도를 이상하게 여기며 돌아서서 걸어간다.

연구실 밖

　　　용연은 연구실로 들어가려다가 못볼 것이나 본 것처럼 고개를 돌렸다가 다시 방안을 들여다본다.

연구실 안

룡수는 세수를 하고 혜영이에게서 수건을 받아 얼굴을 씻으며 묻는다.

룡　수　언제쯤 결혼식을 하오?
혜　영　아이참, 몰라요.

혜영은 돌가루를 놓는 크렛샤 옆으로 가며 부끄러워하더니 갑자기 소리를 지르면서 손가락을 움켜쥔다.

혜　영　앗.
룡　수　이그, 어디?

룡수가 놀라며 상처를 보려는데 혜영은 창피하여 저만치 달아난다. 룡수는 따라가 들었던 수건을 째여 손가락을 처매주면서 걱정한다.

룡　수　왜 그렇게 덤비오? 피가 나는구려.

연구실 밖

이 광경을 바라보던 용연은 고개를 돌리고 힘없이 발걸음을 옮긴다.

길가

용연이가 얼에 빠진 사람처럼 맥없이 터벅터벅 걸어간다.

룡수의 집

방안으로 들어서는 용연의 머리는 환상 속에 혼미된다. 용연은 환상 속에서 정신이 아찔해진 듯 그대로 머리를 방바닥에 파묻으며 쓰러지듯 어푸러진다. 이때 시계 치는 소리가 공명되어 들린다. 시계가 여섯 시를 가리키고 있다.

연구실 가마 앞

룡수가 가마 앞으로 오며 혜영에게 말한다.

룡 수 자, 혜영 동무! 보기오. 어떻게 되었나? 어디 어디.

혜영이가 손으로 꺼내보였으나 푸석하고 부스러진다. 룡수는 덮치듯 빼앗아본다. 혜영은 마치 자기의 잘못인 듯 어쩔 줄 모르고 서 있다. 룡수는 맥이 탁 풀려 정신없는 사람처럼 자리에서 일어나 밖으로 나간다. 혜영은 멍하니 룡수를 바라보고 있는데 석만이가 들어오면서 종이쪽지를 내어준다.

석 만 이것을…

석만은 혜영이가 멍청하니 서 있는 것을 보고 비웃음 띤 목소리로 묻는다.

석 만 어떻게 되었소?
혜영은 안타까와 되는 대로 대답한다.

혜 영 좋질 않나 봐요.
석 만 과학이란 그렇게 떡 먹듯 쉬운 게 아닙니다. 혜영 동무, 너무 미치지 마시오.

혜영은 화가 치밀어 몸을 획 돌린다.

혜 영 뭐라구요? 석만 동무!

석만은 음흉한 웃음을 띠고 혜영을 살핀다. 그러자 혜영은 더 격분한다.

혜 영 도대체 무슨 말을 하려는 거예요?
석 만 나는 동무를 생각해서 하는 말이지요. 룡수는 하여튼 안해가 있는 사람인데…
혜 영 네?

혜영은 기가 막혀 석만을 뚫어지게 바라본다.

길가

룡수가 생각에 골몰한 채 한손에 벽돌장을 들고 걸어간다.

벽돌연마장

수십 명의 녀성로동자들이 벽돌을 깎고 있다. 룡수가 벽돌장을 한 장 집
어들어서 자기 손에 있던 것과 대조하여 보다가 슬며시 놓고 다시 걸어간
다.

용광로

벽돌로 로체를 쌓고 있다. 기사장과 정상이가 로 주변을 돌다가 로체 안
으로 들어간다. 로동자들이 벽돌을 운반하고 있다. 왕대식이가 창훈의 옆
으로 오며 묻는다.

왕대식   어떤가?
창 훈   자네는?

창훈이 못마땅한 듯이 반문한다.

왕대식   나? 어서 고쳐만 놓게. 전기는 막 보내지. 허허.

대식이는 통쾌하게 웃는다.

창 훈   제길 그놈의 벽돌만!

창훈이 애타한다.

대 신   압연과에선 또 기록이야. 멍하니 있는 건 정말 제선과뿐이지.
창 훈   누가 멍해?

창훈은 불쾌한 듯이 돌아선다. 로체 밖으로 기사장은 한손에 벽돌장을 들
고 나오며 소리친다.

기사장　아흔세 번째 벽돌을 쌓은 게 누구요? 대체 누구요?

몇몇 로동자들이 작업을 멈추고 돌아다보는 가운데 기두가 한뒤 걸음 내 짚는다.

기사장　동무는 눈이 없소? 이 벽돌의 철분이 눈에 보이지 않았소?

기두는 아무 대답도 못하고 서 있다.

기사장　용광로를 복구하자는 게요, 파괴하자는 거요?

기사장이 더욱 흥분되자 기두는 놀래여 고개를 쳐들었으나 얼마 못가서 다시 숙인다.

기사장　그렇잖구 뭐야, 여기다 쇠를 부으면 용광로가 얼마나 가겠는가 말 이야. 에끼.

기사장은 뻴을 참지 못하여 기두 앞에 벽돌을 내던진다. 기두는 홍조된 얼굴로 어쩔 줄 모르고 서 있다가 상기한 듯이 펄쩍 주저앉는다.

기사장　어서 아흔세번째부터 헐어버리시오.

기사장은 뻴풀이하듯14) 창훈에게 지시하고 홀 가버린다. 혼자 앉아 벽돌을 뚫어지게 바라보는 기두의 눈엔 눈물이 고여 있다. 그는 양손으로 가슴을 쥐어짜듯 움켜쥐고 있다가그대로 쓰러진다. 항도가 기두를 바라보면서 자기가 죄를 지은 것처럼 몸을 웅크리고 벽돌을 로안으로 운반한다.

길가

다리를 허우적거리며 걸어가던 기두가 쓰러진 듯 고개를 떨어뜨린다.

룡수의 집

용연은 멍한 눈으로 룡수가 들어오는 것을 바라보고 있다가 고개를 돌린

---

14) 부아가 나는 것을 참지 못하고 속이 시원해지도록 행동으로 나타내다, 분풀이하다

다.

룡수는 책상 앞에 앉아 들고 들어온 벽돌장을 유심히 바라본다. 그리고는 다시 챙상 우에 놓인 돌가루를 미친 사람처럼 쳐다보자 비벼버리고 책상에 엎드린다. 용연이가 무엇인가 말을 하려다가 입을 다물고 쓰러져 운다. 룡수는 고개를 들며 묻는다.

룡　수　어째서 그러우?

아무 대답이 없자 벽돌을 들고 일어나 나가려는데 용연이가 찾는다.

용　연　여보.

룡수는 무슨 말인가고 고개를 돌린다.

용　연　친정에 좀 다녀오겠어요.
룡　수　좋두룩 하구려.

룡수는 내던지듯 한마디 하고는 나가려는데 다시 불러 멈춰 세운다.

용　연　여보, 너무하지 않어요?

룡수는 시끄럽다는 듯이 용연을 바라본다.

용　연　다 알구 있어요.

용연은 증오의 눈초리로 마주본다.

룡　수　대체 뭐요?
용　연　그런 줄 알았어요. 개울에서 룡이 나온다구요! 흥!

용연이가 증오와 빈정댐이 섞이 눈초리를 보낸다. 룡수는 귀찮다는 듯 문을 쾅 닫고 나간다. 영희가 잠에서 깨여난 듯 울음소리가 들리는데도 용연은 설음과 분함이 치밀어 올라 멍하니 앉아있다.

#　강가

배 두 척이 강 우에 떠서 그물질을 하고 있다. 로동자들의 노래소리가 배 우에서 들려온다.

선술집 앞

기두가 술에 취한 채 밖으로 나오고 뒤따라 석만이가 주위를 살피며 나온다.

석 만   여보게, 자네두 생각 좀 고치게. 그럴 법이 어디 있나.

기두는 들은둥 만둥 비틀거리며 걷고 있다.

석 만   그렇게 열심히 해야 알아주는 줄 아나? 흥.

석만은 기두의 거동을 살핀다.

기 두   내버려두시오. 정말 괴로워 못 견디겠소.

기두는 손을 저으며 돌아선다.

석 만   뭣이 괴로운가? 밥타이랴15) 까지것 얼마든지…
기 두   뭐라구요?

기두는 귀에 거슬린다는 듯 대든다.

석 만   글쎄 자네가 그렇게 괴로워하니까 말이네만, 정 생활이 곤난하면 자, 내게 월급 남은 것이 있으니까.

석만은 주머니에서 돈을 꺼내주려 한다. 기두는 기가 막히다는 듯 뿌리친다.

기 두   생활이라구요? 제 책임을 못하구 살아서 무엇하우.

기두는 비칠거린다.

---

15)

창　훈　기두야!

창훈의 목소리가 바로 눈앞에서 들리자 그들은 흠칠 놀래여 걸음을 멈춘다. 석만은 힐끔힐끔 눈치를 보다가 기두에게 대든다.

석　만　기껏 이 지랄이야.

창훈은 고개를 숙이고 취기에 제대로 서지조차 못하는 기두의 뺨을 후려 갈긴다.

창　훈　에끼, 너 같은 건 죽어라, 죽어.

기두는 엎드린 채 고개를 떨어뜨리고 있다.

창　훈　네깟 놈은 차라리 죽어야 해. 내가 두 사람 몫을 할 테다.

창훈은 격해서 돌아서 간다. 기두는 얼빠진 사람 모양으로 멍하니 주저앉아 있다.

용광로

축조가 거의 끝나갈 무렵이다. 얼굴에 아직 흥분이 가라앉지 않은 창훈이가 용광로 앞으로 걸어오고 있다. 로동자들이 수송차에서 벽돌을 부리우고, 일부 녀성들은 벽돌을 깎고 있다. 그속에 항도도 끼여 있다. 용광로를 바라보던 창훈은 흥분한 채 뛰여가 축조공들의 틈에 끼어 로안으로 들어간다. 항도가 작업하던 손을 멈추고 몰래 창훈의 뒤를 따라간다.

창　훈　빨리 벽돌을 올려.

창훈은 벽돌을 받아 다시 쌓는다. 벽돌 로체가 높아진다. 항도는 주위를 살피다가 벽돌을 실어올리는 따쁘까[16]의 바줄을 칼로 베고 밖으로 뛰여나온다. 이것을 알길 없는 창훈은 채 올라오지도 않은 벽돌을 잡으려고 허리를 굽히다가 그만 앞으로 떨어진다.

---

16) ??

병원 입원실

침상 우에 누워 혼수상태에 있는 창훈이를 근심스러운 얼굴로 바라보는 룡수와 혜영이, 기두가 멀찍이 한켠 의자에 초조한 빛으로 앉아있다. 창훈은 잠에서 깨어난 듯 얼굴을 찌푸리다 눈을 뜨며 휘둘러본다.

룡　수　정신이 드는가?

기두가 창훈과 시선이 마주치자 고개를 숙인다.

창　훈　기둔가?

기두는 자기가 죄나 진 듯 사죄하는 빛으로 그를 바라본다.

창　훈　정말 용서하게. 나 때문에 그만 속도가 또 며칠 늦어지겠네 그려.

기두는 고개를 들어 그를 바라보다가 어슬렁어슬렁 창훈의 앞으로 가서 손을 잡는다.

기　두　여보게, 사내답지 못하게 그게 무슨 말인가? 용서라니, 어서 빨리 병 고칠 생각이나 하게. 자네 몫은 내가…

기두는 고개를 숙이고 말을 채 못한다.

창　훈　기두!

창훈은 기뻐하며 기두의 손을 힘있게 잡는다.

혜　영　기두 동무의 말이 옳아요. 왜 그렇게 약해졌어요.
룡　수　정말 그렇네. 기두의 말이 옳구말구.
창　훈　아니야, 나는 용광로를 생각하니, 괴로워 못 견디겠어.
혜　영　제가 한 말은 무엇이든지 기어코 해놓는다구 하지를 않았어요?

혜영이가 그의 손을 잡는다.

218

창　훈　혜영이! 하다뿐이겠소? 하구말구.

　　창훈은 다리가 쑤시는지 얼굴을 찌프린다. 룡수가 근신스러운 표정으로 침대로 다가간다.

운동장

대　식　전체 모엿!

　　구령소리와 함께 로동자들이 운동장 한옆에 행렬을 지어선다.

대　식　앞으로 갓! 우로 굽어 앞으로 갓!

　　대식이가 대렬 행진을 시키고 있다. 룡수와 혜영이가 운동장 옆으로 걸어 오는 것을 본 그는 묻는다.

대　식　룡수! 아직두 멀었나. 이 사람아. 그래 아직 어느 놈의 조작인지
　　　　모른단 말인가?
룡　수　웅?! 으응- (고개를 돌린다)
혜　영　하여튼 칼자리가 있다니까 반동분자의 조작이 틀림없어요.
대　식　그놈을 못 잡아낸담. 아무려나 빨리 용광로를 돌리면 문제가 없는
　　　　데, 요업과가 제 일을 해야지.
혜　영　요업과가 뭘 못했어요.

　　대식은 통쾌하게 웃는다.

대　식　오 말은 제법… 뒤로 돌아 앞으로!

　　대식은 구령을 치며 뛰여간다. 행진대원은 구령을 못 들었는지 그냥 전진 한다. 혜영이가 자지러지게 웃어댄다.

대　식　뒤로 돌아 앞으로 갓.

　　대식은 더 크게 소리치며 뛰여간다.

길가

룡수와 혜영이가 나란히 걷고 있다.

룡 수 인제는 정말 우리 벽돌과 콕스 문제만 해결되면 됩니다. 운모만 해
결하면 그만이요.

혜영이가 그를 바라보며 따라오다가 주밋거린다[17].

혜 영 그런데 저…
룡 수 네!

룡수가 반문하는 바람에 혜영은 다시 머뭇거리다가 묻는다.

혜 영 언니가 어디 갔어요?

룡수는 예상치 않던 질문에 낯을 흐리며 대강 대답한다.

룡 수 네, 친정에 간 모양인데.

 # 용연의 친정집

용연의 어머니가 방문을 열고 나오며 뜰에서 빨래를 하고 있는 용연에게
알려준다.

옹연의 어머니 애야, 편지가 왔더라.

용연은 반가운 듯이 받았다가 다시 밀어놓는다.

용 연 그까짓 뭣이 별 게 씌였겠어요.

편지봉투는 그대로 바람에 굴러간다.

옹연의 어머니 그래두 무슨 말이 씌였는지 알겠니. 누구보구 봐달래기라두
하려무나.
용 연 보지 않은들 모르겠어요.

---

17) 주뼛거리다(어줍거나 부끄러워서 자꾸 머뭇거리거나 주저주저하다)의 북한어.

용연은 빨래방망이를 힘껏 몇 번 내리친다.

옹연의 어머니   원, 네 말은 도무지 알 수가 없다. 아무려문 영회 애비가
　　　그러기야 하겠니, 쯧쯧.

용연은 손을 멈추고 어머니를 흘겨본다.

용　연　난들 일부러 나쁘게 생각하구 싶진 않아요.
옹연의 어머니   그런데 왜 그러니? 그저 홀메니18)새끼라구 밸만 커져서…
용　연　난 인제 혼자 살 테야요.

용연은 시무룩해진다.

옹연의 어머니   옳다, 옳다. 네 따윈 좀 구박도 받아봐야지. 너무 사랑하니
　　　까 지쳐서 그때위 소리도 나오니라.

용연은 눈을 흘기며 방망이를 내리치다가 천천히 멈추고 봉투 있는 쪽을
보다가 얼른 손을 내밀어 허리춤에 집어넣고는 다시 방망이질을 계속한다.

#　??19)

창으로 내다보이는 밖에 오동나무잎이 살랑거린다. 혜영이가 창앞으로 얼
굴에 웃음을 띠며 나타난다.

창　훈　어서 한주일만 지나면 그때는 나타날 테니까.
혜　영　그때는?

혜영은 가까이 온다. 창훈이가 혜영의 손을 잡는다.

창　훈　늘 내가 하던 말이 있지 않소.
혜　영　꿈이 많아요?
창　훈　꿈이라구요? 어째서?
혜　영　글쎄 기두 동무의 몫까지 한다던 이가 제 몫까지 남한테 시켰으니

---

18) 홀어머니?
19) 병실?

말이지요.

혜영이 창훈의 얼굴을 보자 안 할 말을 한 듯 무안해하며 고개를 숙인다.

창　훈　혜영인, 두구 보오. 내가 일어만 나면 기어코 기두의 몫뿐이겠소.
혜　영　어디 해보세요. 기두의 몫두, 그리구 세계기록두. 그래야…
창　훈　그래야…
혜　영　그래야…
창　훈　뭐이요?
혜　영　제가 한 말을 잊었어요?

창훈이 일어서서 혜영을 잡으려다 다리가 쑤시는지 얼굴을 찌프리며 그냥 주저앉는다. 혜영이가 놀래여 뛰여와 다리를 잡으며 창훈의 얼굴을 근심스러이 바라본다.

연구실

룡수는 맥없이 의자에 앉아 생각에 잠겼다가 종이를 끌어당겨 '영희 어머니 보시오' 하고 써놓고는 뻑뻑 쩨버린다. 룡수는 기두가 들어서다 멋쩍게 서 있는 것을 보고 묻는다.

룡　수　벽돌 걱정인가?
기　두　응? 으응…
룡　수　그럼? 무슨 소식이 있나?
기　두　글쎄, 내가 가볼가?
룡　수　걱정할 건 없어. 인제 오겠지.

룡수는 흙가루를 두세종 저울에 달아 섞은 다음 반죽을 하려다 기두가 나가는 것을 보고 묻는다.

룡　수　벽돌이 얼마나 남았나?
기　두　응, 아직 일주일은 쓸 거야.
룡　수　그렇게밖에…

룡수는 잠시 무엇을 생각하다 다시 반죽을 이긴다. 이때 전화 종소리가

222

울리자 룡수는 손을 닦으며 전화기를 든다.

룡　수　네 네, 기사장 동무입니까? 네, 네, 콕스가 성공했다구요? 탄두 들
　　　　어오기 시작했다구요? 네, 네, 네네.

전화기를 놓으며 잠시 얼굴에 긴장한 빛을 짓던 룡수는 다시 반죽한다.

밤

룡수가 책상에 앉아 무엇을 적고 있는데 혜영이가 밥그릇을 갖다 놓는다.

혜　영　어서 잡숫고 하세요.

룡수는 미안한 표정을 지으며 혜영을 바라본다.

룡　수　혜영 동무에게 식사 걱정까지 시키게 되었구려.

룡수는 자기도 모를 상념에 잠긴다. 혜영은 그를 바라보다가 불안한 낮으
로 고개를 돌린다.

룡　수　혜영 동무! 어서 남정석 가루를 더 갈아주시오. 운모가 해결되었으
　　　　니까 인젠 문제없소.

혜영은 슬며시 크렛샤 앞으로 간다. 가마에서 꺼내는 벽돌장을 바라보던
룡수는 기쁜 낮으로 돌아서 프레스에다 내압력을 재여본다. 용수는 자기
도 모르게 고함친다.

룡　수　혜영 동무!

혜영이가 놀래여 고개를 든다.

룡　수　어서 적으시오. 내화도가 1.810도, 내압력이 220, 비중 29, 기공줄
　　　　205.

혜영은 따라 적고나서 기뻐 마지 않는다.

혜　영　이만하면 성공이구만요. 내화도가 1,810이면 외국품보다 낫지 않아요.

룡　수　혜영 동무, 내화도가 문제 아니지요. 여하튼 우선 완섭 동무의 감정을 받읍시다. 갖다 보이시오.

혜영은 귀중한 보물이나 받은 듯이 돌아선다.

용광로 앞

완섭이가 쌓아올려진 용광로를 바라보고 있다. 몇 로동자들이 분주히 작업하고 있는 틈에 끼여있는 기두가 불쑥 완섭의 앞으로 달려오며 독촉한다.

기　두　완섭 동무, 인젠 정말 작업이 멎게 되었습니다. 벽돌을 어쩔 셈이요?

완섭은 머뭇거리면서 말을 못하고 있는데, 다른 로동자들이 또 무서운 눈초리로 주위에 모여든다.

완　섭　글쎄… 기술적 일이니만치 생각대로…
로동자　기술이 아니요. 성의가 없소. 이 일을 제 일이 아니라 남의 일같이 생각하니까 이 지경이요.

옆에 있던 석만이가 비호한다.

석　만　성의가 없다니. 우리 요업과는 몇 달째 벌써 잠을 안 자고…

석만이가 항도에게 눈짓을 한다. 항도는 석만이의 눈치를 보며 속에 없는 소리를 한다.

항　도　아무 성과두 못 내구, 잠 못 자는 재새20)루 일이 되우?
석　만　아무러나 우리 기술자들의 노력을 생각해야 하우. 룡수 동무를 믿으시오.

---

20) 재세, 어떤 힘이나 세력 따위를 믿고 교만하게 굶.

석만은 섭섭한 체하며 슬금슬금 피한다. 항도가 석만의 뒤를 쏘아보며 로동자①을 슬며시 꼬집으며 말한다.

항　도　뭐라구? 아무 의욕도 못 가지는 썩어빠진 기술자들을 어떻거라구?

로동자①　동무들! 우리는 이 일을 그냥 보고만 있을 수 없소. 우선 제선과 회의에서 토론합시다.

완섭은 멍하니 생각에 잠겨 이들의 이야기를 듣고 서 있다.

길가

완섭이를 기다리던 석만이가 그 옆을 따라 걸으며 말을 건다/

석　만　아무려문 용광로가 될 줄 알구들 그러나.

완섭은 무표정한 얼굴이다.

완　섭　저런 정열로 안 된다면 이 세상에 될 거라군 하나도 없을 게야.

석　만　뭐라구?

완　섭　정열이 필요해? 과학자에게서 정열을 빼구나면 무엇이 남아, 흥…

석만은 눈알을 굴리며 빈정댄다.

석　만　될 수 없는 노릇에 정열이 무슨 필요가 있어?

완　섭　목적이 없으니까 그렇지. 목적, 국가에 봉사하는…

석　만　국가가 무슨 놈의 국가야. 자네두 인젠 빨갱이 다 되는 셈인가?

완섭은 석만의 말을 들었는지 못 들었는지 그냥 걸어간다. 이때 혜영이가 뛰여오며 석만에게 묻는다.

혜　영　완섭 동무 못 봤어요?

석　만　네! 네? 왜 그러우?

혜영은 자랑하듯이 벽돌을 내민다.

혜　영　이걸 보세요. 성공이 아니예요?

석만은 달갑지 않아하며 망치로 벽돌을 두드려본다.

석　만　이게 벽돌이요? 내압력이 3배 이상 넘어야 하는데 두 배도 안 되
　　　　겠는데 뭣에 쓰려우.

석만이가 벽돌을 내던지자 혜영은 입술을 깨물며 벽돌을 집어든다.

혜　영　같은 말을 해두 왜 그렇게…
석　만　용서하우. 그러나 되질 않소. 단념하는 게 좋아서 하는 말이요.
혜　영　단념이라구요?
석　만　나는 동무들이 애처로워서 못 견디겠소. 더욱이 동무는 여자로서…
　　　　(혜영의 손을 잡는다)

석만이가 혜영의 손을 잡자 혜영은 성을 내며 손을 뿌리친다.

혜　영　무슨 미친 소리예요?

혜영이가 홀 가버리자 석만은 우물거리다 돌아선다.

산마루

완섭이가 괴로운 듯 머리를 쥐여뜯으며 앉아있다가 언덕길을 내려온다.

연구실

완섭은 방에 들어서다가 책상 우에 놓여있는 벽돌장을 보고 망치로 두드
려보더니 얼굴빛이 차츰 파리해진다. 그리고 잠시 주위를 살펴보다가 표
본장에서 남정석을 몇 개 꺼내 주머니에 넣는다. 다시 덤벼치면서21) 시험
대에 놓여 있는 돌가루 몇 가지를 종이에 싸가지고 돌아선다.

요업과 사무실

---

21) 덤벼치다, 분별없이 날뛰다의 북한말.

완섭은 책상 우에 돌가루를 꺼내놓고 반죽을 한다. 팔뚝으로 얼굴의 땀을 문지르고 다시 흙을 이기고 있을 때 기사장이 들어선다. 완섭은 무슨 못할 짓이나 하고 있는 듯 놀라움과 두려움에 싸여 책상을 막아서며 손을 감춘다. 기사장이 완섭을 한참 바라보다가 책상 앞으로 가자, 더욱 어쩔 줄 모르고 서 있다. 기사장은 남정석을 집어들고 보다가 낮으나 힘있는 목소리로 부른다.

기사장   완섭 동무!
완 섭   예?

완섭은 간신히 반문한다. 기사장은 돌을 완섭의 눈앞에 갖다대며 충고한다.

기사장   무슨 돌이오? 동무는 어쩨 솔직하지 못하오? 자기만 안다는 고집을 이제 와서도 그냥 세울 작정이오. 과학이란 한두 사람의 공명심을 북돋아주기 위하여 있는 것인 줄 아우?

완섭을 그렇지 않다는 듯이 얼굴을 들어 기사장을 바라본다.

완 섭   저는…
기사장   룡수의 성공이 두려워진 게 아니구 뭐요?

완섭은 고개를 숙이고 잠자고 있다.

기사장   동무가 비웃던 그 의욕으로 룡수는 우리가 과거에 몇 해를 두고 배우던 것을 단숨에 배웠다는 걸 압니까? 새 조선을 일떠세울데[22] 대한 장군님의 뜻을 받들구 말이요. 룡수는 이젠 배합률만 해결하면…

완섭은 기사장의 말을 막는다.

완 섭   그, 그 배합률입니다.
기사장   동무는 그 배합률을 훔쳐 제 공을 만들려는 게요?
완 섭   네?

_____

22) 일떠세우다. 기운차게 썩 일어서게 하다의 북한말.

완섭은 무의식 중에도 아니라는 듯이 고개를 든다.

기사장　그럼 어째서 룡수 동무에게 말해주질 않소. 어째서 룡수 동무를 돕
　　　　지 않소?

　　　완섭은 다시 고개를 숙인다.

기사장　한 푼의 가치도 없는 그 썩어빠진 자존심을 버리시오. 과학이나 기
　　　　술이 어떤 개인을 위해서나 혼자 사는 세계엔 소용이 없소.

　　　완섭은 더욱 고개를 떨어뜨린다.

기사장　장군님께서 찾아주신 우리 조국은 모든 지식과 기술을 무제한으로
　　　　요구하고 있지 않소. 우리들 자신도 기술을 정열의 불덩어리로 태
　　　　워보시오. 그것만으로도 얼마나 사람다운 보람을 느끼겠는가 말이
　　　　요.

　　　완섭의 얼굴에 눈물이 어린다.

완　섭　기사장 동무!
기사장　남의 일을 하라는 것이 아니요. 잘 생각해 보시오.

　　　기사장이 가자 완섭은 멍하니 서 있다가 털썩 주저앉는다.

 # ??23)

룡　수　혜영 동무! 곧 반죽을 하여주시오. 배합률은 이렇게.

　　　룡수는 혜영에게 종이쪽지를 내여주다가 문으로 들어서는 완섭을 보고 달
　　　려간다.

룡　수　완섭 동무!
완　섭　룡수 동무!

---

23) 연구실?

완섭은 더 말을 못하고 머뭇거린다. 룡수와 혜영이는 절구질을 하고 완섭은 노트에다 글을 쓰고 있다. 룡수와 혜영이가 다시 반죽을 하고 절구질을 하는데 석만이가 문 틈으로 아니꼽게 들여다보더니 코웃음을 치면서 돌아선다.

용연의 친정집

용연은 영희를 안은 채 멍하니 환상에 잠겨 앉아있다.

회상

· 룡수와 혜영이가 연구실에서 일하는 모습.
· 옆집 로파가 혜영이의 이야기를 하던 일.
· 룡수가 노하여 집에서 뛰쳐나가던 일.
· 산꿀을 마시던 룡수의 얼굴.
· 혜영의 얼굴.

서씨24)가 밖으로 나갈 차림을 하면서 말한다.

서 씨 암만 너 혼자 속 태워야 부질없이 그러는 게 아니구 뭐야?

용연은 생각에서 깨여나며 뾰로통해진다.

용 연 누가 즐겨 그러겠어요?
서 씨 아무려나 한심하다. 현물세를 갖다바치고 올라.

서씨는 입맛이 쓰다는 듯이 쩝쩝 다시며 나간다. 용연은 흠칠하며 책에서 손을 떼고 눈을 돌렸다가 다시 바라본다. 용연이와 정순이가 책을 보고 있다.

용 연 이게 뭐야?
정 순 소지 뭐.
용 연 소?

---

24) 앞서 나온 용연의 친정 어머니인 듯.

용연은 입속으로 외워본다.

정 순 이게 뭐냐?
용 연 그거, 응, 고기.
정 순 아니야, 도미야.
용 연 그게 고기지 뭐야.
정 순 아니야, 여기 도미라고 씌여 있지 않아?
용 연 오냐, 그렇구나. 도미가 옳다.
정 순 원 언니두, 이것두 모르나 보지.
용 연 네가 아나 해서 일부러 그런 거다.

정순은 용연을 의아하게 바라본다. 용연은 머뭇거리다가 허리춤에서 편지를 꺼내주며 묻는다.

용 연 어디 너 이거 아나 보자.

정순이는 편지를 받아본다.

정 순 흥, 아저씨한테서 온 편지가 아니야?
용 연 그래 뭐라고 씌었니?

용연은 가까이 다가앉는다. 정순이는 책 읽듯이 읽는다.

정 순 내가 너무 지나쳤는지 후회도 납니다만, 그래도 간단 말도 없이 갈
       법이 어디 있겠소. 그래도 내 하는 일은 세상 사람이 다 몰라준다
       쳐도 영희 어머니만은 알아주어야 할 텐데, 남들은 알아주건만 어
       째서 그러우. 내가 영희 어머니더러 글을 배우라고 하는 것두…

편지를 읽던 정순이가 멍하니 앉아있는 용연이를 쳐다본다. 용연이는 꿈에서 깨여난 사람처럼 정순이를 홀연히 바라보다가 편지를 빼앗으며 묻는다.

용 연 왜 마자 읽지 않니?

정순이는 용연이를 보고 고개를 기웃거린다.

정　순　언니, 아직두 글을 모르나?

용　연　으응…

정　순　언니, 오늘 저녁부터 우리 글 학교에 가야 해요. 모르는 것은 수치다, 배워야 한다, 이걸 아직두 모르나?

　　　　정순은 머뭇거리는 용연이를 잡아끈다.

용　연　애가 왜 이러니? 글쎄 갈 땐 갈게, 놔라!

　　　　정순이는 그냥 손을 잡아당긴다.

제선과 회의실

　　　　수많은 로동자들이 모여서 웅성거리고 있다. 창훈이도 머리를 쳐맨채 한 편에 끼여있다.

로동자①　우리가 일주일 이상 단축시켜 놓은 용광로 복구공사가 내화벽돌 때문에 멈춰서게 되었소.

항　도　요업과에 책임을 추궁합시다.

　　　　군중들이 따라 일어서며 웅성거린다.

로동자①　용광로가 안 되면 우리 제철소는 몇 달이 못 가서 멈춰서고 맙니다.

항　도　요업과는 무책임하오.

로동자②　동무들은 룡수 동무를 믿지 않소?

로동자들　옳소. (웅성거린다)

로동자①　벽돌이 나와야 말이지. 무슨 소용이요?

연구실

　　　　룡수가 벽돌장을 들고 망치로 두드려보더니 프레스로 가지고 간다. 완섭과 혜영이가 긴장한 표정으로 따라간다. 룡수는 벽돌을 프레스에 넣고 누른다. 룡수, 혜영, 완섭이가 긴장되여 있다.

제선과 회의실

로동자들이 웅성거리고 있다.

항 도　벽돌을 주시오!

항도가 웨치자 다른 로동자들이 따라한다.

로동자들　벽돌을 주시오.

창훈이가 손을 저으며 제지시키나 막무가내다. 기두도 웅성거리는 로동자들을 제지시키느라 안타까이 웨친다.

기 두　동무들!

그러나 로동자들 속에서는 "벽돌은 어떻게 됩니까?" 소리뿐이다. 창훈은 다시 그만하라는 듯 돌을 들어 젓는다.

연구실

룡수, 혜영, 완섭이가 긴장한 얼굴로 프레스를 바라본다. 드디어 성공하자 모두 기뻐서 어쩔줄 모른다.

혜 영　룡수 동무! 정말이예요? 정말이예요?

혜영은 눈물어린 얼굴로 벽돌을 붙안고 그대로 주저앉는다. 룡수는 혜영의 손에서 벽돌을 받아 책상 우에 올려놓고는 일을 시작한다. 그의 눈은 글썽해진다.

완 섭　혜영 동무, 얼른 보고를 합시다. 동무들이 얼마나 기다리겠소.

완섭은 덤비며 나간다. 혜영은 눈물을 닦으며 룡수를 무표정으로 바라본다.

제선과 회의실

기사장은 웅성거리는 군중들을 제지시키느라고 애쓰나 소용이 없다. 이때 지배인이 웃음을 지으며 급한 걸음으로 나온다.

지배인 여러분, 기뻐하시오!

웅성거리던 군중들이 눈이 휘둥그레지며 조용해진다. 어느새 왔는지 혜영, 완섭, 정상이가 지배인 뒤에 서 있다. 혜영은 한걸음 나서며 벽돌을 든 손을 높이 쳐들며 웨치나 채 끝을 맺지 못한다.

혜 영 기다렸던 것이! 기다렸던 것이!

로동자들은 조용한 채 멍하니 서 있을 뿐이다.

지배인 기뻐하시오. 해방 전에 10여 년을 화부로 지내온 최룡수 동무가 장군님의 은덕에 보답할 마음으로 세계에 자랑할 내화벽돌을 연구해냈소.

혜영이가 앞으로 나서며 완섭을 가리키며 자랑한다.

혜 영 로완섭 동무도 제석련화의 질을 2배 이상으로 높였습니다.

군중들은 놀란 표정으로 완섭을 바라본다. 창훈이가 뛰여올라와 혜영의 손에서 벽돌을 빼앗아 만져보며 기뻐서 어쩔 줄을 모른다. 군중들이 박수를 보낸다.

창 훈 여러분! 이 놀라운 성공을 우리들은 용광로의 기한전 복구로써 갚읍시다.
군중들 옳소! 옳소!

군중들이 호응하는데 항도와 로동자①이 슬며시 밖으로 빠져나간다. 군중들의 환희가 그치지 않는다.

요업공장 가마 앞

창훈이와 몇몇 로동자들이 달려온다. 룡수는 정상이에게 손목을 잡히여 어쩔 줄을 모르고 서 있다. 지배인도 싱글벙글하며 벽돌장을 바라보고 서

있다.

정　상　룡수 동무! 룡수 동무는 정말 선봉적 역할을 하였소.

창훈이가 달려와 우는지 웃는지 기뻐서 어쩔 줄 모른다.

창　훈　룡수 동무!
룡　수　어서 인젠 쌓아주게.
창　훈　쌓구말구, 쌓구말구!

룡수는 창훈에게 안긴 채 지배인에게 말한다.

룡　수　빨리 생산을 보장해야 하겠습니다. 룡강으로 차를 배치하여 주십시오.
지배인　좋소! 동무의 성공을 산업국에 보고하면서 곧 자제운반까지 련락하겠소!

혜영이가 룡수의 손을 잡으며 기쁨에 겨워 바라보고 서 있다.

룡　수　혜영 동무! 동무의 공이요. 동무의 공이구말구.
혜　영　아니예요. 아니예요. 나는 그저 기쁩니다. 그리고 언니에게 어서 알려주어야 하겠어요.

그러나 기쁨에 겨워하던 룡수의 얼굴이 잠시 흐리어진다. 기차가 기적소리를 울리며 달린다.

#　재료적재장

　　화물차에서 쏟아지는 남정석더미.

#　분쇄기

　　돌(남정석)이 망에 갈린다.

#　형타25)장

형타를 하는 녀성로동자들. 그속에서 완섭이가 지휘하며 돌아간다.

벽돌가마

벽돌을 들여쌓는 로동자들. 로동자들이 다시 가마를 막는다. 석탄을 퍼넣는 로동자, 룡수도 그속에 끼여있다.

용광로

녀성로동자들이 벽돌을 깎고 있다. 창훈이가 기두에게 묻는다.

창　훈　대체 벽돌이 어떻게 된 셈인가?
기　두　글쎄, 아직 구워지지 않은 모양이나봐.
창　훈　모두 일손을 멈추고 있는데 어쨌다구?

창훈이가 두덜거리며 빠른 걸음으로 내려가자, 기두도 뒤따라간다.

벽돌가마

녀성로동자들이 형타를 찍고 일부 로동자들이 벽돌을 가마로 운반한다. 많은 로동자들이 다른 가마 옆에서 쉬고 있다. 기두는 그들 앞으로 가며 묻는다.

기　두　왜들 그냥 쉬고 있소? 어찌된 셈이요?

옆에 서 있던 기사장이 알려준다.

기사장　아직 가마가 식지 않아서 들어들 못 가서 그러우.

기두는 이 말을 듣자 가마에 뛰여가 벽에 손을 대본다.

기　두　제기랄, 이것두 못 들어가?

기두는 옆에 있던 가마니를 물에 적시여 뒤집어쓰고 가마 안으로 뛰여들

---

25) 쩰打, 어떤 물건을 찍어 내거나 부어 내기 위하여 물건의 모양대로 만든 틀의 북한말

어가 벽돌을 나르기 시작한다. 이에 호응하여 몇 로동자들이 같이 들어가 벽돌을 꺼낸다. 벽돌을 실은 구내선 기차가 달린다.

요업공장 뒤뜰

성호가 벽돌더미가 쌓여있는 뒤에 몸을 감추고 죄수마냥 웅크리고 앉아있는 항도를 노려보고 있다.

석　만　모두 틀려버렸어. 인젠 직접 하는 수단 밖에 없단 말이요.

성호가 폭탄을 싼 보자기를 석만에게 쥐여주며 눈짓을 한다. 석만은 그것을 받더니 항도에게 내밀며 말한다.

석　만　자, 동무로서는 마지막 공작이요.

항도는 무슨 영문인지 몰라 의아하여 쳐다본다.

항　도　네?!

석만이는 음흉한 웃음을 지으며 위협조로 말한다.

석　만　용광로 옆에 문이 닿을 만치만 갖다 놓으면 되오. 그 다음에야 그대로 폭발이지.

항도가 놀래면서 뒤로 넘어질 듯하자, 석만은 무서운 눈초리로 쏘아본다.

항　도　아니 그거야 어디.

항도는 몸을 치떤다.

석　만　못하겠단 말인가?

성호는 음흉한 웃음을 지으며 다가선다.

성　호　내버려두게. 우리 말 한마디면 네놈이야 인제 사형이지. 흥.
항　도　네, 사형이라구요?

석　만　제가 한 일은 몰라?

항　도　내가요? 내가 뭘 했게요?

석　만　흥, 용광로 건설을 방해하는 것은 인민경제계획을 파괴하는 공작이
　　　　었다는 것을 모른단 말이야?

항　도　파괴?

　　　항도는 파리한 얼굴로 피기를 잃고 털썩 앉아버린다.

석　만　남조선으로 가 돈더미 우에 올라앉아 살아보려거던 이걸 받아라.
　　　　만일…

　　　항도는 살려달라는 표정으로 석만이와 성호를 번갈아보며 손을 비빈다.

성　호　어쩔 테냐?

항　도　알겠습니다. 알겠습니다.

　　　완섭이가 멀리 지나가다가 이 일을 보고 숨어서 바라본다.

용광로

　　　용광로의 축로26)도 높아졌다. 용광로 주변에서는 화입식을 준비하고 있
다. 그 주위에는 군중들이 둘러섰다. 이윽고 열풍로가 소리치며 돌아간다.
석만이와 성호가 멀리서 초조한 빛으로 이 광경을 바라보고 서 있다.

성　호　어찌된 셈인가?

석　만　글쎄 아무려나 제놈이 안 하구야 배기게?

　　　군중들의 환성이 높아지며 하늘높이 솟은 굴뚝에서는 연기가 솟아오른다.
지배인, 기사장, 정상이는 환희어린 얼굴로 로 주변에 서 있다. 항도가 군
중들의 뒤에서 우물거리다가 용광로 가까이로 가는 것을 보고 완섭이가
뒤로 슬금슬금 따라가다가 소리쳐 부른다.

완　섭　항도!

---

26) 築爐, 노(爐)를 쌓음.

항도는 뒤로 넘어질 듯 놀래여 부들부들 떨고 있다.

??27)

기쁨을 감추지 못하는 창훈이와 룡수, 기두가 서로 껴안고 기뻐한다.

창 훈 룡수, 이젠 내 차례지. (고개를 돌리다가) 저게! (달려간다)

주위의 군중들이 놀래여 창훈이 달려간 쪽을 바라본다. 항도를 따르던 완
섭이가 어푸러져 항도의 멱살을 잡고 따진다.

완 섭 이놈! 누가 시킨 짓이냐?!

석만이와 성호가 같이 멀리서 바라보고 있다가 갑자기 놀란다.

석 만 저녀석이 붙잡혔네 그려.
성 호 뭐라구? 그럼 우리두.

석만은 겁에 질려있다.

석 만 여보게! 인젠 마지막이야. 달아날 대로 달아나다가…
성 호 어리석은 소리 말아. 마지막 방법이 있다. 전기!

성호는 음흉한 웃음을 짓는다.

석 만 전기를!
성 호 한 시간만 전기를 끄면 용광로는 또 제 손으로 밑바닥까지 헐어야
      한다. 저것들의 성공은 우리들의 무덤을 파는 게야. 자! 석만이.

성호는 석만이 어깨를 잡아당긴다.

??28)

---

27) 용광로?
28) 용광로?

238

항도가 완섭이에게 잡힌 채 애걸복걸하고 있다. 창훈이와 그밖의 로동자들이 모여든다.

완 섭   누구냐? 어서 대라!
항 도   저 저 석만이…

모여든 군중들이 항도의 말을 듣고 놀란다. 용광로는 거세인 열풍로 소리와 함께 검은 연기를 토한다.

용연의 친정집

용연이가 편지를 보고 있다가 잠시 환상에 잠긴다. 꿈에서 깨여난 사람처럼 분주히 편지를 허리춤에 넣고 옆에 놓여 있는 성인학교용 책들을 보에다 싸고 있을 때 밖에서 찾는 소리가 들린다.

소 리   주인 계세요?

용연은 손을 멈추고 방문을 열다가 놀래여 다시 문을 닫는다. 혜영이가 뛰여와 문을 열며 부른다.

혜 영   언니!

용연은 외면하고 대답도 안 한다. 혜영은 머뭇거리다가 방으로 들어선다.

혜 영   언니! 룡수 동무가 성공했어요.

용연이는 잠시 고개를 들었다 돌리나 역시 말이 없다. 혜영은 이상하게 여긴다.

혜 영   어디가 편치 않으세요.
용 연   건드리지 말아주어요.

용연은 퉁명스럽게 내쏘고 일어난다.

혜 영   언니, 무엇을 오해하고 계시지 않아요? 이런 기쁜 일이 없을 텐데…

용연은 혜영이의 말을 듣기 싫다는 듯이 빈정댄다.

용　연　기쁘다구요? 어서들 돌아가 같이들 지내세요.
혜　영　그래요? 그래서 언니는 제 남편이 가장 골몰할 때에 떠났군요.
용　연　아무 말도 듣기 싫어요. 어서들 마음대로 하세요.
혜　영　마음대로 하겠어요. 하지 말래두 하겠어요. 그러나 언니!

혜영이가 다가서자 용연은 보를 집어들고 나오며 내쏜다.

용　연　더 말 말아요.

혜영은 어이없다는 듯이 멍하니 서 있다가 밖으로 뒤따라 나온다.

논뚝길

혜영은 용연의 뒤를 허덕이며 따라온다.

혜　영　언니!

혜영은 용연의 앞을 막아선다.

혜　영　언니는 제 남편이 어떤 사람인지 모르세요?

용연은 어이 없다는 듯이 코웃음을 친다.

용　연　내게 무슨 기걸29)이요?
혜　영　글쎄 안 그래요? 룡수 동무가 무슨 못 미더운 일을 했어요? 나는
　　　　룡수 동무가 불쌍해 못 견디겠습니다. 모든 사람들은 제가 주인으
　　　　로서 제 일들을 찾고 있는데, 언니만은 그냥 굴레를 뒤집어쓴 채
　　　　하나두 보려고 하지 않으니 룡수 동무두 얼마나 안타깝겠어요. 나
　　　　라에서 글을 배울 조건을 지어주구 그렇게 권하는데두 글을 배워서
　　　　뭘 해요 언니. 그러구서는 누구의 꼬임인지는 모르겠으나, 터무니
　　　　없는 소리를 듣고 오해하고서 말두 못 하구 혼자 괴로워하는 언니!

─────────────

29) 기걸(奇傑): 모습이나 행동이 기이하거나 뛰어난 사람.

용연은 눈을 흘기다가 몇 걸음 걸어간다.

혜　영　언니! 자기를 알아야 해요. 자기를… 언니는 인제는 얼마든지 행복
　　　할 수 있는 조건이 되었는데 제 할 일을 안 하구 쓸데없이 그러는
　　　건 어리석기 짝이 없는 것이 아니예요?

혜영은 먼 산을 바라보며 긴 숨을 내쉰다. 용연은 혜영의 말을 들으며 몹
시 괴로워한다.

논뚝길

혜영은 달아나는 석만이와 성호를 보고 놀랜다.

혜　영　저게 석만 동무가 아니요? 뭘 하러 철탑엔…
용　연　혜영이, 저 녀석이 나에게!
혜　영　뭐라구요?

혜영이와 용연이가 그쪽으로 달려간다.

용광로

창훈이가 로내를 바라보며 만족해한다.

창　훈　기두, 이 바람이 우리를 재촉하나보네. 어서 송풍량을 힘껏 올리라
　　　구 하게!
기　두　응.

창훈은 로정으로 올라가는 스키프30)를 바라본다. 창훈이가 로안을 들여다
보고 있는데 갑자기 열풍로가 멈춰선다. 창훈은 놀래여 고개를 쳐들자 기
두가 뛰여나온다.

창　훈　어찌된 거야?
기　두　정전이야.
창　훈　뭐?

─────────────────

30) 스킵 (skip), 용광로의 꼭대기에 원료를 담아 올리는 장치.

창훈은 놀래여 뛰여내려간다. 군중들이 용광로 아래 변전소가 있는 곳으로 몰려간다.

철탑

석만이와 성호가 철탑에서 기여내려와 수풀을 지나 뛰어내려온다.

변전소

왕대식이 전화기에 매달려 있다. 기사장이 뛰여들어오며 묻는다.

기사장　어찌된 셈이요?

　대식은 전화로 계속 말한다.

대　식　네네, 곧 떠나겠습니다.

　기사장은 전화기를 놓은 대식에게 다시 묻는다.

기사장　어떻게 되었소?
대　식　송전선이 끊어졌습니다.

　이때 완섭이가 들어오며 확정조로 말한다.

완　섭　기사장 동무! 틀림없이 이것두 석만의 짓이요!
기사장　내무서에 련락되였겠지요?

　전공들이 수리도구 상자를 밖으로 끌어낸다. 기사장은 안타까와하는 얼굴로 시계를 바라본다. 시계는 11시 40분을 가리키고 있다. 창훈이가 로동자들과 함께 뛰여 온다. 룡수와 정상의 근심스런 얼굴이 보인다. 자동차에 수리도구를 싣는 전공들. 왕대식이가 운전대에 매여달리자 차는 속도를 내여 달린다. 기두가 뛰여와 기사장에게 알린다.

기　두　기사장 동무! 용광로가 식어갑니다. 어서, 어서 전기를 대주십시오,
　　　　전기를!
기사장　어떻게 되었소?

242

창훈이가 전화기 있는 데로 가더니 수화기를 들고 다급히 찾는다.

창　훈　여보시오! 여보시오!

시계가 12시 20분을 가리키고 있다.

변전소 앞

군중들의 얼굴에 근심이 어려있다. 룡수도 긴장한 빛으로 서 있다. 전공들이 철탑에 전선을 이어 올리고 있다. 농민들이 그들을 돕고 있다.

변전소 앞

기　두　벌써 온도가 천도로 내렸습니다. 랭각도수가 자꾸 빨라집니다. 자꾸!

용연의 친정집 앞

농민들 수십 명이 집 앞으로 뛰여간다. 혜영이와 용연이는 안타까와 돌아간다. 농민 하나가 그들의 앞으로 오며 묻는다.

농　민　어찌된 일이요?
혜　영　고압선을 끊고 저쪽으로, 저쪽으로 달아났습니다.

혜영이와 용연은 군중 틈에 끼여 같이 뛰여간다. 시계가 12시 35분을 가리킨다. 한초 한초 지나가는 초침.

철탑

왕대식이가 철탑으로 기여 올라간다.

변전소 앞

로동자　아이구, 1년이나 걸린 복구 공사가 결국 허사로구나.

로동자들이 한숨지며 주저앉는다.

철탑

줄을 올리는 전공들.

마을

농민들이 석만이와 성호를 따라간다.

변전소 앞

창훈이가 전화기로 계속 찾는다.

창 훈 여보시오! 여보시오!

철탑

왕대식이가 바이스로 줄을 조인다.

산목[31]

석만이가 헐떡거리며 달아나고 있다. 농민들이 그 뒤를 따른다.

용광로

용광로 굴뚝에서 연기가 멎자 로동자들의 얼굴이 파래진다.

변전소 앞

로동자 인젠 절망이다. 다 식어버리구 마는구나.

로동자가 한탄하며 주저앉는다.

_____

31) 산자락?

창　훈　뭐라구?

　　창훈은 고개를 돌려 마치 그 로동자가 정전이나 시킨 것처럼 뚫어지라고 바라본다, 긴장한 룡수의 얼굴이 보인다.

변전소 앞

　　기사장이 근심스런 표정을 짓고 있다.

소　리　여보시오! 여보시오!

　　안에서 전화 거는 소리가 계속 들린다.

철탑

　　대식이가 바이스로 계속 줄을 조인다.

변전소 앞

로동자　900에서 800으로 내려갑니다.

　　한 로동자가 뛰여오며 이렇게 말하자 모두가 절망의 빛을 띄운다.

산목

　　농민들이 석만이와 성호를 따라간다. 성호는 뒤도 못 돌아보고 달아난다.

철탑

　　대식이가 바이스로 선을 조이더니 허리에서 전화기를 땐다. 그 밑에 군중들이 모여있다.

변전소 앞

　　창훈이가 전화로 계속 찾는다.

창　훈　여보시오! 여보시오!

　　　군중들이 절망에 잠겨있다.

철탑

　　　대식이가 전화를 건다.

산목

　　　헐떡거리며 달아나던 석만이가 어푸러진다. 따라온 농민들이 성호의 낯바닥을 몽둥이로 내려친다.

변전소 앞

　　　군중들이 환희에 넘쳐 뛰여간다.

군중들　살았다! 살았다!

용광로

　　　창훈이와 기두가 뛰여올라간다. 출선구를 마치로 내려치는 기두와 창훈, 출선구가 터지며 쇠물이 쏟아져 나온다

기　두　여보게! 창훈이!
창　훈　어째 송풍량은 많지 않은데 쇠물이 이렇게 적을가?
기　두　글쎄, 천립방은 넘는데.
창　훈　뭐라구? 출선량이 왜 이렇게 나빠?

　　　창훈은 원료 창고로 뛰여내려간다.

용광로 앞길

　　　두덜거리며 뛰여내려오는 창훈이를 완섭이와 함께 바라보던 룡수가 불러세운다.

룡　수　창훈이!
창　훈　응!

　　창훈은 웃음을 짓는다.

룡　수　왜 그렇게 두덜거리나?
창　훈　룡수, 가만있게, 이번에는 내 차례야!
완　섭　정말이지 나는 동무들에게서 새로운 것을 배웠소.
창　훈　석만이란 놈한테 넘어 안 간 게 다행이요.
룡　수　완섭 동무더러 어쨌다구? 그놈이 붙잡혀가구.
완　섭　나두 내 나라를 위하여 일한다는 기쁨을 알구 있소. 정말 나는 내
　　　　기술이 인제야 생명을 가지게 된 상싶소.
창　훈　완섭 동무! 모두 우리 공장이 아니요? 동무두 어서 더 좋은 벽돌을
　　　　구워내야겠소.
창　훈　누가 콕스 가루를 이렇게 처놓군 하오?

　　창훈은 한 로동자를 붙잡고 추궁한다.

창　훈　쇠를 녹이자는 게요 말자는 게요?

　　스키프는 보기 좋게 굴러 올라간다. 다시금 쇠물이 출선구로부터 불꽃튀
며 뛴다.

밤

기　두　여보게! 송풍이 1,170립방이나 되네 그려!
창　훈　뭐? 그놈이 기록이로구나. 여보게, 자네 내려가 콕스가루를 좀 섞
　　　　지 말라구 부탁하게.
기　두　벌써 여섯 번째나 갔댔는데 인젠 시끄럽다구 욕만 퍼붓네.

　　창훈은 너털웃음을 웃으며 로안을 바라본다.

창　훈　좀 정신 차린 게지? 그러나 오늘같은 날에 힘껏 뽑아놔야지 언제
　　　　또 뽑겠나. 잔소리 하는 게 나쁘지 않을 테니 어서 가 보지!

기두는 시무룩해 있다가 다시 안색을 바꾸며 뛰여내려간다. 한 로동자가 가까이오며 묻는다.

로동자 열을 좀 낮출가?
창 훈 낮추다니, 이 사람이! 아직두 한 50 더 올리라구 하게. 주물은 넉넉할세. 그래 얼마나 왔나?
로동자 벌써 400이네, 400! 여보게, 거의 차가네 그려!
창 훈 응! 준비하게.

 # 굴뚝에서 연기가 쉬임없이 뿜어 오른다.

마치로 출선구를 열자 노을같은 붉은 쇠물이 쏟아져나온다. 로동자들이 환희에 넘쳐있다.

 # 벽보판

군중들이 놀라며 벽보를 본다. 벽보판에 다음과 같은 벽보가 붙어있다.
"제1용광로 작업반의 대승리, 509톤의 세계적 기록, 250톤로에서 일찍이 보지 못한 509톤이란 출선량을 지난 *월 *일 제1작업반에서 내였다. 이날 송풍기에서도 1,200립방의 신기록을 내였으며, 열풍로 및 기관 작업반들의 높은 성과는 위대한 김일성 장군님의 뜻을 받들어 금년도 인민경제계획을 수행하는데 크게 이바지한 것으로 된다."

 # 회의장

로동자들의 얼굴에 기쁨과 결의가 가득차 있다.
정상이가 연설한다.

정 상 여러분! 우리는 인민경제계획을 실천하는 과정에서 어떤 곤난이라도 뚫고 나갈 수 있다는 자신과 실력을 갖추고 있습니다. 우리는 조국건설의 초소에서 우리의 민족적 영웅이신 김일성 장군님의 올바른 령도를 받들고 자기의 부단한 노력과 온갖 열성을 갖추어 새 인민경제계획을 반드시 초과달성해 놓고야 말 것입니다.

군중들의 환호가 회의장을 진동한다. 군중들 속에서 용연이가 영희를 업고 주석단 쪽을 바라보고 서 있다. 군중들의 환호가 계속된다.

정 상 여러분! 우리는 부단한 연구를 통해서 인민경제계획을 초과달성하
는데 많은 창의와 발명을 주어 이 광명을 갖게 한 로동자 동무들을
높이 찬양하는 바입니다.
　　　요란한 박수소리와 함께 룡수가 나온다. 용연이는 고개를 들어 보다가 돌
아선다. 룡수가 상장을 받자 군중들이 박수를 치며 환호한다.

산목

　　　영희가 아버지에게 달려간다.
　　　신문을 펴들고 읽고 섰던 용연이가 룡수를 바라본다.

룡 수 그래 간단 말없이 갔다 온단 말두 없이 온담?

　　　용연은 고개를 숙이며 돌아선다.

영희 엄마!

　　　룡수는 안해를 쳐다보며 영희를 달랜다. 용연은 신문을 펴보이며 룡수에
게 안겨준다.

용 연 여기 석만이란 놈의 일당이 일망타진되였다는 기사가 났어요.

　　　룡수는 신문을 보는둥 마는둥 한다.

룡 수 당신도 괜찮게 배웠구려. 참 석만이란 놈을 붙잡는데 당신 힘이 컸
었소.

　　　용연은 얼굴을 붉히며 부끄러워한다.

용 연 그 녀석 때문에 나두!
룡 수 여보! 진리는 반드시 이기는 게라오. 어느 누가 우리를 넘어뜨리려
해두 그건 안 되지. 당신도 좀 배우오.

　　　용연은 룡수의 얼굴을 믿음직하게 바라보고 있다.

이때 멀리서 룡수를 찾는 소리가 들린다.

소　리　룡수!

룡수와 용연은 쳐다보며 손짓한다. 혜영이와 창훈이가 뛰여온다.

룡　수　창훈이!
창　훈　어!

용광로

굴뚝이 하늘 높이 솟고 다시 구름들이 뭉게뭉게 피여난다. 거리에 용광로의 노래가 힘있게 울려 퍼진다.

끝

(1950년)

김좌진 장군(未)

안종화

목교

신해년 (37년전) 만춘.
위치는 아래대 소경다리 쯤.
나무박휘에 쇳대를 두른 인력거 한 대가 떨덜거리고 지나가자 뒤 이어 방
립 쓴 사나히의 밧분듯한 걸음이 보인다. 통행인은 배오개 근처이라 동저
고리 바람에 삭갓만 쓰고 소를 끈 나무바리꾼. 또는 장짐을 진 지개꾼들
로 대댄 혼잡한 거리 풍경입니다.

천변

변두리로는 납작한 초가들만이 보일 뿐 행인에는 트레머리한 (당시 방석
머리) 여학도와 장옷 쓴 여인이 보이고 방립 쓴 사나히 좀 급한 보조인데
그 거름거리로 보아 어딘지 젊은 티가 드러나보힌다. 그와 엇갈려 청승스
러히 외치는 '무이리 쉬어'의 장님도 보인다.

저동 골목

남촌에 조선 고옥들이 즐비한 곳인데 군데군데 몇집은 창구많을 일인의
집으로 급조개장한 꼴악선이가 눈에 띠운다. 한국 아해들이 질거이 뛰노
는 속에는 *1)고하는 놈, 병정작기들의 점경.
종현성당에서 울려나오는 종소래와 늦인 가을 오후의 햇볕이 길바닥에 한
닢 두닢 떨어지는 낙엽과 더부러 을스년스럽다.
머-은이 보히는 언덕 비탈로는 외아들끼리만이 딱지와 핑구로 판을 짜어
있고 달기닥거리는 게다로 사복한 일인의 왕래가 자지다.

성당 동측 출입문

불란서인 신부가 압장을 서고 수녀들의 인솔로 고아 성가대 일렬이 나오
자 뒤를 딸은 백의 남녀의 신도들이 보인다. 좌우로 구경하러 모혀든 군
중이 둘려 쌓었다.

저동 골목 빈밧터

---

1) 1자 확인 불가.

구중중하고 습해보이는 빈 밧 앞으로 납작한 초가들이 나란히 섯는데 물 깃던 여인들이 웅게중게 모여서 수근댄다.

"저 칠성네 집은 시방 법석들이요."

"왜 그래요."

"글세 토지조사국에 칙량기술을 다닙네하고 왜놈들하고 부동이 돼서 임자 있는 땅을 함부로 범해 놨으니 경을 안치겠오."

"그 녀석 때가야 옳치."

"글세 동생 녀석은 왜채를 쓰고 집을 뺏기게 될 판이라구 법석인데, 또 저 지랄이 났으니……"

그 중 어느 한집에서 일인 두 여자가 나오며 알어들을수 없는 말로 게두덜대자 여인들 쓱- 흩어지며 화재가 끊어진다.

어느 집에서인지 굿하는 장고 소래와 저소래 들려나온다.

골목 언덕길

여전히 조모락대는 길복판에 진을 첫고 병정작기 일대가 소년애국가를 불으며 기세좋게 언덕에 올른다. 모도들 장관인게 군도는 대와 생철로 만들었고 군모는 마분지 제의 색지 바른 한국군대의 소대장 모자들이다.

방립 쓴 사나히 아해들 사이를 헤치고 언덕으로 나려갑니다.

종현성당 정문 전

정문 안 언덕 층계로는 여전히 신도와 수녀들의 거름이 보이는데 맞츰 인력거 행차(고무차륜의 고등차)가 나온다.

뒤에는 구중 두 명이 뒷채를 밀엇고 행차 전후해서는 자행거 탄 일순검들의 호위로 되었다.

극히 순간의 사건이 생깁니다. 어느 장한 한명에게 차상의 인은 칼에 마졌습니다.

〈바로 이재명의사의 이완용 저격사건입니다.〉

이발소 내부

큰 채경 우에는 중국의 혁명분 전투화와 청일전쟁등의 극채색 모사화 사진틀이 걸려있고, 실내는 혼소성2) 가운데 방금 천주교회 내전에서 돌발 사건이 화제에 올라있다.

---

2) 魂銷聲, 몹시 놀라서 떠드는 소리.

"그래 이완용은 웃지되였누?"
"글세! 아즉 알수없는데–"
"– 흥! 천벌이로구나!"
"왜순검놈들이 먼저 혼이 났겠지"
"그녀석들두 팔자 사납다."

벽에는 걸려있는 방립 보이고, 창박 행길에서는 아해들의 소년애국가 소래 멀–리 들려온다.

"잡힌 사람은 아직 누군지 몰으지."
"글세 누굴가?"

설렁탕 집

내부 좌석 주위는 가마에서 솟는 김에 서리어 맛치 안개속같이 희미하게 식객들이 보임. 그 속에 떠들석한 화제.

"이재명이래, 이재명."
"잡힌 사람 말이지."
"괴니 말덜 조심해요, 알지도 못하구."
"제–기 곤달결지고3) 성 밑으로 못가겠네.4)"
"그래 이완용은 죽지 않었다구?"
"그렀타우! 찌른 사람은 천주교를 믿는 사람이랍니다."
"체, 잡힌 친구만 큰일났군."

돈괴작 압에 앉은 주인과 사환들 사이에 주고 받는 말이다.
한편 구석에서 젊은 사나히 맛치고 방립을 집어든다. 그리고 오전짜리 백통화 한푼을 놓는다.

황상규의 집

방안이다. 밤은 깊었고 조그만 주안상 하나를 사이로 황상규와 젊은 사나히 대좌 하였는데, 한구석에 방립이 노였다.

---

3) 곤달걀, 썩은 달걀.
4) 속담, "곤달걀 지고 성 밑으로 못 가겠다", 이미 썩은 달걀을 지고 성 밑을 지나면서 성벽이 무너져서 달걀이 깨질까 걱정한다. 무슨 일을 지나치게 두려워하며 걱정하는 행동을 이르는 표현.

벽에 걸린 구식 괘종이 밤 구점을 가르키고 움직이는 시계추의 음향이 고요한 방 공기를 깨트릴 뿐.

황		백야!
백	야	네!
황		내게 양복 한 벌이 작만되었는데 소용되시겠소!
백	야	두세요. 으설퍼 보일것같애서!
황		그래두! 방갓이 더 주목을 받을것같은데.
백	야	아즉은 좋씁니다. 너무 념녀 마십시오.
황		그럴가! 조-룩 하시오.
백	야	오늘 남선생이 다녀가셨읍니가!
황		웬걸- 연섭이 그 사람은 너무 성미가 조급해서 탈이야.
백	야	그렇게 됐지요. 일이 너무 늘어졌습니다. 떠날 길은 바뻐 서둘러야지요.
황		종현사건이 총감부 그 자들에게 충격은 주었겠지-
백	야	여부가 있읍니까!
황		어서 떠야하오. 밧부게 됐오- 백야!
백	야	네!
황		이장녕(李掌令5))댁엘 연락해 주시오.

이웃집에서 다듬이 소래 은은이 들여온다.

이장녕의 집

방안이다. (역시 밤)

백	야	황선생의 말씀과 같이 어서 국내를 떠야합니다. 자칫하면 여러분의 신변까지두 안심할 수 없게 됩니다.
이		딱한 말씀! 그것두 돈이 먼저 된 연후에 일이오구려!
백	야	여차하면 맨주먹으로라두 움직이지요!
이		허- 그건 안될 말씀, 모사에 있어선 그렇지 않소. 군자없이 움직일 도리가 있겠오. 서서히 순천6)합시다. 구구히 목숨만을 도모해서 도

---

5) 掌令, 조선시대 사헌부 소속 정4품 벼슬.
6) 順天命의 약자, 하늘에 뜻에 따름.

피한다면 그건 별문제이겠으나 우리들이 국외의 토지를 얻어 병농 조직을 가저보자면, 재정없이 되겠오. 허허허허. 사기상례 보드래두 건국의 창업주들이나 혁명남아들이 재정의 완조를 맞지않고서 성공한 일이 있답되까! 용기와 기개만을 가지고서는 우리들의 나아갈 길이란, 너무도 험난하구려. 그렇지 않소, 백야! 착은착은이 일에 당합시다.

백 야 말씀에 일리도 있기는 합니다만은!

이 그런데!

백 야 자산조달이란 그렇게 원만하게 될 수도 없는 노릇이겠구요. 또 때가 느지면 동지들의 낙오를 보기 쉽습니다.

이 아니 그렇게 동지들이 박약하면 어떡하게-

백 야 아니 그렇게 말씀하실 게 안이라 사람인 연고로 해서, 백야 저 자신붙어라도 마음의 변화를 갓기 쉽습니다.

이 허- 않얼 말씀, 당치 않는 말씀. 나는 나는 그렇게 믿지 않소. 동지들 가운데 그럴리 없으리다.

백 야 전 그만 이러서겠습니다.

이 백야도 남동지를 연락해 주시오. 남도 꽤 성급한 사람이니 잘 안위7)를 식히고- 오늘 음력 스무하롯날 모임을 알리시오!

백 야 전하지요. 하지만 내 강토를 빼앗기고 동지들의 투옥을 바라보며 쫓기는 몸들이니 또 어떻게 서서히 일을 해야 헌다는 말씀이오니까!

이 허허! 백야 역시 성급하시구려.

박갓뜰에선 나무닢이 우수수 떨어지는 바람소리 이러난다.

남정섭의 집

방바닥에 방립이 톡 떠러진다.
남씨 백야를 맞어 좌정하며 껄껄 웃는다.

남 외? 화가 나섰오. 객고에 짜증도 나실만 하지. 허허허허 어서 앉으시오.

백 야 오늘밤에 동행이 있는데!

---

7) 安慰, 몸을 편안히 하고 마음을 위로함.

백야 몹시 긴장한 얼골이다. 그 기색을 살피고 있든 남은 벙글벙글 우스며.

남 　 허- 그러면 그러치. 오늘 우리 집에서 백야의 신방을 치르시는 걸 뵈옵겠구려.

백 야 색시가 있단 말이오니까?

남 　 이 밤에 동행이실 때는 아마도 가인이 의남을 따르신게 분명한데, 그럼 어서 드르오시게 하시교.

백 야 쉬-ㅅ, 이상한 그림자와 동반한 것같단 말슴이외다.

남 　 별순8)?

백 야 … 그런 것 같습니다.

남 　 또순아범이 대문 거는 걸 보셨지?

백 야 ……

남씨는 다소 불안한 기색이 떠돌며 영창을 열어 제키고 행랑방을 향하야 부른다.

남 　 여보게, 게 있나? 박글 좀 살피고 문단속하게!

백야 그제야 비로소 자리에 앉으며 얼마간 피로한 안색이다.

행랑방

또순아범 들창 박글 두리번두리번 살피다가 들창 덧문을 나리군 다시 목침 베히며 책을 대한다.

대문전

어둑컴컴한 속에서 2,3의 그림자가 얼신거리더니 추녀 밑으로 달여 붙는 상싶다. 행랑방 들창으로 불이 새여 흐르고 책읽는 구성진 음성이 들리오. 내용은 수호지의 일절인 듯.

동가 방안

---

8) 別巡檢, 제복을 입지 않고 비밀정탐에 종사하던 순검.

남　　여차하면 맨주먹으로라도 뜹시다.

백　야　안 될 것 업지요. 좌우간 스무하루날 결정을 짓지요.

남　　난 이 집을 파러노앗스니 얼마간 노자는 되오리다.

백　야　나 역 홍성집에서 사람이 올너올 것같으면 조달될 듯합니다.

남　　늦이면 늦일수록 동지 한명이라도 더 잡혀 죽소. 경주, 영덕 세금 탈환사건 이후로 동지들은 잡히는 대로 저자들에게 총살을 당하는 터이니, 큰일이외다. 우재룡, 권영만 두 분의 안위도 염려스럽소구려.

백　야　그렸습니다.

돌연 뜰에서 쿵하는 음향이 이러난다. 백야와 남은 벌서 무엇을 예감함인지 짐짓 조용한 말씨로 계속한다.

남　　옳소. 그래 형의 말슴이 옳소. 그녀석들 모두 허황한 꿈들이야. 시방 조선이 이만큼 개화되고, 백성이 안일하게 사는 것도 말은 바루 말이지, 일본의 음덕이 안이구 무었이겠오. 우리는 일본을 의지하고 그의 힘으로 사러가는 것이 현명한 생각이오.

별안간 창문이 와락 열리자, 별뚝이 한명과 순사보 한명이 섰다. 그들의 얼골은 방안에서 흘러나오는 불빛에 보아도 험상구저 보히며 한명의 손에는 임이 포박줄이 좔-좔 풀리는 중이다.

행낭방

또순아범은 이 돌연한 음향에 재빠르게 방지게문을 박차고 뛰여 나올 순간 어느 틈엔가 대문이 왈컥 열이며 컴컴한 속에 왜헌병같은 몸둥이가 드리닥치며 앞을 막는다. 이 불의의 충돌로 또순부는 그자들과 어우러젓고, 호각소리 요란이 이러난다.

마당

어느 틈에 백야의 팔이 닷는 곳에 두서너 놈이 공중잡이로 떨어지고, 백야의 몸은 방갓을 쥔 채 장독대 담 우로 날새게 날렀다.

남정섭의 몸은 임이 포박되였고, 순검 멧놈은 박그로 뛰여 나간다. 또순부도 묵겨 드러온다.

골목길

258

순검 멧놈은 이내 이장녕의 엽집 대문을 박차고 뛰여 드러가자, 지붕 추녀로 기여나온 백야는 비호갖이 뛰어나려 달인다. 엽집 대문에서 다시 달려나온 순검들 서로 호각으로 호응하며 추격한다.

광교천변 배다리

순검들 달여 와서 천변길을 우왕좌왕한다. 심야인지라 통행인도 보히지 않음.

막다른 골목

골목안엔 장명등 달린 대문 한아만이 보힐 뿐. 백야 급함에 날세게 담으로 몸을 날려 안으로 뛰여드러간다.

그집 마당

마당으로 뛰여 나린 백야. (박게서 들여오는 호각소리에) 염체불고하고 마루로 뛰여 올나 방문을 열었다.

방안

벌덕 자리에 일어앉인 젊은 여인은 극도의 놀냄으로 하마터면 비명이라도 내질을 듯한 긔세로 안색은 창백하였다. 그러나 심상치 않게 백야의 거둥을 바라던 그는 매우 침착해 짐니다.

일　지　대관절 뉘심닛까?
백　야　급한 몸이니 좀 숨겨 주시오.

마루

박게서 대문 잡어 흔드는 소래 요란타. 건는방에서 잠결에 놀나 깨인 국희 뛰여 나오며, 언니를 찾는다. 일지도 민첩이 안방에서 나와 방문을 다더 버리고.

일　지　요란스럽다. 쉬ー人. (눈짓하며 침착히 마당으로 내려가서 박글 향하야 뭇는다)

일　지　게 뉘 오셨음니까?

덥허 놓고 대문을 뚜다리는 소리뿐.

중간문

일지 하는 수없이 문을 열어 주자, 별순검을 선두로 서너명이 드러닥친다.

별　순　안됐오. 우린 남부서에서 왔는데, 집안을 좀 뒤저야겠오!
일　지　왜 그러시오?
별　순　당신의 일이 안이구!
일　지　이윽이 별뚝이를 바라보다가
일　지　아이구, 오라버니 안이세요!
별　순　엉, 오라버니라니! (이윽히 김일지를 바라보던 그자는 파안대소하며)
별　순　어참, 누구라구. 당신이구료! 그런데 웬일이야, 여긴?
일　지　우리집 안이에요!
별　순　오라 오라. 그렇치. 참 그래!
일　지　드러갑시다, 안으로! 난 깜짝 놀낫구뇨!
별　순　아무도 없어?
일　지　있긴 누가 있어요, 아무도 업죠!
별　순　그럼 또 봅시다. 나종 놀너오지! (그자는 불야불야 순검들을 지휘
　　　　해서 다시 박그로 달려나아간다)

일지 그제야 안심이 된 듯이 대문을 걸고 드러와서 마루에 올너선다. 국
회는 영문 모르고 멍충어니 섰을 뿐.

방안

일지, 국회와 더부러 방으로 드러슨다. 다락문이 덜걱 열이며 백야의 꼴이
보이고, 방갓은 쭈구러젓고. 그꼴을 발견한 국회 질겁을 해서 고함을 지른
듯이 일지의 등뒤로 달려 붙는다. 일지는 오즉 그를 침착히 바라볼 뿐. 백
야는 다락에서 나오며 몹시 불안한 얼골이다.

백　야　이만 사람의 위급을 구해주시어, 그 은혜 이즐 수 없오이다.

그러나 일지의 눈에 보힌 백야는 어덴지 모르게 범상치 않은 장부의 기골이다. 일지 조심스러이 방석을 미러 노으며,

일 지 좀 앉으시지요? (권하고, 국회쪽을 향하야 눈짓하자 살그머니 나아간다)

대문 추녀

조으는 듯한 장명등과 가을 버래 소리.

방안

밤은 어느듯 새여 새벽에 각가웠고, 구석에 노인 놋화선 등잔불이 깜박일 뿐. 방안은 침묵이 흐른다. 재터리에 놓인 산호표 권련갑. (여기서 얼마간 시간 경과를 알이울 일) 백야는 피곤한 듯한 몸을 일으키며,

백 야 자- 인사는 후일 듸리기로 하고- 무례히 역이지 마십시요!
일 지 아직 박갓일이 알 수 없는데, 좀더 지체해 보시지요.
백 야 고마운 말슴이오나. 자, 그만-

일지도 따러 이러스며 망성거리다가 뭇는다.

일 지 아녀자의 당돌한 엿주옴이오나 손님의 존함은 뉘신지요?
백 야 … 꾸짓지 마시오. 후일 꼭 맛나뵈옵고 오늘의 은혜를 사례하오리다.

백야는 더 지체할 곳이 못됨을 늣기고 얼는 방갓을 집는다.

궁터안 여염 술집

수일 후. 위치는 초동 부근 궁터안 골목인데, 어느 여염 술집이다. 대문밧게는 용수를 높이 내걸었고, 객실이래야 중문깐 한칸이다. 작으마한 한순배 상 하나로 객 두사람이 앉었는데, 황상규와 백야이다.

황   그래, 그 말뿐읍듸까?
백 야 네, 주선 조달이 다 된 연후에나 행동하실 것같습니다.

황   그리구 또?

백 야 그리구 사람들을 너무 미드시는 상십습니다.

황   믿는거야 좋지- 하지만 믿는 낭게 곰이 핀다9)구 매양 사람의 일
        이란 알 수 있는 노릇인가? 그래- 또 별말은 없구?

백 야 스무하루-ㅅ날 모임을 말슴하구요.

황   음- 알었오이다. 그러나 남선생의 부들인 노릇이 큰 걱정이오.

백 야 사람을 노아 부탁해 두었으니 몇일 하회를 보면 알 수 있겠지요.
        모두 이 좌진의 불미한 탓이올시다.

황   온- 별말을… 그러나 장영은 너무 꼼꼼한 모사(謀士)야- 그래서
        패기가 적은 것같애…

        마츰 백발노옹 두분이 드러스자 황씨, 백야 양인 이러서 공손이 무계한다.

노 옹 천천이들 자시오. 우린 아직 괜찮소.

황   이제 노인장께 자리를 내듸려야겠습니다. 저인 다했습니다.

        백야는 주인 사환아를 불러 심한다.10)

궁터 골목길

        왁작한 가운데 사람의 떼가 유혈이 낭자한 젊은 일군 한사람을 부축해서
        있글고 온다. 그들의 중구난방으로 떠드는 말.

일군1 아- 우리가 무었을 잘못했기에 두들겨 패는거야. 제-기.

일군2 나라가 망한 백성이니 뭐 성명있어?

일군1 어이구, 이 원통한지구. 그놈들한테 어더맞고도 말 한마듸도 못하니
        이 지지리 못난 것들아. 어이구, 휘-

일군3 그 부두청에 갈 신작로는 웨 내인다고 남의 멀정한 집들을 헐어내
        여…

일군1 그 칙량하는 놈들 쪼처 단이는 우리 조선놈들이 한칭 더 고약해.
        살이 살을 비어 먹는 격11)이지 머야. 어휴…

_____

9) 속담, "믿는 나무에 곰이 핀다", 믿고 있던 사람이나 일에 갑작스런 변화가 생겨서 실망스
럽게 된 경우를 이루는 표현.

10) 셈한다?

11) 속담, "살이 살을 먹고, 쇠가 쇠를 먹는다", 형제, 동포, 가까운 이웃 친척끼리 서로 헤치
려함을 이르는 표현.

여염 술집 대문전

백야와 황선생은 장승같이 선 채, 그들의 짓거리고 지나가는 꼴을 멍충하니 바라보다가 맨 끝에 한사람을 잡고 뭇는다.

황　　　웃째들 그랬소?
일군1　일본놈한테 마젓세유!
황　　　왜?
일군4　모르죠-
일군3　그놈들 노가다가 조선인부들한테 일 안하구 쉰다구 막 팻담니다. 어데 그놈들 행악에 살겠어요, 우리 조선사람들이…

흥분한 그들은 지나가고 황선생과 백야는 덤덤허니 길을 거릅니다.

중부골 어느 모주집전

중문턱 안에 비지냄비를 노코 부글부글 끄리며 노파가 모주를 걸고 있는데, 차부와 일군들이 물너서서 조갑지로 비지를 돌여가며 퍼먹고 있으며, 그중에는 좀 점잔케 차린 자도 두어 명 석겨 수군댄다. 모주군 늙은이 한명 트레방석을 깔고 앉어서 구성지게 노랫조로 손님을 부르고 있다. "비지가 설설 끌었오. 모주가 참 맛조쿠려- "

별순1　그래, 언제쯤 나려가시우?
별순2　꼭 차저 노라니 끝이 나야죠.
별순1　힘이 세고 몸이 날랜 모양입듸다. 그러니엇터케 붓잡을 도리가 있소.
별순2　홍성서 함께 올넌 尾崎란 헌병 놈은 내가 그의 얼골을 알고 있으니까, 김좌진만은 꼭 네 눈으로 숨어 있는 곳을 차저노라고 땅방울 갓치 얼어대는구려. 그놈의 등살에 못 살겠소.
별순1　그럼 절더러 찾어 보래지, 무얼 그러시우. 참 딱두 하우.
별순2　그자들은 또 자기네들끼리만의 방책이 있는 모양인데 징수한 세금을 나르는 도중 의병들에게 압수당한 공주사건 이후론 누깔들이 뒤집힌 모양입듸다.

모주를 마시고 있는 차부 한 사람이 그 압흐로 일력거를 껄고 지나가는 동료를 발견하고 불은다.

차부갑 족하님, 어델 가나?
차부을 엉- 작은 노마냐. 이왕이면 술국집으로 좀 가거라, 이 노랑아-
차부갑 한잔 마시고 가지-
차부을 그럴 새 없네-
차부갑 어델 가는데-
차부을 남서(南署)에-
차부갑 웨-
차부을 오늘 석방되는 손님 태우러 가네-
차부갑 뉘 부탁이야-
차부을 저 막동(황상규) 나으리가 보내시는거라네.
차부갑 엉- 응, 알었어 알었어. 나두 알어. 나두 시방 그어른 심부름으로
        안합호로 가는 길인데-
차부을 있따 봐- 그럼-

차부 갑, 을 헤여지자 별뚝이 두자도 그들의 주고밧는 말을 귀결에 드르
며 길을 나눈다.

중부골 화상 영태순

침침한 헛간에서 나귀방아 돌아가는 것이 보히고, 그 앞으로 맥분(麥粉)을
체질하느란 덜그덕 턱턱 소리의 음향이 이러난다. 백야 오늘은 한복을 입
었다. 포원 진씨에게 모필을 빌리여 '존체(尊體)후대안하신지 앙축(仰祝)이
오며 생(生)은 열상(裂傷)이 여전하오니 사행(射倖)이올시다. 음 21일 급작
이 동신게(洞神契) 회합을 (장소는 아실 듯) 갓삽고, 약간의 찬이 있삽기
자에 청려하오니 왕가하시기를 앙망(仰望)하나이다. 경구(敬具) 김좌진 배'
서일 선생께 이렇게 적어서 진씨에게 밀어노으며,

백 야 부탁합니다. 서선생이 들느시거든 드려주십시오.
진 씨 네,네, 그럭하죠.
백 야 안동현 상덕태에서 회신이 왔음니까?
진 씨 아즉 모름니다.

백야 진씨와 작별하고 뒷문께로 나아간다.

264

후문 골목길

백야 급히 나오다 말고 뒷문으로 달려드는 젊은 사나이와 마주친다.

청　년　선생님,
백　야　홍군이오. 웃던 일인가?
청　년　황선생 말슴에 선생님이 여기 들느실게라구 합세요.
백　야　남선생 소식을 말슴하시든가?
청　년　오늘 석방되신다구 해서 사람을 보내셨습니다.
백　야　다행하게 되었네. 홍성 소식이 들이든가?
청　년　선생님 신변을 조심하서야겠습니다. 홍성서 몇녀석의 올나와서 선
　　　　생님 유숙처를 찾느라구 법석들입니다. 그리고 남서에서는 광복회
　　　　원 명부를 가지고 염탐꾼들이 사방에 훗허져 있습니다.
백　야　이장영 선생을 맛나 뵈왔나?
청　년　악가 상오 경에 박동서 나오셨는데, 안합호에 들으신다구 합시든데요.

구리개 안합호 내부

이장영, 안합호 주무 번씨와 의자에 앉어 담화중이며, 젊은 포원들이 엄지
손가락만한 주산알들을 굴이고 있다.

이　　　예산 내려갈 고추는 준비 되었겠지요.
번　　　그럼요. 글피쯤은 떼올 수 있읍니다. 아즉도 제물포에 많이 두라 있
　　　　으니까요. 그런데 남선생 일 궁굼하시지요?
이　　　실은, 그래서 찾어 뵈옵는 것인데.
번　　　허허허, 근심마십시오. 남서 경무사 한사람을 매수해 놨으니 어런하
　　　　겠읍니까? 막 황선생댁에서 심부름꾼이 왔기에 전갈을 듸렸읍니다.
이　　　좌진 여기 안 들르셨읍디까?
번　　　그 양반 나젠 통 연락치 않으심니다. 남서의 사람들이 자조 왕래있
　　　　으니까요.

이장녕 봉함 한아를 내여밀며 이러선다.

이　　　사람의 일은 혹 몰나, 박상진 선생이나 김동삼 선생이 보이시거든
　　　　전해 주셨으면 동신계 모임이 있게 돼서요.

번   알었음니다. 전하지요.

안합호 문전

단궤의 전차 한 대가 지나가고 가로에 왕래가 번잡하다. 중부골서붙어 인력차부를 미행했든 별뚝이 직히고 서서 안합호쪽을 감시하고 있다. 맛침 이장녕 나와서 소광교편으로 근너가자 그자는 얼는 안합호로 드러선다.

안합호 내부

별뚝이 실내를 두리번거리며 급한드시 뭇는다.

별 순   시방 다녀가신 어른의 부탁 없으세요?
번   당신 누구요?
별 순   네, 저 박동서 왔는데요.
번   동신계 모임 때문에 말슴이요?
별 순   네네, 그렸음니다.
번   봉함은 한아 맛기고 가신 게 있기는 한데, 박상진 선생이 혹 들느시건 전하라구 했는데요.

번씨 봉함을 내여 보히자, 별뚝이 얼른 받어 가지고,

별 순   네네, 이거 말슴임니다. 지금 곳 박선생님께 갓다 듸리겠음니다. (하고 횡녀케 나가버림에 번씨 불심한 듯이 쫓어나가며 당황이 부른다)
번   여보, 여보시오다.

임의 그자는 눈에 보히지 않는다.

황상규의 집

대청에 황선생을 위시하야 비대한 노백린, 박상진, 김동삼, 이석천, 남정섭 동지들이 모여 있다. 남정섭 방금 석방되여 나온 길이다.

황   남선생 욕 보섯소이다.

266

남　　　백야는 참 비호야. 웃저면 그렇게 몸이 빠르오. 한가지 덕은 내가 도망치지 않았다는 점으로 보아, 그자들의 의심을 푼 변명이 됐지만 김좌진의 유숙소만 대라는데는 질색입디다.

황　　　그래두 몇놈 매수한 덕으로 남이 덜 곡경을 치르섰오.

남　　　신민회와 광복회 문서쪽은 어데서 어덧는지 나를 작구 추궁합디다.

황　　　좌진은 요새 삼청동에 유숙하고 있소- 오늘 여기에 들들거요. 남 때문에 몹시 궁굼해 했으니까-

김　　　황선생, 월남 선생은 맛나 뵈왔는데, 내주에 청년회관에서 환등회가 있을 터이니, 그때를 이용하라 말슴이 계섯음니다.

황　　　좋소. 그럼 인쇄에 너읍시다. 여보, 이형-

이 석　노선생이 보성회에 부탁하시오.

박　　　국내의 부녀계몽활동이 급선무인 만치 우선 그리 주력하지요.

황　　　옳소. 그런데 이장녕 선생의 주선은 하회 엇지 됐음니까?

이 장　조달되겠지요. 저응 무언하면 동신계의 돈을 먼저 이용하는 수밖게 없지요.

황　　　그럼, 노, 박 두분께선 우선 육영부서를 맡으시오. 웃저우 서로 분담해야지. 그리고 먼저 떠날 수 있는 분 멫분이 선발대로 나섭시다.

남　　　백야도 가려 하구 저두 먼저 떠나지요.

황　　　스무하루날, 그건 정하기로 하지요. 자- 오늘은 남선생을 위로하는 의미로 술 한잔 들며 놉시다.

일지의 집

2,3일 후 김일지 국회와 함께 불의에 찾어온 별뚝이와 마루에 앉어 접대하고 있다.

별 순　요전날 밤엔 웃지 미안하던지 나도 이 구실을 내여 놋튼지 해야지 안됐서.

일 지　아이, 오라버니도. 그래두 성적을 올리서 승차를 하서야지. 내 도아 드리죠.

별 순　그래서 내가 누이한테 미안하단 말일야.

일 지　온… 별 말슴두- 그날 놋드린 사람이 누구란 말슴이요.

별 순　천천히 누이한테 알여주지. 요새 멫멫 지사들이 무슨 동신계란 명목으로 회합이 자지다는데, 아마 누의도 자조 노름을 밧을걸.

일 지　으-응, 아직 없에요.

별　순　아마 있게될 테지. 홍성사람으로 김좌진이라고 있는데, 호담용력이
　　　　절윤하단 말야. 우리 한국이 합병된데 불만을 품고 경향 각지로 단
　　　　이며 큰일을 경륜한다는데, 시방 통감부에서 급비밀리에 그들의 체
　　　　포령을 나렸단 말이지. 그러나 때에 순응하지 않으니 자기들 신상
　　　　에 해로울 뿐이지. 여북해 변장을 해가며 숨어 다니는 모양들이니-

일지와 국희는 전일의 백야 돌입을 회상코 그윽이 빛나는 눈이며, 별순검
은 아무런 눈치도 채이지 못하고 칼표 권련 한 개를 끄내여 붓친다.

국　희　그러면 무얼해요. 붓들이면 죽을껄.
별　순　좌우간 그사람만 잡도록 만드러 놓으면 큰 수가 나지.
국　희　상금은 타나요.
별　순　여부가 있어.
국　희　누구한테요.
별　순　일본사람한테 타지, 누가 주어?
국　희　하하하.

국희 폭소를 하자, 일지 민망한 듯이 눈짓으로 막는다.

보성학교 문전

김동삼 급히 드러간다. 좁다란 운동장에서 체격이 장대한 중학생들의 체
조시간인데, 맛침 아령동작이며 호령은 우리말로 지휘된다. 교사는 목조건
물이다.

교무실 입구

곁으로 건물 하나이 또 있어 보성사 인쇄부란 패가 붙었다.
김동삼 교무실로 드러가려할 때, 마츰 노백린 나오며 방가히 만난다.

노　　　늦었구려.
김　　　빨이 오느라는게 이렇습니다. 노상에서 좌진을 맞나기 때문에… 분
　　　　주합듸다.
노　　　부탁해 노았소. 다른 인쇄보다 먼저 드러가기로…
김　　　네, 잘 됐읍니다. 또 이걸 더 느어야겠는데.

노 　 김선생이 즉접 인쇄부로 넘기시오.

마당에서 씩씩히 체조가 계속되는데, 전열과 후열을 대조할 적에 신장들이 고르지 못하고, 꼬마가 있는가 하면 육척 장신도 있고, 그중에는 교복을 입지 못한 바지동옷의 미투리 학도도 있다. 그중 일렬에 홍보산 소년이 제비같이 날신한 몸에 민첩한 동작이 보인다.(후일 20의 고개를 넘으며 세브란스 의전을 중도에 그만 두고 만주에 달여가서 백야 압헤서 그의 도치를 밧고 중요 임무를 행한 의혈남아)

학교 문전

노백린과 김동삼 나란이 나오며 부탁한다.

(노의 대사 한줄 빠짐!!)

김 　 내일 스무하룻날이올시다. 백운장에서 또 뵙시다.

하교종소래 울여 나온다.

백운장

이튼날 오후, 정랑
회합실외로 떠러진 곳인데, 정자 좌우후면으로 바위와 노송 느러저 있다.
노백린과 남정섭 의론이 버러져 있다.

남 　 좌진도 가고, 나도 갈터인데, 노선생 함께 안 뜨시료.
노 　 가야지, 하지만-
남 　 그런데,
노 　 만주발판에서 우리들이 움직일 수 있을 만큼 누가 군자를 대인단 말요. 가서 우선 우리들의 연락을 가질 수 있는 장소마다 조그마한 사업 하나라도 최소한도 일년간은 지탕할 수 있는 준비가 필요하단 말요. 국내와 닽소. 현지를 고루고루 밟어본 연후에 완전한 설계의 구상이 설 때까지.
남 　 우리들의 무장계획은 완전 준비후의 출발을 늦습니다. 우선 그곳에 가서 힘이 될 수 있는 동지청년들을 모아드리기까지에 먼저 일할 동지들의 분담행동 제가 크지요. 우린 먼저 가렵니다.

노　　하기는 그렇소- 허나 기계도 기름이 마를 사이가 없도록 하고 운
전하잔 말이지, 될 수 있으면-노벡린도 임이 뭇칠 땅은 작정하였쉬
다- 남형.

백운장 사무실

기생들 수삼명 좌왕우왕하는데, 김일지와 국회도 낫하난다. 그들을 회합실
쪽으로 안내하느라 부산하다.

대청 아래뜰

황상규 뜰을 거닐며 그곳까지 쪼차 와서 어물어물 뭇는 별뚝이에게 응수
한다.

황　　요샌 자네같은 구실잡이들의 세상인데, 그래 소득이 많을가?
별　순　그렀습죠. 이젠 다른 생화로 나서야겠음니다. 선생님, 지시해 주십
시오.
황　　음…
별　순　전 처음에 선생님이 누구신가하고 모로는 어른으로만 알었습죠. 죄
송함니다.
황　　자네 가족은 그래- 아들이나 한아 으덧나?
별　순　북그럽습니다.
황　　허- 그 안 됐군.
별　순　오늘 여러 어른께서들 모히시나요?
황　　응- 노리를 겸해서 그저 계의 모임이지. 난 좀 드러가 보야겠서- 후
일 만나세.

황선생 모른 척하고 도라스자, 별뚝이 어색한 듯이 굽실하고 맥없이 바라
본다.

회합실

조성환, 서일, 김동삼, 이장녕, 이석천, 김좌진을 위시하야 10여명의 동지
들의 좌정했고, 시간이 무류함인지 가벼운 해학이 섞인 시국담소로 꽃을

270

피여 있다. 황상규 드러오고 뒷이어 노백린, 남정섭까지 드러와 자리를 정한다. 실외 대청에는 기녀 7,8인이 조신스러이 거리를 떼여 앉었는데, 그중 김일지와 극회, 백야의 얼골을 발견하고 오직 시선이 그쪽으로만 쏠인다. 노백린 호걸풍으로 껄껄 우스며,

노　　　저기 저, 저 조 기생은 무얼 그렇게 넉슬 일코 이 방을 드려다 보는가-

좌중 총시선은 그들에게로 가자, 국회의 얼골이 빨개진다. 좌우 기생들도 국회쪽을 주목하게 되자, 태연한 듯이 있던 일지도 어덴지 모르게 마음의 평정을 일키 시작한다.

노　　　허허허허, 오늘 이 방안에 새 실낭깜이 한아 있나 보구나.

좌중은 우슴빗탈이 된다. 황선생 무릅을 탁 치며,

황　　　어데 내가 한번 실낭이 돼 볼까. 노실낭은 못 쓰나- 자- 이리들 드러 오나라. 오늘은 좋은 가사나 한번 듯자고나. 어- 참 순서가 무례했군. 좌중 여러분, 어떠시오?
이　　　좋습니다.
노　　　여러분, 우리 검은고 한번 드러 보십시다.
이　　　그두 좋구.
남　　　노선생은 비대하신 몸에 맛지 안는 주문을 하시니.
노　　　허허허허, 자들 들어와-

기생들 들어와 착석한다. 일지 공교히 백야 근너편에 앉게 되어 약간 수삽한 중에 또 위치에 다행함을 늑긴다. 일지 드러온 검은고를 받는다.

백운장 부근 길

일헌병 4,5인과 조선순검 2,3인이 합세해서 백운장쪽을 향하여 올너오구 있다. 오고가는 통행인들 이상한 듯, 그들 일행을 살펴본다.

대청 뒤뜰

단풍과 노송들이 보히는 동산. 실내에서 흘너나오는 검은고 소리 애절히

들인다.

실내

좌중은 고요히 앉어 일지의 검은고 타는 손결을 바라볼 뿐. 김일지 간얄
푼 숨결을 죽여가며 잇따금 시선을 백야에게 은근이 던지나, 좌진 눈치를
채이지 못하고 오직 명상에 잠긴 듯하다.

정랑 난간

수시간 후, 백야 바람을 쏘이느라구 거닐고 있으며, 겼헤 김일지 난간에
몸은 반쯤 실여 멍-하니 정하를 바라본다. 잠깐 어색한 침묵이 흐르더니
일지 밧든 기침으로 마음을 누르고 비로서 입을 때운다.

일 지 그날밤 고생하셨지요?
백 야 자네 신세 잇지 못하겠네.
일 지 선생님 기신 곳은요?
백 야 그건 알어 무엇하랴나?
일 지 한번 꼭 찾어 주세요.

돌연 정랑 난간에서 "언니-"하고 불으는 국회의 음성에 일지 얼는 백야
곁을 떨어지며 낭하로 나려선다. 노백린도 얼근한 얼골로 서서 싱글벙글
우스며, 앞으로 나려서는 일지의 팔목을 잡음에 점잔케 몸을 피하고 약간
우슴 떼인 미간을 접는다.

일 지 노세요-
노   허허허- 자미있든 차에 헤살이 됐지-

국회 정상쪽을 힐끈 보고나서 발이나 동동 구를 듯이 쏘아 붓힌다.

국 희 아이 언닐 노세요. 괘니 그러셔. 누가 봐요.

노 일지의 팔목을 탁 노아주며 껄껄 웃는다.

노   아니 넌 웬 참견야. 언니 역성만 들게.

272

일지와 국회는 꽁문이가 빠지게 다러난다. 노백린 정랑에 오르며 좌진에게로 간다.

노　　　여보게, 백야- 아니 새신랑감, 자네 혼자만 자미를 보면 웃덕허나-

회합실 대청

실내에서 술끼들 있는 혼소성 왁자한 가운데, 남정섭 마루로 뛰여 나와 망설이고 섰는 일지와 국회를 힐끈 바라보고 백야를 찾는다.

남　　　백야 선생 어데 계신지 못 봤나? 허, 좌진 어데 가섰누?
국　희　　저- 뒤정자에 기신가 봐요.

국회는 얼른 대답하며 언니의 손목을 이끌고 다러나 버리자, 남은 뜰로 나려선다.

정랑

백야 백린과 더부러 말 끝에 흥분된 기색이다.

백　야　　나라를 빼앗기고 총분한 압빡 밑에서 사회가 부패해 가고 있는 이 강토를 엇떠케 더 참어 가면서 보구 있단 말슴입니까. 이 병근이 더 깊어가기 전 우리들은 하로 밧비 집도를 모색해야겠음니다. 이 집도는 앞으로 자라가는 청년들의 손에 쥐여저야 합니다. 안 그렇소, 노샌생- 조국을 생각하는 청년들의 힘이란 목숨을 두려워하지 않습니다. 우리들은 그 힘을 모아서 길너주고, 또 의지하지 않으면 안 될 것입니다. 하니까 그 방법을 실천해야죠. 실천하기 위해서 맨주먹만으로라도 떠나야죠. 이것은 늘 노선생이 외치시는 말슴을 내가 다시 한번 뒤푸리한데 지나지 안습니다만, 우리들은 노선생의 그 천하를 누를 듯한 담력과 그 지략을 빌이려 합니다.
노　　　천만의 말슴. 나같은 뚱딴지 무어세 소용되겠오. 허허허허. 어쨌든 백야의 뒤를 따라 배우려 하오. 그뿐.

정하에 낫 하나 듯고 섰든 남정섭 외친다.

남   여러분이 찾는데, 두분 나려오시죠. 지금 기생들도 들여 보내고 했
        으니, 이젠 의론 좀 하기로 합시다.

    돌연 정랑 뒤 언덕에서 일헌병들과 순검들이 우둥우둥 나려오기 시작함에
백야와 노백린 태연자약한 태도로 정하에 나려서고, 남은 다소 경악은 하
였으나 다시 침착한 시선으로 정자 뒤를 살핀다.

일지의 집 방

    그날밤, 국회와 일지 자리에 나란이 *****12) 일지는 밤이 깊도록 잠이 벗
뇌여 무진 애를 쓰며 지금까지 한번도 당해보지 못한 처음 경험하는 상실
을 자기의 감정에 마음이 설레인다. 국희는 일지의 심중을 헤아리는 듯이
불숙 한마듸 던진다.

(속)

---

12) 5자 해독 불가.

유관순
(시나리오)

윤봉춘

★ 등장인물

유중권　　관순의 아버지
이씨　　　관순의 어머니
관순
관복
관식
애더　　　관순의 사촌 언니
월터 교장
순덕
길전아장　헌병분견대장
조속장1)　유중권의 친구
고마도　　일본인
칠덕
임통역
노마 어머니
강　　　　수금하는 분
김　　　　헌병대보조원
변호사　　순덕의 오빠
관욱　　　애더오빠
김선생　　홍호학교
삼용이
복돌이
쇠바우
간난이
오줌제기 방우리
순자
복순
옥자
고마도처
홍호학교 선생 A,B,C
장터의 노점주인
장꾼 A, B

---

1) 屬長, 기독교 감리회에서 구역별 모임인 속회(屬會)를 맡아 인도하는 교직. 또는 그 교직을 맡은 사람.

장터의 연락원
밥 먹든 장꾼
이화학당 선생님 A, B, C
박인덕   사감선생
여간수
순사 유치장
동리 아저씨
동리 아주머니
밥 주는 할머니
청년 A, B, C
물 뜨는 처녀 A, B, C
동리 구장
물장사
나무꾼
장꾼여자 A, B, C
헌병 10명
액스트라 300명

1. 독립문, 경회루, 고궁전, 창의문, 성벽이 순차로 보인다.
   독립문이 보이면서부터 해설 시작.

외적의 독아는 빛나는 반만년 역사를 간직한 한국을 완전히 병탐코저 일
본의 흉적 이등박문과 우리 민족의 반역자 이완용, 이근택, 박제순 등의
흉계로 광무 9년 11월 17일 오후 3시 덕수궁에서 어전회의를 열어 왜적
의 무력적 위협으로 천추의 한이 되는 치욕의 소위 5조약은 체결되었다.
그후 1907년 7월 19일 덕수궁 고종황제 폐하를 강제로 퇴위하시게 하고
창덕궁 순종황제폐하를 즉위하기에 되었다. 융희 4년 8월 29일 한일합병
으로 인하여 삼천리 금수강산은 드디어 일본에 예속되었다. 우리 민족은
자손만대에 치욕적 노예가 되고 말았으며 이조 5백년의 사직은 허무러지
고 말았다. 이등박문과 역적 이완용 무리의 흉계로 인하여 1919년 고종황
제 폐하께옵서 돌연 승하하셨다. 의외에 비보를 등은 2천만 동포들은 삼
천리 방방곡곡에서 애통을 금치 못하였다. 서울 대한문 앞에는 수많은 백
성등이 불철주야 하고 망국의 구슬픈 소리는 일월이 흐린 것 같았다.

2. 대한문 앞

수많은 남녀노소 망곡[2]한다.

3. 국장일 실황

오늘은 고종황제 폐하의 옥구를 모시는 날이다. 이조 5백년의 역사를 마감하시고 덕수궁의 옥좌 용상을 떠나시는 날이다. 오랫동안 왜적에게 갖은 풍운을 겪으시고 한많은 최후의 길을 가시는 것이니, 방방곡곡에서 운집한 백성들은 서울 장안에 수십만에 달하였다. 옥구는 종로를 지나 창덕궁 앞에서 순종황제 폐하께 마지막의 고별을 드리고 동대문을 향하여 엄숙히 모시는 것이다. 거리거리에 모여든 동포들은 애도에 구슬픈 울음소리 비분함을 금할길 없었고 산천초목도 눈물을 먹음은 듯하였다. 말없이 타오르는 우리들의 가슴 속에는 원한의 왜적에게 적개심은 더 한층 용솟음 쳤든 것이다.

4. 신문지

윌슨 미대통령은 파리강화조약에서 14조 원칙을 발표, 약소민족국가의 해방을 주장. 미국 대통령 윌슨씨는 세계대전의 전후 처리를 위한 14개 원칙 중의 하나로 민족자결주의를 부르짖었다.

5. 독립운동의 각종 협회

해설: 국권마저 빼앗긴 우리 민족은 각종 협회를 조직하여 민족의 단결을 도모하고 여러 지사들은 중국, 미국 등지로 망명하고, 종교가 교육가 할 것 없이 비밀히 민족사상을 고취하였든 것이다. 독립운동의 자막과 더불어 언론, 종교, 교육 등의 활동, 흥사단, 의사단, 신간회, 근우회의 자막과 더불어 국내 인물들의 운동을 노출.

6. 인서트

50여세의 장년, 큰 횃불을 들고 산언덕 밑 길에서 점점 가까이 C.U.

---

2) 멸곡, 먼 곳에서 어버이의 상을 당해 돌아가신 쪽을 향해 슬피 우는 일.

7. 남대문

큰 잠을쇠로 잠겨진 남대문, 보신각종과 더불된다. 종은 사라지고 굵은 종대가 남대문을 울리며 문을 왈칵 열린다. 동시에 문안에서 자막으로 튀여 나온다.
「기미년 3월 1일」
점점 화면에 꽉찬다.
해설: 외적에게 침략을 당한지 10년 되든 해 고종황제 폐하의 국장으로 인하여 모여든 기회를 이용하여 기미년 3월 1일 우리 배달민족의 울분은 드디어 터졌다. (에펙트로)

8. 빠고다 공원

빠고다 공원 팔각정에서 대한독립선언서를 낭독한다. 손병희 선생을 비롯한 33인의 성명이 더불되며, 수많은 군중들의 흥분된 얼굴과 일체[3] 대한 독립만세를 부르는 장쾌한 모습은 하늘을 찌를 듯하다.

9. 공원 정문 앞

군중들은 공원 정문으로 몰려나오며 만세를 부른다.

10. 큰길 거리 (종로거리)

미칠 듯이 만세를 부르며 몰려간다.

11. 상점 거리

상점들은 모조리 문을 닫는다.

12. 어느 학교 정문

학생들 몰려나오며 만세를 부른다.

13. 경찰서 정문

---

3) 一體, 한몸으로.

몰려나오는 무장경관들. 더불되어 전화하는 순사 얼굴. 전화를 받는 일헌병 얼굴 이중 삼중 된다.

14. 종로 거리

일경찰관 군중을 향하여 몰려온다. 한편 헌병들 달리며 만세 부르는 소리. 천지를 진동하며 들려온다.

15. 어느 길거리

군중과 학생들 합류되어 만세 부르며 몰려온다. 한편 헌병과 순사 달려온다. 일순사 한놈 만세 부르는 학생을 환도4)로 내리친다. 학생은 국기든 손이 거의 끊어질 지경이였다. 국기 땅에 떨어지며 쓰러진다. 쓰러졌던 학생 엉금엉금 기어서 왼손에 국기를 집어들고 억지로 힘차게 만세를 부르다 쓰러진다. 이 광경을 본 군중은 달려들어 순사 놈을 얼사5) 끼고 수라장이 된다.

16. 큰길 거리 파출소 앞

군중 만세를 부르며 몰려온다. 순사 파출소 정문 앞에 어리둥절하고 서 있는 한인 순사를 본 군중 한 사람 소리친다.
"너는 배달민족이 아니야, 이놈아."
이 소리를 들은 한인 순사 깜짝 놀라 모자와 웃옷을 벗어던지고 군중쪽을 향하여 뛰어오며 대한독립만세를 부른다.

17. 이화학당 앞

이화학당 정문의 간판을 바라보고 카메라 이동되면 교정이다. 유관순 제일 앞에 서고 월터 교장선생님을 둘러싼 여학생들 흥분에 넘친 얼굴. 그 중 관순이 교장선생을 바라보고,

관　순　선생님, 저희들도 종로로 나가 만세를 부르겠습니다.
교　장　안 됩니다. 거리는 위험합니다. 일본 순사들이 총칼을 들고 있습니

---

4) 環刀, 군복에 갖추어 차던 군도(軍刀).
5) 얼싸다, 함께 어울러서 싸다. 혹은 두 팔을 벌리어 싸다.

다.

관　순　선생님, 총칼이 무서워 못 나가면 이 나라 삼천리강산은 누가 찾아 주겠습니까. 네― 선생님.

교　장　너무 흥분하지 말고 좀 더 침착하게 행동을 하는 것이 좋을 것 같소.

관순은 참을 수 없는 이 순간 동무들을 바라보며,

관　순　오늘만은 선생님의 명령을 거역하는 수밖에 없다. 우리 일은 우리들이 하자.

외치며 뛰여나간다. 뒤이어 학생들 대한독립만세 부르며 뛰여나간다. 교장 물끄럼이 멍하고 바라본다.

18. 화로의 주전자 (인서트)

화로에 얹어있는 물이 펄펄 끓는다. 뚜껑이 덜석덜석하며 대소동을 상징한다.

19. 어느 길 골목

큰길 모퉁이에 일헌병 무장을 하고 오고가는 행인들을 경계하고 있고, 이 거리 저 거리는 매우 삼엄하다.

20. 어느 학교 정문

어느 학교 정문 닫쳐졌고 일헌병 경비한다. 이화학당 정문에는 가로 X나무를 대여 첩첩히 못을 박어 놓았고 일헌병 경비하고 있다.

21. 서울 전경

남산 위에서 내려다 보는 서울 전경 PAN.

22. 남대문 역 홈

열차에 타고 있는 관순과 애더는 창밖 앞으로 얼굴을 내밀고 있고, 창앞에는 순덕이와 동무들이 서있다.

순　덕　관순아, 애더야. 잘 가거라. 또 언제 만날까.
관　순　글쎄, 언제나 만날런지. 그럼 잘들 있어, 몸조심해라.

기차는 증기를 품고 기적소리 울리며 바퀴는 돌기 시작한다. 창밖에 머리를 내민 관순이와 순덕이들은 서로 손을 흔들며, 차는 멀리 사라진다.

23. 천안역 홈

기차는 천안역 표식 간판과 더불되여 도착되면, 애더와 관순이 내린다. 동시에 화면 사라지며 고향길을 걷는다.

24. 고향길

산언덕 비스듬한 길 멀리 집 동리를 바라보며 걸어오는 관순과 애더, 동구 안으로 점점 가까이 온다.

25. 동구앞 길

물레방아는 돈다. 나무그늘 밑에 황소 새김질하고 지나가는 관순을 우두커니 바라보고 있다. 애더는 관순과 작별하고 저편 길로 간다.

26. 냇물가

냇가에서 고기를 잡고 있는 관복이와 관석이는 관순이를 보고 고기잡든 삼태기를 집어던지고 누나 앞으로 뛰여가며 일제히 "누나-"를 부르며 달려간다. 관순은 관복이와 관석이 두 동생의 손을 잡고,

관　순　잘들 있었니.
두동생　응. 누나, 어서 가. 집에서 엄마가 감자 삶어 놓고 기다리고 있어.

동생들은 누나의 손을 잡고 너무도 기뻐 어쩔 줄을 모르며 동네 길을 걷는다.

27. 관순의 집 마루

마루바닥에 김이 무럭무럭나는 감자 그릇을 놓고 큰 손 작은 손이 감자를 집는다. 어머니, 관순이. 관복이. 관석이. 감자를 먹으며 관복이 뜨거운 감자를 욕심것 뭉텅 비여 물다가 입을 딱 벌리고 '에잇, 뜨거워.' 하며 감자를 뱉는다. 모두들 바라보며 웃는다. 엄마 웃으시며,

엄 마 욕심쟁이. 오랫만에 온 누나 많이 먹게 아니 해서 하나님이 벌을 주신 거야.

28. 관순의 집 앞마당

대문 안으로 들어오는 관순의 아버지 유중권. 관순이 들어오는 아버지를 바라보며 벌떡 일어서서,

관 순 아버지.
아버지 오— 너 왔구나. 앉어라. 그럴줄 알았다. 죽일 놈들.
관 순 학교는 모—두 무기방학이 되었어요.

아버지는 흥분한 듯 마루위에 걸터앉는다. 옆에 앉었든 어머니는 남편을 바라보며,

어머니 무슨 일로 학교에서 오시라고 했어요.
아버지 그 학교 빚 때문에 고마도란 놈이 또 왔지 뭐요.

29. 사립 홍호학교 정문 (이야기 화면으로)

홍호학교 정문으로부터 들어오는 왜놈 고마도와 맞은편에 나오는 유중권.

고마도 유상. 오늘이 잘 만났소. 우리나 돈이 내시오. 아니 주면 헌병대 마리해서 학교짐이나 모—두 내가 잡아 하겠소.
유중권 고마도상, 미안하오. 조금 더 참어주면 우선 본전 3백량은 갚어 드리리다.
고마도 이자 7백량은 아니 준단 말이요?
유중권 아 본전 3백량에 이자 7백량은 너무 하지 않소.

고마도　말이 많어, 돈이 가져갈 때 그렇게 표 써놓지 아니 했나. 내이리
　　　　모레까지 아니주면 모—두 잡아간다.

　　　고마도 까불고간다. (이야기도 끄치고)

30. 관순의 집 마루

　　　이야기를 끝마친 아버지 화난 목소리로,

유중권　요 죽일 놈들, 원수를 언제나 갚으런지.

　　　어머니를 바라보며,

아버지　여보, 조속장을 만나 의논 좀 하고 오리다.

　　　일어서서 나간다.

31. 동리길

　　　길가에서 조속장을 만났다.

유중권　속장, 어디 가시유. 좀 만나려고 가는 길인데.
조속장　나는 댁으로 가는 길인데. 그래 관순이가 왔다지요. 서울 소식은
　　　　어떻게 되었답디까.
유중권　학교들은 모조리 무기 방학이랍니다.

　　　이때에 저편으로부터 헌병대 통역하는 한인보조원 임이 온다.

임　　　안녕들 하십니까?
유중권　임상이요. 웬일이시유.
하야시　참 잘 만났습니다. 지금 두 분 댁을 찾아가는 길인데요. 대장이 잠
　　　　간 의논할 말씀이 있다고요. 그래서 모시러 왔습니다.

　　　두 사람은 의아한듯 하야시를 따라 간다.

32. 헌병대 사무실

헌병분견대장 길전아장과 조속장, 유중권이 마주앉았다.

헌　병　유상은 예수교에 장로이시고, 또 조속장은 이 동리에서 가장 존경
　　　　을 받으시는 분들이니까, 모든 일 다 믿습니다.
유중권　아니 믿고 아니 믿고가 새삼스럽게 무슨 말씀이신지 알아듣지 못
　　　　하겠소.
헌　병　저—번 3월 1일 서울서 일어난 소요사건을 어찌들 생각허시유.

유중권 잠간 머뭇머뭇하다가 슬그머니 말소리를 누켜[6] 대답한다.

유중권　그건 달걀로 바위돌을 치는 격이지요.

옆에 앉었든 조속장 빙그레 웃으며 헌병을 바라보며,

조속장　그렇치. 손가락으로 쇠물치를 뚫른 격이지요.

헌병놈 만족한 듯이 빙긋이 웃으며.

헌　병　두 분이 다 아시는 말씀이요. 우리 대일본제국의 위력은 세계 만방
　　　　에서 꺽을 수 없는 것이요.

헌병 자만스러운 태도로 부하를 바라보며,

헌　병　오—이, 오챠 무리 허고 나마가시[7] 갖어와.

유중권과 조속장은 일어서며,

유중권　염려마시오. 이만 실례하고 가겠습니다.

헌병놈 웃으며,

---

6) 눅이다. 분위기나 기세를 부드럽게 하다.
7) 生菓子, 일본과자.

헌　병　자리 가시오. 믿습니다.

33. 고마도의 집

헌병 부하, 수금하는 강, 고마도의 처 모여 앉아 술상이 버려졌다. 어지간히 다 먹고 취한 때이다. 고마도 놈이 술이 몹시 취하여 머리에 수건을 동이고 꼬랴꼬랴 춤을 춘다. 여러 놈들 장단을 맞춰 손뼉을 친다. 잠시 조용하다. 헌병 하야시를 바라보며,

헌　병　하야시군, 유중권이라는 자 마리야, 유관순 애비마리야, 도대체 무엇을 하든 잔가?
하야시　원래 대대로 내려오는 양반의 집안으로 그 재산도 상당히 많았지요. 그런데 일본과 조선이 합병이 되자 재산 전부를 다 팔아 학교와 교회에 기부하고, 지금은 조석조차 곤란한 형편이랍니다.
헌　병　하하하, 매우 이상한 사람이군.
하야시　요시찰 인물입니다.

술이 취한 고마도,

고마도　고 유가놈이가 우리 돈이 3백량 가져가고 이자 한푼 안 주는 단단히 나쁜 놈이다.

34. 산모퉁이 빨래터

동리 처녀들 5,6명이 부지런이 빨래를 한다. 저편에서 관순이 빨래 광우리를 이고 온다. 동생 관복이는 바게쓰를 질질 끌고 따라온다. 관석이는 낚시대를 걸머지고 노래를 부르며 온다. 관복이 빨래터를 바라보며 손으로 가리킨다.

관　복　누나 아우— 에순이 누나, 간난이 누나, 에더 누나, 오줌싸개 방우리 누나.

관순이 그편을 바라보며 빙그레 웃는다.
빨래터에 있는 여러 동무들 모두 일어선다. "관순아" 간난이 뛰여오며 관순이의 빨래광우리를 받아들고 빨래터로 내려간다.

옥 자 관순아. 너 방학도 아니되였는데, 왜 왔니?

방우리 학비가 없으니까 그랬니?

관 순 아니.

방우리 그럼 왜?

관 순 서울 학교는 다 놀아. 너희들은 모를 테지. 서울서 말이야 이번 3월 1일날 모두들 만세를 부르고 난리가 났단다.

에 순 그래, 우리나라가 독립이 되면 얼마나 좋겠니.

관 순 그런데 우리 마을에서는 만세를 아니 불렀다지?

간 난 저번에 우리 동리 여러 오빠들이 만세를 부를라고 공론을 했었는데, 헌병대 개노릇하는 하야시란 놈에게 발각되었어. 그래서 모두들 잡혀가 가지고 죽도록 매를 맞았단다. 개똥이네 오빠는 너무너무 몹시 맞아 지금도 못 일어난데.

관 순 그러니 우리는 원수를 갚아야 해. 그리고 잃어버린 나라를 찾아야 한다. 우리들의 약한 힘이나마 뭉치면 못할 리 없어, 얘들아!

35. 빨래터 옆 바위

관복이 관석이 낚시대를 들고, 관석이는 벌거벗고 얼굴에 개흙칠을 하고 놀고 있다. 관복이가 낚시를 누나들 있는 머리 위에 던진다. 누나에 쓴 수건이 낚시에 걸려 슬그머니 벗어진다. 누나들 깜짝 놀라 눈을 둥그렇게들 하고 있다. 이때 저편에서 관복이와 관석이 낚시에 수건을 휘두루며 웃는다. 누나들도 웃는다.

36. 어느 집 마당

고마도는 수금하는 강과 어느 집에 빚을 받으러 왔다.

주 인 고마도상, 어서 오시유.

고마도 오늘이 돈 내시오.

강을 바라보며,

고마도 강군! 오늘이 아니 주면, 이 집에 물건 모두 잡아가자.

주인은 강을 바라보며 애원한다.

주　인　여보, 강선생. 말 좀 잘해 주시유. 가을 추수 때에는 틀림없이 갚
　　　　아드리리다.
강　　　나도 중간에서 죽을 지경이요. 벌써 1년이나 지나지 않았소.
주　인　본전 턱은 다 갚았고, 이자가 본전 갑절이나 되지 않았소.
강　　　그러니까 떼먹겠다는 작정이군.
주　인　그럴 리가 있겠소.
고마도　말이 많어. 오—이 강. 모두 가져가.

　　　소를 끌고 나간다. 주인은 따라나와,

주　인　여보시오. 이 소를 끌고가면 어떡할 작정이요. 농사철은 다 되었는
　　　　데, 너무들 하지 않소
강　　　너무하다니. 돈 주고 돈 받으러 온 것이 잘못이란 말이야.
주　인　돌아오는 장날에 내가 팔아다 드리리다. 강씨도 조선사람 아니요.
　　　　너무 허우.

　　　강은 들은 체 만 체 소를 끌고 나간다.

고마도　돈이 갚어 와서 소 갖어가.

　　　밖으로 나간다. 주인 내외 물끄러미 바라보며 한숨 짓는다.

37. 관순의 집마루

　　　어머니와 관순은 마루에서 다리미질하며 이야기를 주고받는다.

어머니　관순아! 어쩌자구 큰일을 저지르랴 하느냐. 어린 네가, 더구나 처
　　　　녀 아니냐.
관　순　어머니, 무슨 말씀이세요. 나라를 찾는데 처녀 총각이면 무슨 상관
　　　　입니까? 우리 강토를 찾는 것이 제일 큰 일이 아니예요.
어머니　에민들 그런 줄을 모르겠느냐마는, 너도 알다시피 그 왜놈들은 언
　　　　제나 우리를 노리고 있으니 하는 말이다.
관　순　어머니, 거룩하신 신은 꼭 우리를 도와주시리라고 믿어요.

　　　이때 마당 안으로 삼용이 들어온다.

관　순　삼용 오빠.

　　　삼용은 마루에 걸터앉으며,

삼　용　관순아, 야학생들에게 일러 났다. 그리고 쇠바우와 복돌이는 그 구
　　　석방에서 태극기를 만들기로 했어.

어머니　애들아, 조심들 해라.

삼　용　염려마시유. 왜놈들에게 평생을 구박받고 사느니보다 우리 태극기
　　　를 들고 대한독립만세라도 힘껏 부르고 죽는 것이 얼마나 영광스러
　　　운 일이예유, 안 그래유.

　　　삼용이 일어서며 인사하고 나간다.

38. 예배당 층대 앞

　　　일요일 예배를 나오는 여러 사람들. 관순의 아버지, 조속장 걸어나온다.
　　　뒤이어 에더, 에더 오빠 나온다.

에　더　오빠, 다들 알지요?

오　빠　알고 말고. 야학생들이 연락을 다 했는 모양이야.

　　　저편에서 헌병들이 온다. 에더와 오빠 가볍게 놀랜다. 헌병 가까이 오며
　　　유중권을 바라보고.

헌　병　끝났습니까?

유중권　네―지금 막

헌　병　유상! 하나님을 믿는 것도 좋지만, 오늘 신사 참배는 왜 아니했소!

유중권　하나님보다 귀신이 더 높은가요. 하하하…하.

　　　헌병 사나운 눈초리로 유를 바라보며 저편으로 간다.

39. 산밑 길

　　　동리 처녀들은 오래간만에 온 관순이와 함께 나물들을 캐러 간다. 하루
　　　재미있게 놀고 오는 것이 어떠냐고 제안을 해서 가기로 결정된 것이다.
　　　에더, 관순, 간난이, 방우리, 순이, 복순이 여럿이 노래 부르며 간다.

(노래 민요)
이때 저편으로부터 나무하러 가든 칠덕이, 이편을 보고 뛰여 온다. 칠덕 히히히 거리며 간난이 곁으로 온다.

간난이　바보 자식, 뭣 하러 또 왔어.
칠　덕　간난이 너 보고 싶어 왔어. (하며, 간난이 댕기를 살짝 잡아 당기
　　　　곤 한다)
간난이　저리 가지 못해. 이런 우라질 녀석. (하며, 칠덕을 힘껏 한 대 갈긴
　　　　다. 여러 처녀들 돌멩이로 칠덕을 마구 갈긴다. 돌멩이를 맞으면서
　　　　도 능글능글 따라온다)

40. 조그마한 냇다리

간난이는 뒤를 따라오는 칠덕을 다리 한가운데쯤 왔을 때, 갑자기 휙 돌
아서서 칠덕을 떼밀었다. 물에 빠진 칠덕은 온통 젖어가지고 웅뎅이를 만
지며 운다. 처녀들은 웃으며 모두 달아나 버린다.

41. 산들 언덕

처녀들 나물들을 캔다.

에　더　애들아, 좀 쉬자. 관순이 갖어온 떡도 먹고.

관순이 떡보따리를 내놓는다. 모두들 둥그러케 앉어 먹는다.

관　순　모두들 모였으니 재미나는 이야기나 해 줄까.
친구들　그래, 재미있는 이야기 해라.
에　더　관순이 이야기 들은 지도 퍽 오래다.

관순은 잔다크 이야기를 하기 시작한다.

42. 잔다크 이야기

옛날 오랜 옛날에 블란서는 포악무도한 영국의 침략을 받어 80여년 동안
블란서의 정부는 썩을 대로 썩어 자기의 부귀와 영화만을 탐내고 있었고

백성들은 도탄에 빠졌드란다. 이때에 도므레라는 촌에서 성장한 16세 소녀 잔다크는 허무러져 가는 조국을 위하여 허리에 삼척장검을 차고 찰스 황태자를 배알하게 되었드란다. 다행이 의명[8]을 받드러 처녀 잔다크 장군은 마상에 높이 앉어 진두에서 사자같은 호령으로 장병의 사기를 돋아 적진을 물밀듯이 수많은 성을 점령하였고, 가장 위험한 오루비안 성을 쳐들어 갈 때,

43. 오루비안성 (화면)

오루비안성을 장병들의 선두에서 사다리를 놓고 기여 올라간다. 선두에 오르는 잔다크는 적의 화살에 맞어 떨어졌다. 장병들 달려들어,

장　병　장군님, 정신차리십시오.
잔다크　아모 염려마시오.

잔다크 장군은 화살을 뽑고, 다시 용기를 내여 장병들을 독려한다.

44. 산 언덕

관순은 이야기를 계속한다.
이때 잔다크는 오직 조국만이 눈앞에 어릴 뿐, 자기 자신을 잃고 용감히 싸우고 싸워 포악무도한 영군이 점령한 여러 성을 회복하였으나, 그때 간신 승정 드레몰은 명예를 시기하여 일부러 잔다크를 영군에게 잡히게 하였드란다. 재판정에서 심판을 받을 때 끝까지 조국을 사랑하는 마음으로 죽엄을 각오하고 반항하였드란다. 드디어 잔다크는,

45. 사형장 (화형 장면)

사형장에 묶이여 있는 잔다크는 고요히 하늘에 기도드리며 미소를 띄고 있다. 맹렬한 화염은 잔다크 전신에 타오른다.

46. 산 언덕

관순이 이야기를 계속한다. 두 손을 불끈 쥐고 열렬한 목소리로 샛별같은

---

8) 依命, 명령에 의거함.

두 눈을 휘두르며,

관　순　이 화염으로 최후의 이슬같이 사라졌으나, 그후 불란서는 당당한
　　　　국가로 오늘까지 이룬 것이란다. 불란서 사람들은 물론이지마는 세
　　　　계에서 가장 유명한 잔다크가 되어 그는 세상을 떠난 지 이미 몇백
　　　　년이 지났건만, 그의 영원한 생명은 천추에 남겼드란다.
에　더　참 장한 이야기다.

　　　여러 동무들 눈들이 둥글하여 한숨을 내쉰다.

관　순　우리들도 비록 시골에서 생겨났지만 이 나라의 피가 흘러 있다. 왜
　　　　놈에게 사로잡힌 조국을 위하여 잔다크와 못지 아니하게 힘껏 싸워
　　　　보자.

　　　일동 감격한 얼굴로 고개만을 끄덕인다.

에　더　그렇게 하자. 오늘밤부터 관순이 집에 모이도록 하자. 동리 오빠들
　　　　은 관순이가 연락해서 다들 알고 있으니까.

47. 관순의 집 앞 (밤)

　　　어느 날 밤 관순의 집 근처에 기웃기웃하는 헌병 지나간다. 방에 불은 꺼
　　　진다.

48. 관순의 집 방 (밤)

　　　방안에 관순이, 에더, 그리고 예순이는 태극기를 많이 만들어, 주섬주섬
　　　모아 벽장 속에 넣는다. 관순이 지도 한 장을 펴놓고,

관　순　나는 진천쪽으로 집집마다 연락할 테니, 너의들은 장터 일을 봐라.
　　　그리고 헌병놈들 눈에 띄지 않게 조심들 해야 된다. 여러 동무들 고개만을
　　　끄덕인다.

49. 산 언덕

복돌이, 삼용이, 쇠바우 갈퀴와 망태기를 얹인 지게를 지고 걸어간다.

복돌이 삼용아, 너 관순이 말 들었지?

삼 용 장날 만세 부르잔 말이지. 듣고 말고.

쇠바우 관순이는 말이야 참 훌륭한 애야. 우리같은 건 셋을 다 묶어 놔도 못 당할 거야.

복 돌 그렇치. 관순이는 서울 가서 글을 많이 배웠으니까. 우리들은 무식해서 무얼 알아야지.

저편 산밑에 헌병 두놈 올라온다. 점점 가까이 온다. 복돌이 얼른 말을 끈고 지게 목발을 두들기며 노래를 부른다.

노래 "어떤놈은 팔자가 좋아 14살에 장가를 드는데, 요놈의 신세는 30넘어도 곰보딱지 계집애 하나 걸리지 않네."

노래가 끝나자 쇠바우 노래를 받아,

노래 "남에집 머슴사리 십년을 해도 흰밥 한 그릇 못 얻어먹고, 누른밥 차지가 내 차질세. 엄동설한 추운 겨울이 가면 명춘 3월에 진달래 핀다네"

헌병 앞으로 왔다. 세 나무꾼 굽실하고 절을 한다. 헌병놈 빙그레 웃고 내려간다. 삼용이 멀리 가는 헌병놈을 바라보며,

삼 용 약바른 고양이 밤눈이 어둡다9)드니, 저런 놈을 두고 하는 말이야.

세 동무 깔깔 웃고 간다.

50. 주막거리 술집

이 집은 과부 노마 어머니가 경영하고 있다. 이집 머슴 칠덕이는 두달 전에 서울서 나려온 학생인데, 노마어머니의 먼 친족 조카이다. 별다른 뜻이 있어 아주머니와 약속하고 일부러 바보 노릇을 하며, 이름조차 칠덕이로 고친 것이다. 동리에서는 모두 바보로만 안다. 오늘 하야시는 무슨 냄새를

---

9) 약빠른 고양이 밤눈이 어둡다, 약빨라 실수가 없을 듯한 사람도 부족한 점은 있음을 이르는 속담.

맡으려고 이 집에 왔다. 술을 청하여 한잔 쭉 드려마시고 나서,

하야시 노마 어머니, 이렇게 쓸쓸히 혼자 살 테요?
노마엄마 아 과부가 혼자 살지 누구하고 살아요.
하야시 노마 엄마 남의 속을 어쩌면 그렇게 몰라주?
노마엄마 아니 왜 몰라요. 아 하야시상 속에는 똥이 들어있지 뭐요.
하야시 또 다른 건 몰라. 나는 작년부터 홀애비야. 참 그런데 이 집 칠덕
　　　　이는 어디서 온 놈이요. 그 바보를 밥을 왜 먹여주오.
노마엄마 외척 일가의 조카 자식이예요. 그런데 어려서 경풍10)으로 그렇
　　　　게 멍텅구리가 되었답니다. 애미 애비 없으니 할 수 없이 메기지
　　　　뭐요.

　　　　저편 들창 안으로 고개를 내밀고 껄껄 웃으며 칠덕이 노마 어머니를 보고,

칠　덕 아줌마, 저것 시집가나베.

　　　　하야시 그것을 바라보며, "이놈 칠덕아" 하고 고함 질렀다. 갑자기 밖에서
칠덕이 죽어가는 목소리로 "아이고, 아이고, 아이고" 한다.

51. 술집 들창 앞

　　　　칠덕이 높은 들창에서 버둥거리며 내려오다가 오줌독에 빠졌다. 집안에서
달려나온 하야시와 노마 어머니는 이 광경을 바라보고 웃는다. 하야시 껄
껄 웃으며,

하야시 이놈 칠덕아, 어른을 놀리면 그렇게 벌을 받는 법이야.

　　　　칠덕이 히히거리고 점점 가까이 오며,

칠　덕 민족을 파는 놈은 벼락을 맞는 법이야. 히히히하하하.

　　　　하야시는 칠덕을 바라보며 저편으로 가버린다. 노마 어머니는 칠덕이 앞
으로 가까이 가며,

---

10) 驚風, 어린아이에게 나타나는 증상으로, 갑자기 의식을 잃고 경련하는 병증.

노마엄마 어쩌면 정말 바보같애.

칠 덕 아주머니, 그래야 그놈들이 깜쪽같이 속을 게 아니예요.

노마엄마 그도 그렇지만, 오줌독에까지 빠져 어째.

칠 덕 그래야 그놈들이 꼭 멍텅구리로만 알지 뭡니까.

노마엄마 하하하하 웃으며, 집안으로 들어간다.

52. 정자나무 밑

동리 젊은이들 모여앉아 장기를 둔다. 한참 후 한 청년이,

청년A 에더가 올 텐데. 요새는 우리들이 자주 모이기도 어려우니까.

청년B 그놈들이 요새는 법석 더한 걸.

이때 저편에서 광주리에 점심을 이고 에더가 온다. 점심을 내려놓고,

에 더 기다리셨지요? 저 관순이는요, 오늘도 넘어마을로 갔어요. 밤을 새
고라도 모조리 다녀온다구요.

청년A 우리들은 횃불 준비는 다 됐어. 그리고 매봉에 불만 비치면 일제이
봉화를 들기로 했어.

청년B 너무 오래 있지말고 고만들 헤여지자.

저편에서 칠덕이 허둥지둥 뛰여온다.

칠 덕 헌병놈이 와, 헌병이.

일동 긴장한다. 헌병 놈 가까이오며,

헌 병 무었들 하고 있어.

일동 어름어름하고 서있다. 바보 칠덕은 헌병을 바라보고 고래를 끄떡하
드니,

칠 덕 이거 왜 왔어? (하고, 벙글벙글 웃으며 꼽사춤을 한바탕 추고나서
배를 쑥 내밀고)

칠　덕　내가 대장이다, 내가.

　　　헌병놈 어이없이 "고라, 고라" 하며 칠덕을 떠민다. 칠덕이 웃으며 밀려가
　　　다가 언덕에 데굴데굴 굴러 떨어진다. 헌병놈 어이없이 웃는다.

53. 산길 (밤)

　　　밤길을 걷는 관순. 장승이 서있는 곳을 지나간다. 장승의 무서운 모양이
　　　보이며 관순의 긴장한 얼굴 O.L.된다. 관순 고개를 넘어 성황당 앞을 지나
　　　간다. 이때 관순은 무슨 소리에 발을 멈추고 선다. 사람의 소리 들린다.
　　　에펙트로 들려오는 소리.

하야시　아 밤잠 못 자고 정말 못해 먹겠네.

　　　이 소리를 들은 관순은 당황이 숲속에 몸을 감춘다. 말소리 계속되며 관
　　　순의 근처까지 오는 하야시와 김.

김　　　목구멍이 포도청이라 할 수 있나. (하며, 관순의 앞을 지나간다. 관
　　　　　순은 가늘게 한숨을 내쉬고 이마에 땀을 씻는다. 그리고 다시 산길
　　　　　을 걸어간다)

54. 어느 마을 집문 앞

　　　관순이 어느 싸리문에서 나온다. 부인도 뒤를 따라 나온다.

관　순　부탁합니다. 돌아오는 장날.
부　인　염려마라. 관순아. 이 어두운 밤에 잘 가거라.

　　　인사하고 간다.
　　　O.L.
　　　어느 마을 집, 마당 안으로 들어간다. 개짖는 소리, 주인 노인은 문을 벌
　　　컥 열며,

노　인　누구요.

　　　관순이 가볍게 인사드리고,

관　순　장터 관순입니다. 할아버지 장날 꼭 나오시겠지요.
노　인　나가고 말고. 이렇게 또 오지 않아도 알걸.

인사하고 밖으로 나온다. 관순의 피곤한 발모습, 어느 냇물을 건넌다.

55. 홍호학교 숙직실 (밤)

선생과 야학생들 5,6인 모여 앉아있다.

선　생　관순이는 어린 처녀로서 이렇게 큰 일을 거사하려는데, 우리가 보
고만 있을 수 없어.
학생A　그렇치요. 그럼 3월 1일 장날 전 밤에 매봉에 관순이가 횃불을 들
기로 했으니까, 복돌이와 쇠바우, 삼용이는 지키고 있다가 봉화를
올리도록 해. 알았지.

56. 창문 앞

하야시는 가만가만히 창문 앞으로 와 조심스럽게 엿듣고 있다. 들려오는
소리 (에펙트로) "헌병대 하야시란 놈이 우리 뒤를 감시하고 있으니, 주의
들 하게." 하야시 엿듣고 저편으로 가만가만 가버린다.

57. 우물가 (이른아침)

물을 뜨러온 처녀 A,B,C 물을 푸면서,

A　간난아, 너도 내일 장날 아니?
B　그래. 나는 벌써 관순이가 태극기를 주어 몰래 감춰두었어. 너도 주든.
A　응, 받았어.

58. 농촌 들 (새벽) INS.

농촌 들 멀리 산모퉁이에 해는 떠오른다. 소를 끌고 쟁기를 지고 밭 갈러
가는 새벽 풍경.

59. 동리 앞 (새벽)

물지게를 지고 지나가는 사람. 저편에서 구장 노인이 온다.

구 장 김서방, 일찍 나오셨구려. 장날 알지?
　　　김서방은 고개를 끄덕이고 빙그레 웃으며, 서로 헤여진다.

60. 매봉 가는 길 (밤)

험한 산길을 걸어가는 관순.

61. 높은 매봉

매봉에 서있는 관순.

62. 각 동리 전경

관순은 합장 기도한다. 정숙한 음성으로, (기도 올리는 말)

"전지전능하시고 지공무사하신 하늘 아버지시여, 쓰러져 가는 이 나라 백성을 불상히 굽어 살피사, 내일 거사에 큰 힘이 되도록 도와주심을 간절이 간절이 주 예수그리스도의 이름으로 비옵나이다. 아―멘."

기도를 마친 관순은 햇불에 불을 질러 힘차게 높이 들었다. 멀리 온 동리 산위에는 봉화는 켜졌다.

63. 장터 (3월 1일[11])

장터의 아침 풍경. 여기저기 전을 펴고 있다. 노점의 음식점에 묵고리는 이모저모.[12]

64. 어느 산길 (새벽)

관순이 태극기를 안고 나무꾼에게 준다. 나무꾼 태극기를 받어 나무 속에

---

11) 아우내장터 만세운동은 실제로 1919년 4월 1일에 일어났다. (편자주)
12) ?

넣는다.

관　순　12시입니다.

나무꾼 고개를 끄덕인다.

65. 장터

헌병놈들 장터의 이곳저곳에 배치되여 감시하고 있다.

66. 어느 길가

에더는 장꾼들에게 태극기를 열심히 나눠주고 있다.

에　더　12시 아시지요?
장　꾼　네— 압니다. 다 우리들이 할 일인데요.

67. 헌병 분대 마당

조회시간이다. 전원 집합되였다.

대　장　오늘은 장날인데, 특별히 경비가 필요하다. 지금 조선사람들의 신
　　　경은 매우 날카로운 가운데 있는 것이다. 우리 아내13) 장터에는 다
　　　행히 사고는 없었지만, 그렇다고 해서 방심해서는 아니 될 것이니
　　　각별한 주의를 요한다. 이상.

헌병놈들 경계를 마치고 나간다.

68. 삼거리

지나가는 장꾼, 짐을 이고 오는 부인, 노파, 할아버지 고루고루 태극기를
나눠준다. 짐속에 감추는 사람, 두루마기 속에 감추는 사람, 치마 속에다
미리 가지고 온 부인들의 얼굴과 얼굴.

---

13) 아우내.

69. 홍호학교 교실

홍호학교 김선생은 독립선언문을 받는다. 그리고 한 청년 태극기를 받어 두루마기를 헤치고 가슴에 넣는다. 서로서로 긴장된 얼굴과 얼굴.

70. 장터

한참 번화한 장터. 슬금슬금 눈치를 보며 상품을 걷는다. 어느 청년 지나가며 점방 주인에게 눈짓을 한다. 주인 고개를 끄덕이며 주섬주섬 걷는다. 더불되여 귀속하는 얼굴, 고개를 끄덕이는 얼굴, 긴장된 얼굴.

71. 헌병 분대 앞

헌병 보초 문 앞에서 왔다갔다 한다.

72. 장터 광장

모여드는 장꾼, 더불되면 큰시계 12시를 가르킨다. 예배당 종소리 들려온다. 높은 단 위에 올라선 유관순, 조속장, 홍호학교 김선생 독립선언서를 낭독한 다음, 관순은 힘찬 목소리로 군중을 바라보며 "대한 독립 만세." 호응하여 군중의 만세소리는 하늘을 찌를 듯하다. 그야말로 백의민족의 피는 용솟음쳤다. 가슴에 사모친 원한. 오늘 이 시간에 풀리는 것과 같은 감격, 술 팔던 여인 술잔을 버리고 뛰어나와 만세 부른다. 음식을 먹던 장꾼도 뛰여나온다.

73. 헌병대 사무실

에펙트로 만세 소리는 들려온다. 헌병놈들 벌떡 일어선다. 총을 집는 여러 손, 뛰여나오는 헌병놈들.

74. 헌병대 근처 길

몰려오는 군중 선두에 조속장, 관순, 칠덕, 삼용 만세를 부르며 달려온다. 맞은편에 뛰여오는 헌병놈들, 군중을 향하여 총을 쏜다. 한 사람 쓰러진다. 칠덕이 헌병놈들에게 달려들어 육박전이 일어난다. 군중 여전히 몰려 헌병대를 향한다. 또 하나의 헌병 선두에 있는 관순을 노린다. 이때 헌병 뒤를 따르는 하야시. 이 순간에 헌병의 뒤를 쏜다. 저편에 헌병놈 하야시를 쏜다. 하야시 쓰러지며 "대한독립만세" 한 마디를 남겨놓고 쓰러진다. 두 청년 방금 쏜 헌병놈의 허리를 껴안고 뒹굴어진다. 청년 헌병에게 모진 발길에 채였다. 한 청년 돌을 들어 헌병놈 얼굴에 던지였다. 헌병 명중되어 쓰러진다. 군중은 아우성을 치고 헌병대로 몰려갔다.

75. 헌병대 마당 앞

대장, 부하, 고마도, 고마도의 처, 모조리 묶어 놓았다.

76. 어느 광장

태극기를 높이 세우고 농악을 울리며 남녀노소 춤추고 노래부르며 기쁨에 넘쳐 "대한독립만세"를 우렁차게 부르고 있다.

77. 천안 헌병대

추럭에 무장한 일헌병 달려온다.

78. 신작로

헌병들 탄 추럭 달린다.

79. 아우내 장터

여전히 군중들 만세소리 계속한다.

80. 장터 근처

천안 헌병대. 헌병 추럭 도착하며 탓던 헌병 일제히 쏟아져 내린다. 만세소리 나는 곳으로 달려가며, 군중을 향하여 무차별 발사한다. 군중 흐트러진다. 쫓겨가는 동포를 헌병놈들은 마구 쏘아 쓰러트린다. 그리고 어느 부인 어린아이 업은 채로 총에 맞아 쓰러진다. 헌병놈은 쓰러진 부인을 창으로 잔인하게 찌른다. 여기저기에는 시체만이 보일 뿐이다. 관순과 일행들은 미칠 듯이 이리 몰리고 저리 몰린다. 동무 쓰러진다. 일대 혼란을 일으켰다. 우리 동포 30여명이 쓰러지고, 이곳저곳에 불은 일어났고, 우리 동포들은 죽엄을 각오하고 대항하였으나, 무기없는 맨 주먹인 우리들은 드디어 패하고 말았다.

81. 어느 길가

에더, 간난이, 방우리 급한 걸음으로 몰려오며 맞은쪽 길로 들어설려고 한다. 이때 난데없이 총소리난다. 간난이 맞어 쓰러졌다. 에더, 방우리는 시체를 일으키려 한다. 이때 또 한 방의 총소리에 방우리는 간난이 시체 위에 엎으러졌다. 남아있는 에더 급히 저편 골목으로 건너가 헌병이 돌아오는 길모퉁이에 몸을 숨긴다. 가쁜 숨을 내쉬며 돌을 수건에다 주섬주섬 싼다. 얼마후 모퉁이를 돌아설려는 헌병놈의 얼굴을 힘껏 갈긴다. 헌병 쓰러진다. 에더는 그놈의 떨어트린 총을 집어들고 헌병의 머리를 짓찍어 놓고 저편으로 간다.

82. 장터

관순은 어떤 거리 모퉁이를 돌아온다. 이때 일헌병이 뒤로 따르고 있음을 눈치챈 관순은 저편 골목거리로 급히 뛰여간다.

83. 재목점 앞

관순은 재목이 쌓여있는 곳까지 왔다. 재목이 쌓인뒤에 몸을 숨긴다. 뒤이어 헌병이 따라와 이리저리 찾는다. 관순은 긴장하여 앞으로 가까이 오는 헌병을 노려 큰기둥 나무를 밀어버린다. 머리를 맞은 헌병 쓰러졌다. 관순은 저편으로 뛰여 달아난다.

84. 다른 거리

관순은 에더와 만나 서로서로 손짓을 하며 각각 헤여져 간다.

85. 어느 길 모퉁이

관순이 어느길 모퉁이에서 이곳저곳을 바라보며 매우 당황하고 있다.

86. 건너편 골목길

일헌병놈들 이 골목 저 골목으로 왔다갔다 하며 관순을 찾고 있다.

87. 길모퉁이

관순 헌병놈들의 눈을 피하여 건너편 길로 급히 달아난다. 여전히 이곳저곳을 바라보고 있다. 이때 어디서인가 관복이 뛰여오며,

관　복　누나, 누나, 이 뒷골목에 헌병이 있어, 어서 이리와, 빨리 누나.

손을 잡고 허둥지둥 건너길로 피한다. 맞은편 집 대문 앞에 가서 문을 밀어 보았으나 잠겨있다. 또 다른 집도 역시 잠겨 있다. 관복이 급히 개구멍으로 기여들어가 문을 연다. 문을 열리어 관순과 관복이는 들어간다. 뒤이여 일헌병이 달려왔다. 바로 관순이 피한 집으로 문을 박차고 들어온다.

88. 집안 마당

뒤이여 들어온 일헌병. 마당에서 이리저리 살피다가 방과 부엌을 샅샅이 뒤진다.

89. 집 다락 안

다락에 숨어있는 관복이는 벌벌 떨며 내다보고 있다.

90. 집 뒷곁 마당

뒷곁 마당의 집덤이 속에 숨어있는 관순은 몸을 웅크리고 있다. 헌병놈 뒷마당까지 왔다. 변소까지 찾아보았으나 보이지 아니하였다. 헌병놈 집덤이 근처로 왔다. 이때 관순은 집덤이 틈으로 내다보며 초조히 웅크리고 있다. 헌병놈 집덤이를 바라보다가 칼을 빼들고 여기저기 찔러본다. 그러나 다행이 관순은 찔리지 아니하였다. 헌병놈 낙심한듯 집덤이 뒤로 돌아간다. 이 순간 관순은 웅크리다가 우연히 발끝이 집덤이 밖으로 나왔다. 이것을 발견한 헌병놈 우뚝서서 소리친다.

헌　병　나오너라. 안 나오면 쏠 테다.

관순은 집덤이 속에서 이미 각오한 듯 집덤이를 쓰고 벌떡 일어나며, 14)

---

14) 이하 몇 줄 확인 불가.

91. 동리 길가

결박당하여 끌려가는 관순의 뒷모습을 바라보고 울며 따라가는 관복.

관 복 누나 누나!

관복은 누나를 부르며 흐느껴 울다가 엎으러졌다.

92. 관순의 집 앞

헌병놈들 관순의 집에 석유를 뿌리고 불을 지른다. 불은 맹렬히 타오르고 있다. 끌려오는 관순은 이 광경을 보고 몸부림친다.

관 순 이놈들아, (어린 관석이 불속에서 고민15)한다)
소리치며 관석을 부른다.

관 순 관석아!
관 석 누나, 사람 살려주— 누나.

들려오는 이 참혹한 소리에 관순은 미칠 것만 같았다. 결박당한 몸을 힘껏 흔들며 몸부림쳐보아도 어쩔수 없는 관순은 기진하여 묶인 손을 합장하고 하나님께 기도드린다.

관 순 오— 주님이시여, 불쌍한 어린 동생을 구원하여 주시옵소서.

불속에서 헤매이든 관석은 문을 박차고 뛰어나온다. 헌병놈은 관순의 등을 밀며 힘껏 친다. 또다시 잡아 일으키어 끌고간다.

93. 장터

여기저기 묶이여 가는 남녀 동리 사람.

94. 헌병대 취조실

---

15) '괴로워하다'의 뜻인 듯.

헌병대장, 관순을 노려보며 날카로운 목소리로.

헌 병 이 태극기는 누가 그렸지?

관순은 불이 날듯한 눈초리로 바라보며,

관 순 내가 그렸다. 너희놈들은 너의 나라 국기를 그릴 줄 모르느냐! 우
       리나라 태극기를 그릴줄 모르는 사람이 어데 있단 말이냐
헌 병 무엇이, 요망한 년.

헌병 다시 지도를 들고,

헌 병 어린 년이 남북이 70리라 되는 길을 누가 연락했느냐?
관 순 내가 했다. 너희놈들 잠자는 틈에 일주일 동안을 동리마다 연락했
       다.

헌병 관순의 뺨을 치며,

헌 병 누가 시키드냐.
관 순 내 마음이 시켜서 했다.
헌 병 무엇이, 주모자가 누구냐 말이다.
관 순 거룩하신 하나님의 뜻이 시켜준 것이다.

헌병놈, 날카로운 신경은 당장에 관순을 죽일듯 하였다. 벌떡 일어서는 헌
병 무지한 손으로 관순의 손목을 힘껏 잡아끌며,

헌 병 네년이 죽어도 말 못할까?

95. 고문실

이 실내에는 한편에 시뻘건 불을 피워 큰 화로에다 쇠꼬챙이를 달쿠어 놓
고, 여기 저기 형기가 놓여있다. 그리고 물틀에 물도 담기여 있다. 의자에
묶여있는 관순은 모진 매를 맞어 온몸에는 피가 흐르고 있다.

헌 병 그래도 말 아니할 테냐?

관　순　이 개같은 놈아! 마음대로 해라. 이 몸은 이미 나라에 바친 몸이다.

　　　　헌병놈은 격검검16)로 또다시 관순을 친다. 관순은 쓰러진다. 헌병놈은 물
　　　　끄러미 보다가 물통에 물을 관순에게 붓는다. 관순 희미하게 정신이 난다.
　　　　다시 관순을 결박하여 매달었다.

헌　병　말해라, 말하지 아니하면 죽여버리고 말 터이니까.
관　순　죽여라, 내 몸 하나 죽어 우리 백의동포가 다 같이 잘 살 수 있다
　　　　면, 백번 죽어도 억울치 않다.

　　　　헌병놈 끝까지 관순을 고문한다. 한편에 놓여있는 쇠꼬챙이로 관순의 젖
　　　　가슴을 지지는 것이다.
　　　　아 - 이 천인 공로할 악마의 왜놈, 어찌 하늘이 무심치 아니하랴!

96. 헌병대 뒤뜰

　　　　뜰 앞에 서있는 나무 아래 중권을 매달아 놓고 고마도란 놈이 총을 들고
　　　　서 있다. 관순은 결박되어 대장 앞에 서 있고, 대장놈은 일본도를 뽑아들
　　　　고 관순을 위협한다.

대　장　보아라. 주모자를 대면 네 애비를 살릴 것이고, 그렇지 아니하면
　　　　이 자리에서 총살하겠다.
관　순　(아버지 바라보며 목이 매여) 아버지.
아버지　관순아! 우리가 죽드래도 비겁한 죽음을 해서는 안 된다.
관　순　네— 아버지
대　장　바른 대로 말하지 아니할 테냐?
관　순　주모자는 나다.

　　　　헌병놈은 고마도를 바라보며 "준비" 소리친다. 고마도는 총을 겨눈다. 헌
　　　　병놈 날카로운 목소리로,

헌　병　셋까지 부르는 동안에 생각해 보아라. 하나… (잠시후) 둘!
헌　병　말해라! 최후이다
중　권　관순아!

---

16) 검도 연습을 할 때에, 칼 대신 쓰는 참대로 만든 긴 막대기.

관순이 몸부림치며,

관　순　아버지!
중　권　관순아! 살아도 뜻있게 살고, 죽어도 뜻있게 죽어야 하니라.

헌병놈은 이 순간 힘차게 칼을 휘두루며 "셋" 하는 신호는 고마도에게 전해졌다. 총소리와 함께 중권은 드디어 생명을 빼앗기고 말았다. 총소리와 동시에 부인 이씨는 고함을 지르며 남편 시체 앞에 달려들려 한다. 옆에 섰던 헌병놈이 이씨를 잡아끌어 쓰러뜨린다. 쓰러진 이씨.

어머니　관순아!
관　순　어머니!

이 두 모녀의 눈에서는 쉴 새 없이 눈물이 흐르고 있다. 대장놈은 몸부림치는 관순이의 뺨을 몇 번이나 갈긴다. 이씨는 관순 앞으로 달려들려 한다. 이때 대장놈의 칼날은 어머니의 허리를 쳐버리고 말았다. 묶이여서 이 광경을 보는 관순은 소리치고 몸부림을 쳐도 어찌할 수 없었다. 눈앞에서 부모를 잃은 관순은 가슴이 천 갈래로 찢어질 듯하였다.

97. 파도 (인서트)

사나운 파도가 산더미처럼 밀려와 바위에 부딪쳐, 파도는 산산히 부서져 방울방울 변한다.

98. 헌병분대 앞

만세 사건에 체포된 사람들 공주 헌병대로 호송되는 날이다. 관순은 결박되여 헌병에게 끌려나온다.

99. 산 언덕 길

관순은 멀리 동리를 마지막으로 바라보며 긴— 한숨을 내쉬고 가는 목소리로,

관　순　여러분 안녕히들 계세요. 뒷일을 부탁합니다.

관순은 눈물을 뚝뚝 떨어뜨리며 산 언덕 아래로 끌려간다.

100. 바위 밑

우묵한 큰 바위 밑에서 관복이, 관석이 눈을 부비며 일어난다.

관 석　언니야, 배고파.
관 복　나도 배가 고프다.
관 석　엄마가 있으면 배가 안 고플 텐데.

관복이와 관석이는 울음이 터져 나왔다. 이 어린것들이 헌병들의 눈을 피하여 벌써 몇일 동안을 산속으로 헤매였으니 주림과 피곤에 시달렸다. 관복이는 동생의 손을 잡고 일어서며,

관 복　관석아! 동리로 내려가 왜놈들 몰래 밥 얻어 먹으러 가자, 응.

손을 서로 부여잡고 동리로 내려간다.

101. 동리

어느 집 대문 앞에 관복이 관석이 문안으로 들어간다. 들어가자마자 주인이 두 형제를 밀어 내쫓는다. 문 밖에까지 쫓겨 나온 어린 형제 울며,

관 복　아저씨, 내 동생하고 나하고 배가 고파 죽겠어요. 나는 안 먹어도
　　　　좋으니 내 동생 밥 좀 주세요. 네?

주인 문을 닫아 걸고 들어간다. 물끄러미 바라다보는 형제. 울며 발길을 다른 집으로 옮긴다.

102. 집안

마당에 서있던 부인 문을 닫고 들어오는 남편을 바라보고,

부 인　여보, 그 불상한 어린것들을 밥 좀 줍시다.
주 인　쓸데 없는 소리 말어. 그 애들을 살릴려다 헌병에게 들키면, 우리

가 죽는 것을 알어야지.

103. 다른 집

관복이와 관석이 다른 집 대문 앞으로 와서 그 집으로 들어갈려할 즈음, 막 문을 열고 나오는 주인. 관복이와 관석이를 보고 도로 안으로 들어가 문을 건다. 나만이 살겠다는 동리의 무지한 아저씨들. 냉정이 이 불상한 어린 두 형제를 멀리 한 것이다.

104. 어느 울타리 모퉁이

울고 지나가는 관복이와 관석이를 울타리 안에서 바라보는 어느 노파.

노　파　얘들아!

부르며 신문지에 똘똘 뭉친 누른 밥 덩어리를 내여주며,

노　파　가엾어라. 오죽이나 배들이 고프겠니. 너희들이 무슨 죄로, 이거 누른 밥이나…

누른밥을 받는 관복이와 관석이 흐느끼며 울며,

관　복　할머니, 내 동생하고 잘 먹겠어요.

할머니 손짓을 하며,

노　파　어서들 가거라. 왜놈이 보면 큰일난다. 내일 또 오너라.

어린것들은 이 누른밥 덩어리를 부둥켜안고 다시 산길을 간다.

105. 시냇가

어느 냇가 나뭇잎은 한잎 두잎 떨어진다. 관복이와 관석이는 누른밥을 먹으면서,

관　석　누나는 어딜 갔을까? 누나마저 죽지는 아니했을까? 언니!

관　복　누나는 죽지 않겠지.

두 형제는 훌쩍거리며 운다.

106. 공주 헌병대 앞

관순은 천안 헌병대를 거쳐 공주 헌병대로 온 것이다. 이 문 앞에는 만세 사건으로 갇혀 있다가 재판소로 넘어가는 사람들이다. 그 가운데 사촌오빠 관옥이도 있었다. 뜻밖에 오빠를 만난 관순은 달려들어 부른다.

관　순　오빠!
관　옥　관순아! 웬일이냐?
관　순　만세 사건으로 아버지, 어머니는 그만 다— (하고는 목이 메여 말을 잇지 못한다. 이때 관옥은)
관　옥　그럼 아버님과 어머님이 돌아가셨단 말이지.

관순이 울며 고개만을 끄덕일 뿐 말이 없다. 관옥은 한참 심각한 표정을 하드니,

관　옥　관순아!
관　순　오빠는 어떻게 여기에?
관　옥　나도 학생만세 사건으로 이렇게 되었단다. 지금 형무소로 가는 길이다.

압송하는 헌병 놈은 등을 밀어 끌고 간다.

107. 순덕의 집 응접실

관순의 동무 순덕이는 매우 부유한 살림을 하고 있다. 그리고 순덕의 오빠는 변호사였다. 오늘 순덕이와 오빠는 관순의 이야기가 벌어졌다.

순　덕　관순이를 어떻게 해서라도 오빠가 꼭 구해 주셔야 해요.
변호사　오냐. 순덕아, 염려마라, 구하구말구. 조국을 위하여 싸운 애국자를 구하는 것이 이 나라 변호인의 의무일 것이다.
순　덕　오빠, 그러면 공주로 가야지요.

변호사　오늘 밤으로 떠나야겠다.
순　덕　밤차로 떠나시면 퍽 고단하시겠지만.
변호사　고단한 것쯤이 무슨 상관이냐, 한시라도 어서 가야 되겠다.

108. 교원실

이화학당 교장실에는 박인덕 사감 선생님을 비롯하여, 5, 6인의 남녀 선생님들과 순덕이 앉아 있다.

박인덕　우리 관순이가 헌병대에서 갖은 고문을 당하면서도 끝까지 반항을 하였답니다.
A선생님　어떻게 하든지 관순이만은 구할 도리를 해야겠습니다.
박선생　그렇지 않아도 순덕이 오빠는 유명한 변호사이시니까 구하게 되겠지요.

순덕이를 바라보며,

박선생　그래, 오빠께서 무어라고 말씀 하시드냐.
순　덕　어떻게 해서라도 구해 보겠다고 어제 밤차로 공주에 가셨습니다.
박선생　참 고마우셔라.

일동 감사한 뜻을 표한다.

109. 유치장

관순이가 갇혀있는 유치장 앞에 간수의 안내로 변호사인 순덕이 오빠가 왔다. 간수는 유치장을 바라다보며,

간　수　너를 면회하러 온 사람이다.

오랫동안 감방 안에서 신음한 관순은 파리한 얼굴로 유치장 창살 앞에 일어섰다. 한 번도 본적이 없는 어느 중년신사를 관순은 의아한 얼굴로 우둑커니 서서 바라본다. 변호사는 앞으로 가까이 가.

변호사　네가 관순이냐.

관　순　네— 누구세요?

변호사　내가 순덕이 오빠다.

관　순　순덕이! (하며, 울음이 터질듯 고개를 푹 숙이었다)

변호사　순덕이에게 네 사건의 내용은 자세히 들었다. 그런데 너는 공주 재
　　　　판소에서 너무 반항을 했더구나, 그래서는 네게 불리하니 순순히
　　　　하도록 해라. 서울복심법원에 상고는 해놓았으니, 상심말고 마음을
　　　　안정해라.

관　순　고맙습니다. 그러나 삼천리강산에 어디를 간들 감옥이 아니겠습니
　　　　까? 저는 끝까지 싸우겠습니다.

　　　변호사도 이 힘찬 한마디는 폐부를 찌른 듯하였다.

변호사　관순아! 내 집 재산 전부를 받치더라도 너를 구할 방법을 강구하겠
　　　　으니, 그동안 부디 몸조심 하도록 해라.

110. 천안역 홈

　　　호송되어 기차 타는 관순의 모습.

111. 달리는 기차

　　　힘차게 연기를 뿜으며 북방으로 달리는 기차. 어느 산모퉁이를 돌아 사라
진다.

112. 서대문 형무소 문 앞

　　　철문이 열리며 죄수들을 태운 트럭은 나온다. 철문은 다시 닫혀진다.

113. 형무소 정문

　　　형무소로 끌려간 관순 O.L.

114. 법정

　　　시간 전에 방청석에는 입추의 여지없이 방청객은 모여 있다. 제일 앞에는

선생님들과 순덕이를 비롯한 여러 동무들 앉아있고, 법정 저편 문이 열리며 순덕이 오빠인 변호사 들어와 자리에 앉는다. 뒤이여 관순이 용수[17]를 쓰고 간수에게 끌려 들어온다. 가슴에는 13호 번호가 또렷이 보인다. 법정 정면에 앉는다. 간수는 관순이 쓴 용수를 벗기였다. 파리한 그 얼굴. 그러나 샛별 같은 눈은 아직도 애국심에 넘쳐흐르는 맑은 빛이 보이였다. 슬그머니 머리를 돌려 방청석을 돌아본다. 긴장했든 동무들 가는 목소리로 목이 메어,

동무A   관순아.
관 순   순덕아.

순덕이와 여러 동무들 눈물이 어린다. 미여질 듯한 가슴을 부둥켜안고 수건을 내여 눈물을 씻는다. 이윽고 판사, 검사, 배심판사, 서기 자리에 나와 앉는다. 방청객 일제히 기립. 재판장은 착석하였다. 장내의 공기는 쓸쓸한 찬바람이 부는 듯하였다.

재판장   지금으로부터 소요죄로 상고한 피고 유관순에 대하여 사실을 심문하기로 한다. 피고의 본적은?

이 말을 들은 관순의 눈초리는 탱충하여[18],

관 순   나는 너희놈들에게 하등 심문을 받을 이유가 없다.
재판장   피고는 너무 흥분하지 말고 묻는 대로 대답해라.
관 순   무엇을 대답하란 말이냐?
재판장   피고는 고향인 아내[19] 장터에서 동민을 선동시켜 소요를 일으킨 것이 사실인가?
관 순   그렇다. 내 나라를 찾겠다는 것이 무슨 죄가 된단 말이냐? 너희 놈들은 남의 집에 뛰어 들어온 강도 놈들이 아니냐!
재판장   요망한 것! 천황폐하를 대리한 신성한 법정을 모독하면 엄벌에 처한다.
관 순   천황은 너희 놈들의 천황이지, 우리에게 무슨 상관이란 말이냐, 너희 강도놈들은 다들 나가거라! 강도놈들이 우리 민족에 심판할 권

---

17) 죄수의 얼굴을 보지 못하도록 머리에 씌우는 둥근 통 같은 기구.
18) 탱중(撑中)하다, 화나 욕심 따위가 가슴속에 가득 차 있다.
19) 아우내.

리가 어데 있단 말이냐? 도리혀 너희 놈들은 우리가 심판해야 할 것이다.

재판장은 더 심문할 여지가 없다는 듯 배심판사와 서기들에게 무엇이라고 수군거리고,

재판장 피고의 심문을 여기에서 끝이도록 하고, 검사의 논고를 하기로 한다.

검사는 자리에 일어서,

검 사 피고 유관순은 어려서부터 가장 성품이 불량하여 항상 반항심이 많았고 본 사건이 발생되자, 천안군 아내 장터에서 온순한 민중들을 선동하여 소요를 일으켜 수많은 생명을 잃게 하였고, 또한 많은 재산을 파괴케 하였을 뿐만 아니라, 황송하옵게도 우리 천황폐하의 광대무변하신 홍은을 반대하는 그 죄는 열 번 죽여 마땅하나, 특히 연령과 환경을 참작하여 형법 106조에 의하여 체형 3년을 구형한다.

재판장 다음은 변호인의 변론을 하기로 한다.

변호사는 신중한 태도로 일어서 힘 있는 어조로,

변호사 본변호인은 본건에 대하여 변론을 하기 전에 피고에 대한 가정 환경과 그의 성격을 말하고자 합니다. 피고 유관순은 원래 양반의 집에 태여나서 어려서부터 부모의 교훈을 명심 이행할 뿐만 아니라, 원래 그 가정은 예수교인인지라 온순과 정직을 철칙으로 배워 왔으며, 활발한 성격을 가지고 있음으로 한번 옳다고 생각하는 것은 끝까지 주장하는 가장 강직한 성격을 갖었습니다. 금번 아내장터 소요사건을 피고 유관순을 주모자라고 하였으나, 본사건의 주모자는 아시는 바와 같이 33인의 주모자가 분명히 서울에 있을 뿐만 아니라, 이 사건 발생 당일, 즉 3월 1일에는 삼천리강산 방방곡곡에서 일어났든 것이 사실입니다.

　비교컨대 새벽에 동리에 닭 한 마리가 홰를 치고 울면, 다른 여러 닭들이 따라 우는 것과 조금도 다름이 없으리라고 생각합니다. 피고 유관순은 사건 당시 헌병대에 체포되었을 때 어린 피고에게 무수한 고문 가운데 열 손가락을 못으로 찌르고, 어린 젖가슴을 불

로 지져으며, 피고 눈앞에서 부모를 잃었으니, 인간으로서 어찌 반항심이 없겠습니까? 그러므로 피고에 환경과 모든 것을 참작하시와 관대하신 처분을 바라보며, 만약 죄가 있다면 어린 피고에 일시적 흥분에 불가하오니 각별하신 훈계로 무죄 석방을 주장하는 바입니다.

재판장　피고는 신성한 재판정을 모독하는 언사를 쓰지 말고, 지금이라도 사실대로 말하면 참작할 여지가 있으니까.

　　관순은 이 말을 듣자 성난 사자와 같은 눈초리로 재판장을 바라보며,

관　순　이 개같은 놈들아! 하나님의 뜻을 거역하는 놈들은 망하고야 말리라.

　　소리치며, 의자를 들어 재판장에게 던지고 말았다.

115. 형무소 감방 복도

　　여간수에게 끌려 들어가는 관순.

116. 감방

　　감방 안에 죄수들 들어오는 관순을 쳐다보며,

죄수A　그래 어떻게 됐소.
관　순　그 개같은 놈들이 너무도 엄청난 수작을 하기에 의자를 집어 던졌드니, 징역 3년에 불경죄 4년을 가산하여 7년 언도를 받았어.
죄수A　에그머니나, 7년!

117. 들

　　가을하늘에 갈대는 바람에 나부낀다. 엉성한 나무의 잎은 떨어진다. 짙은 가을을 상징하고 있다.

118. 감방(밤)

깊은 밤 감방 안에 높은 창살 사이로 달빛이 비쳐온다. 관순은 일어나 앉아 멀리서 들려오는 귀뚜라미 소리에 잠기어 옛일을 환상한다.

119. 학교 운동장 (환상)

관순이 동무들과 숨바꼭질하는 재미스러운 광경.

120. 학생음악회 (환상)

학생들 강당에 전부 모여 교내음악 공클대회를 성대히 연다. 오늘 관순이도 출연중의 한사람이 되어 차례가 돌아왔다. 그리하여 관순은 노래를 부른다. 한참 부르다가 도중에 실수를 하여 여러 학생들이 깔깔대고 웃든 그때를 생각하며 관순은 빙그레 웃는다.

121. 학교 수도 앞

관순은 추운 날 수도 앞에서 언니들의 빨래를 하다가 너무도 손이 시려 입김에 손을 녹히고 있다.

122. 기숙사 방

사감 선생님과 동무 몇몇이 테이블 가에 모여앉아 돌려가며 노래부른다. 창밖에는 눈이 나리고 있다. 노래가 끝난 다음 사감 선생님은 젓가락 한 뭉치를 내어 놓으며,

박선생　여러 학생들, 이 젓가락을 하나씩 누구든지 세워 보시오.

여러 학생들은 젓가락을 하나씩 가지고 제가끔 세워보려고 야단들이다. 그러나 세워지지 아니한다. 이때 옆에 있든 관순이 문득 무슨 생각을 하더니 여러 학생들이 가지고 있는 젓가락을 모조리 모아 노끈으로 허리를 찔끈 동여 박선생 앞에 우뚝 세워놓으며,

관　순　자, 어떻습니까
박선생　맞았습니다. 한 사람 한 사람의 힘은 가장 약하나 힘과 힘을 뭉치면 가장 큰 것입니다. 우리 민족도 단결하여야 합니다. 오늘도 관순이가 맞췄습니다.

여러 학생들 일제이 박수한다.

123. 학교 문 앞 (환상)

만세 부르든 날. 관순이와 에더가 학생들의 선두에서 몰려나오는 모습. 헌병대에서 아버지의 총살당하는 모습.

124. 감방

감방 안에서 과거를 환상하며 창밖에 비치는 달빛을 처량하게 바라본다.

125. 서울역 집찰구

수많은 손님들이 내리고 있다. 그 가운데 관복이, 관석이 에더 누나를 따라 나간다.

126. 감방 앞

여간수 감방 문을 두드리며,

여간수　13번 면회.

면회실문이 열리며 관순이 의아한 태도로 나온다.

127. 면회실

관복이와 관석이 뜻밖에 변호사인 순덕이 오빠와 왔다. 면회실 문은 열리였다. 관순이 깜짝 놀란다. 관복, 관석 "누나" 하며 두 형제의 눈에선 눈물이 흘러나린다.

관　순　관복아, 관석아, 너희들이 여길 어떻게 왔단 말이냐.
관　복　에더 누나하고 같이 왔어. 어떻게 누나가 보고 싶은지.
관　석　누나야! 누나야! 우리들은 누구하고 살어, 누나, 누나하고 같이 있을 테야.
관　순　관석아! 너희들은 여기 있을 곳이 못 된단다.

관석이는 미리 가지고 왔든 엿 두 가락을 내밀며,

관 석 누나 배고프지, 엿 먹어 응? 누나!

간수는 면회 문을 닫는다. 관석 관복 소리쳐 울며,

관복,관석 누나, 누나, 우리들은 아니 갈 테야.

관순은 가슴이 터질 듯하다. 닫혀있는 문을 바라다보며, "관복아, 관석아, 잘들 가거라. 이것이 아마 마지막인가 보다." 창밖에서 발버둥을 치고 우는 두 동생을 바라보든 변호사는 눈물이 흘렀든 것이다.

변호사 가자, 애들아. 울지 말고 우리 집으로 가자.

128. 형무소 전경

형무소 전경이 보이며 큰 잠을쇠로 잠겨놓은 철문이 철창 안에는 수많은 애국동포들이 왜적의 탄압에 못 이겨 신음하고 있는 것이다.

129. 시계 (INS)

밤 9시를 가르친다. 더불되여, 관순의 얼굴 대사.[20] 대한독립만세를 부른다.

130. 감방

복도로부터 여러 감방이 보인다. 그 감방으로부터 만세 소리 들려온다.

131. 사이렌

사이렌 소리 나며, 간수놈들의 얼굴 더불되여 여러 놈이 나타난다.

132. 형무소 사무실

---

20) 大寫, 클로즈업(C.U)

간수 몇 놈 전옥[21])에게 보고한다.

간 수 여죄수 13호가 또 만세를 불렀습니다.

전옥 당황이 몇 간수 놈을 불러 귀에다 대고 무엇이라고 말한다. 고개를 끄덕이는 간수 놈들.

133. 지하실

관순을 지하실로 끌어들여 한 간수 발길로 찬다. 수갑을 찬 채 관순은 쓸어진다. 한편 간수 한 놈은 수돗물을 틀어본다. 물은 쏟아져 나온다. 다시 잠그고 호수를 꽂는다. 그리고 호수 한 끝을 관순 앞에 던진다. 정신없이 쓸어져 있는 관순 하부에 호수를 통해 놓는다. 수도 곁에 있는 놈에게 손짓으로 신호하니 수돗물을 튼다. 이 순간 물은 어린 관순의 몸에 사정없이 토해버린다. 벌떡 정신을 차린 관순을 칼로 내려친다. 관순은 드디어 자궁파열과 동시에 잔인무도한 처형으로 말미암아 절명되었다.

134. 밤거리

야경하는 사람 막대기를 치며 처량하게 걸어간다. 어두운 밤하늘에 별 하나 떨어졌다.

135. 형무소 전옥실

전옥과 월터 교장 선생님 마주 앉아있다.

전 옥 관순의 시체를 내준다면, 조선 사람들에게 다시 충동을 줄 염려가 있으니 안 되겠습니다.
월터교장 그것은 너무 심한 말씀이요. 만일에 관순의 시체를 아니 내여준다면, 이 사건을 우리 미국에 알리여 세계 여론을 일으키겠소.

전옥 다소 당황한 듯,

전 옥 뭐 그렇게 말씀하실 것은 아니고, 하여튼 선생님의 말씀을 신임하

---

21) 典獄, 교도소의 우두머리.

고 시체는 내드리겠지만, 다른 사람들이 알지 못하게 간소한 장례
식을 해 주셔야겠습니다.
월터교장 당신 말씀대로 하겠습니다.

일어선다.

136. 형무소 지하실

관순의 시체를 관수 놈들이 석유 궤짝에 억지로 쑤셔 넣는다.

137. 형무소 지하실 문 앞

두 놈의 간수는 일곱 토막으로 끊어져있는 시체를 석유 궤짝에 넣어들고
나온다.

138. 정동 예배당

예배당 안 정면에 관순의 관은 모시어 있다. 꽃다발과 화환으로 둘러쌌다.
관뚜껑이 열리어 있다. 바로 그 뒤에는 유관순 사진이 모시어져 있다. 교
장 선생님을 비롯한 여러 선생님과 그리고 변호사, 관복이, 관석, 에더, 여
러 학생들 엄숙히 서있다. 학생들 구슬픈 찬미소리 눈물과 어울려져 흘러
내린다. 찬송가는 끝났다. 교장 선생님은 눈물을 흘리며 관 앞으로 가까이
가 한권의 성서와 십자가를 관순 가슴에다 안겨준다. 그리고 고개를 숙인
다음 잠시 기도를 올린다. 순덕은 학생을 대표하여 검은 리봉으로 묶은
꽃다발을 안고 관순이 시체 앞에 놓은 다음 흐느껴 울며 고요히 걸어 나
온다. 관복이, 관선이 한복을 입고 시체 앞으로 가까이 가 무릎을 꿇고 두
손을 합창하고 머리 숙여 잠시 기도를 올린 다음, 일어서 시체를 바라보
며,

관 복 누나, 잘 가.
관 석 누나, 꼭 천당으로 가.

흐느껴 울며 돌아선다. 카메라 앞으로 천천히 전진하면 (영시22))
"피기도 전에 짓밟혀 쓰러진 한송이 무궁화 꽃이야."

---

22) 詠詩, 시를 읊조리다.

자유만세*

전창근

* 1946년 최인규 감독, 전창근 각본 주연
  2가지 판본에 대하여.

등장인물

최한중　　탈옥수, 35세
남부훈(南部薰)　경찰부 사찰주임, 36세
박진범　　한중의 동지, 33세
유종진　　동(同) 32세
홍수원　　동(同) 45세
조승재　　의사, 40세.
윤상우　　한중의 동지, 30세
박성훈　　동(同) 35세
신미향　　남부의 정부, 28세
이혜자　　간호부, 23세
강유란　　여급, 20세
최씨　　　혜자의 어머니, 50세
황정자　　간호부, 24세
오영경　　간호부, 24세
김씨　　　진범의 처, 35세
임양순　　간호부, 25세
성혜원　　동(同) 23세
고등과장 / 헌병 / 형사
경방단원 / 간수 / 의학생
소년 갑, 을
입영 장정
그의 처 / 그의 모 /우인(友人)들
한중의 동지 갑, 을 병, 정
운전조수

때

1945년 8월 1일부터 8월 15일까지

곧

서울

자막 (F.I)
"민족을 위하여
이미 가신
거룩한 님들의
피묻은 자취를
다시 더듬어 봅니다." (F.O)

자막
"1945년"

자막
"日本 廣島"

1. 광도(廣島) 시가

미국 폭격기 한 대가 날아와 파라숕1)에 달린 폭탄 한 개를 던진다. 이것이 원자폭탄인 것이다. 이것이 작렬되자 광도시는 일순에 폐허가 되고 만다. 일본은 드디어 죽음의 행진을 시작할 광장을 미국의 힘으로 닦아 놓았다. (O.L)

자막
"서울"

2. 서대문형무소 근방 (밤)

해가 져서 얼마 안 되는 무렵, 난데없는 호각소리가 일어나더니만 장총을 들고 달리는 간수들의 그림자가 여기저기 보인다. 아마 비상사건이 일어난 듯. 그중의 간수 한사람은 필사의 힘을 내어 달리면서,

간　수　마당까 우쯔좃!(서라, 쏜다!)

탈옥수는 결사적으로 뛰고 있다. 그는 최한중이었다. 간수는 겨냥을 대고

---

1) parachute, 낙하산

한방을 쏜다. 한중은 그대로 뛰고 있다. 그러나 더- 뛸 수 없는 절벽에 다달은 한중은 머뭇거리지 않을 수 없다. 저편에서 허연 연기가 풀석 난다. 한중은 절벽으로 내구른다. 이것을 안 간수들은 호각을 불면서 골자구니로 나려간다. 벌써 날은 어두워 5개의 회중전등이 이곳저곳을 비추면서 가까이 오고 있다. 벌레소리가 들리는 곳, 거기엔 물소리도 고요하다. 한중은 팔의 피를 물에 씻고 있다. 그리고 엎드려 물을 들이킨다. 별안간 공습경보가 요란히 들려온다. 한중은 반사적으로 착 엎드린다.

3. 서울 전시(全市) (밤)

희미하나마 이집 저집 들창으로 스며 나오던 등불이 이곳저곳에서 꺼지더니만, 나중엔 전시가 캄캄해진다.

4. 어느 거리 (밤)

행인, 경방단원[2], 무장한 경관들이 우왕좌왕 하는 것이 몹시 당황한 모양이다. 이런 틈에 늙은 할머니가 어린 손자를 업고 허둥지둥 하다가 달려오는 자동차에 무참하게 친다. 행인들은 사람이 친 줄을 알고 '와' 하고 몰려온다. 경관은 자동차 문을 열고,

경 관 다레다? (누구요?)
남 부 도-게이사쓰다. (도경찰이다)

남부와 같이 탄 신미향은 계면쩍은 듯이 얼굴을 가린다.

경 관 앗, 남부상데스까? (아, 남부 주임이십니까?)
남 부 응

차는 모여 선 군중을 헤치고 달아난다. 피투성이가 된 할머니를 붙잡고 우는 어린이의 소리를 들은 군중들은 몹시 흥분하였다. 그 중의 한 사람이, "사람을 치구 그대로 하는 법두 있소?"

경 관 나마 이끼오 유나. (건방진 소리 말아!)

---

2) 일제 강점기 말기 치안을 강화하기 위하여 소방대와 방호단을 통합한 단체의 소속원.

이 말을 들은 젊은이가,
"나니가 나마이끼까 아다리 마에쟈나이까! (건방지다니, 당연한 소리지!)"

경 관   나니옷? (뭐라고?)

말이 끝나기도 전에 경관의 총개머리가 젊은이의 얼굴을 친다. 피투성이가 된 젊은이는 이를 부드득 갈았지만–

경 관   가에렛. 미나 가에랑까. 우쓰좃! (가. 모두 돌아가. 쏜다!)

이렇게 얼르니 군중은 하나둘씩 흩어진다. 이 모양을 보고 있던 한중은 들었던 돌멩이를 경관을 향하여 던진다. 머리를 얻어맞은 경관이 상반신을 가누지 못하는 꼴을 본 한중은 어둠을 타고 달린다.

5. 어느 골목 (밤)

한중은 골목을 들어서더니 어느 집 대문을 두다린다. 이집은 한중의 동지 박진범의 집이다.

6. 진범의 집 대청 (밤)

진범의 부인 김씨가 대문 두다리는 소리를 듣더니만, 대청마루를 톡톡 친다.

7. 대청 밑 지하실 (밤)

진범은 단파수신기 앞에 긴장되어 앉았다. 톡톡 소릴 듣고 수신기를 벽속에 감춘다.

8. 마당 (밤)

김씨는 마당으로 내려서며,

김 씨   누구세요? 지금 않 계신데!

9. 대문 밖 (밤)

한 중   아주머니. 접니다. 최요.

10. 중문 안 (밤)

김씨는 그래도 의아해서 망설인다.

11. 대청 (밤)

진범은 지하실로 통하는 마룻문을 열고 상반신만 내놓고 있다가

진 범 열어봐요!

대문을 여는 소리가 들리더니만,

최 선생님, 이거 웬일이세요?
진범이 있죠, 아주머니?
네.

이런 말소리가 들린다.
진범은 밎인 듯이 몸을 솟구친다.

12. 마당 (밤)

진범은 닷자곳자로 한중을 끌고 안방으로 들어간다.

13. 안방 (밤)

희미한 전등 아래서 서로 울듯이 바라보더니만,

진 범   한중아!

외마디 소릴 질으곤 서로 얼사안고 운다. 김씨의 눈에도 눈물이 가득 고
였다.

진 범   어떻게 된 일이냐?

한 중 안에서 듯자니, 서울은 왼통 폭동이 일어나서 야단이 났다고. 그래서 어디 견딜 수가 있겠니. 그래 오늘 탈옥했지.

진범은 김씨를 보며,

진 범 여보! 저녁.

김씨 옷고름으로 눈을 닦으며 나간다.

한 중 그래 모두들 잘 있지?
진 범 응
한 중 독립은 되지?
진 범 틀림없다.

또 감격한 듯이 서로 손을 붓잡는다. 진범은 벼갤 갖다 놓으며,

진 범 좀 눠라.

한중 네 활개 벗고 눕는다. 진범은 한중의 다릴 주물러 준다.

한 중 개가 그저 있지.
진 범 개라니, 남부?
한 중 응.
진 범 개라두 이젠 금테두리 개로 승차하셨어.3)
한 중 고놈을 꼭 죽여야 할 텐데, 어떻게 죽인다?
진 범 대일본제국이 뿌리채 흔들리는 판인데, 고까진 쥐새끼 같은 놈을 죽여선 뭘 하니?
한 중 물론 우리가 진실로 해야 할 일이 태산같이 쌓인 지금에, 고까진 테로가 무슨 큰 목적이야 되겠니. 허지만 고놈이 내 막역한4) 친구였다는 것, 그런 놈이 왜놈의 개로 무수한 혁명투사를 검거하고 고문했다는 것, 나도 고놈의 혹독한 손을 거쳐 투옥된 것, 고놈이 이제붙어는 자신의 보위책으로라도 필사의 힘을 다해서 우리의 조직

---

3) 승차하다, 한 관청 안에서 윗자리의 벼슬로 오르다.
4) 莫逆하다. 허물이 없이 아주 친하다.

을 파괴하고 우리를 죽이려고 들 것, 이런 모든 점을 종합해서 난 감히 말한다. 민족의 일음으로 그놈을 처단해야 한다.

진 범 흥분 말고 좀 쉬어.

여전히 다릴 주물러 준다.

진 범 한중아!
한 중 응?
진 범 우리 집은 위험하니까 넌 달은 데로 가야해
한 중 어디로?
진 범 혜자네 집이라구.
한 중 혜자?
진 범 응, 내 안사람하고 어떻게 되는 집인데, 조용하고 안전할 게다.
한 중 폐가 않 될까?
진 범 그러잖아도 모녀간만 사는 집인데, 네가 가면 좋아할 게다. 명색이 남자라곤 너밖에 없을 테니까.
한 중 따님은 뭘 하니?
진 범 대학병원 간호분데, 몹시 얌전해

한중은 두어 번 머릴 끄덕이더니만, 그만 긴장이 풀리고 피로가 닥쳐서 코를 곤다. 별안간 대문을 요란하게 두다리는 소리가 들려온다. 진범은 극도로 긴장되어 한중을 흔들며,

진 범 야! 한중아.

한중은 화닥닥 일어나 앉는다. 진범은 손가락으로 밖을 가르칠 뿐. 이번엔 대문을 발로 차는 소리가 들려온다. 한중도 지금은 긴장되어 일어설랴고 할 때,

"아까리가 모레루즈. (불빛이 새는데)"

진범은 얼핏 전등 커-버를 졸라맨다.

한 중 개놈의 새끼들. (하면서 돌오 눕는다)

14. 아파-트의 미향의 방 (밤)

미향은 침대에 누어서 담배만 뻑뻑 빨고 있다. 공습경보 해제 사이렌이 들인다. 미향은 자리에서 일어나 졸라맸던 커-버를 풀어 놓으며,

미 향 엠병할 것. 어서 망했으면 이런 고생을 않 하지.

남부가 들어선다. 미향은 본체만체 하고 침대에 걸터앉아 새로 담배에 불을 부친다. 남부는 포케트에서 편지 봉투를 꺼내며,

남 부 이 편질 나한테 보낸 이유는 뭐요?
미 향 내용을 안 보섯서요?
남 부 봤어.
미 향 그럼 더 물을 것 없잖아요.
남 부 나하고 모든 관계를 청산하겠단 미향의 심릴 난 모르겠어.
미 향 벌써붙어 생각하던 것을 결정지은 것뿐이에요.
남 부 이유가 뭐요?
미 향 내가 남부상게 그 이율 설명할 필요는 없잖아요.

남부의 표정은 금세 험악해진다. 미향은 뭐인지 코노래를 한다. 남부는 왈칵 미향의 억개를 잡아 돌이킨다.

남 부 이율 말해봐.
미 향 이거 외 이 야단이유.
남 부 자, 말해 봐.
미 향 고렇게 꼭 들어야겠우.

남부는 암팡진 눈으로 노리기만 한다.

미 향 난 엽때까지 당신의 건실한 사랑을 늣길 수 없었다는 것.
남 부 그리구,
미 향 참된 사랑도 없는 남자의 이용만 당하긴 억울해요.
남 부 그런 의미론 미향이도 도경찰부 형사인 이 남부를 적잖게 이용했을 걸.
미 향 허지만 이용을 당해서 결국 불리한 건 여자에요. 나에요.

남　부　그러면?

미　향　내가 살 길은 내가 찾어야죠.

남　부　그 살 길이란 대체 어떤 길인데?

미　향　우위 수입도 별로 없는 하꼬비 온날5) 그만 두어야겠고.

남　부　그리고,

미　향　결혼해야죠.

남　부　누구하고,

미　향　누구든 날 진심으로 사랑해주는 사람이면, 거지래도 좋을 것같아
　　　　요.

남　부　그럼 도 경찰부 고등과에서 돈은 않 받아도 좋단 말이지?

미　향　난 어쩐지 그 돈을 받는 게 죄 되는 것 같어서, 무섭고 괴로워요.

남　부　그럼 난 다시 미향일 찾을 필요가 없는 사람이구먼?

미　향　찾게 되면 내편에서 찾을 게요.

　　　강유란이가 들어온다.

유　란　남부상, 곤방와 (남부씨, 안녕하셔요)

남　부　기회가 있으면 한번 찾으셔요, 미향씨.

　　　한마디 던지고 남부는 나간다.

미　향　개자식.

유　란　또 싸웠우?

미　향　아-히 구사레인넹. (팔자도 더럽지)

유　란　왜 그러우? 언니.

미　향　싫어도 떼지 못 하는 게 사람의 정인가 봐.

유　란　언니, 나 찻잔 둘만 빌려줘.

　　　미향이 갖다주니 유란이 나가며,

유　란　너무 걱정 말우. (하며, 눈을 찡긋한다)

미　향　애, 유란아.

유　란　응!

----

5) 음식점에서 일하는 여자.

미　향　나 남부상하고 결혼하는 게 좋겠니? 안 하는 게 좋겠니?
유　란　결혼은 벌써 하지 않았우.
미　향　정식으로 말야.
유　란　내 사정두 딱한데, 언니 사정을 내가 알우.

웃으며 나간다. 미향은 침대 위에 가 엎드리며, 긴 한숨 한번 쉬며 눈을
감는다. (F.O)

15. 도경찰부 고등과장실 (F.I)

정복한 과장과 사찰주임 남부가 얼굴을 맞대고 이야기를 하던 중인데,

과　장　(최한중은 네 친구라며?)
남　부　(중학시절 친굽니다)
과　장　(그놈을 3년 전에 네가 체포했다며?)
남　부　(네)
과　장　(그때같은 용기가 지금도 있겠나?)
남　부　(제 평생의 신념이니까, 과장님은 염려하실 필요도 없습니다)
과　장　(실은 오늘 경무국으로부터 호된 말을 들었다. 놈이 탈주한 지 3일
　　　이나 지났는데, 도경에선 뭘 하고 있느냐구)
남　부　……
과　장　(놈이 탈주한 이상 반드시 큰일을 저지를 것이라 보는데. 어떤가,
　　　자네 생각은?)
남　부　(제 일생을 걸고 기어이 승부를 내고야 말겠습니다)
과　장　다노무! (부탁한다!)

말을 맞치고 품에서 돈뭉칠 내놓으며,

과　장　(오천엔이다. 해치워라!)
남　부　(틀림없이 받았습니다)

돈을 포켓트에 넣고, 가볍게 예하고 과장실을 나선다.

16. 고등형사실

남부가 들어와 제자리에 앉아서 빼랍6)을 열고 사진 두 장을 꺼내 본다. 그것은 형무소에서 찍은 한중의 반신상이다. 남부는 눈을 슬그먼히 감는다. 전화가 운다. 남부는 수화기를 들며,

남 부 하이, 남부데스. 응, 그래.

수화기 놓고 사진을 수첩에 넣고 일어선다. (WIPE)

17. 요리집

일본식 요리집의 어느 조용한 방. 간단한 주안도 들어왔고 남부와 미향은 정답게 앉아서 미향이 따루는 술을 남부가 받고 있다.

미 향 불러내서 미안합니다. 밥부실 텐데?
남 부 이렇게 불러주니 고맙구려ー 그래 무슨 정보라도 있오?
미 향 이인 나만 만나면 정보 이야기지. 그래 사랑하는 사람은 못 찾아오 남?
남 부 무슨 소식을 들었으면 일러줘.
미 향 기맥힌 혁명가가 있다는 걸.
남 부 아직도 좀 꼬불어진 모양이지?
미 향 흥, 경기도 경찰부 고등과 사찰주임 남부훈 하면, 예간다제간다 쩽쩽 울리는 분이신데, 하찮은 이 미향이가 뭘 꼬불어져요, 꼬불어지길. 이렇게 만나주시는 것만 해도 제가 영광이에요.
남 부 이건 툭하면 꼬긴 밧줄인가?
미 향 정말 정식으로 결혼 않해줄 테면 숫제 남이 되자니깐.
남 부 인젠 큰 사건 한아만 족치면 쇳줄 생긴다니깐ー 사실 내놓구 말이지. 식만 하면 뭘 허누. 들어가 살 집도 있어야 하구, 하다 못해 베-비 후구7)라도 사야 하잖아?
미 향 아이, 간지러. 능치는덴8) 뭐 하나 있다니깐.

깔깔 웃는다.

---

6) 서랍의 방언.
7) 애기 옷?
8) 능치다. 마음 따위를 풀어 누그러지게 하다. 어떤 행동이나 말 따위를 문제 삼지 않고 넘기다.

남 부	좋아한다.
미 향	근데 나 돈 좀 써야겠어.
남 부	얼마나?
미 향	요새 무슨 수입이 있겠나 생각해 봐요. 그까진 하꼬비 온나 쩔해 갖이구 수지가 맞우?
남 부	글쎄 얼마나 쓸 테야?
미 향	많이 주면 좋지 뭘.
남 부	한 백원 쓸 테야?
미 향	눈을 살짝 흘긴다.
남 부	그럼 얼만데?
미 향	2천원만 쓸 테야.
남 부	저런 내 지금 갖인 돈이 2천원밖에 않 되는 걸. 술값도 치러야지.
미 향	그럼 난 어떻허구?
남 부	이것 봐. 오늘은 천원만 쓰고, 이삼일 후에 내 또 천원을 줄 테니. (하면서, 품에서 이천원을 꺼내 천원을 세어 준다)
미 향	아이 배려9). (하면서도, 그 돈을 채서 품에 간직한다. 남부는 시계를 보드니만)
남 부	아- 느젓군.

일어선다. 미향이도 일어서면서,

미 향	또 얶에 만날까?
남 부	매일 전화하구려- 참, (하면서, 수첩에서 한중의 반신사진을 꺼내 준다. 미향은 한번 보드니만 또 본다. 그것은 한중의 반신상. 미향은 손으로 목을 베는 형용을 한다. 남부는 손가락 다섯을 펴들며)
남 부	닷새 안에 잡아야 해.

미향은 엄지와 암지10)로 동그라미를 지어 보인다. 남부는 엄지 하나를 불쑥 쳐든다. 미향은 눈을 슬그머니 감는다.

18. 북악의 어느 산속 (밤)

---

9) 배리다, 하는 짓이 좀스럽고 구차스러워서 조금 더럽고 아니꼽다. 혹은.적어서 마음에 차지 않다.
10) 검지?

산속은 어둑어둑해 온다. 한중, 진범을 비롯해서 20세로부터 40세의 청장년 10여명이 어두어 가는 줄도 몰으고, 피를 뿜는 듯한 담론에 열중되어 있다.

진　범　하와이, 싸이판, 중경 등지의 방송을 종합해 보면, 일본은 결국 항복하는 수 밖엔 별달은 도리가 없다는 겝니다. 문젠 단지 시간문제가 있을 뿐입니다.

한　중　그러게 나는 철저히 주장하오. 이 시기를 놓치지 말고 우리의 지하조직이 주력이 되서, 먼첨 서울에서라도 폭동을 일으켜야 하오.

자리는 갑작이 긴장되어 간다. 홍수원이가 몸을 바루더니만11).

수　원　일본이 필경은 무조건으로라도 항복할 것을 아는 이상, 구태어 폭동을 일으켜 무수한 동지들의 귀중한 목숨을 쓸데없이 바릴 건 없는 일이 않입니까?

한　중　않이오. 우리는 일본제국주의가 하루라도, 아니 한시간이라도 빨리 붕괴되는 일이라면 어떠한 일이라도 감행해야 할 것이오, 이것이 우리가 걸머진 위대한 사명일 게고, 그리고 조선민족이 최후 순간까지 일본제국주의에 대한 비장한 항쟁이 구체적으로 표현되지 않은 이상, 조선민족이 세계에 대한 엄숙한 발언권은 없는 것이오. 난 거듭 주장하오. 조선민족의 결사적 봉기는 지금 이때인 것이오. 지금이라도 놈들의 화약고와 철도, 발전소를 폭파하고, 전선을 끊고, 놈들의 부락에 불을 질으고, 13도에 민족항쟁의 격문을 돌려야 하오.

수　원　최 당신의 그 정열은 빗싸게 삽니다. 허지만 혁명이란 무모한 희생으로만 되는 것은 결코 않입니다.

한　중　뭐가 무모한 희생이란 말이오. 그래 왜놈들이 전쟁에 지게 되면, 엽때 그놈들의 전쟁에 될 수 있는 대로 협력을 안12) 조선사람을 그대로 둘 줄 아시오, 대량의 학살을 감행할 것은 지나간 여러 번의 역사가 뚜렷이 말하고 있지 않소. 기미년 학살, 간도 학살, 동경 학살을 생각해 보오. 그리고 조선사람 학살은 조선군의 기정방침으로 되어 있다는 정보를 나는 갖이고 있오

---

11) 바루다, 비뚤어지거나 구부러지지 않도록 바르게 하다
12) 안 한?('한'이라는 한 글자가 빠진 듯)

수　원　그러니깐 놈들로 하여금 우리를 학살할 계인과 구실을 주어서는 않 된단 말이 않입니까, 여러분!

한　중　그와 같은 계인과 구실은 침략자들이 노 제조하는 연극이고, 우리에게 구실이 있다면 그것은 약하다는 것뿐일 게요, 한일합병, 만주사변, 상해사건, 중일전쟁 등 이런 구실은 대체 누가 만든 게요? 자! 여러분, 우리 둘만 말할 게 않이라, 여러분도 의견을 말슴해야 합니다.

아모도 의견을 말하는 사람은 없다.

한　중　그러면 우리는 앉었서 죽여주기를 기다려야 하겠오? 우리는 벌서 거사하기로 결정한 일이 않이오. 그것을 회합을 거듭할수록 모두들 발뺌들을 하니, 대체 당선들은 편안히 살어 있다가 조선이 독립이 되면 감투나 써보자는 심사요.

수　원　그 말은 취소하오.

한　중　에이, 여호 같은 것!

수　원　뭐요?

한중은 븍바치는 감정을 눌을려고 무진 노력한다. 묵어운 침묵이 지나간다. 한중은 수원의 손을 잡으면서,

한　중　홍형, 아까는 실언했오. 용서하시오.

말이 마치자, 그대로 일어나 것는다. 진범은 뒤를 따르며,

진　범　한중아!

한중은 그대로 걷것다. 진범은 그 길을 막아서며,

진　범　너 어듸로 가니?

한　중　거사하기로 약속들 하고는, 막상 거사할려면 우물쭈물 하는 것은 웬일이냐, 위선 너붙어.

진범은 아모 말도 못한다.

한 중 나는 내 뜻대로 하는 수밖에 없다.

것기 시작한다. 진범은 그 뒤를 잠깐 따루다 걸음을 멈춘다. 한중은 그대로 것다가 달리기 시작한다. (O.L)

19. 이층 양관 (밤)

이 양관이 한중과 그 동지들의 본거(本據)이다. 낡이는 했으나 그래도 2층 양옥이다. 한중은 그 정문을 몇 번 두다리다 문이 열리자 들어간다.

20. 현관과 낭하와 부엌 (밤)

한중은 현관을 지나, 낭하를 지나, 부엌에 들어가, 지하로 뚫린 굴 속으로 들어간다.

21. 지하실 (방)

좁지 않은 지하실에선 동지 5, 6인이 다이너마이트의 화약을 뽑아 수류탄을 만들고 있다. 한편에는 단파 수신기가 장치되어 있고, 그밖에 모든 기구들이 간소하나마 이것을 장치하노라고 모진 노력을 경주한 자최가 정연히 보인다. 한중이 지하실로 들어서니 동지 갑이 일하는 손을 멈추고,

동 갑 최형, 오늘 회합은 어떻게 됐오?
한 중 모두들 거사하기로 맹서해 놓고는, 오늘은 모두들 목숨이 아까운지 주저들은 하지만, 우리는 예정대로 폭동을 일으킬 만반 준비를 계속해야 하겠오.
동 갑 누가 그중 말썽이었오?
동 을 우리가 그걸 알아선 뭘 하오.
한 중 물론이오. 요는 누가 민족을 위해서 더 싸우느냐 하는데 있을 게요.
동 병 그자들은 혁명을 무슨 명예직으로 생각하는 게지?
한 중 쉬, 지금은 남의 언행을 비판할 때가 않이오.
동 정 그게 반동이지 뭐요, 형님.
동 을 결괄 봐야 알지. 경솔하게 반동이라고 규정해야 쓰오.
한 중 나도 그 자리에선 몹시 분개했어 퇴석하고 왔오만, 오면서 곰곰히

생각하니 관대할 수 있다는 것이 진리를 위했어 죽는 사람들이 갖일 수 있는 심경인 줄 깨달았오.

22. 양관 밖 (밤)

동지 유종진 자전차를 급히 몰아, 양관 정문 앞에 와 나렸어 정문으로 들어간다.

23. 현관과 낭하와 부엌 (밤)

종진은 허둥지둥 지나서 지하실 통로로 들어간다.

24. 지하실 (밤)

종진이 지하실로 들어서며,

종 진 큰일났오?
한 중 왼일이오?
종 진 박형하고 나하고 그 장소에서 다이나마이트를 받아 갖이고 오다 헌병한테 탄로가 돼서, 박형은 지금 헌병대로 가는 중이고 난 자전 걸 훔쳐 타고 달려 왔오.

모두들 긴장한다.

한 중 아직 헌병대엔 채 도착되지 않았겠지?
종 진 걸어가니깐 아직도 한 15분은 있어야 도착할 거요.

한중은 저편에 놓여있는 쩍나이프를 얼핏 포케트 속에 집어넣는다.

25. 거리 (밤)

컴컴한 거리를 동지 박성훈은 섬에 싼 물건을 들고 헌병에게 끌려간다.

26. 달은 거리 (밤)

한중은 자전차를 타고 전속력을 놓는다.

27. 또 거리 (밤)

박성훈과 헌병이 것는 길을 한중이 지나드니만, 저편 골목을 질러 들어간다.

28. 길모퉁이 (밤)

한중은 결행할 각오를 단단히 하고 섯다. 조금 후에 헌병과 박의 그림자가 나타나자, 한중은 번개같이 쩩나이프로 헌병의 가슴을 찔은다. 헌병은 "치끄쇼?" 한마디를 던지고 넘어진다.

한 중 박, 한중이요
성 훈 응, 최형?

한중은 성훈의 팔목을 채인 수갑을 끌으려고 노력한다. 넘어진 헌병은,

헌 병 (버릇없는 조선인!)

고함을 친다. 이 소리를 듯고 사람들은 발을 멈춘다. 수갑이 용이(容易)히 끌러지지 않고, 두 동지는 몹시 초조하다. 군중 틈에선,

"히도고로시 다좃! (죽일놈의 새끼)"
"후데이 세진다! (버릇없는 조선인!)"

이런 소리가 들려온다. 형사, 경방단원들도 달려온다. 성훈의 수갑은 겨우 끌러젓다.

한 중 집으로 가지 말고 산에서 자오
성 훈 응!

형사, 경방단원들이 이편으로 쫓어 오는 듯하다. 두 동지는 길을 달리하고 달린다. 형사, 경방단원들이 쫓아오며,

"아소꼬닷! (저쪽이다!)"

29. 어느 골목 (밤)

한중이 뛰어온다. 좀 떨어젓어 형사, 경방단원들이 쫓아온다.

30. 또 달은 골목 (밤)

한중은 뛰어가다 저편 골목을 돌아 들어선다. 형사, 경방단원들은 이 골목 저 골목으로 흩어진다.

31. 미향이 있는 아파-트 앞길 (밤)

한중은 세 갈래 길목에 나서 방황하는 듯하드니만, 아파-트 문으로 달녀 들어간다.

32. 아파-트 안 (밤)

한중은 문안으로 들었어, 층계 한 편에 몸을 숨기고 밖앝을 내다본다. 형 사들의 탐색의 눈은 여기저기서 빛나고 있다. 그중의 일대는 아파-트를 향하고 온다. 한중은 저윽이 위험을 늣겨 반발적으로 저편을 보니, 마침 조선옷을 입은 미향이가 꽃병을 들고 자기 방으로 들어간다. 밖에서 형사 들의 몇 사람은 확실히 아파-트를 향하여 갓가히 오고 있다. 한중은 반사 적으로 미향의 방문을 열고 뛰여 들어간다.

33. 미향의 방 (밤)

방으로 들어서는 한중을 보고,

미　향　어머나!
한　중　당신은 조선사람이지!
미　향　왼일이세요. 글세요?
한　중　날 좀 구해줘야겠소.

미향은 그제야 그가 누구일 것을 생각할 수 있었다.

미　향　형사들에게 쫓기섯군 그래요.

미향은 컵에 물을 부어준다. 한중은 한 목음에 마시고 나서,

한　중　고맙습니다.

말을 마치자마자 미향의 앞으로 닥어서며,

한　중　날 구해 주시겠오?
미　향　물론이죠.

한중은 감격해서 자기도 모르게 미향의 손을 정열적으로 잡고 흔들면서,

한　중　고맙습니다. 그런데 당신은 누구시오?
미　향　누군 누구에요, 조선사람이지. 선생님은 최한중 선생님이시죠?

한중은 놀라지 않을 수 없다. 그러나 그는,

한　중　그렇소. 어떻게 아시오?
미　향　형사들이 선생님을 잡으려고 야단들이니까 알죠.
한　중　그것을 알면 당신도 날 잡어야 할 사람이 않이오. 자. 잡어요! 잡
　　　　어.

그는 두 팔을 내밀며 선뜩 앞으로 나선다.

미　향　잡을려면 벌써 잡엇게요. 허지만 내겐 흥미없는 일이 되고 말았어
　　　　요.

한중은 노리고만 있다.

미　향　그것은 오로지 선생님들의 세곌 오늘 첨 봤기 때문이야요! 선생님,
　　　　난 이런 것을 늦겼어요, 지금 막! 순결한 사람일수록 위대한 일을
　　　　할 수 있고, 위대한 사람일수록 순결하단 것을 늣겼어요 건방지죠?
한　중　그럼 실례하겠습니다.

그는 나갈려고 한다. 미향은 그 길을 막어서며,

미　향　지금은 않 됩니다. 놈들이 길목을 직히고 있을 께에요.

한중은 그 말을 쫓는다.

미　향　피곤하실 텐데, 좀 누셔요! 네.

한중은 쳐다만 본다. 미향은 침대를 어루만지며,

미　향　자, 어서요.

한중은 안심한 듯이 침대에 걸터 앉는다. 이것을 보고 섯는 미향의 얼골은 몹시 아름다웠다.

미　향　어서 누세요. 몹시 피곤하실 텐데.
한　중　몸이 더러워서 어디.
미　향　괜찮어요. 빨면 그만이죠 뭐.
한　중　그럼!

한중은 쓰러지듯이 누어 버린다.

미　향　선생님, 그런 일 하기 무섭잖어요.
한　중　애인을 위해선 뭘 못하겠오. 조선은 내 애인인데!
미　향　호호호, 애인을 위해선 뭐든지 다 해야 해요?

한중은 어느새 코를 골며 잔다.

미　향　엄마! 벌써 주무시나?

그녀는 한중의 자는 얼골을 들여다보며 새 인간을 발견한 깁붐보다 오히려 자기의 인생을 돌이켜 생각하고 깊은 애수에 잠긴다. 유란이가 문을 방싯 열고 들어오며,

유　란　언니!

한마디 하자 그는 침대의 한중을 발견하고 움씻한다. 미향은 당황하는 듯 하드니만,

미 향   외 그러니?
유 란   누구요?
미 향   응, 시골 오빠.

유란이는 조곰 머리를 끄덕이드니만,

유 란   찻잔 좀 빌려 줘.
미 향   그이가 왔니?

유란이는 머리만 끄덕인다. 미향은 찻잔 둘을 갓다 주면서,

미 향   기집애두, 찻잔도 없이 애인을 불러!

유란은 눈을 꿈뻑하면서 나간다.

미 향   애인을 위해선 뭘 못하겠사와요! 아—하!

그는 꽃병의 꽃을 슬쩍 만지면서 긴 한숨 한번 쉰다. 한중은 솟으라쳐 일
어난다.

미 향   외 더 좀 주무세요.
한 중   가 봐야겠읍니다.
미 향   위험하지 않을까요?
한 중   관계없을 겝니다.

미향의 얼골엔 분명히 서운한 빛이 떠돈다.

한 중   오늘밤 신센 잊지 않겠습니다. (하면서 손을 내민다. 미향은 기대
        렸든 듯이 얼핏 그 손을 잡는다. 한중은 아무 미련도 없이 나간다.
        미향은 망설이다 옷을 걸치고 문을 나선다)

34. 이층 양관이 보이는 길 (밤)

한중은 양관집을 향하고 걸음을 빨히 하고 있다. 그 뒤를 밟는 미향의 걸
음도 빠르다가 큰 나무가 선 곳에서 멈춘다. 한중은 분명히 양관으로 들

어간다. 미향은 세상에도 귀한 것을 잃어발인듯 안탁갑고 서운한 정을 어찌할 수 없는지, 나무 밑을 몇 번이고 돌면서 한중이 들어간 양관의 문만 가끔 바라보았으나, 한중은 다시 그 문으로 나오진 않았다. 그는 묵묵히 발길을 돌처 것기 시작한다. (O.L)

35. 예배당 앞

신도들은 예배가 끝나서 나오고 있다. 이- 틈에 이혜자는 꽃을 안고 걸어온다. 늠○의 동무 황정자가 나란히 걸어오며

정 자 애 이쁘다. 어디서 낫니?
혜 자 김목사 부인께서 주섯어 그 댁 정원엔 아주 희한하게 많이도 폈겠지.
정 자 혜자야, 나 좀 난워 줄래, 않 줄래?
혜 자 이건 않되 내 요담에 어더 줄게
정 자 아, 누구한테 선사할려구?
혜 자 글쎄 그럴런지도 몰으지.
정 자 아-주 대담한데?
혜 자 죄가 두럽지, 올흔 것이 두려울 것 있어?
정 자 그이가 누구야?
혜 자 그이락게?
정 자 그 꽃을 받을 행복한 남자는 말야?
혜 자 글세, 꿈속에 각금 오는 그일런지도 몰으지?

정자는 혜자의 팔을 살짝 꼬집는다.

혜 자 아야야!

꽃도 웃으운 듯이 후드득 흔들린다. (O.L)

36. 혜자의 집 건넌방 (밤)

혜자 꽃병에 꽃을 꽂고 이모저모 살펴본다. 어머니 최씨 방으로 들어오며,

최 씨 혜자야! 선생님이 입때 않 오시니 윈일이시냐?

혜　자　임에13) 오실걸 뭘

최　씨　그인 대체 뭘 하신다든?

혜　자　인제 들어오시면 물어볼가, 어머니!

최　씨　점잖은 분께 그렇겐 못해요

혜　자　그인 외 우리 집에 첨 오시던 날붙어 별걸 다 물어봐요, 동무는 몇
　　　　이며, 일음은 뭐고, 집으로 놀러오느냐 마느냐구.

최　씨　네깐것 보시구 그런 것도 못 물으실까!

혜　자　아이 어머니두, 네깐게 뭐에요 이렇게 다 큰 여잘 보구.

대문 여는 소리가 들린다.

혜　자　오시나 봐?

그는 뛰어나간다. 최씨도 그 뒤를 딸은다.

37. 마당 (밤)

한중 중문게로 들어선다.

혜　자　선생님 첨 이렇케 느지셨에요

한　중　네- 아주머니, 오늘 절 찾아온 분은 없었읍니까?

최　씨　네, 아무도! 어서 진질 잡수서야지.

한　중　먹었읍니다

최　씨　채려논 짐진데 좀 드세야지. (하면서, 부엌으로 들어간다)

한　중　않이올시다. 웬만하면 먹지요!

그는 건넌방으로 들어간다. 혜자는 대청에서 갈팡질팡 한다.

38. 건넌방 (밤)

한중은 무거운 생각에 사로잡힌 듯이 눈을 감고 앉았다. 혜자는 계면쩍게
들어서며,

---

13) 임의 (任意), 일정한 기준이나 원칙 없이 하고 싶은 대로 함. 혹은, 대상이나 장소 따위를
일정하게 정하지 아니함.

혜　자　선생님! 우리 병원 간호부에 혜원이란 애가 있다고 그러잖았어요?
한　중　네
혜　자　그런데 오늘 아침 4신가 5시쯤 해서 형사 셋이 와서 그애 오빨 잡
　　　　어갔대요.
한　중　왼일일까요?
혜　자　아마 사상운동 관겐가 봐요.
한　중　혜자씬 그런 사람을 동정하십니까?
혜　자　네, 동정해요.
한　중　어떻게 동정하십니까?
혜　자　유치장을 부사구래도 구하고 싶어요.
한　중　그건 외요?
혜　자　선생님은 날 어린애로 보셔.

　　　　어머니가 불으는 소리가 들린다.

최　씨　혜자야, 선생님께서 공부하실 텐데, 이리 건너오렴.
한　중　괜찮습니다.
혜　자　선생님, 안녕히 주무셔요.
한　중　네, 안녕히!
　　　　혜자가 나간 담에 한중은 뭐인지 쓰기 시작한다.

39. 안방 (밤)

　　　　최씨는 자리에 누엇고, 혜자는 일기를 쓰고 있다. 펜은 이런 글을 쓰고 있
　　　　다.

　　　　"그인 내 옵바도 않이고, 내 선생님도 않이고, 더구나 내 ?도 아니고! 그
　　　　럼 대체 뭘일가? 무뚝뚝하고, 내가 갓다들인 꽃도 못 볼 만치 눈치가 없
　　　　고"

40. 건넌방 (밤)

　　　　한중은 그제야 꽃을 보고, 만져도 보고 냄새 맡아 본다.

한　중　혜자씨!

41. 안방 (밤)

혜　자　네?

42. 건넌방 (밤)

한　중　참 꽃을 주섯어 고맙습니다.

43. 안방 (밤)

혜　자　윈걸요. 잇부지도 못해요.

　　　펜은 일기의 "… 내가 갓다들인 꽃도 못 볼 만치 눈치 없고"란 구절을
박박 지어 버린다. 그래도 시언치 않은지 일기장을 찢어 다시 잘게잘게
찢는다. (F.O)

44. 미향의 방 (F.I)

　　　오후의 햇볕이 쨍쨍이 들이빛인다. 미향은 어듸로 여행할 모양인지 추렁
크에 옷가지들을 주섬주섬 넣고 있다. 유란이가 기지겔 하면서 들어선다.

유　란　외 불렀우?
미　향　기집애두, 또 잤어?
유　란　근데 윈일유. 도랑꿀 채리니?
미　향　응. 시골 좀 갔다올려구
유　란　시골은 외?
미　향　쌀이나 구해와야지, 어디 살겠니!
유　란　즈이네니[14] 나두 좀 사다줘. 응, 언니!
미　향　그래. 근데 애, 유란아!

　　　유란이는 쳐다만 본다.

미　향　그새 남부상이 오시거든, 쌀 사러 갔다고 그래.

---

14) 의미상, 겸해서?

유란이는 또 머리를 끄덕인다.

유　란　언니, 쌀좀 꼭 사다줘야해! 내 돈 낼가?
미　향　그건 걱정말고 남부상한테 내 부탁이나 잘 전해요. 엄마! 벌써 차
　　　　시간이야.

허둥지둥 추렁크를 들고 몇 걸음 것자 남부가 들어온다.

유　란　이랏샤이마세 (어서 오세요)
남　부　요샌 어때?
유　란　(덕분에 잘 지냈습니다)
남　부　어디 가는 거요?
미　향　시골로 쌀 팔러.
남　부　이거 큰일 났소. 경무국에서 야단, 도에서 야단, 어쩌면 이렇게 되
　　　　겠는데
미　향　숫제 그렇게 되면 좋지, 뭘 그래요.
남　부　대체 미향인 뭘 하고 있는 거요?
미　향　그 왜 나보고 활 내고 그러슈?
남　부　기미니모 세끼닝가 아룬다 (너에게도 책임이 있소)
미　향　내게 무슨 책임이 있수! 아, 당신한테서 받은 게 있으니깐- 그런
　　　　걸루 해서 책임을 지게 된다면, 돌우 드리고, 난 그 더러운 책임을
　　　　벗을 테에요. (하고는, 품에서 지폐뭉치를 내여 놓는다)

남　부　이건 정말 활 내잖나! (하면서, 미향의 억개를 잡는다)
미　향　놔요!

한마디 질으고, 추렁크를 들고 나간다.

남　부　야쯔 헨다조! (자식, 이상한데!)

혼잣말 비슷이 하고는,

남　부　유란아! 언니가 외 저래?
유　란　남부상이 활 내시니깐 그렇지, 뭘 그래요
남　부　자, 그럼 난 갈 텐데, 언니가 돌아오거든 이 돈을 맡엇다 돌우 줘

요.

그는 그 돈뭉치를 유란에게 준다. 유란은 엽대 그런 액수의 돈을 갖어 본 일이 없었든지 약간 흥분까지 한다. 남부는 이 유란의 표정을 놓치지 않았다. 그는 나갈려다 말고,

남 부 언니가 시골로 쌀 팔러 간댔지?
유 란 네, 그래서 남부상이 오시기 전에, 오시면 시골로 쌀 팔러 간다고 남부상게 일러달라고 그러셨어요.
남 부 유란아, 요짐 언니 방에 각금 들렀어?
유 란 그제 밤에 한번 들렀나!? 찻잔 빌려요.
남 부 유란아, 이런 말은 언니 보고 해선 않 되는 말인데, 언니가 요새 새 사람 생겼디.
유 란 고히비도요? (애인 말이야요?) 호호호
남 부 옷 잘 입고 돈 잘 쓰는 사람이라는데, 누군지 알 수가 있어야지! 유란이가 그런 사람 대주면, 그 돈을 죄다 줄 테야. 정말이라니깐.
유 란 아주 강짜15)가 심하신데, 호호.
남 부 강짜가 심하지 않으면, 제 애인 뺏기는 게 유쾌랄 건 없잖아?
유 란 아주 돈많은 사람이래요?
남 부 글세, 그렇다는군.
유 란 그제t 밤 저 침대에 누워있던 사람은 시골 오빠구, 또 돈도 있어 뵈지 않은 사람이지만- 누굴까?

남부의 긴장은 대단하였다. 허지만 그는 긴장을 눙치며16),

남 부 오빠가 왓댔어? 어떻게 생긴 옵발가?
유 란 그인 않이요. 옷도 시시하게 입었던데.
남 부 저 머릴 박박 깎고, 코가 큼직한 사람은 않야?
유 란 그렇긴 해두 그인 않이에요. 않이든 걸 뭘.

남부는 문으로 달려 나간다. 유란은 쫓아 나가며,

---

15) 아무런 근거나 조건도 없이 억지를 부리거나 강다짐을 함.
16) 눙치다, 마음 따위를 풀어 누그러지게 하다. 혹은, .어떤 행동이나 말 따위를 문제 삼지 않고 넘기다.

유 란 그인 않에요. 않이라니깐.

45. 교외 어느 길

미향은 걸음을 빨리 하고 있다. 미향의 뒤를 밟아온 남부는 몸을 감춰가 며 딸으고 있다.

46. 지하실

지하실에선 한중과 그의 동지들이 수류탄을 제조하기에 혈안이 되어 있다. 윤상우가 벽으로 뚫린 문으로 기어 들어오며,

상 우 어제 왔든 수상한 여자가 지금 이 집을 향해 오고 있오.

한중은 옆에 놓여 있는 단총을 주머니에 넣고 박과 같이 기어나간다.

47. 부엌과 응접실

한중과 상우는 부엌으로 올라와서 낭하를 지나 응접실로 들어와, 창으로 밖을 내다본다. 그는 분명한 미향이었다.

한 중 응, 걱정할 건 없소. 아는 여자요.

상우는 아모 말도 없다.

48. 밖

부근엔 인가라곤 별로 없고 수목만 울창하게 이 집을 싸고 있다. 미향은 가서 정문을 두다리고 있다. 남부는 이 모든 것을 놓치지 않으려고 단단 히 직혀 섰다. 정문이 열리며 한중이 나온다. 남부는 어지러울 정도로 놀 란다. 그러나 그는 무엇을 해야 할 것을 잊어바리지 않고 길을 돌처 걸음 을 빨리한다.

49. 응접실

한중은 추렁크를 들고 미향과 같이 방에 들어와서 몇 번이고 미향의 손을 흔들며,

한 중 참 반갑습니다. 반갑습니다.
미 향 이렇게 와도 괜찮아요. 선생님?
한 중 벌서 다 아시고 오셨는데, 허허허.
미 향 사실은 그날 밤부터 선생님 될 꼭 딸어 단여요.
한 중 네, 알겠읍니다.

잠깐 어색한 침묵이 흐른다.

50. 파출소

남부는 도경찰부에 전화를 걸고 있다.

남 부 응응, 자동차 타고 곳 와야 해.

51. 응접실

미 향 선생님!
한 중 네.
미 향 전 선생님 곁에 꼭 있어야 할 사람인 것을 알았읍니다. 그것은 선생님이 책임지셔야 해요.
한 중 내가 책임져야겠오?
미 향 그날 밤은 제 일생을 통해 가장 찬란한 위대한 밤일 거에요! 제게 뭐가 있어요? 썩어가는 고기덩이와 돈으로 해서 선생님을 잡아야 할 드러운 계획 밖에 없든 년이에요, 선생님! 사람은 다시 살여야 할 권리와 노력은 없는 것입니까?
한 중 물론 사람은 다시 살어야 할 권리를 갖었게 우리는 민족과 같이 다시 살기 위해서, 앞뒤에 폭탄을 걸머지고 왜놈의 속으로 뛰여 들어가고 있지 않소! 허지만 다시 살 수 있게 한다는 노력은 한때 한 감상으로 되여지는 것은 않이오. 강철과 같은 의지와 화산과 같은 정열이 있어야 할 게요.

미향의 눈엔 눈물이 매첬었다.

52. 어느 길

형사를 가득 실은 자동차가 속력을 노아 달리고 있다.

53. 응접실

미 향   최 선생님, 전 아모래도 이 짐짝을 돌우 들고 어두운 옛 고향으로 돌아가야 해요?

한 중   난 솔직히 말해서, 그러길 희망 합니다.

미 향   그것은 선생님이 절 믿을 수 없단 말슴이죠?

한 중   난 다음 시간에라도 죽어야 하는 사람인 것을 미향씬 잊으셨읍니까?

미 향   전 선생님의 문엄이라도 직힐 수 있는 여자가 된다면, 그걸로 만족 하겠어요.

한 중   그것은 미향 씨의 자유일 겁니다. 그땐 벌써 미향씨와의 모든 기억 까지도 잊어바리고 누엇을 테니간.

그는 쓸쓸히 웃다가 밖을 보고 좀 놀란다.

한 중   저게 어디로 가는 자동찰까요?

이 편을 향하고 달려오는 차다.

미 향   선생님, 빛갈이 경찰부 자동차에요.

54. 밖

형사들은 차에서 내려 남부의 지휘대로 양관을 향하여 달린다.

55. 응접실

한 중   미향 씨, 훌륭한 선물을 주서서 고맙습니다! 에이, 개년.

그는 미향의 뺨을 번개같이 때린다. 미향은 기가 막혀 처음엔 웃드니만, 나중엔 애를 끊는 듯하는 눈물이 철철 흘은다. 정문을 두다리는 소리가 들린다. 한중은 응접실을 나와 현관으로 가자마자 한 방을 쏜다.

56. 밖

정문을 두다리던 형사가 쓰러지자 남부는,

남 부 (엎드려!)

모도들 업들인다.

남 부 겐빼이 다이니 시라셋!

형사 한나이(하나가) 뛰어간다. 긴장된 침묵이 다시 계속된다.

57. 지하실

한 중 뒷감당은 내가 할 테니, 동지들은 수류탄을 갖이고 당분간 피신들
        하시오.
성 훈 내가 할 테니, 최형은 빨리 피신하오.
한 중 이러구 있을 때가 아니라니깐. (하며, 성훈의 등을 떼민다. 동지들
        은 각각 제조된 수류탄 몇 개씩을 몸에 진인다)
한 중 때는 왔소. 외놈이 패망할 때가 눈 앞에 온 것이오. 천만 명이 주
        저하고 비웃드래도 우리 동지들은 기어코 조선민족의 정의의 붉은
        피를 외놈들의 시체 우에 뿌려야 할 것이오.

나이어린 동지 정은 감격해서 운다.

한 중 자- 어서 이 굴속으로!

동지들은 연달아 굴속으로 들어간다.

동지정 형님! (하면서, 한중의 품에 안긴다)
한 중 내가 없드래도- 꼭 거사를 해야 한다고 일르오. (하면서, 정을 굴
        속으로 들여보내고 감쪽같이 막어버린다. 그리고 그는 이편 통로로
        들어간다)

58. 부엌과 응접실

한중은 부엌으로 나와 응접실로 들어선다. 날은 벌써 어두었다.

한 중 미향씨.
미 향 여긔 있어요, 선생님.
한 중 지금부터 위험할 테니, 뒷문으로 나가시오.
미 향 싫어요.

59. 밖 (밤)

차에서 내린 헌병들이 몰려오드니만 양관을 향해 총을 든다.

60. 응접실 (밤)

한중은 벽에 붙어서 밖의 동정을 살핀다. 총소리가 나드니만, 유리창이 쨍
그렁 하고 깨어진다.

한 중 미향 씨, 엎드리시오.

미향은 엎드린다. 한중은 밖을 향하고 한 방 쏜다.

61. 밖 (밤)

헌병들은 양관을 향해 기여간다. 양관에서 또 총소리가 난다. 헌병들은 여
전히 앞으로 향한다. 양관에서 연달아 총소리가 난다.

62. 응접실 (밤)

미 향 선생님, 작구 기여 와요.

헌병들이 기여 오는 검은 그림자가 보인다. 한중은 최후를 각오한 듯이
수류탄을 들어 밖을 향해 던진다. 무서운 소리를 내며 작렬한다. 미향은
창의 검은 그림자를 보자, "악!" 하는 소리와 같이 창에서 불빛이 번쩍인
다. 미향은 그 몸으로 한중을 막다가 그만 쓰러진다. 한중은 그 창을 향하

전창근·자유만세 353

고 남은 수류탄을 던졌으나 그것은 작렬되지 않는다.

한 중 미향 씨.
미 향 선생님, 전 선생님에 대한 맘은 깨끗했어요.
한 중 미향 씨! 미향 씨!

그는 미향의 시체를 흔들며 웨친다. 창에서 불이 또 번쩍하드니 한중도 그만 쓰러진다.

63. 밖 (밤)

헌 병 얏따조!

한마디 웨치니, 모두들 쏜살같이 문을 부시고 양관 안으로 들어간다.

64. 응접실 (밤)

한중과 미향은 나란히 넘어져 있다. 회중전등 불빛은 그들의 얼골을 이리 빛이고 저리 빛인다.

65. 혜자의 집 안방 (밤)

곱게 잠들은 혜자는 무슨 화려한 꿈이라도 꾸는 듯하다. 목에 건 넥레이스17)의 십자가가 유난히 번쩍어린다.

66. 결혼식장

화려한 예복을 입고 팔을 끼고 걸어오는 신랑신부는 혜자와 한중이다.

67. 안방과 대청과 마당

혜자는 소스라쳐 자리에서 일어나니, 벌서 날은 밝엇다. 그녀는 대청으로

---

17) neck lace, 목걸이.

나와 건넌방을 기웃거렸으나, 문은 열어 볼 순 없었다. 최씨가 부엌으로 나오다 혜자를 보고,

최 씨 커다란 기집애가 자리옷 바람에 북그럽지도 않니?
혜 자 어머니, 선생님 오셨우?

적은 소리로 묻는다.

최 씨 않 들어 오셨다.

물을 버리군 돌우 부엌으로 들어간다. 혜자는 건넌방 미다지를 살그먼히 열어 보드니 그 방으로 들어간다.

68. 건넌방

혜자는 책상 앞에 무릅을 꿇고 앉어 꽃을 본다. 그리고 설합을 열어보니 거기엔 양말에 볼을 부치다 그만둔 것이 있다. 혜자는 혼자 웃다가 그것을 꿰매고 앉었으려니,

최 씨 애, 뭘 하니. 어서 밥 먹어야지! (하는 어머니의 소리가 들려온다. 그래도 혜자는 그대로 꿰매고 있다)

69. 대청과 마당

최 씨 애, 뭘 하니?

중문으로 황정자가 들어서며,

정 자 아지머니, 그새 안녕하섰어요?
최 씨 정자냐, 이거 참 오래간만이다! 애, 정자가 왔다.

건넌방으로 혜자가 나오며,

혜 자 오- 정자! 잘 잤니?

두 팔을 벌리며 수선을 떤다.

정　자　쟤가 외 저렇게 좋아서 그래요. 아주머니?
최　씨　낸들 아니! 애, 어서 자리옷이나 벗어.

혜자는 입을 삐죽하더니만, 하얀 파자마 맨 우에 달린 단추부터 끄르기 시작한다.

70. 대학병원 간호실부

혜자는 간호부복의 단추를 채며 있다. 그 옆으론 오영경, 황정자, 임양순 들이 옷매무시에 밥부다.

정　자　혜자, 너 오늘 뭐가 그리 좋니?
영　경　애인을 맞난 게지?
혜　자　있으면 좋게.
양　순　그런 게 있으면 누가 있다구 그런다든.
혜　자　있으면 있다지, 속혀선 뭘 하게. 앤 낳서 어떻게 업고 단이니.
영　경　애인은 보물과 같이 감춰 두랬어.
정　자　그참 그럴 듯한 말인데.
혜　자　그럼 네가 그런 보물을 갖인 게로구나. 갖어두 둘식 셋식.
정　자　뭐, 이 기집애야.

혜자를 꼬집으려고 든다. 혜자는 쫓겼어서 문을 박차고 나간다.

71. 낭하

혜자가 쫓겨나오자 세 처녀들도 따라 나온다. 성혜원이 오다 말고,

혜　원　애들아, 굉장한 환자가 입원했어.
정　자　어떤 환잔데?
혜　원　자세힌 몰라도, 형사가 딱 직히고 있어.
영　경　어느 병실에 있니?
혜　원　3호실에-
영　경　혜자야, 가볼까?

혜　자　아이, 무서.

혜　원　얼굴은 잘 생긴 사람야. 이렇게 코가 웃둑하고 이마가 번뜩한데.

영　경　애, 가보자.

72. 병실

한중은 죽은 듯이 침대에 쓰러져 있다. 중태나 생명은 아직 있는 것을 들먹거리는 그의 가슴을 보고 알 수가 있다. 헌병조장, 남부, 의사 조승재들은 무슨 중대한 의논을 하던 중이다.

헌　병　(죽진 않겠죠?)

승　재　(글쎄요. 지금 상태로는 퍽 위험한데, 좌우간에 이삼일 지나보지 않고는 뭐라 말할 수가 없습니다)

헌　병　(책임질 수 있는 말을 해주시오)

승　재　(나로서는 지극히 과학적인 말을 했소)

남　부　(범인이 범인인 만큼 잘 좀 부탁합니다)

승재는 그만 나가고 만다.

헌　병　(그럼 역시 당신쪽에서도 조사할 셈인가?)

문 두다리는 소리가 난다.

남　부　하이 (네)

영경 등이 문을 열고 들어온다.

헌　병　(들어오면 안 돼!)

간호부들은 문을 돌우 홱 닫아 바린다.

헌　병　(헌병대에서도 조사하겠다)

남　부　(하지만 이놈은 처음부터 경찰국의 지령에 따라 도경찰에서 손을 댄 범인이오)

헌　병　(지금 상황은 계엄령 시행상태나 다름이 없다. 헌병이 모든 정부를

집행할 수 있다)

남　부　(그건 내가 알 바가 아냐. 총독의 명령이 없는 한!)

남부는 몹시 분개해서 문을 탁 닫치고 나간다.

헌　병　(이런 판국에 총독이 무슨 상관이야)

그는 단총과 검을 침대 머리에 걸고 범인을 경계할 준비를 단단히 한다.

73. 외과진찰실

혜자는 주사기를 소독하면서,

혜　자　선생님, 삼호 병실에 입원한 환자가 무슨 죄수라죠?
승　재　응.
혜　자　강도래요?
승　재　독립군이래.
혜　자　독립군이요?
승　재　응. 배에 총을 맞아 관통상을 당했는데- 지독한 사람이두군.
혜　자　아이, 가엾어라! 죽진 않을 것 같아요?
승　재　어찌하면 살 것도 같은데, 살아서 그 고생하느니 죽는 게 낫지.
혜　자　그래도 그런 사람은 살아야죠. 그렇잖아요?
승　재　혜자도 사상이 과격한데.
혜　자　선생님은 않 그러셔요, 뭐.
승　재　어서 부지런히 주사를 줘야 해. 상처가 곪기나 하면 큰일이야.

혜자는 주사기 등을 가지고 문 열고 나간다.

74. 낭하

혜자는 자기도 몰으게 긴장이 되어 것는다. 3호 병실 문을 열고 들어간다.

75. 병실

혜자 들어서며,

혜   자   (실례합니다)
헌   병   (당신이 이방 담당이오?)
혜   자   하이. (네)
헌   병   (그럼 좋아)

혜자는 한중이 누어 있는 침대로 갓가히 가면서 거진 깜으라칠 듯이 놀랬으나, 그는 가진 노력으로 모든 흥분을 억눌으며 있다. 죽은 사람과 같은 한중은 혜자를 알아볼 수 없었다. 혜자는 등을 헌병께로 돌리고 한중의 팔에 정성이 맺힌 주사를 주고 있다. 한중의 눈은 슬금언이 열리기 시작한다. 구슬땀이 매즌 혜자의 얼골은 갑작히 빛난다. 한중은 두어 번 머리를 가볍게 흔들어 걱정 없다는 뜻을 전한다. 혜자는 자기의 즐겁고 애달픈 일을 끝내고 문을 열고 나간다.

76. 간호원 숙직실

혜자는 문을 열고 쓰러지듯이 주저앉는다. 그녀는 자기도 잘 몰을 눈물이 솟음을 어찌할 수 없었다. 마침내 업드려 소리를 내어 운다. 정자가 들어오니, 혜자는 몹시 당황한다.

정   자   너 울었니?
혜   자   않야.
정   자   뭐가 않야. 눈이 통통 다 부엇는데.
혜   자   네가 알 일은 않이라니깐.

한마디 던지고는, 문을 열고 나간다.

77. 낭하

혜자는 풀기 없이 걸음을 걸을려니 뒤에서 입부장하게 생긴 의학생이 쫓어 오며,

학   생   혜자씨.

혜자는 돌처 본다.

학   생   오는 일요일에도 모두들 하이킹을 가게 됐어요. 혜자씨도 꼭 가셔

야 합니다.

혜자는 들은 척도 않 하고, 낭하를 지나 병원 밖으로 나간다.

78. 길

혜자는 깊은 생각에 잠긴 채 길을 걷고 있다. 달려오든 추럭이 속력을 멈추며 경적을 4, 5차례 분다. 그제야 혜자는 뒤를 돌아보고 몸을 피한다. 달려가는 추럭 운전대 문으로 조수 같은 자가 혜자를 돌아보며,

조　수　이년아, 정신차려!

혜자는 힐끗 쳐다보군 그대로 길을 걸어 어느 다리목에 다다랐을 때, 큰놈과 작은놈이 맹렬히 싸우다 작은놈이 큰놈에게 깔려 몹시 얻어 맞는다. 혜자는 별안간 의협심이 나는지 큰놈을 집어 일으킬려니 좀체로 일어나지 않고, 그대로 작은놈을 갈긴다. 혜자는 있는 힘을 다하여 큰놈을 일으켜 세우자마자, 보기 좋게 큰놈의 따귀를 후려갈긴다.

큰　놈　외 때려, 때리길?
혜　자　자기보담도 작고 약한 애를 외 때리니?

한마디 하고는 것기 시작한다. 큰놈은 화가 나서 진흙을 뭉쳐 혜자를 향하고 던진다. 혜자의 하얀 간호원복 잔등에 진흙이 턱 하고 날라와 붙는다. 이 모양을 본 거리의 사람들은 "와-" 하고 웃는다.

79. 혜자의 집 앞길

혜자는 뒤도 않 돌아보고 걸어서 자기 집 대문으로 막 들어갈려니깐 박성훈이 기다렸다는 듯이 쫓아와서,

성　훈　혜자씨가 아니십니까?
혜　자　누구세요?
성　훈　조용히 말슴 엿줄 게 있습니다.
혜　자　글세, 누구세요.
성　훈　최한중형의 친구올시다.
혜　자　아! 그러서요. 집으로 들어가시죠.

성 훈 않이올시다. 조용히 잠간만 말슴 엿줫으면 좋겠습니다.

80. 산길

성훈과 혜자는 조용한 살길을 걸으며,

성 훈 혜자씨가 최형을 병실 밖에까지만 구해내시면, 그 뒤는 제가 구하겠습니다.

혜자는 아모 말도 없다.

성 훈 대단히 무리한 청인 줄도 압니다만, 동지를 꼭 구해야 하겠습니다.

성훈의 목소린 울음이 섞인 소리다. 혜자는 격동되는 가슴을 갓갓으로[18] 눌르며 것기만 한다.

성 훈 혜자씨. 최형을 구하는 것이 조선을 구하는 것입니다.

81. 혜자의 집 앞길

혜자는 무서운 고민을 거듭하면서 길을 것고 있다. 강제로 병정 나가는 젊은이를 둘러싸고 어머니와 안해들은 울기만 하고, 그의 친구들은 밎인 듯이 북을 치고 춤춘다. 혜자는 그 행렬을 지나 대문으로 들어간다.

82. 혜자의 집 대청

대청에서 다듬일 하든 최씨는,

최 씨 윈일이냐, 오늘은 숙직이라드니?

혜자는 마루로 올라간다.

최 씨 외 간호부 복장을 그대로 입고 왔니?

---

18) 가까스로.

혜자는 그제야 알고,

혜　자　어머나!

하면서 제복을 벗는다.

최　씨　뭐 갖일러 왔니?
혜　자　않요.19)
최　씨　그럼! 어디 몸이 언짠니?

혜자는 머리를 약간 세로 흔든다. 그리고 건넌방을 조심스럽게 건너다보니, 그 꽃은 벌써 시들어있다. 혜자는 다시 설움이 복받침을 삼키면서 있다.

최　씨　웬윈이냐, 글세?

혜자는 머리를 돌려 어머니를 본다.

최　씨　아가, 어머니한테 못할 말이야 없겠지? 내가 뭐든지 양해할 게 말
　　　　해 봐요.
혜　자　어머니!

최씨는 혜자의 얼골만 살핀다.

혜　자　어머니, 이 건넌방 선생님이 혁명가에요.
최　씨　응. 그래서?
혜　자　그이가 서울서 독닙운동을 하다 그만 헌병들한테 총을 맞아, 지금
　　　　우리 병원에 입원했어요.
최　씨　저를 어쩌! 괜찮겠든, 생명은?
혜　자　네. 어찌하면 생명은 건지겠다고 선생님이 그러서요.
최　씨　저런!

---

19) 여기서부터 아단문고본에서는 페이지 순서가 뒤바뀌어 표기됨.

362

그는 여러 번 혀를 찬다. 그리고 잠깐 동안 기도를 하고나서,

최　씨　글쎄, 저를 어쩌니. 에구, 가엾어라?[20]
혜　자　어머니, 그일 구해내야 하잖아요?
최　씨　글세, 그 악마들 속에서 누가 선생님을 구해내겠니?
혜　자　내가 할 테에요. 어머니!
최　씨　네가?
혜　자　네.
최　씨　혜자야, 내가 말려도 너 그여쿠 선생님을 구해내야 하겠니?
혜　자　어머니! 선생님을 존경하는 사람은 세상에 많겠지만, 그래도 내가
　　　　선생님하고 지금은 거리가 젤 갓갑지 않아요?

최씨는 아무말도 없이 묵묵히 있다. 혜자는 어머니의 얼굴만 살핀다.

최　씨　혜자야!
혜　자　네.
최　씨　나는 네 일이 성사되길 하나님께 기도드릴 수 밖엔 다른 도리가
　　　　없는 것을 알았다.

혜자는 그만 최씨의 무릅에 얼굴을 대고 운다. (O.L)

83. 간호원 숙직실 (밤)

혜자는 업드려 무엇을 쓰고 있다. 그의 동무들은 벌서 잠이 들었다. 혜자
는 그 조히를 적게 접어서 손에 쥐고, 이 생각 저 생각에 잠을 이루지 못
한다. 그러다 그는 깜박 잠이 든다. (O.L)

84. 바다

혜자와 한중은 모-터 뽀-트를 타고 물결을 헤치며 끝도 몰으는 바다를 달
리고 있다. (O.L)

85. 간호원 숙직실

---

20) 여기까지의 내용이 66쪽으로 표기됨.

혜자의 자는 얼골은 몹시 평화한 듯이 보인다. 동이 터온다. 창이 훤하게 밝아온다. 벌서 병원은 움직이기 시작한다. 혜자는 벌떡 자리에서 일어나 멍하니 앉었다. 자리를 차고 일어나서, 세수수건을 들고 문을 박차고 나간다.

86. 외과진찰실

혜자 들어와서 실내소제를 시작한다. 그러나 그는 손맥이 풀린 듯이 의자에 앉아, 자기가 장차 할 일에 대한 위구(危懼)와 불안에 고민하는 듯도 하다. 그는 창밖을 내다본다. 거기엔 젊은 안해가 병석에서 일어난 남편의 겨드랑을 붓잡고 거름 연습을 식히는 것이 보인다. 혜자는 다시 체관(諦觀)21)으로붙어 오는 안도와 함께 엷은 한숨을 쉰다. 승재 들어온다. 혜자는 예한다.

승 재   어서 준비하오. 오면서도 3호실 환자가 궁금했어. (하고는, 의자에 앉아 책을 보기 시작한다. 기구들이 가끔 부딪치는 소리가 들릴 뿐 실내는 몹시 고요하다)
승 재   자, 병실로 가요. (하며 일어선다. 혜자는 갑작이 긴장한다)

87. 병실

교대하려고 온 헌병 을이 기착(寄着)을 하고 거수경례를 하고 나서,

헌 을   (야마모도 가즈오 범인 감시 교대차 왔습니다. 끝!)
헌 갑   (알았다. 난 저녁 여덟시까지 돌아온다)
헌 을   핫!(네)

헌병 갑이 옷을 입고 있을 때, 승재와 혜자가 들어온다.

헌 갑   오하요 고자이마스(안녕하십니까)
승 재   오하요 고자이마스.(안녕하십니까)

혜자는 한중의 배에 감겨 있는 붕대와 꺼-스를 풀고 떼낸다. 승재는 이리

---

21) 사물의 본체를 충분히 꿰뚫어 봄. 또는 품었던 생각을 아주 끊어 버림, 단념. 여기서는 단념의 뜻일 듯.

저리 진찰하고 난 다음에 머리를 조금 흔든다. 혜자는 곧 소독하고 약칠하고 붕대를 감기도 한다.

헌　갑　(어떻습니까?)
승　재　(글쎄요. 신통치 않은데요)
헌　갑　(곤란한데. 가능성이 없습니까?)
승　재　(곪았습니다)
헌　갑　(그래요. 그럼 방법은요?)
승　재　(두 시간마다 데라보루 주사나 놓는 방법밖에 없습니다)
헌　갑　(좌우간 사령부에 다녀오겠다)

헌병 을은 거수로 예한다. 헌병 갑은 문을 나선다. 승재도 나간다.
혜자는 지금 주사를 주고 있다. 이 틈에 조히쪽을 한중의 손에 쥐여 준다. 한중의 감은 눈으로 쉴 새 없이 눈물이 흘은다. 혜자가 이 눈물의 뜻을 몰을 리 없었다.
헌병 을은 잡지만 보고 있다. 한중은 한손으로 슬몃이 조히쪽을 펼 동안, 혜자가 기구들을 수습하는 소리만 들린다. 한중은 눈을 적게 떠서 그 조히에 적힌 것을 본다.
그 조히엔 "오늘 밤으로 도망할 수 있어요?"
한중은 보고 나드니만 머리를 끄덕인다. 혜자는 그 동작을 잘 보았다.

88. 정원

점심시간인 듯, 간호원들은 지금 발레뽈22)을 하고 있다. 태양과 녹음과 창공! 그리고 젊고 어엽분 처녀들의 리드미컬한 동작은 확실히 젊음과 아름다움과 환희의 세계였다. 혜자도 또한 이 세계의 주인공이었다. 그는 분명히 우울과 번민, 위구(危懼)와 공포의 염(念)은 다 잊은 듯이 뛰고, 또 달리고 있지 않은가. 이것이 젊음의 굳세인 생명인 것이다. (O.L)

89. 서울 (밤)

서울은 또다시 묻엄 속 같이 어두어졋다. 거기엔 젊음도 아름다움도 환희도 찾아볼 수 없는 세기의 묻엄 속인 것이다. 각금 반딧불 같은 불빛이 보이나, 서울은 그로 해서 더 어두움을 소리치고 있는 듯하다.

---

22) 배구.

90. 장기(長岐) 시가

미국의 원자탄은 이 거리에도 떨어진다. 이것은 일본의 사(死)의 직전의
무용(舞踊)이었다. (WIPE)

91. 병실 (밤)

한중의 커다란 얼굴! 그는 분명히 시체였다. 그러나 그는 이 묻엄을 뛰쳐
나가려고 위대한 계획을 가슴에 진이고 광명을 명상하는 거룩한 민족의
얼골이었다. 헌병 갑은 검 끝으로 한중의 얼골을 찔러본다. 얼골에 피는
흘러도 한중은 꼼짝 않 한다.

헌병갑   칙쇼-! (개새끼!)

돌우 침대에 누어 바린다.

92. 낭하와 약국 (밤)

혜자는 낭하를 달려서 약국 문을 열고 들어간다.

93. 약국 안 (밤)

혜자 들어서며.

혜 자   홍선생님, 크로로홀므23) 좀 주셔요.

약제사 홍인후는 약을 짓고 있다.

인 후   그건 해 뭘하셔요?
혜 자   글쎄요.
인 후   혜자씨가 누굴 잠 좀 재이고 싶으신 모양이지?
혜 자   네. 홍선생님을 좀 주무시게 해야죠.
인 후   난 잠이 넘어 많아서 걱정인데. 이거 큰일났는데?

---

23) 클로로포름 (chloroform) 무색의 휘발성 액체로, 화합물의 용제, 마취제 따위로 쓰임.

뒷통수를 긁으며 '극약'이라고 써 붙인 장에서 약을 꺼내 적은 병에 담아 준다.

혜　자　고맙습니다.
인　후　어디 잠 좀 자 봅시다.
　　　혜자는 명랑하게 웃고 간다.

94. 외과진찰실 (밤)

혜자는 문 열고 들어와서 주사기 소독이며, 붕대, 거즈, 약품 등을 정성껏 준비한다. 준비가 끝나자, 그는 의자에 앉아 인생에 최후를 각오하는 침통한 빛이 얼굴에 떠돈다. 시계소리만 제것제각 들리드니, 뎅뎅 하고 치기 시작한다. 혜자는 시계 치는 소리를 따라 엄지로 책상을 열두 번 가볍게 친다. 혜자는 자리에서 일어나 크로로홀므이 든 병을 들어 그 마개를 빼고 냄새를 맡아 보고는 얼굴을 찌프린다. 그는 얼핏 마개를 돌우 막고 방안을 서성걸이기 시작한다. 새로 한시를 치는 소리가 뎅 하고 들린다. 그는 걸음을 딱 멈추고 눈을 감으며 옅은 한숨을 쉰다. 그는 모든 것을 결정한 듯이, 모든 기구들을 들고 문을 나선다.

95. 낭하 (밤)

고요한 낭하에 혜자가 걸어오는 발소리만 삽분삽분 들린다. 혜자는 병실 문 앞까지 와서 열쇠구멍으로 실내의 정형(情形)24)을 살핀다. 열쇠구멍으로 보기엔 헌병은 자는 듯지만, 혜자는 갖은 용기를 내어 문을 연다.

96. 병실 (밤)

혜자가 들어서자, 한중은 반쯤 일어난다. 혜자가 누구라는 형용을 하니 한중은 작은 소리로,

한　중　저놈은 자요.
혜　자　주사는 맞어야 해요.

---

24) 사물의 정세와 형편.

적은 소리로 말하고는 곧 주사를 준다. 혜자는 주사가 끝나자 재빨으게 뚝어운 꺼-쓰에 크로로홀므를 흠씬 무처서 자는 헌병의 코에다 덮는다. 극도로 긴장한 혜자의 가슴은 옷 위로도 두근대는 것을 알 수 있다. 절반쯤 일어난 한중의 눈은 등잔불 같이 환하게 열려있다. 헌병은 드디어 마취가 되었는지, 혜자가 찔르는 주사침의 감각도 모른다.

혜 자 선생님, 걸을 수 있죠?
한 중 네.
혜 자 그럼 선생님은 불을 끄고 이 창으로 나가세요. 난 이것을 치고 뒷문으로 나가, 숲속에서 회중전등으로 신호할 테니, 그리로 오세요.

말을 끝내자 혜자는 헌병의 코를 덮은 꺼-쓰며 모든 기구들을 들고 문으로 급히 나가면서, 스위치를 눌러 실내를 캄캄하게 만든다. 한중은 헌병의 단총을 집어 가지고 거북한 몸을 움직여 창을 열고 나간다.

97. 낭하와 뒷문 (밤)

혜자는 보통일 들고 급한 걸음으로 낭하를 지나 문으로 나간다.

98. 후원 (밤)

한중은 숲 사이로 겨우 달이며 있다. 혜자는 쏜살같이 달려 한 곳에 멈추더니, 회중전등을 켰다껐다 한다. 한중은 달리다 불빛을 보고 그리로 달려간다. 그들은 마침내 서로 만나,

한 중 혜자씨.
혜 자 선생님.

서로 손을 굳게 잡아 흔든다.

혜 자 이 옷을 갈어 입으셔야 해요.

그들은 입히고 입고 한다.

99. 길과 길 (밤)

오-토바이, 자동차, 추럭들이 헤트라이트를 부릅뜨고 이길 저길을 전속력을 내어 달린다. 그들은 탈주한 중대 범인 최한중을 추적하여 잡으려는 것이다. 이렇게 달리는 어느 자동차에는 남부와 그의 부하들이 타고 있다.

100. 교외의 어느 길 (밤)

성훈이가 달구지를 몰고 있다. 달구지 우엔 몇 개의 짐짝이 실려 있고, 그 안으로 한중과 혜자가 꿈꾸는 듯이 눈을 감고 흔들리며 있다.

성　훈　최형!
한　중　외 그러오, 박형?
성　훈　내일 참, 이젠 내일이 아니라 오늘이지, 오늘 놈들의 중대 방송이 있대.
한　중　무조건 항복을 하려나?

혜자는 한중의 팔에 주사를 막 주고나서 한 곧을 보고 놀란다.

혜　자　선생님.

흔드는 바람에 한중은 눈을 떠서 저편을 보고 긴장한다. 멀리서 헤트라이트를 밝히고 달려오는 것이 분명히 보인다.

한　중　박형, 멈춰!

차는 멈춰진다. 그들은 차에서 내려 성훈과 같이 산골 쪽을 향하고 걸음을 빨리한다.

한　중　혜자씨는 돌아가야 합니다.

그래도 혜자는 방향을 같이해서 걸을 뿐.

성　훈　혜자씨, 우리가 넘어나 무책임합니다만- 용서하시겠지요? 우리 길은 끝이 없는 길인데, 그만 돌아가십시오.

혜자의 눈엔 눈물이 매친다. 남부의 자동차는 산모퉁이에 와서 멈춘다. 그들은 모두 나린다.

남　부　범인들은 달구지에서 나려 산으로 도주한 흔적이 있소. 이 산을 포
　　　　위하고 올라갑시다.

말이 끝나니 모두들 거이가 헤여지듯 뿔뿔이 헤어진다. 각금 명멸하는 회
중전등의 불빛들.

101. 산속 (밤)[25]

우뚝 솟은 봉우리에 혜자가 외로히 섰는 것이 희미하게 보인다. "선생님
몸조심 하세요." 하는 산울림이 들려온다. 혜자는 입가에 두 손을 대고 목
이 터지게 웨친다.

---

25) 영화진흥공사가 펴낸 한국시나리오 선집 제1권 101 장면부터 104 장면까지 상이한데, 다
음과 같다.
　101. 산속 (밤)
우뚝 솟은 봉우리에 혜자가 외로히 섰는 것이 희미하게 보인다. "선생님 몸조심 하세요." 기도
하듯 입속으로 속산인다. 한중일행 멀어지는 뒷모습. 혜자의 두 눈에 고여 넘치는 눈물. 눈물
속에 한중의 모습이 녹아 흐른다.

102. 종로
8.15 해방의 환희에 출렁이는 인파. 창공에 펄럭이는 태극기… 아우성 만세의 아우성…
땅바닥에 떨어져 무수한 발길에 짓밟히는 일장기. 노도와 같이 범람하는 군중. 작렬하는 눈부
신 태양….

103. 망우리
새로 봉분한 무덤 하나. 그 앞에 비목이 서 있다.
'신미향의 묘'
한중― 쓸쓸히 혼자서 그 비목을 지켜본다. 허전하고 서글픈 눈길… 거리의 환호성은 여기까지
들려온다.

104. 다시 종로
"만세"
"만세"

외치는 환호의 폭풍…
그 충혈된 군중의 눈망울…
끝없이 출렁이는 파도.
그들의 한 젊은이의 "만세"를 절규하는 입.
급속도로 확대하다가 스톱모션. (완)

370

혜　자　선생님, 몸조심해요!

그러나 산울림만 같은 말로 회답할 뿐. 혜자의 눈에는 새삼스러운 눈물이 솟는다. 남부는 골자구니의 냇물을 업드려서 마시고 일어나서 아래편을 보고 긴장한다. 성훈이 한중을 끼고 걸어오는 모양이 희미하게 보인다. 남부는 바위 뒤에 가 숨는다. 한중과 성훈은 그런 줄도 몰으고 바위 앞을 지날려니,

남　부　한중이-

한중은 반사적으로,

한　중　남부- (하면서, 단총을 꺼낼려고 하였으나 늦엇다. 남부의 총부리에서 벌서 불빛이 번쩍한다. 한중은 쓰러진다. 그는 다시 머리를 들려다 그만 가고 만다)

성　훈　남부상, 모두 운명이요. 어찌할 수 없는 일이오.

그는 잡으라는 듯이 두 손을 내민다.

남　부　넌 누구지?
성　훈　최의 동지?

남부는 서슴지 않고 성훈의 앞으로 닥어선다. 성훈은 번개같이 달려들어 남부에 총 든 손을 아울려 껴안고, 입으로 남부의 목을 힘껏 문다. 때를 놓지지 않고 성훈은 포케트에서 총을 꺼내 남부의 복부에 대고 한방 쏜다. 남부는 총을 떠러트리며 비슬비슬 쓰러질려고 한다. 성훈은 연달아 두방을 쏘니, 남부는 "학-" 하고 쓰러진다. 냇물은 한중의 머리를 스치며 흘은다. 동이 튼다. 한중의 얼골에 광명이 빛인다.

자막 "1945년 8월 15일"

102. 종로

민족의 백열(白熱)26)된 환희는 한울에 사뭇친다.

---

26) 기운이나 열정이 최고 상태에 달함.

103. 망우리

성훈이 든 명정(銘旌)에 이렇게 쓰였다. "민족을 위하야 가신 최한중님의 널27)" 그 뒤엔 태극기를 덮은 상여가 천천히 따르고 , 또 그 뒤에 천명도 넘는 한중의 동지들이 "자유만세"를 제창하여 엄숙하게 따른다. 혜자는 노래를 불으단 울고, 울단 불으고. 애끝은 혜자의 심정을 아는 사람은 알리다.

104. 종로

열광된 시민들은 날이 점으는 줄도 몰으고 춤춘다. 민족의 새 역사는 시작된 것이다.

자막 "님은 가시고
　　　자유는 왔습니다.
　　　직히고 누려서
　　　천년 만년 하소서.　　　(F.O)

---

27) '넋'(정신이나 마음)의　경상도 방언..

청춘

최영수 작
최인규 연출
고려영화협회 작품

인물

손진수　　대양회사 사원
　일수　　진수의 아우
　애다　　진수의 매(妹)
그의 모
김숙희　　진수의 애인
이창수　　진수의 친우
윤철화　　대양회사 사장
　현국　　사장의 남(娚)
박성기　　회사의 과장
지배인
사원 A, B
운전수
하녀
정자　　　캬바레-의 땐써-
박문철　　신광출판사 잡지부장
골동상 주인 / 모자점 점원
정영자　　애다의 동창
황운옥　　　동
장효순　　　동
이영란　　　동
경관 / 여자경관
불량배 갑, 을
기타

때

1946년 12월-

시크완스1) ①

(1) (FADE. IN) 출판사

　　대건물이 용립(聳立)2)한 도심지대 - 그 속에 어느 호화스런 대하(大廈)가 있고, 그 삼층에 신광출판사가 있다. 어느듯 오후에도 마즈막 시간이 된 모양이다. 사원들 모두가 분주스럽다. 책상마다에는 서책, 잡지들이 난잡하게 놓여있고 화보를 꾸미는 사람, 기사를 쓰는 사람, 교정을 보는 사람. 잡지부장 박문철은 예기(銳氣)만만 현대적 기질의 청년이였다. 아래턱 수염을 조금 기른 데다, 언제나 파잎(골통대)을 입에서 떼일 줄 몰른다.
　　여기자 손애다는 이러한 출판사의 분위기 속에서도 조금도 어색함이 없이 일을 하고 있다. 마츰 전화가 왔다.

- 응, 숙희야? 나야 뭐…?

　　전화를 받으며 애다는 시계를 쳐다본다. 다섯시 오분 전이다. 벽에는 많은 포스터-가 붙어 있다.

- 바뻐서 그랫서. 오늘이야 겨우 편집이 끝난걸. 응, 음악? 글세?

　　박문철은 두 다리를 책상 우에 올려놓고 서양잡지를 들여다보고 있다. 파잎에서 담배연기가 올라오고 있다. 애다의 전화소리가 계속해 들려온다,

- 그래 그래. 하여튼 곧 나갈게. 곧 간다니까. 응, 응. 책상정리하는데 오분, 아랫칭까지 삼분, 것는 시간이 오분. 요새 찌-푸3)가 많아서 길 횡단하는데 삼분은 걸릴꺼야. 그럼 합계가 얼마야, 십육분, 뭘 그래… 응

　　문철이 의자를 좀 돌려 창쪽을 향한다, 조금 있다 애다가 문철의 앞으로 와 인사를 하고 나가자 문철의 책상 위 전화가 울었다.

- 오- 현국인가. 오래간만일세. 그래 요새 돈버리 좋은가? 자네야 돈버는

데는 천재니까. 응? 하하하- 응 응, 내게? 무슨 일일까. 나같이 돈쓰는 일만 하고 있는 놈에게도 뭐 의론할 게 있담? 그래 하여튼 나가지. 응, 곧 나감세. 가만있자, 책상정리하는데 오분, 아랫칭까지 삼분, 것는 시간이 오분, 요새 찌-푸이 많아서 횡단하는데 삼분은 걸릴 걸세 그럼 합계가 얼만가. 그렇지 십육분, 하하하-

(2) 보도

걸어가는 애다. 어느 길 모퉁이에서 웬 남자와 맞우친다. 그는 애다의 오빠 진수였다.

- 오빠! 지금 퇴사?
- 으? 응! 어델 그렇게 바쁘게 가는?
- 나- 숙희에게서 전화가 와서 만나러 가요. 참 오빠! 오늘 숙희하고 음악회 가기로 했어. 오빤 오늘 바루 집으로 가우?

진수 빙그레 웃으며 고개를 좌우로 흔들어 보인다.

- 그럼 오늘도 또 골동강좌?

진수 또한 빙그레 웃으며 고개를 아래위로 끗떡인다.

- 오빠두 참…

진수와 애다 함께 웃는다.

(3) 주장(酒場)

어느 캬바레-. 춤도 출 수 있고, 술도 마실 수 있는 곳이다. 해방 후에 생긴 모던 술집이다. 호화찬란한 실내장치 있고 산데리아 번쩍이는 아래, 여급 땐써- 매담 등 선율이 흐르는 듯한 여자의 육체가 물에 뜬 인어처럼 늠실거리고 있다. 문철과 현국은 자리를 잡고 술을 마시고 있다. 벌서부터 애기를 주고받은 모양이다.

문철이 술잔을 놓며,

- 요컨대 문제는 자네의 새로운 결혼관이 어데서 출발된 것인가에 있겠지. 말하자면 해방 후에 자네가 돈을 모았다고 해서 그 금력을 벼개 삼아 화려한 자리에 누어보겠다는 거라면, 나로서는 일분의 가치를 살 수가 없는 것이겠고…

   담배 연기를 입 한편으로 흘리듯 뿜으니, 말을 하던 문철이는 가장 경멸하는 듯이 장내를 둘러보고는,

- 이러한 번잡한 술집- 소위 해방 후에 생겨났다는 양풍의 술집을 출입한다는 것부터 나는 그런 종류의 사람을 경멸하고 싶으이. 뭔가 이것들이 다 시대***4)을 역행하는- 국가적 과업을 도외시하는 것부터가 나는 맘에 안 들어…

   현국은 초조한 듯이,

- 아냐. 나 역시 그래. 그러나 오늘만은 내가 먼저 흥분을 했어. 일부러 나는 이러한 잡음 속으로 기어들어야만 다른 조고만 용기를 얻을 수가 있을 것 같았어 - (간(間)) - 하나의 생활력을 어떻게 운동식힐 수 있는가는 각자의 의지와 사상에 따라 그 분야가 다르다고는 하겠지만, 적어도 애정이라든가 정열이든가를 그것과 혼동한 것은 아니라고 보네. 아무리 내가 사업에 성공을 했다드라도, 내 애정이 그와 함께 어떤 성공을 내게 주리라고는 확신 못하는 것이 아닐까. 적어도 결혼이 인생문제를 해결하는 가장 위대한 것이라고 보면, 나는 벌서부터 내 인생을 고처 생각했어야 할 거야. 그러니 여보게, 문군. 모든 것은 군의 처분에 달렸어…

   여급이 와서 현국의 옆에 몸을 대며 앉으려 한다. 현국은 본 체도 아니하고 애기에 열중하며 나중에는 애원하듯 문철을 바라본다.
   캡을 쓴 불량배가 셋. 쭉 드러오며 사방을 돌려본다. 앞재비를 슨 자가 아마 대장인 모양으로 험상스럽게 생겼고, 뒤를 따른 두 놈은 아직 소년기를 못 벗어 난 듯한 날샌 쌈페였다. 세 사람은 스탠드 앞으로 가서 매담을 처다본다. 매담은 양주를 써비스한다. 춤을 추던 땐써-하나이 이런 풍경을 손님의 등넘어로 유심히 바라보다가 틈을 타서 도망을 하려할 지음, 스탠드에 있는 불량배 중의 일소년이 날세개 쫓아가 잡는다. 여자는 앙탈을 하려든다. 소년은 여자를 잡고 구석자리로 가서 능숙한 태도로 힐문(詰

問)을 하는 것이다.

- 어델 가?
- 화장실에 좀-
- 화장실이 그쪽인가? 잔소리 말어. 나를 속일 대로 속여 봐라. 내가 바루
  서울 안에 안 있고, 딴 나라로 간다면 몰라도-. 그놈 오늘은 안 왔구나.
  내 계집을 뺏어간 놈. 난 오늘 그놈을 만나려 왔다. 정자야, 오늘 몇 시
  에 나가니? 좀 만나자. 할 말이 있어.

  스탠드의 두놈은 벌써 술이 취했다. 정자 쪽을 바라보고는 둘이서 웃기도
  한다. 정자와 애기하는 소년 흥분한 듯이 담배를 꺼내 라이타로 붙인다.
  정자 가만히 있다. 소년 더욱 흥분해서,

- 응… 못 만나 주겠니? 오늘도 그놈과 약속을 했구나?

  하며 상을 탕하고 뚜드린다.

(4) 음악회

무대는 교양악단의 연주다. 베-토벤의 "운명" 지휘자가 지휘봉을 내두르
자 '탕탕탕-탕' 하는 강열한 멜로디-가 장내를 압도한다. 지극히 장중한
무대. 얼마동안의 연주가 계속된다. 장내는 죽은 듯이 고요하다. 애다와
숙희는 샛별같은 두 눈을 반득이며 선율에 잠긴듯 듣고 있다. 애다는 감
격한 듯이 눈을 내려 감기도 한다.

(5) 눈 나리는 밤길

가벼히 부슬부슬 눈이 떨어지는 밤길. 목도리를 두른 젊은 여자가 걸어가
고 있다. 맞우치는 행인이 두서넛 있기도 하나, 조용한 거리다. 골목으로
들어서 긴 담밑을 걸어가는 애다.

(6) 집

애다 이윽고 문 앞에 이른다. 문을 흔든다. 얼마 안 있어 대문이 열린다.
애다의 어머니다.

- 인제 오는?
- 동무하고 음악회 갔댓서요. 어머니 오빠 안 두러왔우?
- 그래.
- 일수는?

　　어머니는 대답조차 없다. 어덴가 쓸쓸함을 느끼게 하는 어머다. 애다 역
시 적막한 공간 속에 홀로 종일토록 삼남매를 기다리는 어머니가 치근스
럽다[5] 화로에도 이미 불이 없다. 어머니는 인두로 잿 속을 제쳐본다.

- 어머니, 이거.
- 건 또 뭐냐?
- 어머니 좋와하시는 군밤.

　　화로를 가운데 두고 마주 앉는다.

- 오빤 오늘두 또 그 쾨쾨한 골동 강좌를 하는 모양이에요. 취미도 좋긴
하지만 아버지도 안 계신 집안의 어른이 밤나 늦도록 골동 타합(打合)[6]
만 하구 있으면 어떻게.

　　어머니는 양말을 기웁는다. 일수의 것이었다. 애다는 일수의 애기는 안 하
기로 했다. 어머니의 마음이 더 괴로워하실 것을 염려해서였다.

- 어서 가 자렴

　　애다는 이러나 벽에 걸인 사진을 힐끗 보고 가방과 두루마기를 들고 문을
연다. 거기에는 아버지의 사진이 걸려 있다- 그 옆에는 다시 진수와 일수
가 함께 박힌 사진이 나란히 걸려 있다.

(7) 사장 윤철화의 집

　　거실의 문이 열리며 진수가 서 있고 사장 이러나며,

- 오늘은 너무 오래서 미안하이. 그럼 자네말대로 이것은 (골동을 가르키

---

5) 측은스럽다, 보기에 가엾고 불쌍한 데가 있다.
6) 어떤 일에 대하여 서로 좋게 합의함.

며) 돌려보내기로 하지. 자네가 아니면 난 도모지 모르니까. 아직 유치원 이란 말야. 늦게 알은 취미이긴 하나 차츰차츰 뭔가 알어지는 것같아서, 이러다간 골동광이 될 것같으네.

하녀를 불러 "자동차로 모셔다 드리라" 부탁을 하고 담배를 피우며 자리에 앉는 사장. 방에는 사면에 골동품이 즐비하게 놓여 있다.

(8) 아츰- 진수의 집

라디오 체조 소리가 들려온다. 장뚝에는 간 밤에 나린 눈이 담수룩히 쌓여 있다. 애다와 그의 어머니가 아츰밥을 짓고 있다. 진수는 아직도 곤한 잠에 취해 있다. 물을 퍼들고 부엌으로 드러오는 애다가 일수의 신발이 없음을 보고 의아스러워한다. 불을 지피는 어머니 보고

- 일수 또 안 드러왔세요?

어머니는 고개만 끄떡인다. 척 척- 두어번 혀를 치고 애다는 노래를 부르며 일을 한다. 명랑한 성격 그대로의 애다의 동작이다. 아침밥을 다 해놓았건만 진수는 안 일어났다. 애다가 깨우려고 했으나 어머니는,

- 무척 곤한 모양이니, 그대로 두렴.

하고 말린다.

- 어머니는 언제나 팥죽처럼 물컹물컹 하기만 해요. 밤나 구만 둬라 구만 둬라- 이래두 허허, 저래도 허허 하시니 집안이 뭐 어떻게 되요? 일수를 좀 보세요. 어머니가 그렇게 달게 구시니까 저러고 다니지 않어요.

아궁지 앞에 앉아 있는 어머니는 마치 조상(彫像)처럼 굳은 것같다. 얼굴에는 타오르는 장작불이 반영하야 화염의 그림자가 명암(明暗)하고 있을 뿐이다. 이때 대문이 삐걱하는 소리가 나자 마치 탄환처럼 일수가 드러와 그대로 방으로 드러가 버렸다. 애다와 그의 어머니가 함께 내다보고 있다가 애다가 쫓아나가려 할 때 그의 어머니는 날세게 애다의 치마폭을 잡았다. 그리고,

- 이따 내가 물어보고 타일르마!

어데까지나 일수에 대한 애증의 정이 흐르는 것이었다. 애다는 서양사람이 하듯 두 어깨를 으쓱하며 헐수없다는 표정으로 밥상을 챙겨들고 안방으로 들어갔다. 애다 혼자서만 밥을 먹는다, 건느방에서는 진수의 코고는 소리. 아랫묵에서는 그대로 골아떨어진 일수가 또 코를 골기 시작했다.

(9) 출근- 거리

거리는 출근하는 사람들로 가득 찼다. 만원 이상의 전차였다. 버스도 가득가득 사람을 실어나렸다. 걸어가는 사람들도 많았다. 애다도 전차를 기다렸다. 일렬의 꼬리는 상당히 길게 늘어서 있다. 이러한 고난이 늘 거듭되여서 누구나 몸에 익은 듯이 자연스러웠으나, 겨울 아츰의 찬기가 발끝으로 수며오는 데는 어쩔 수가 없이 발들을 돌돌 굴면서 있었다. 암만 기다려도 전차는 오질 않았다. 얼마후 이윽고 전차를 탔다.

(10) 전차 안

밀고 야단들을 하는 승객들 틈에 끼여 얼마를 가다가 애다는 자기 앞에서 있는 사람과 인사를 했다. 그는 오빠의 친구인 이창수였다.

- 오랫만입니다. 그동안 댁내도 무고하십니까.
- 네, 고맙습니다. 그러잖어도 오빠가 요새 통 못 보입겠다고 말씀을 하시든데요.
- 네… 그저 하는 것 없이 요샌 년말이 가까워서 그런지, 회사에서도 저물어서야 나오는 걸요, 한번 전화라도 건다 하면서… 애다씨는 아직도 거기…
- 네-
- 요새 세상이 어떻게 돌아갑니까. 우린 장사군의 한 사람이니까 어디 세상 형편을 알 수가 있어야지요. 애다씨는 저낼리스트니까 잘 아실 텐데- 참 이번에 제가 새루 회사 하날 조직했지요. 전에 다니든 회사는 그만두고 조고맣게 무역회사를 하나 맨들었습니다.

창수는 위 포켙에서 명함을 한 장 끄내어 주었다.

- 어마, 인젠 아주 사장이 되셨군요.
- 뭐 그래두 이렇게 전차 타고 다니는 사장이 오죽합니까. 참 진수군은 요

새도 그 골동 취미가 여전합니까?
- 그럼요. 그 회사 사장이 요새 골동 수집을 시작하고는 오빠가 저녁마다 끌고가서 골동강좌를 듣는대요, 그래서 거진 날마다 늦게야 드러와요
- 진수의 골동 취미란 유명한 거니까요! 그러나 그렇게 사장댁 출입이 자졌다가는 동료들 간의 평이 좋지 않을 걸요. 요샛 놈들이란 모두가 색안경을 썼기 때문에…

창수와 애다는 함께 미소한다. 차가 커-브를 도는지, 차 안의 사람들이 괴로운 자세로 찌그러졌다.

(11) 진수의 집

이 시간 집에서는 진수가 밥상을 물리치고 자기 방으로 가서 출근준비를 하고 있다. 두어간 되는 방이었으나 골동품들이 무질서하게 여기저기 놓여 있고, 책이란 책은 모두가 골동 연구에 연관된 것들뿐이다.

- 어머니. 일수 어저께 늦었어요?

별로 대답이 없다. 그러나 진수는 무관심한 듯이 휘파람을 불면서 가방을 들고 나가려다 다시 돌쳐 책상의 골동 하나를 들고 두어번 두드리며,

- 회사에 갑니다.

이렇게 안해에게나 하는 것처럼 말을 한다.

(12) 가(街)

진수는 전차를 탈 생각도 아니 하고 중얼거리며 걸어가고 있다. 역시 명쾌한 청년임에 틀림없다.

(13) 대양물산회사

부장7) 박성기가 사무를 처리하다말고 사장에게 불리워 들어간다. 일을 하는 척하고 있든 사원 A와 B가 기를 피며 들었던 연필을 놓고 수군거린다.

---

7) 등장인물표와 아래 내용을 보면 박성기는 과장임.

애기는 진수에 관한 것이었다. 비방이었다.

A　요새 진수가 아주 대단해.
B　사장 교제가 상당한 모양야. 어제도 한잔하고 도라가든 길에 사장차가 지나기에보니까, 진수가 들어있든걸!
A　저 그러다가는 재미없지 적어도 민주주의시대에 그렇게 일제식 교제법 으로만은 안 될 거니까.
B　대학출신이래서 뽐내는 거 아냐?
A　박과장도 대단히 못 마땅해하는 모양야. 요전날 과장이 날 불러서 진수 에 대한 경계가 요한다는 말을 했어. 출근조차 어방없이[8] 늦게 하니까 과장이 좋와할 리 있나? 게다가 과장은 과장대로 요새 남봉이 났으니[9] 위에서는 말이 많고, 진수는 사장의 접근자로 따돌리게 되니 아무리 과 장이래도 말 못하게 됐지 뭐야. 안 그래?

이때야 진수가 출근을 했다. 수군거리든 A, B 얄미운 눈초리로 진수를 바 라본다. 진수는 좀 늦어 미안하다는 듯이 A B를 보며,

- 좀 집안에 일이 있어서.

하고 인사를 하는데, A B 청성맞게 답례한다.

(14) 사장실

박과장이 웅크리고 서서 사장에게 준열한 꾸중을 듣고 있따. 과장이 뭐라 고 변명하려고도 하나 그런것조차 무시하고,

- 적어도 우리 사(社)의 체면 문제니까, 이 문제는 신중히 고려할 수밖에 없어… 성기군, 만일 이번에 시말서 정도로 개과하지 않는다면, 사로써도 더 양보할 수가 없으니까 생각해서 해.

(15) 사무실

과장이 자리에 도라와서도 매우 음울한 표정이다. 그때 마즘 전화가 왔다.

---

8) '어림없이'의 북한말, 분수가 없이.
9) 난봉나다, 허랑방탕한 짓을 하다.

캬바레의 정자에게서였다. 과장은 "응, 응, 응" 하고 대답만 한다.

(16) 아파-트

전화를 걸고 있는 정자.

- 나 오늘은 않 나갔어. 그러니까 그리로 오지 말아요. 오늘은 몸두 괴롭구 해서 아파-트에 있을 테니까, 그리로 와줘요. 꼭 의론할 말이 있어 그래요. 몇시?

(17) 사무실

전화를 받고 있는 과장. 시계를 힐끔 쳐다보며,

- 응- 다섯 시. 응, 응, 그래.

얼마 안 있어 오정(午正)이 되었다. 점심시간이다 A와 B가 과장을 슬쩍 끄을고 나간다. 진수 책상 위에 서류를 대강 정리하려는데, 급사가 손님이 오셨다고 전언한다. 진수가 나와보니 동생 애다가 와 있다.

(18) 낭하

- 너 웬 일이냐?
- 오빠 얼굴 좀 볼려구, 집에서는 어디 볼 수가 있어야지?
- 마침 잘 왔다. 점심시간도 됐는데-

하며, 밖으로 나간다. 애다 그 뒤를 따라간다.

(19) 식당

진수와 애다,

- 오빠한테 오늘 청이 하나 있어서 찾아왔어요.
- 나한테 청? 뭘까?

음식이 날려졌다. 둘이는 먹기를 시작한다.

- 오빠-
- 응?
- 오늘두 늦어서요?
- 글세?
- 오빠 방을 좀 빌릴려구.
- 내 방을? 건 또 별안간 무슨 소릴까?
- 우리 동창들끼리 크라스 회라는 게 있어요. 한달에 한 번씩 돌려가면서 모이기로 했는데 오늘이 우리집 차례예요. 내 방은 좁잖우. 그러니 오빠의 방을 좀 빌리려구… 뭐 늦어도 아홉시 반까지니까. 그리고 음식두 채리지 않구 죄다 한가지씩 가주오기루 했다우. 우리집에서는 차만 끄리면 돼요.
- 그럼 숙희도 오겠구나!

애다는 힐끗 웃으면서,

- 그야 물- 론-
- 그 회는 좌냐 우냐?
- 호호호, 오빠두. 완-전-합-작-

진수와 애다는 함께 웃었다.

- 그리구 참 오빠. 아까 전차에서 이창수씨 보였세요. 무역회사를 만들었다든가요. 오빠 한번 만나구싶다구요.
- 응… 그래? 참 창수군도 만난 지 오래 됐구나.

(20) 다른 어떤 식당

박과장과 A와 B가 머리를 맞대고 점심을 먹으며,

A 과장, 하여튼 스파이질 하는 놈을 집어치어야 합니다
B 사장의 기생충이 있는 한, 우리 과의 영양불량은 그대로 계속될 겁니다. 손톱만한 일, 눈꼽만한 일, 모두 고해 바치구, 심지어는 우리들의 사생활까지-

과장 사생활까지?… 음-

B 사장 자동차 타구 밤늦게 다니는 걸 이 눈으로 봤으니까요. 바루 어젯밤에도-

과장 어젯밤에?… 음-

다소 침묵이 흘렀으나, 과장의 머리에는 느끼는 바가 있었다. 공간을 바라보는 듯하다 "손진수" 하고 불러본다. 그 발음 속에는 하나의 원한과 복수의 넘이 가득 차 있는 것이었다.

(21) 주장

일수가 술을 마시고 있다. 정자는 보이지 않았다. 시계는 이미 일곱시나 되있다.

(22) 아파-트

정자의 방에서는 박과장과 정자가 한산스러히 담배를 피우고 있다.

나를 따르는 그림자. -간약한 여자의 생활을 덮는 그림자-

한숨을 쉬는 정자. 다시 흥분한다.

- 어떡할 셈이애요? 오늘 규정을 내요. 나를 데리구 어데로 가던지, 그렇잖으면 내게서 오늘을 마지막으로 훨훨 날러가던지. 흥. 한번 탄 배는 나릴 수가 없다지. 여자의 운명이란 상선(商船)과 같다구. 항구마다 들려서 속삭이는 짧은 사랑. 그러한 항해를 거듭하는 사이 상선은 늙고 병들고-. 배가 육지에 오르는 것은 최후의 비극일 꺼야. 무덤일 거야. 난 좀 더 살아보려구 했어. 누구나 말할 수 있듯이 사람답게… 상해니 북경이니 하구 도라다닌 계집이 뭐 그런 생각을 하겠느냐구? 흥- 나두 사람이었든 게지. 사람- 사람. 해방이 되었으니 말야. 해방두 돈인가? 덕을 보는 놈만 보게.

술잔을 들어 한잔을 쭉- 드리킨다. 그러고는 그 술잔을 바닥에 던진다. 짝- 하고 술잔이 깨져 흐터진다.

386

(23) 어느 골동상점-

그 속에 사장과 진수가 주인의 접대를 받으며 있다.

- 청자기로서는 아주 드문 겁니다. 조선에도 이런 것은 한번도 없을 망큼 희귀한 것인데, 일인 고관이 한 이십여년 갖이구 있다가 이번에 두고 간 것입니다. 고려풍이 아주 완현하잖습니까. 이것만은 영감댁 정자에게 꼭 갖다 놓셔야 첫재 물건이 살지요. 그렇잖습니까, 손선생!

주인의 다변도 드른 척 만 척, 진수는 특이한 눈으로 드려다본다. 주인은 다시 서화를 꺼내다 놓고 족자를 푸르며 그림을 보여주고 있다. 사장과 진수는 열심히 들여다보고 있다.

(24) 밖

지나가든 A와 B가 멈춧 하고 이 모양을 드려다본다.

(25) 상점내

사장과 진수는 더욱 자별하게10) 그림을 가리키며 뭐라고 수군거리고 있다.

(23) 밖

A와 B는 빈정거리는 표정의 얼골을 마주치며, 입을 삣죽하고 지나가버린다.

(27) 어느 과자점

현국이가 이것저것 과자를 물색하고 있다. 점원은 친절을 다하야,

- 어디 선사하실 겁니까?

현국은 그져 고개만 끄덕인다. 그러나 점원의 말은 문제도 하지 않는다.

---

10) 남다르고 특별하게.

- 무슨 결혼식에 보내시는 겁니까?- 여기 이건 어떨는지요. 아주 특제입니다. 크림과 설탕이 많이 들어서 입에다 넣으면 스르르 녹읍니다요-
  현국이는 급기야 숄-케익 하나를 싸라고 한다. 점원은 신이 나서 싸는데 밖에서 문철이가 드러오며,

- 뭘 그렇게 오래도록 사는 건가, 응? 아니, 이 집 과자를 다- 보낼 작정인가?
- 다 됐서. 자넨 요 앞의 용달사로 가 있게…

  문철은 어깨를 으쓱하며 빙그레 웃고, 골통담배를 피우며 나가버린다.

(28) 아파-트

  밖으로 보이는 정자 방의 창- 전기불이 환히 비초인다. 사나이의 그림자가 왔다갔다 하고 있다. 내부 박과장의 말이 계속한다[11].

- 그러니 정자, 내 사정도 좀 봐주어야 할 게 아냐. 직업이 무서워서라든가 직책이 중해서라느니보다 내 개인의 감정… 아니 사정이 있잖아?… 그만한 것은 알 정자가 아니었든가.

  업드려 듣고 있든 정자 머리가 흐터진 채 반신을 일으키며,

- 하나의 술집 여급. 캬바레-의 땐써-. 알긴 뭘 알어! 일천오백만 조선의 사나이가 다 그런 말은 할 줄 알었을 거야. 그러나 정자는 좀 더 발도듬이 하구 싶었어, 그래서 말쑥한 신사의 알랑바침에 넘어간 거야. 흥, 어리석은 건 여자지. 약한 것두 여자지. 못난 것두 여자야. 남자는 남자란 조건만으루두 죄다 잘 났어. 훌륭해. 자기의 체면을 살려가는 데는 참 영리하거든! 자- 이리 와요. 이별의 술잔. 오, 향기없는 따리아[12]에 앉아 한낮의 꿈을 꾸든 나비야. 태양은 너를 위하야 머물를 줄 알었드냐!

  박과장은 이러한 정자의 모습을 바라보다말고, 참을 수 없다는 듯이 뎀벼들어 꼭 껴안으며,

---

11) '된다'의 오식.
12) 다알리아(꽃).

- 정자, 정자, 난 너 없인-

(29) 크라스회 진수의 집

애다의 집에서는 크라스회가 벌어져 한참 웃음과 애기 속에 꽃이 피었다. 결혼해서 임신 중인 영자. 영어를 잘해서 타잎피스트로 다니는 운옥. OO 당에서 부인운동을 하고 있는 효순 (안경을 썼다). 회사 여사무원 노릇을 하고 있는 이한라. 그리고 애다와 가장 친한 숙회. 그 밖에도 서너 여자를 합쳐서 열명이나 된다. 테블에는 가지각색의 과자며 과실이며 음식이며가 놓여 있다. 다 각각 사온 것이다. 벌서 많이들 먹었다. 운옥이가 벌떡 일어스며 연설조로,

- 래듸-앤드 젠틀맨… (하자 죄다 웃으며 허릴 잡는다. 운옥이는 슬그먼이 앉으면서,)
- 자 이제는 시간도 얼마 안 남았으니 우리 엔털테인멘쓰[13] 하기로 해… (한다. 효순이가 그 말이 끝나기가 무섭게,)
- 그게 무슨 소리야. 영어 모르는 사람야 어듸 알겠서…? (한다. 영자가 고지식하게,)
- 여흥 말이라면 난 아무것도 못해… (한다. 한나가 눈을 찡긋하면서,)
- 임신 중엔 노래도 하지 말란 법 있나… 자 운옥이의 제의에 찬성- 찬성…

애다는 좋다는 듯이,

- 그래, 그래. 옛날을 추억할 수 있는 것. 내가 푸로그람을 정할까. 영자는 쏘프라노 독창. 운옥은 영시 낭독. 또- 효순은 뭘 잘했드라? …
- 효순 뭘 그래! 목침 돌림으루 한마디씩 하면 되지…..
- 일동 그래, 그래. (운옥이만 OK한다)

애다가 사회를 한다.

- 그럼 시작하겠습니다. 우리 크라스에서 가장 고흔 목소리를 갖였든 정영자씨의 독창이 있겠습니다. 그러나 이분은 방금 임신중이심으로-

---

13) Entertainment,

영자 부끄러운 듯이,

– 온 애, 뭘 그런 소릴 …

　일동 와- 하고 웃는다. 영자 노래를 부른다.

– 애다　다음에는 황운옥씨의 영시 낭독이 있겠습니다.

　모두들 손벽을 친다. 애다14)가 영시 하나를 읽는다. 얼굴 표정이 퍽 재미있다. 일동 손벽을 치는데, 애다는 또 사회를 계속한다.

– 다음에는 장효순씨의… 뭐드라… 오-라 학교시대 선생님들의 흉내 내기…

　일동은 손벽을 치며 웃고 대환영이다. 효순은 시침을 딱 떼고 안경을 콧등까지 내리며,

– 에헴, 거럼으로서 우리 여성은 단연 남자의 세상을 정복하지 않으면 아-니 될 줄로 생각하-지 아니할 수 없다고 생각하-는 것입니다. 에헴-

　숙희가 킥킥 한참 웃었다. 일동의 웃음보가 터져 버렸다. 영자는 허리를 못 잡으며,

– 으쩌면 난 교장선생님이 밖에 와 계신 것만 같애… 호호호.

　누군가 교가같은 노래를 불르기 시작했다. 상을 뚜드려 장단을 맞추며 그들은 합창을 하는 것이었다. 이때 밖에서 찾는 소리가 났다. 어머니가 뭔가 받아 갖이고 들어왔다. 누군지도 몰랐고 가주온 사람이 바루 도라갔다는 것이다. 애다는 여럿이 있는데서 풀어 본다. 보기에도 호화스런 숄-케익이었다. 그리고 조고만 종이에 "축 크라스회 손애다씨에게 X" 이렇게 씨여 있었다. 장내는 소란해졌다.

운옥　누구냐? 러버?
애다　온 천만에.

---

14) 운옥의 오식.

한나 그럼 누구야. 변명할 거 없잖어?

효순 신시대 청년들이란 참 공리적야. 애인에게 보내는 선물도 이제는 먹을 것을 택하거든! 꽃이나 무슨 인형이니 하는 건 인젠 뒤떠러진 선물 형식야.

운옥 O.K. 하여튼 고마운 일이다. 자- 먹구 볼일이지 … 뭐!

효순 제군, 애다의 행복은 우리들도 조꼼씩 나누어 먹기로 하는데 이의 없으십니까 그럼 우린 X를 위하야 만장의 감사를 올리면서 한쪼각씩… 자 …

　　웃음이 폭발하였다. 애다는 미처 변명할 수도 없다. 그러나 누가 보낸 것인지 상상조차 할 길이 없어 숙희와 눈만 마주쳐버리고 여럿이 하는데로 따라간다.

운옥 애다, 느이 오빤 회사에 다닌다면서 취미가 뭐길래 방이 이상하다.

영자 그래. 참 이상해. 무슨 도깨비가 나올 것같애.

애다 호호호. 우리 오빠의 취미는 너이들의 상상 밖야. 뭘까. 누가 알아 마쳐바!

효순 음- 탐정소설?

애다 아-니.

운옥 미술?

애다 아-니.

영자 시인?

애다 아-니.

　　숙희만이 벽에 걸려있는 진수의 사진을 물끄럼히 바라보고 있다. 자기만이 안다는듯이. 애다도 숙희에게만은 함구(緘口)를 명했다. 아무도 알아마치는 사람은 없다. 죄다 웃었다. 그리고 숙희의 모습을 이상히 생각했다. 그가 바라보고 있는 쪽으로 일제히 고개를 돌린다. 거기에는 진수의 사진이 걸려 있다.

효순 흠- 알었어, 알었어. 숙희가 알것 같애. 그렇지?

　　일제히 숙희를 공격한다. 숙희가 말을 못하고 얼굴이 발개지며 고개만 좌우로 돌린다. 애다가 이 기회를 타서,

- 우리 오빠 골동연구야. 저 책장의 커턴을 제쳐 봐. 맨 그런 책들뿐이지. 그리구 저 화병은 뭐 이조시대 꺼니, 저기 기와짱 쪼각은 경주 갔을 때 가주온 것이니, 모두 대단한 거야. 글세, 난 만지지도 못하게 한단다. 아마 그 방면에서는 손진수하면 아마추어로는 꽤 이건가 봐. (엄지손가락을 보이며) 요새는 오빠가 다니는 회사의 사장이 골동에 미쳐 날뛰는 바람에 매일 저녁 사장 집에 끌려가서 강좌하시기 감정하시기에 늦도록 있단다. 하여튼 오빠 현실에 있지 않고, 언제나 이조 도깨비 고려 도깨비 신라 도깨비, 하하 같이 살구 있어요. 현대감이라곤 조곰도 없어.

    모두들 수군거리며 웃어댄다. 숙희도 따라 웃기는 하나, 다른 사람들의 그 웃음과는 달렸다.

운옥 애, 도깨비한테 흘렸었구나. 시간 가는 줄도 모르고- 너무 느지면 어렵잖어?

    죄다들 동감하며 가기로 한다. 효순이가,

- 그럼 애다의 행복과 회원의 건강을 빌어 박수합시다.

    하고 박수를 한다. 모두 일어나서 옷을 챙겨 입고 밖으로 나간다. 애다도 따라나섰다. 쨍- 하고 그릇 깨지는 소리- 애다가 들어가 보니 아직도 옷을 챙기고 있든 숙희가 골동품을 떠러트려 깨어진 것을 줍고 있다. 애다는 어안이 벙벙해서 웃둑 서 있다. 숙희는 울 것같이 미안스러운 채 쪼각을 주섬주섬 모으고 있을 뿐이었다.
    (FADE OUT)

시-크완스 ②

(30) (FADE IN) 출판사의 낭하

    박문철이와 현국이가 무슨 애길 했는지 응접실에서 나온다.

392

박 하여튼 자네 재주껏 하게.

현국 자네 힘에 달렸으니까 만사를 믿네.

박 모사(某事)는 재인(在人)이오, 성사(成事)는 재천(在天)이니까15)– 하하
    하.

(31) 층계

헤어져서 현국이 층계로 나려가다 중간에서 외근에서 도라오는 애다와 마
주쳤다. 서로는 박문철의 초대로 아는 터였다. 인사를 하고 현국이 말을
붙였다.

– 요새 퍽 바쁘시죠?
– 네, 고맙습니다.
– 마침 박군과 만나고 가는 길인데, 혹 시간 있으시면 차래도 한잔– 가치–
– 고맙습니다. 저 지금 외근하고 도라오는 길인데, 곧 원고를 써 넘겨야 할
  게 있어서… 용서하십쇼.

하며 그대로 인사를 하고 올라간다. 현국이 헐수없이 멈츳하다 그대로 내
려가 버린다. 종종거름으로 올라가는 애다, 뭔가 생각키운 듯이 멈츳 서서
휙 도라다보다가는 손을 입에 물고 곰곰이 생각하는 듯이 거닐른다. 크라
스회에 과자 보낸 사람이 혹이나… 하고 생각하는 것이었다.

(32) 사장실

현국 들어온다. 마침 사장이 있다. 그대로 쏘파–에 안자 담배를 피우며 기
다리고 있다. 지배인같은 사람하고 애길하며 사장 드러온다. 사장 현국을
발견하자 지배인을 내어보내고 둘이 앉아서 애기를 한다.

– 그동안 이 일 저 일 분주해서 못 찾아와 뵀습니다. 큰어머니께서도 안녕
  하시죠?
– 그래. 나 역시 너이 집에 좀 들른다면서도 요새 또 바람이 나서…
– 네? 큰아버님께서 바람이 나시다니요?
– 음, 머– 위험할 건 없다. 요새 골동품 수집에 맛을 드려가지고… 허허

---

15) 일을 꾸미는 것은 사람에게 달렸지만, 일이 되고 안 됨은 하늘에 달려 있다.

허…

- 아- 새 취미를 발견하셨군요…
- 그래 요새 회사에는 별 일 없냐? 이달 보고서는 아직 보질 못했는데-
- 오늘 뵈러 온 것은 회사 일이 아닙니다.

　　하며, 현국은 바짝 닥어앉는다. 그리고 안주머니에서 사진 한 장을 꺼내어 주며,

- 큰아버지, 어떻습니까.
- 아-니, 아닌 밤쭝의 홍두깨도 분수가 있지? 무엇이 어떻단 말이냐?
- 제가 결혼할려고 하는 여자애요.
- 흠- 눈이 또렷또렷한 게 잘 생겼구나. 그래 언제 한단 말이냐?
- 하하하, 큰아버지두. 결혼을 하구싶은 여자이예요. 그런데 이 여자의 오빠가 바루 이 회사에 다니고 있으니까… 큰아버지께서 중간에 드셔서 절 결혼시켜 줍시사고 온 것이에요.
- 이 여자의 오빠가? 대관절 누구란 말야?
- 손진수씨.
- 허- 손군의 동생이라? 허-허, 바루 손군의 누이동생이라. 자기 오빠를 닮었군 그래. 아주 똑똑한 걸.

　　창까로 가서 밖을 내다보고 섰든 현국이가 도라서 다가스며,

- 큰아버지. 어떻게 힘써 주시겠어요?
- 당자의 의견은 모르겠지만, 특별한 조건이 없다면 내가 되도록 해주마! 그래, 염려할 것 없다.
- 그럼, 믿습니다. 큰어머님께도 잘 말씀해 주세요!

　　하며, 현국이는 나가버렸다.

(33) 사무실

　　시계는 어연 퇴근 시간이 가까웠다. 사무실은 아직도 분주스럽다. A와 B가 없다.

(34) 근처 식당

A와 B가 자동차 운전수와 무슨 밀담을 하고 있다. 밖에서 드려다 뵐 뿐, 그 내용은 알 수 없다. 뭔가 A가 운전수에게 준다. 필시 돈인 게 분명하다.

(35) 계단

A, B는 식당을 나와 회파람을 불며 삼층으로 올라간다.

(36) 현관 앞

사장이 퇴사한다. 차에 올라앉아서 막 떠나가려 할 지음 운전수보고,

- 여보게, 저 삼층에 전화 걸고, 손진수군 좀 곧 내려오라고 그러게.

운전수 "네" 하고 나려서 드러간다.

(37) 사무실

전화를 받고 수화기를 놓는 진수는 가방을 채려가지고 나가려다 시계를 보니, 아직도 삼분전이다. 할 수 없이 과장에게 가서 "사장께서-" 하고 말을 하자, 과장은 고개만 끗떡하였다. 아주 못마땅한 눈치를 보였다. A도 B도 나가는 진수의 뒷모양을 바라보며 있다.

(38) 거리

과장과 A, B가 걸어가고 있다. 어느 조고만 선술집으로 드러간다.

(39) 선술집

A 한잔 마시고 박과장에게 잔을 돌리며,

A 하여튼 고약한 놈이에요
B 과장께서야 그런 것도 모르시고…
과장 자들 드슈! 그야 설마 그런 놈인 줄이야 알았나? 사장에게서 내 사생활에 대한 책망을 들었을 때까지도 통 몰랐으니까. 다소 내 사생활이 의

심스런 점도 없는것은 아니지만…
A 그러나 어디 누군들 사생활의 결함이 없겠어요. 다 말하자면 말이 되는
  거고, 잡자면 험이 되는 거죠. 안 그런가?

  B를 보며 찡긋한다. B도 이에 수응한다.

B 과장. 무슨 얘기 못 드르셨세요?
과장 별로-

  B는 입을 과장의 귀에 대며 뭐라고 수군거리고 있다. A는 다 안다는 듯이
  술을 마시고 있다. 과장은 B의 얘길 듣더니,

과장 아- 괫심한 놈이로군.
B 그러니까 과장을 물리치고 제가, 제가 올러안자는 게죠. 뭐 빤하지 안습
  니까. 그런 줄도 모르고, 괜히 과장은-
과장 응, 알았다.(독백) 자 술들 드슈.

  술병을 든다.

(40) 사장의 거실

  진수가 병을 들고 보고 섰다. 사장은 물끄럼히 쳐다보다가,

- 여보게. 오늘은 딴 얘기가 있으니 골동강좌는 그만으로 하고 좀 이리 안
    게.
- 딴 얘기요?

  하며, 진수가 눈이 동그래서 안는다. 사장은 한 장의 사진을 꺼내어 진수
  에게 준다. 진수는 사진을 홍미있는 눈초리로 한참 들여다보다가는,

- 이분이 누구십니까?…

  하며, 들었든 손을 내린다. 그것은 현국의 사진이었다. "흠-" 하고 사진을
  도루 빼앗어 든다.

- 이 사람이 내 조카야. 그러니까 내 동생의 아들이지. 내 동생은 일찍 세상을 떠났고 내가 이놈의 뒤를 돌봐주다가, 요새는 따루 회사 하나를 맨들어 주었지. 놈은 꽤 똑똑해! 대학까지 나왔고…

    다시 말을 계속하는 사장.
- 그런데 이놈이 작년에 상처를 했어! 자녀간 아무것두 없구. 식구라고 단지 어머니 하나뿐이라 집안도 집안이요, 당자도 그만해서 각처에서 혼담이 있고, 또 나도 보기가 하두 딱해서 여러 번 권해 봤건만 무슨 심사인지 일절로 거절해 오든 놈이, 이제는 날보고 중매를 서달라고 애걸복걸일세 그려. 허허허, 세상에 별 일도 참 다 많지.

    진수는 그저 남의 일이려니 하고 따라 미소할 따름이다.

사장 자네 어떻게 생각하나?

    진수는 사장의 이 당치도 않은 질문에 당황해한다.

진수 아 뭐 그만한 자격이시면 훌륭하시죠…

사장 그 결혼 중매를 스라는 상대방 여자의 사진이 내게 있는데…

    하며, 다른 사진 한 장을 꺼내여 진수에게 준다. 진수는 깜짝 놀란다. 사장은 통쾌스러히 한바탕 웃어댄다. 그리고

- 뭐 놀랄거야 있나? 난 자네에게 그런 훌륭한 여동생이 있는 줄은 꿈에도 몰랐지. 스물세살이라지.
- 네…
- 기자라구?
- 네, 그렇습니다.
- 뭐 자세한 애기는 다 드렀네. 그놈이 어떻게도 자세한지 모르는 게 없데나. 자- 그 두 사진을 나란히 놔 보게.

    사장이 그걸 나란히 놔 본다.

- 아주 십상인 걸 그래? 하하하… 그래 자네 맘엔 어떤가? 혹 또 다른 곳

에 정혼을 했을런지도 모르는 게고-

- 네, 그건 없습니다. 당자만 의합해16) 한다면, 저로선 별로…
- 허허허… 그럼 본인의 의향 하나로 결정될 것뿐이군 그래. 그러다 보니 자네와 내가 사둔이 되겠구먼 그래… 하하하.

(41) 방문 밖

밖에서 하녀가 엿들었다. 이 말이 자동차 운전수에게로 전하여진다.

(42) 주장

정자와 과장이 춤을 추고 있다. A와 B는 테불에서 술을 먹고 있다. 흥에 겨운 모양이다. 춤이 끝나자 과장이 A와 B의 테-불로 와서 앉으며 웃어 댄다. 서로 술을 권한다. 정자도 따라와서 써-비쓰를 하고 있다. 얼마가 지난 뒤 일수와 또 하나 같은 또래가 드러오며 스텐드로 가서,

- 우리 대장 안 왔오?

하고 묻는다. 매담은 두 어깨를 으쓱해 보이며 안 왔다는 표정을 쓴다. 일수는 어께넘어로 좌석을 둘러보다가 정자가 있음을 보고 그 옆으로 가서 손목을 잡는다. 정자가 뿌리치자 다시 잡는다. 과장이 A, B에게 눈찟을 한다. A와 B는 일어나 수작을 건다. 이윽고 쌈이 벌어졌다. 술상이 뒤집히고 여자들이 고함이 나고 법석이다. A와 B는 흠씬 두드려 맞었다.

(43) 이튼날 아츰 진수의 집

진수와 애다와 그의 어머니가 함께 모여 아츰을 먹는다. 밥을 먹다말고 진수는,

- 어머니, 글세 일수를 어떡하실려고 그러십니까. 우리들에겐 꼼짝도 못 하게 하시고 저렇게 내버려만 두시니… 젊은애가 어디서 무슨 일을 하기에 매일같이 드러오지 않으니… 대체 그러다 무슨 일이나 있으면 어떡합니다.

---

16) 일이나 조건 따위에 꼭 알맞다. 뜻이나 마음이 서로 맞는 데가 있다.

말이 끝나기도 전에 애다가 나선다.

- 그래요, 어머니. 난 정말 잠이 안와요. 어머님에게는 더두 없는 막내아드
님이지만, 저에게는 둘도 없는 동생이 아니애요. 오빠는 밤낮 '골통타령'
만 하시느라고 늦게 다니시구… 이 집은 어머니하고 나하고만 지키는 집
이 되었어요. 여자만의 세계야요. 늙은 어머니와 젊은 딸의 집이야요. 일
수는 대체 어떻게 된 사람이길레 어머니두 형두 누의두 다 버리구서 도
라만 다니니 참 어떻게 해요? 어떡해야 이 집안이 바루 잡혀요?

　　도라간 아버지의 사진이 크게 나타나다. (말소리만―)

어머니　너이 아버지가 세상을 떠날 때 일수는 어리지 않었니… 난 그저
저게 불상한 생각만으로 그래도 네 아버지의 피가 있는 놈이 설마 무슨
짓이야 하랴 하구 내비려둔 거다. 말은 못한다마는, 나는 늘 가슴이 뭉클
하단다. 네 오빠 삼십이 가깝두룩 저러고 있고, 너도 혼처를 택해야만 할
것을… 일수도 인젠 맘 둘 곳을 맨들어줘야 할 게 아니냐.

　　진수가 그 말에 얼뜬 생각을 하며 주머니 속의 사진을 찾는다. 그리고

- 어머니, 참 좋은 일이 있세요. 애 애다야. 너 이 사람 아는?

　　하며 사진을 내어준다. 사진을 받아든 애다는,

- 음… 우리 출판사 박선생에게 늘 놀아오는 분이구먼요…
- 너하고도 아니?
- 인사했어요. 그런데 이분이 웨…

　　물론 눈치는 채인 애다였으나, 시침을 딱 뗀다.

- 응, 저 이분이 바루 우리 회사 사장의 조카야.
- 어마―
- 그런데 큰아버지를 통해서 청혼을 하는 거야…　네게 대한 것은 너와 함
께 있는 박선생을 통해서 자세히 아는 모양이드라.
- 어머나… 오―라 그래서 요새 눈치가 이상하드라니…　나두 대강은 안다
우. 대학 출신, 돈이 많구― 회사 중역이구, 그렇죠?

- 어랍쇼. 난 고얀히 뒷대리 긁었구나.

　어머니가 사진을 보고 있다.

- 참, 오빠.
- 응?
- 숙희가 요전에 오빠 방의 도깨비 항아리 깨트린 거 얼마나 미안해 한다구, 그런 거 하나 사다 바치겠대요. 오빠 그 숙희 싫우?
- 아-니 이건 혹 때려다 혹 붙이는 격인가. 내 애긴 천천히 하고 어서 네 애기부터 결정하자꾸나.

　애다는 문득 벽시계를 본다. 여덜시반이다.

- 오빠! 시간!

　진수도 깜짝 놀란 듯이 시계를 보고 일어선다.

(44) 도로

　남매 진수와 애다가 나란히 걸어가고 있다. 역시 출근시간의 거리는 분주스러웠다.

(45) 진수의 집

　어머니가 어덴가 즐거운 낯으로 밥상을 치우다가 문득 일수의 생각을 하고서 쓸쓸해한다. 이때 삐-걱 하고 대문 소리가 난다. 일수가 도라온 줄 알고 어머니는 반겨 나가려할 때, 그때 조용한 자태로 나타난 것은 일수가 아니라 여자 경관이었다.

(46) 경찰서

　유치장에서 밤을 새고 난 일수가 취조를 맡고 있다. 전화가 온다. 수화기를 든 경관-

- 응, 그래. 응 대양? 대양물산? 응, 음 알겠소.

(47) 진수의 집 근처의 조고만 가게

　　전화를 빌려 쓰고 있는 여자경관(대화중)과 그에게서 약간 떠러진 곳에 일
수의 어머니가 염려스런 표정으로 여자경관의 전화하는 모습을 바라보고
있다- 초조한다. 여자경관은 전화를 계속한다.

- 네? 네. 그럼 거기서 직접 연락하세요. 네, 네-
　　전화를 끊고 도라서서 일수의 어머니를 보고 다정히 웃으며,

- 뭐 연려하실 건 조금도 없습니다. 오늘 저녁에는 집으로 도라올 것이니
　어서 가져서 맛있는 반찬이나 많이 맨들어 놓고 기다리십시오.

　　여자경관 말을 다 맞추기 전에 나오기 시작하며, 주인에게 경례를 하고
일수의 어머니와 작별한다. 일수의 어머니 공손이 인사를 한다.

(48) 대양물산 사무실

　　전화를 받는 진수. 그 앞에는 붕대로 머리며 손을 싸맨 A와 B가 사무를
보고 있다.

- 네, 네, 제 동생입니다. 네? 네? 네! 지금 곧 가겠습니다.

　　불안스런 진수의 표정이다. 과장에게 "잠깐-" 하고 나가버린다. 과장 본
척도 하지 않는다.

(49) 층계

　　진수 자동차 운전수와 마주친다. 유별랗게 운전수가 공손히 인사를 한다.
급하게 급하게 나려가는 진수-

(50) 도로

　　급하게 걸어가는 진수. 횡단에서는 자동차와 충돌할 번하는 진수. 사람이
들먹어리는 좁은 길을 빠저 나가는 진수.

(51) 경찰서

이윽고 경관 앞에 슨 진수. 경관은 대단히 친절하다. 앉으라고 권한다. 경관의 얼굴은 부드럽다. 민주주의의 본태(本態)가 역연(歷然)스럽다[17]. 진수만이 오히려 흥분하고 있다. 경관 서류를 보며,

- 선생이 손진수씨입니까?
- 네, 그렇습니다.
- 대양물산회사 무역과에 계시군요.
- 네, 그렇습니다.
- 계씨(季氏)에 일수라고 있으십니까
- 네, 있습니다. 어떻게 무슨 일을 저즐렀습니까?
- 머 별로- 요새 길거리에는 참으로 불량한 청소년이 많아서 까딱하면 여기 휩쓸리기가 쉽습니다. 사실인즉 어제 술집에서 쌈이 났는데 미안한 일이지만, 계씨가…

다시 유치장에서 울면서 일수가 나온다. 방에 드러서서 형 진수와 눈이 마주치자 일수 고개를 푹 떠러트린다. 진수는 앉은 채로 소상(塑像)[18]처럼 일수를 바라본다. 무엇인가 생각하는 것 같기도 하다. 퍽 무거운 표정이오, 자태다. 실내에는 잠시 침묵이 흐른다. 진수 일어서서 잠시 기운없이 섯드니, 일수에게 달겨들어 벼락같이 뺨을 친다. 일수는 본능적으로 두 손을 얼굴에 댄다. 경관 말리며,

- 뭐 본심은 과히 나쁘지 않으니까 잘 타일르십시오. (일수를 보고) 너 앞으로는 그런 짓 하면 안돼. 너같이 집안도 훌륭하고 교육도 받은 사람이 무슨 할 일이 없어서 술집을 드나드는 거야 한국을 위해서 할 일이 얼마나 많아. 네 뜻대로 네 취미대로 무엇이든지 될 수 있는 거 아니냐. 이번에는 특별히 용서하는 것이니 도라가서 모든 것을 뉘우치고 참된 길을 밟어야 해!

일수는 여전 울고 있다. 얼골에 대인 손을 떼이지도 않는다.
(맑은 새냇물(계곡)이 일수의 머리 위로 복사(複寫)된다)
얼골을 가린 손가락 사이로 눈물이 흘러 나린다. 진수의 얼굴에 다소 미소가 돈다 일수의 옆으로 걸어가 어깨를 가벼히 두드린다. 그리고 손수건을 꺼내어 일수에게 준다. (눈물을 닦으라는 뜻으로)

---

17) 역연하다, 분명히 알 수 있도록 또렷하다.
18) 흙으로 만든 사람의 형상.

(52) 가로

진수와 일수는 밖으로 나왔다. 일수에게 아무 말도 하지 않는다. 일수만을 집으로 보낸다. 어정어정 걸어가고 있는 일수의 뒷모양을 그윽이 바라보고 있는 진수- 다소 흥분한 심정을 풀 길이 없어. 일수가 가는 반대쪽 길을 걷는다.
(FADE OUT)

시-크완스 ③

(53) (FADE IN) 차집

진수 차집으로 들어선다. 거기에는 숙희가 커-다란 물건 보뎅이를 하나 놓고 앉아서 차를 마시고 있다.

- 오래간만이올시다, 숙희씨.

숙희는 일어나 답례를 하기가 무섭게 상 우에 놓였든 물건을 감추려든다. 여급에게 차를 주문하고 진수가,

- 요전 크라스회는 재미있었다지요.

고개를 수긴 체 숙희는 웃는다. 여급이 차를 나른다.

숙희 그러쟎어도 지금 댁으로 가보일려고 하였어요. 요전날 고만 선생님의 귀중한 물건을 깨트려서 어찌나 미안하였든지요. 사흘째 길로 다니며 그와 비슷한 것을 구해 봤으나 알 수가 없어서 오늘이야 겨-우 이걸…

하며, 옆에 있는 싼 물건을 내어민다. 진수는 뭐라고 할지 모르다가,

- 아 그거, 뭐 이왕 그렇게 된 걸 그렇게 걱정하실 거 없잖어요? 이게 뭡니까?

끌러본다. 항아리 하나가 나온다. 그것은 전날 사장과 같이 보든 청자기였다.

- 아이구, 이거 참 좋은 건데요. 이거 얼마 주셨세요? 안 됩니다. 이렇게 비싼 것을 이건 바루 고려청자기인데요. 제건 사실인즉, 그건 가짜였에요. 어디 제가 무슨 돈이 있어 진짜를 삿겠습니까. 이거 어디서 사셨세요? 아, 이게 바루 요전에 보든 건데 요 위에 있는 골동점에서 사셨군요. 제가 잘 압니다. 어서 가치 가셔서 무르시지요.
- 아니예요. 이건 제가 드리는 거예요. 깨트린 것에 대한 보상이 아닙니다. 제가 손선생께 드리는 겁니다. 제가 드리는 걸 제 앞에서 도루 바꾸라구까지 하실 건 없잖아요. 제가 선생님 댁에서 몇 시간이고 있었다는 기념이랄까요. 하여튼 제가 드리는것이니, 갓다두고 보세요. 그럼 저는 먼저-
- 아니… 저 숙희씨, 고맙습니다. 그럼 가치 나가실까요.

(54) 가로

어덴가 지극히 조용한 거리다. 진수와 숙희는 걸어가고 있다.

(55) 남산길

진수와 숙희는 남산으로 올라갔다. 구불거린 길을 어정어정 걸어가고 있다. "선생님" 하고 숙희는 말을 끄냈다.

- 네?
- 해방이 된 조선에서 여성이 가야할 길은 무엇일까요?
- 그야 해방 전이나 후나 여성의 갈 길은 하나밖에 없잖아요?
- 아-니, 그런 의미에서가 아니라 좀 더 의식적인 점으로 여성도 해방이라든가 건국이라든가 하는 국가적으로 사회적으로 이바지할 어떤 길- 아니 하나의 의무가 있지 않을까요?
- 그야 물론 있지요. 남성에겐 남자대로의 의무가 있듯이 여성에게도 당연 의무가 있겠지요?
- 그 의무가 표시하는 길은 무엇일까요?
- 요컨대 관성문제이겠지요 어떠한 물체에든 관성이 있듯이, 사람도 그 관성을 무시할 수는 없지 않을까요. 좀 더 구체적으로 말하면, 초에게는 불을 받는 관성이 있듯이, 역시 여성에게도 여성의 관성이…

- 네, 알겠어요. 참 좋은 말씀이세요.
- 초- 그래요. 우리는 불을 받어야 해요. 그리고 또 불을 비추기도 해야 하잖어요. 불을 받기만 하는 것이 의무의 전부일 수는 없잖어요. 불을 받어서 그걸 더 빛내게 비추워야 하는 초의 의무… 그것이 곧 초로서의 찬란한 생명력이겠지요.
- 요새는 대용초가 많드군요. 하하하.
- 호호호… 선생님두, 말하자면 저같은 것 말씀이시죠? 하여튼 저와 같은 여자들은 가장 고민하는 시대라고 생각해요. 가령-
- 가령 결혼문제같은것 말씀이십니까.
- 온 선생님두, 그래요. 여자란 한 가정에서 연령의 한도를 받으면 다른 한 가정으로 이동을 해야 하고… 그런 가정적인 환경문제도 크지만, 사실 주관적으로 보아서 여자의 자립이란 어려운 일이 아닐까요.
- 결혼을 한 가정이라거나 한 개인의 단위로써 단정하기에는 너무나 시대가 허락지를 않습니다. 좀 더 진보적인 생각을 갖일 수 있다면, 결혼은 한 국가 사회의 모태가 아닐까요. 하느님이 태초에 일남일녀를 창조하실 때, 그때 일국가가 형성되고, 일사회가 나타난 것이 아닐까요.
- 그렇게 말씀하시는 선생님은 웨 여태껏,
- 저요? 하하하. 이것이 제 안해랍니다. (골동품을 내밀며)

그대로 그대로 걸어간다. 벌서 정오를 알리우는 싸이랜 소리가 들렸다.

(56) 대양물산회사 (전전장과 같은 시간의 계속으로)

알력의 표면화-
정오 싸이랜이 울자 점심시간이 되어서 모두들 나간다. A와 B가 있는 곳으로 박과장이 와서 데리고 나간다. 바로 문 밖에서 급사를 맞나자,

- 박과장님, 점심 잡숫고 지배인실로 오시랍니다.

하며 전언한다. 과장은 대답을 하였으나 무슨 불길한 의심에 사로잡힌다.

(57) 층계

칭칭대를 내려가는 과장의 얼굴이 어두워진다.

(58) 식당

박과장, A, B가 앉아있다 A와 B는 수군거리며 눈을 마주대고, B가 A보고 과장에게 얘기하라는 눈짓을 한다. A는 수긍하고 과장에게 버러지처럼 바싹 붙어 얘기한다.

- 결국은 자기 누이를 디밀고서 아주 사장의 꼬리가 되자는 게지 뭡니까. 다른 사람 다 물리치고 과장이 돼보겠다고. 그러고 보면 과장께서도 상당히 경계를 하셔야겠습니다. 아 그까진 놈에게 과장자리를 빼앗기다니 말이 됩니까.

B   일이 이쯤 되고 보면, 불리한 건 과장과 우리들 뿐이지 뭐야. 아 사장과 사둔이 되고- 으쩐 말야 나중에는 사장 행세를 하러 덤빌 걸. 과장, 과장에 대한 가진 비난을 다 했을 겁니다. 있는 말 없는 말…

과장은 사(社)를 나올 때, 급사가 지배인실로 점심 후에 오라든 것과 무슨 합치되는 예감을 느끼면서,

- 암만해도 그대로 둘 수는 없어, 그러잖아도 암만 생각해 봐도 그놈밖에는 사장에게 내 말을 할 놈이 없단 말야. 그렇지 않고는 사장이 직접 날 불러다 놓고 그렇게 말할 수가 없거든- (독백처럼) 내 사생활이 어떻든… 내가 회사 돈을 갖이고 놀러다니는 것이 아니겠고… 무슨 상관야. 미친놈 같으니라구- 얘. (급사를 부른다) 저   술 한병 갖우 오너라. (다시 A, B를 보고) 기분 나쁘니 우리 한잔하지.

A와 B 거의 동시에,

- 뭐 헤헤, 낮에…

과장 조곰만- 그저 화날 때는 한잔 해야 돼. 자.

(59) 이 시간 또 다른 어떤 식당에선-.

진수와 숙희가 식사를 하고 있다. 인제는 둘의 사이도 퍽 익숙해졌다 숙회의 표정은 어느 때나 진수를 존경하고 애모하는 정에 가득차 있다.

진수 애다도 이제는 마땅한 자리로 출가를 시켜야만 할 텐데요…

숙희 그야 그만한 자격으로 웨 못 가겠어요. 그러나 애다의 결혼관은 언제
　　　나 진보적이어서 결혼이란 것을 하나의 관념의 세계만으로 검토하려 드
　　　는가 봐요. 생활이라든가 여성의 하나의 논리적 생태라는 것을 퍽 비방
　　　하는가 봐요

진수 그야 그럴 수도 있죠. 나같은 남자도 아직까지 그런 관념 속에서 살
　　　구 있으니까요… 아이 참, 시간이 너무 느졌군요. 난 또 사에 들러야겠으
　　　니까, 그럼 오늘은 이만 실례합니다.

　　　이러나서 밖으로 함께 나온다.

(60) 지배인실

　　　지배인이 과장에게 훈시를 한다. 손에는 사령(辭令)19)을 들고 있다.

–　그래서 간부들의 총의로서 결정된 것이니까, 조곰도 섭섭히 알지 말고
　　다시 더 분발한다면 그 이상의 자리를 점령할 수도 있는 것이니까. 자…

　　　하며 사령을 준다.

(61) 낭하

　　　낭하 밖에서 A와 B가 엿듯고 있다. 과장이 풀이 죽어서 나온다. A와 B가
　　　양쪽에서 달려든다. "좌천…" 하고 과장은 사령을 A와 B에게 보여준다.
　　　이때 회파람을 불며 가장 유쾌한 듯이 진수가 드르오다가 (청자기를 들었
　　　다) 그들과 마주치자 과장의 노기가 폭발하면서, "손진수" 하고 부른다.
　　　영문을 모르고 진수가 그의 앞에 서자 보기좋게 한 대 뺨을 갈긴다. 계속
　　　해서,

–　이놈아. 과장 노릇이 그렇게도 하구 싶드냐. 누이를 팔아서까지…
–　아니, 대체 무슨 소리요.

　　　A가 옆에서,

―――――――――――――

19) 임명, 해임 따위의 인사에 관한 명령.

- 뭐 무슨 소리야. 지금 과장이 좌천 사령을 받은 것이 다 네놈 연극이란 말야. 버러지 모양으로 사장 꽁문이만 붙어 다니면서… 고약한 놈 같으니라구-

진수 무슨 오해외다. 당치도 않은 말들을 하며 대체 이게 무슨 일이요?

그러는 사이 남녀 사원들이 둘러서서 법석들이다.

과장 이놈아. 난 오늘 이래로 이 회사를 구만두면 고만야. 그렇지만 이놈아, 너도 젊은놈이…

B가 톡 나서며,

- 젊은 놈이 오죽 할 일 없어 이간질과 누이를 팔아서 과장을 할려고…

진수 "이놈아, 다물어!" 하며 한손에는 청자기를 껴안은 채, 왼손으로 한대 후려갈기자, A며 과장 덤벼든다. 다시 보기좋게 한 대씩 메겨 잡바트린다. 진수 여럿 앞에서,

- 이놈들아. 내가 사장의 꽁문이를 쫓아 다녔으면 어떻단 말이냐. 내가 너이들의 말을 한 기억이라곤 손톱만치도 없다. 과장이 좌천을 했으면 좌천의 이유가 응당 명백히 있을 것이 아닌가. 공현이 내게다 뒤집어 씨워가지고… 고약한 놈들-

진수는 모여 있는 사원들을 해치고 사무실로 들어간다.

(62) 사무실

진수 자기 자리로 와서 사직서를 썼다. 그걸 가지고 실내로 드러서는 A, B, 과장의 곳으로 갔다.

- 자- 너이들이 나를 그렇게도 의심 한다면 내가 구만두면 고만 아니냐. 내가 사장에게 아참을 했느니, 누이를 팔았느니 하는 그런 더러운 소리를 다시는 안 드를 게 아니냐. 어느 때고 손진수를 다시 알 날이 있을 것이다.

사직서를 내어밀며 밖으로 후당쿵탕 나가다 다시 돌아 드러오드니 책상 우에 있는 숙희의 선물(청자기)를 들고 나간다.

(63) 거리에서

빌딩의 거리. 가로수의 거리. 잡답(雜踏)[20]의 거리. 정처없이 흥분한 거리를 것고있는 진수였다. 다만 일직선의 공간을 바라보며 거러갈 뿐이다. 빽- 하고 자동차 한 대가 머물렀다. 문을 열고 고개를 내밀며 진수를 부르는 것은 창수였다. 진수는 그제야 제 정신으로 도라간 듯, 창수를 보자 마치 구조선을 발견한 것처럼.

- 여- 창수.
- 웬일인가? 무슨 볼일?
- 아-니
- 그럼 이리 타게. 나도 특별한 볼 일은 아니니까. 우리 오래간만이니 한잔 하러 가세 그려.

진수가 탔다.

(64) 어느 요리집

진수과 창수. 기생도 있다. 둘이서는 참으로 오래간만이었다.

진수 자네 출세했다지…
창수 참 요전에 애다씨를 만낫서. 뭐 오죽한가. 다 세월 덕이지. 아직같애서는 괜잖아. 자넨 어떻게- 재미존가? 골동타령은 여전하드면-. 여보게 골동도 좋지만 사장옆에 가까이 대섰다간, 동료들의 오해사리. 세상이란 야박한 거야… 하하하.
진수 흥, 덕분으로 오늘 '꾿빠-이'했네. 룸펜야, 지금부터. (독백처럼) 세상이란 야-박한 거야. (기생 보고) 애, 술 뷔라.

한잔 쪽- 드리키고는,

- 아 그놈의 새끼들이 내게다 죄다 뒤집어 씨운단 말야. 보기 좋게 한대

20) 잡답(雜沓), 사람들이 많이 몰려 북적북적하고 복잡함.

매겼지. 그리고 "옛다-" 하고 사직서를 던지고 나와 버렸지 뭐. 간단하지. 이것으로 만사는 완전해결… 하하하.

또 술을 마신다. 취기가 돌았다. 창수는 술잔을 권하며,

- 잘 됐네. 자네다운 일일세. 그렇지 뭐… 그러한 굴욕의 세계에서 머물을 자네가 아니니까. 염려말게. 그러잖아도 자네를 일간 좀 만나려든 참이었으니까. 아주 일은 잘 되었네. 가마귀 나르자 배 떠러진 격이야. 하하하-

기생이 능청스러히 노랠 부른다 노랙가락이다.

- 가마귀 검다 하고 백로야 숭을 마라. 겉 히고 속 검은 건 아마도 너뿐인가-

진수 반쯤 누어 취안(醉顔)을 멍-하니 하고 노랠 듣고 있다.

(65) 이 시간 진수의 집에서는,

애다와 그의 어머니 마주 앉었다. 어머니가 말을 한다.

- 애다야. 그래 그 사진 퇴(退)할 작정이냐? 웬만하건-
곰곰히 생각해 봤어요. 그러나 첫재로는 그러한 결혼이 오빠의 인격을 깎아 내는 것만 같애요. 오빠의 회사에는 수백명의 사원이 있지 않어요? 그곳은 적어도 오빠의 생활에 있어서 하나의 큰 세계야요. 그러한 수백명의 사원들이 뒷손까락질을 할 것은 빤하잖어요? 나만의 행복을 위해서, 오빠를 그러한 괴론 세계로 모라 넣고 싶진 않어요. (사이) 그와의 결혼이 반듯이 행복된 것이라고 단정할 수도 없는 것이지만-

애다의 눈은 샛별같이 번쩍였다. 듣고만 있던 어머니는 그럴사-한 표정으로 도라가나, 그러나 너이들의 세계는 난 잘 모른다는 듯이- 그리고 너이들의 생각이 바를 것이라고 믿는 듯이, "모르겠다. 내가 뭘 아니? 너이들의 소견이 오죽하겠냐-" 한다.
애다는 어리광 비슷이 어머니의 어깨를 부잡고 흔들면서, "엄마… 뭐 너무 염려마세요- " 하며 애교를 떤다. 명랑한 얼굴이다. 어머니도 따라 웃는다. 일수가 아랫묵에서 잠들고 있다. 전과 달라 으젓이 누어자는 형태이다.

410

- 어머니, 일수가 일찍 드러왔군요.

"응" 하며 어머니는 일수의 자고 있는 모습을 바라본다. 미소하며,

- 벌써 두러왔단다. 오늘은 드러오는 길로 제 책상을 저렇게 깨끗이 치워 놓고- (정리된 책상) 방도 제가 소제를 하는구나. 그러드니 날 보고 몸이 좀 괴로워 자겠다고 하며 옷을 훨훨 벗어 걸어놓고 (옷거른 모양) 자릴 깔고 자는 것이 엽대껏이란다. (독백처럼) 오늘따라 일수의 얼굴이 제 얼굴같구나! (자는 일수의 얼굴) 눈- 코- 입- 그리고 머리까지- 오늘따라 일수는-

하며, 벽에 걸린 사진을 쳐다본다. 일수의 아버지 사진이다. 사진들이 좀 삐뚜러졌다. 애다가 일어나 똑바루 고쳐 놓으며,

- 참, 어머니.
- 응?
- 어머니, 반가운 얘기 하나 할까요!

웃는 얼굴로 고개만 꼬떡인다.

- 오빠가 숙희하구 만났대- 아까 숙희가 우리 출판사를 들렀에요. 이런 얘기 저런 얘기하는데 눈치가 좀 이상하기에 물었드니, 오빠하구 산보까지 했다는구려. 오빠 참 숭칙스러워. 나한테는 아무런 눈치도 안 보이면서.

이 말을 듣고 있던 어머니의 얼굴은 환히 개인 날씨처럼 명랑하다.

(66) 밤의 거리

하늘에는 무수한 별들이 반짝이고 있다. 그윽한 밤이다. 술이 취했으나 대단히 명랑한 보조(步調)로 진수가 거닐고 있다. 옆구리에는 조이로 싼 뭉뎅이를 들었다. 물론 숙희에게서 받은 청자기이다. 진수는 문득 독백한다.

- 야- 박한 세상! 하하하…

웃는다. 웃는다. 시원스러히 웃으며 걸어간다. 회파람을 불며 걸어간다, 문득 서서 옆에 끼었든 청자기를 두 손으로 바쳐 든다. 물꼬럼이 바라보는

눈에는 따스한 연정이 흘렀다. 진수는 가만히 청자기를 옆에 끼고 (신부를 끼듯이) 결혼식장에 걸어드러가는 흉내를 낸다. 입으로는 웨딩 마-취을 흉내내며-. 다시 진수는 웃는다. 하늘에는 역시 별들이 총총하다.
(FADE OUT)

끝.

일러두기

1. 1열의 '작가/연출'에서, 앞의 '작가'는 극작가 혹은 시나리오 작가를 의미하며 뒤의 '연출'은 연출가 혹은 감독을 의미한다. '작가'가 비어 있고 '연출'만 있는 경우, 원작자가 밝혀지지 않은 상태에서 연출가 혹은 감독만 밝혀진 것을 의미한다. 반대의 경우는 원작자만 밝혀졌고 연출가 혹은 감독이 밝혀지지 않은 것을 의미한다. '작가'와 '연출' 모두 비어있는 경우는 둘 다 밝혀지지 않은 것을 의미한다.

2. 2열의 '제목'에서는 작품의 장르와 제목을 밝혔다. (공)은 공연작, (영)은 영화, (시)는 시나리오를 가리키며 아무 표시가 없이 제목만 있는 것은 희곡을 가리킨다.

3. 3열의 '출전/극단, 영화사'에서, 앞의 '출전'은 잡지와 희곡집 등의 문헌을 의미한다. 뒤의 '극단, 영화사'는, 공연작의 경우에는 극단명을, 영화의 경우에는 영화 제작사를 의미한다.

4. 4열의 '연도'는 작품 발표 지면의 연도나, 공연 및 영화 제작연도를 가리킨다. 연도가 확인되지 않은 경우는 '연도미상'으로 표기했다.

5. 5열의 '비고란'에서 제일 앞의 (북)이라 쓰인 것은 북한에서 발표된 희곡, 연극, 영화 등을 가리킨다. 공연이 이루어진 극장이 확인된 경우는 극장명을 밝혔다. 그밖에 특별한 행사명도 병기하였다.
  (현희)는 김동권 편, 『현대희곡작품집』에 수록된 것임을 의미하며, (해남)은 이재명 편의 본서 『해방기남북한극문학선집』에 수록된 것임을 의미한다.

작가/연출	제목	출전/극단, 영화사	날짜	비고
/김태욱	(공) 화류애화	/태극성	1945	조일좌
/이서향	(공) 남부전선	/서울예술극장	1945	동양극장
김이식	황혼의 마을	인민예술1/	1945	(현희) 2, (해남) 2
박경창	정객열차	예술문화1/	1945	(현희) 3
박승희/안종화	(공) 40년	/토월회	1945	수도극장
박영호/박춘명	(공) 북위38도	/혁명극장	1945	수도극장
박영호	(공) 번지없는 부락	예술타임스1-2/혁명극장	1945/1946	제일극장
송영	고향	인민/	1945	(현희) 3
송영	황혼	예술운동1/	1945	(현희) 3
송영/김광우	(공) 까치 우는 섬	/일오극장	1945	동양극장
신고송	결실	신건설1/	1945	(해남) 3
신고송	철쇄는 끊어졌다	예술1/	1945	전국 순회 공연, (현희) 4
이동규	낙랑공주	명문당/	1945	
이서구/	(공) 거리의 천사	/조선	1945	중앙극장
이서향	(공) 봄밤에 온 사나이	/낙랑극회	1945	대륙극장
이주홍	(공) 진리의 뜰	/배재중	1945	
임선규/	(공) 기생의 반생	/조선	1945	중앙극장
진우촌	두뇌수술	신문예1/	1945	(현희) 5, (해남) 4
학병동맹문화부/김욱	(공) 피흘린 기록		1945	명치좌
한병규	초야	인민예술1/	1945	(현희) 5, (해남) 5
/	격양가		1946	(북)황해도예술공작단
/	(영) 민주 선거		1946	(북)
/	(공) 아느냐! 우리들의 피를	/토월회	1946	수도극장
/	(영) 우리의 건설		1946	(북)
/	(공) 투쟁	/예술좌	1946	성남극장
/	(공) 항구없는 항로	/국제전문학교연극부	1946	국도극장
/	(영) 해방된 대지		1946	(북)

/김태욱	(공) 청춘항로	/태극성	1946	
/박진	(공) 청춘일기	/동극연극제	1946	동양극장
/이구영	(영) 안중근사기		1946	
/이용민	(영) 제주도 풍토기		1946	
/최인규	(영) 자유만세		1946	(해남) 5
/홍개화	(공) 끝없는 사랑	/독립극장	1946	제일극장
강위/박상진	(공) 전야	/신무대	1946	제일극장
고가부/나웅	(공) 탈락자	/자유극장	1946	동양극장
김건/김건	꽃과 3.1 운동		1946	
김건/	(공) 단종애사	/일오극장	1946	국제극장
김건	어머니(각색)	예술신보/	1946	(현희) 1
김건/백령	(공) 오빠를 찾아서	/현대극장	1946	제일극장
김건/신오당	(공) 춘향전	/백화	1946	제일극장
김남천/안영일	3.1 운동	신천지2-4/조선예술극장	1946/1946	성문각(1947)/중앙극장, (현희) 1, (해남) 1
김동인/이광래	(공) 활민당	/민예	1946	성남극장
김동인/채남인	(공) 활민당	/민예	1946	중앙극장
김래성/서항석	(공) 쌍동아의 복수	/독립극장	1946	단성사
김사량/나웅	뢰성	/중앙예술공작단	1946	(북)　(해남) 1
김사량	호접	/전선	1946/1945	(북) 서울소극장, (해남) 1
김사량/이서향	붓돌의 군복	적성1/낙랑극회	1946/1946	국도극장, (현희) 1, (해남) 1
김송	무기없는 민족	무기없는 민족/	1946	
김아부/김훈일	(공) 어머니와 딸	/황금좌	1946	단성사
김아부/이백수	(공) 해아밀사	/찬양대	1946	국제극장
김영수	(시) 푸른언덕	영화시대2/	1946	
김영수/나웅	(공) 민중전	/자유극장	1946	국도극장
김영수/이규환	(영) 똘똘이의 모험		1946	
김영수/안영일	정열지대	영화시대/자유극장	1946/1946	수도극장, (현희) 1
김정환/	(공) 순수한 사람들	/대지	1946	동양극장

김창만	북경의 밤	8.15 해방1주년 기념 희곡집/중앙예술공작단	1946	(북) (해남) 1
김춘광/	미륵왕자 출세편	/청춘극장	1946	(현희) 2
김춘광/김춘광	(공) 3.1운동후김상옥사건	/청춘극장	1946	대륙극장
김춘광/김춘광	(공) 신아리랑	/청춘극장	1946	대륙극장
김춘광/김춘광	(공) 여선생	/청춘극장	1946	국제극장
김춘광/안종화	(공) 단종애사	/청춘극장	1946	동양극장
김춘광/안종화	(공) 대원군	/청춘극장	1946	국도극장, (현희) 2
김춘광/안종화	(공) 안중근사기(후편)	/청춘극장	1946	수도극장, (현희) 2
김춘광/안종화	(공) 의사 안중근	/청춘극장	1946	동양극장
김춘광/안종화	(공) 안중근사기	/청춘극장	1946	수도극장
김태진/박춘명	(공) 세동무	/혁명극장	1946	중앙극장
김태진/박춘명	(공) 임자없는 소년들	/혁명극장	1946	제일극장
김태진/안영일	(공) 임진왜란	/조선예술극장	1946	국제극장
김태진/안종화	(공) 해와 달과 별	/청춘극장	1946	수도극장
김희창	집노리	신천지4/	1946	(현희) 2
나운규/송악영	(공) 아리랑	/예술좌	1946	성남극장
남궁만	가을		1946	(북)
남궁만	복사꽃 필 때	해방 1주년 기념 희곡집/	1946	(북) (해남) 2
남궁만/박춘명	(공) 포구	/시민극장	1946	(북) 중앙극장
문철민/박상진	(공) 8.15전야	/청포도	1946	중앙극장
박경창	단결	예술문화2/	1946	(현희) 3
박경창	우박소리	예술문화2/	1946	(현희) 3, (해남) 3
박기채	(시) 교외풍경	영화시대/	1946	(현희) 3
박로아/이서향	(공) 3.1 운동과 만주영감	/자유극장	1946	수도극장
박로아/나웅	무지개	신천지16/자유극장	1946/1947	대륙극장, (현희) 3
박영호	겨레	신세대1-3/	1946	(현희) 3
박영호/박춘명	(공) 님	/혁명극장	1946	국제극장
박종화/안종화	(공) 금삼의 피	/황금좌	1946	중앙극장

박종화/안종화	(공) 연산군	/황금좌	1946	국제극장
박춘명/김일영	(공) 배나무집 딸	/혁명극장	1946	중앙극장
박춘명/정순모	(공) 불	/문화극장	1946	국제극장
방기환	여인	무궁화2/	1946	
서만일	김구 삽화	해방 1주년 기념 희곡집/	1946	(북)
송영/안영일	(공) 율곡과 그 어머님	/자유극장	1946	국제극장
신고송	고갯길	전선/	1946	
신고송	눈날리는 밤	여성공론2/	1946	
신고송	들꽃	문화전선/	1946	(북) (해남) 3
신고송	(공) 부활기	/마산극장	1946	
신고송/	(공) 생명의 길	/서울해방극장	1946	
신고송	서울 갔든 아버지	우리문학1/	1946	(현희) 4
이기현(안종화)	(시) 백두산	영화시대1/	1946	(현희) 4
오영진/안영일	(공) 향연	/조선예술극장	1946	중앙극장
유치진/서항석	(공) 풍년기	/독립극장	1946	동양극장
이광래/이광래	(공) 청춘의 정열	/민예	1946	단성사
이기영	닭싸움	우리문학2/	1946	(현희) 4, (해남) 4
이기영	해방	신문학/	1946	(현희) 4, (해남) 4
이동규	두루쇠	신문예2/	1946	(현희) 4, (해남) 4
이서구/김춘광	(공) 서광삼천리	/청춘극장	1946	중앙극장
이서구/김춘광	(공) 촌색시	/청춘극장	1946	동양극장
이서구/이서구	(공) 아들의 심판	/청춘극장	1946	동양극장
이서구/이서구	(공) 어머니의 힘	/청춘극장	1946	단성사
이서구/이서구	(공) 어머님사랑	/청춘극장	1946	단성사
이운방/안정화	(공) 백의 민족	/백화	1946	동양극장
이운방/안종화	(공) 젊은 지사	/백화	1946	제일극장
이운방/안종화	(공) 충무공 이순신	/독립극장	1946	동양극장
이운방/양산박	(공) 나라와 백성	/백화	1946	동양극장

이주홍/이서향	(공) 대차	/배재연극부	1946	배재학당
이주홍	(공) 집	백민/배재중	1947/1946	
이춘택	만주의 독립군	신생4/	1946	
임선규/나웅	(공) 유랑삼천리	/자유극장	1946	국도극장
임선규/박춘명	(공) 유랑삼천리(해방편)	/자유극장	1946	국도극장
임선규/홍개화	(공) 애비 없는 자식들	/독립극장	1946	동양극장
임선규/홍영진	(공) 바람 부는 시절	/낙랑극회	1946	단성사
전세원/김송	(공) 두 어머니를 가진 딸	/화랑극장	1946	단성사
정범수	너는 양반의 딸	변천/	1946	(현희) 5
정범수	변천	변천/	1946	(현희) 5
정범수	소년 과학자	변천/	1946	(현희) 5, (해남) 4
조영출/나웅	(공) 독립군	/서울예술극장	1946	동양극장
조영출/신정당	(공) 산유화	/삼천리	1946	수도극장
조영출/안영일	(공) 논개	/조선예술극장	1946	국제극장
조호/김욱	(공) 이완용	/녹성	1946	중앙극장
주영순/박진	(공) 애정춘추	/자유극장	1946	동양극장
진우촌/나웅	(공) 망향	/자유극장	1946	대륙극장
진우촌/서정조	(공) 보검	/청탑	1946	수도극장
채만식	제향날	선문사/	1946	
청초생/민당	(공) 김방갓	/황금좌	1946	제일극장
청초생/민성당	(공) 과부	/황금좌	1946	수도극장
청초생/민성당	(공) 섬색시	/황금좌	1946	제일극장
최광운	(시) 봉화	신천지7-11/	1946	(현희) 5
한노단/박진	(공) 정열의 대지	/낙랑극회	1946	동양극장
한태천	30년만의 외출		1946	(북)
한홍규/이서향	(공) 옥문이 열리던 날	/서울예술극장	1946	수도극장
함세덕/	기미년	개벽74/	1946	국제극장, (현희) 5
함세덕/	기미년 3월 1일	/낙랑극회	1946	중앙극장

함세덕/함세덕	산적	/낙랑극회	1946	단성사, (해남) 5
허경/김욱	(공) 피흘린 기록	/해방극장	1946	단성사
현진건/박춘명	(공) 무영탑	/혁명극장	1946	중앙극장
홍구	3월 1일	우리문학2/	1946	(현희) 5
/	(공) 망향의 노래	/중앙무대	1947	장안극장
/	(공) 사랑의 기념탑	/신협	1947	성남극장
/	(공) 양귀비	/황금좌	1947	중앙극장
/	(영) 영원한 친선		1947	(북)
/	(공) 의기논개	/예술극장	1947	제일극장
/	(공) 이 땅의 젊은이들	/중앙무대	1947	제일극장
/	(영) 인민위원회		1947	(북)
/	(공) 조국	/향토	1947	제일극장
/김소동	(영) 목단등기		1947	
/김영순	(영) 불멸의 밀사		1947	
/김정환	(영) 천사의 마음		1947	
/박로초	(공) 마카오호		1947	제일극장
/서정규	(영) 바다의 정열		1947	
/신경균	(영) 새로운 맹서		1947	
/안영일	(공) 피리부는 처녀	/예술극장	1947	동양극장
/윤봉춘	(영) 윤봉길의사		1947	
/윤봉춘	(영) 3.1혁명기		1947	
/이경환	(공) 태양이 온다	/삼문극장	1947	제일극장
/이규환	(영) 민족의 새벽		1947	
/이규환	(영) 그들의 행복		1947	
/임운학	(영) 그들이 가는 길		1947	
/전창근	(영) 해방된 내 고향		1947	
강개창	공기의 연구	조선교육4/	1947	
강춘수/강춘수	(공) 흘러가는 시절	/중앙무대	1947	제일극장

김건	눈물의 38선	영화시대3/	1947	(현희) 1
김래성	그림자	실업조선/	1947	(현희) 1
김사량	더벙이와 배뱅이	문화전선/	1947	(북) (해남) 1
김승구/주영섭	춘향전	양서각/국립극장	1947	(북) 문학예술축전, (해남) 1
김아부/김아부	(공) 누가 그 여자를 그렇게 만들었나	/청춘극장	1947	단성사
김영수/	(공) 오남매	/신청년	1947	중앙극장
김영수/박진	(공) 사랑의 가족	/향토	1947	단성사
김영수/박춘명	(공) 황야	/문화극장	1947	국제극장
김용호/	(공) 눈 날리는 고향길	/시민극장	1947	제일극장
김용호/김용호	(공) 산팔자 물팔자	/청춘극장	1947	장안극장
김용호/김용호	(공) 슬픈 어머니	/시민극장	1947	제일극장
김용호/김용호	(공) 주막집 딸	/시민극장	1947	제일극장
김용호/난민	(공) 피 흘린 만리장성	/시민극장	1947	수도극장
김용호/난민	(공) 흥부와 놀부	/시민극장	1947	단성사
김용호/박상진	(공) 수일과 순애	/시민극장	1947	단성사
김인식/안영일	(공) 아름다운 청춘		1947	중앙무대
김일룡	양반과 종	인민희곡집/	1947	(북)
김창만	강제병	문화전선/	1947	(북) (해남) 1
김춘광/김춘광	(공) 검사와 여선생	/청춘극장	1947	단성사
김춘광/김춘광	(공) 귀신이 웁니다	/청춘극장	1947	수도극장
김춘광/김춘광	(공) 그 여자를 누가 죽였나	/청춘극장	1947	수도극장
김춘광/김춘광	(공) 김상옥사건	/청춘극장	1947	수도극장
김춘광/김춘광	(공) 눈물의 진주탑	/청춘극장	1947	단성사
김춘광/김춘광	(공) 만고열녀와 바보 영웅	/청춘극장	1947	국제극장
김춘광/김춘광	(공) 미륵왕자(후편)	/청춘극장	1947	수도극장
김춘광/김춘광	(공) 사랑과 인생	/청춘극장	1947	국도극장
김춘광/김춘광	(공) 안중근사기(전, 후편)	/청춘극장	1947	수도극장
김춘광/김춘광	(공) 이차돈	/청춘극장	1947	국제극장

김춘광/김춘광	(공) 이차돈 (후편)	/청춘극장	1947	국제극장
김춘광/김춘광	(공) 평양공주와 버들애기	/청춘극장	1947	중앙극장
김춘광/이서향	(공) 황진이	/황금좌	1947	수도극장
난민/	(공) 홍도야 왜 우느냐	/시민극장	1947	단성사
남궁만	봄비	남궁만 희곡집/	1947	(북) (해남) 2
남궁만	산하유정		1947	(북)
남궁만	제주도	문학예술/	1947	(북)
남궁만	하의도	남궁만 희곡집/중앙예술공작단	1946/1947	(북) (해남) 2
남궁만/주영섭	홍경래	남궁만 희곡집/국립극단	1947	(북) (해남) 2
남혜성/남혜성	(공) 울리고 갈 길	/독립극장	1947	도화극장
남혜성/박춘명	(공) 처녀탑	/문화극장	1947	단성사
문원/문원	(공) 안해	/신인무대	1947	제일극장
박로아/	(공) 녹두장군	/예술극장	1947	제일극장
박원경/주영순	(공) 위대한 어머니	/자유극장	1947	동양극장
서만일/	불꽃	/함북전문극단	1947	(북) 문학예술축전
서만일	좀	인민희곡집/	1947	(북) (해남) 3
서만일	해풍	인민희곡집/	1947	(북)
송영	인민은 조국을 지킨다	인민은 조국을 지킨다/시립예술극장	1947	(북) 문학예술축전, (해남) 3
신고송/	(공) 3.1전후	/평양신샘좌	1947	(북)
신고송	수정골 사람들		1947	(북)
오영진/안종화	(공) 시집 가는 날	/학연극회	1947	단성사
오영진	정직한 사기한	오영진 희곡집/	1947	(현희) 4
유상열/유상열	(공) 어데로	/조국	1947	제일극장
유치진	며느리	국학2/	1947	(현희) 4
유치진	소	행문사/	1947	
유치진	흔들리는 지축	유치진 희곡집/	1947	(현희) 4
유치진/유치진	(공) 왕자 호동과 모란 공주	/극예술협회	1947	동양극장
유치진/유치진	(공) 은하수	/극예술협회	1947	수도극장

유치진/이화삼	(공) 마의태자	/극예술협회	1947	국제극장
윤세중	복류	문학비평1/	1947	(현희) 4
이동규	누가 바보냐?	민성3/	1947	
이서구/이서구	(공) 어머니여 어느 곳에	/청춘극장	1947	단성사
이서구/이서구	(공) 제11대군왕	/청춘극장	1947	수도극장
이서향	꿈꾸는 황제		1947	
이재영/박춘명	(공) 정의와 사랑	/청년예술극장	1947	단성사
이재영/박춘명	(공) 진동	/청년예술극장	1947	제일극장
이주홍	좀(집의 개재작)	백민8/	1947	(현희) 4, (해남) 4
이주홍	(공) 청춘기	/동래중	1947	
이주홍/김수돈	(공) 열풍	민주신문/동래중	1947	
이주홍	(공) 토끼의 가정	아동문학/	1947	
이진순/이진순	(공) 언덕에 꽃은 피고	/신청년	1947	수도극장
이현민/김희동	(공) 젊은 태양	/극우회	1947	성남극장
임선규/박춘명	(공) 사랑의 십자로	/문화극장	1947	단성사
임선규/박춘명	(공) 정조성	/고향	1947	국제극장
임선규/박춘명	(공) 청춘항의	/혁명극장	1947	동양극장
임선규/안영일	(공) 여명	/낙랑극회	1947	국도극장
조건/민당	(공) 피 흘린 처녀	/연극시장	1947	중앙극장
조영출	미스터 방		1947	
조영출/안영일	(공) 위대한 사랑	/예술극장, 민중극장, 문화극장 합동	1947	(북) 국도극장
조향남/이서구	(공) 사랑을 팔아 사랑을 산 여자	/호화선	1947	동양극장
주영순/주영순	(공) 낙화암	/자유극장	1947	국도극장
주영순/주영순	(공) 미풍	/자유극장	1947	제일극장
주영순/주영순	(공) 사랑하는 사람들	/자유극장	1947	제일극장
주영순/주영순	(공) 잊지 못할 사람들	/자유극장	1947	제일극장
진우촌	신념	현역작가24인집/	1947	(현희) 5, (해남) 4
채만식	당랑의 전설	을유문화사/	1947	

채만식	심봉사	전북공론/	1947	
채만식/	(공) 미스터 방	/전진무대	1947	제일극장
청초생/민당	(공) 8선녀	/황금좌	1947	국도극장
청초생/민당	(공) 당명황과 양귀비	/황금좌	1947	수도극장
청초생/민당	(공) 머리 없는 신랑	/황금좌	1947	국도극장
청초생/민당	(공) 며느리 죽인 시부모	/신지극사	1947	동양극장
청초생/민당	(공) 며느리의 죽음	/국도좌	1947	동양극장
청초생/민당	(공) 사육신의 일편단심	/황금좌	1947	국제극장
청초생/민당	(공) 숙영낭자전	/국도좌	1947	단성사
청초생/민당	(공) 시들은 꽃송이	/국도좌	1947	동양극장
청초생/민당	(공) 심청아가씨	/황금좌	1947	단성사
청초생/조건	(공) 쌍옥루	/황금좌, 청춘극장	1947, 1948	국제극장, 동양극장
청초생/민당	(공) 아리랑처녀	/황금좌	1947	중앙극장
청초생/민당	(공) 임경업장군	/황금좌	1947	수도극장
청초생/민당	(공) 장화홍련전	/국도좌	1947	동양극장
청초생/민당	(공) 첫사랑	/국도좌	1947	동양극장
청초생/민당	(공) 탄식하는 백화	/황금좌	1947	국도극장
청초생/민당	(공) 한 많은 어머니	/황금좌	1947	단성사
청초생/민당	(공) 화려한 죽엄	/연극시장	1947	단성사
청초생/민당	(공) 추야장탄	/황금좌	1947	국도극장
최영수	(시) 청춘	현역작가24인집/	1947	(현희) 5
표문태	역사의 죄악	예술시대/	1947	(현희) 5
한노단/한노단	(공) 정열의 대지	/호화선	1947	동양극장
한태천	삼십년만의 외출	인민희곡집/	1947	(북)
한태천	새날의 설계	인민희곡집/	1947	(북)
한태천/전영권	바우	문화전선/국립극장	1947	(북) (해남) 5
함세덕	고목	문학3/	1947	(현희) 5
함세덕	당대 놀부전		1947	

함세덕	동승	박문출판사/	1947	(현희) 5
함세덕/이서향	(공) 태백산맥	/낙랑극회, 혁명극장, 자유극장, 무대예술연구회 합동	1947	국도극장
함세덕/이서향, 안영일	(공) 하곡	/제1회종합예술제	1947	중앙극장, (현희)5
허집/허집	(공) 큰 집	/무대예술연구회	1947	국도극장
홍현동/허남실	(공) 전원비곡	/애국문화회	1947	국제극장
황야우/	(공) 결혼식날 쫓겨난 신랑	/창조극장	1947	
/	검둥이는 서러워	/극협	1948	제1회전국연극콩쿨
/	(영) 남북련석회의		1948	(북)
/	(공) 쓰라린 세상	/벙어리극회	1948	조선극장
/	(영) 인민군대		1948	(북)
/	(영) 자라나는 민주모습		1948	(북)
/	조국을 위하여	/함북전문극단	1948	(북) 해방 3주년 기념 예술축전
/김정환	(영) 지성탑		1948	
/류동일	(영) 푸른 언덕		1948	
/민당	(공) 철로에 지는 장미화	/청춘극장	1948	중앙극장
/박기채	(영) 밤의 태양		1948	
/박진	(공) 사랑	/신청년	1948	중앙극장
/안종화	(영) 수우		1948	
/안진상	(영) 여명		1948	
/윤대룡	(영) 검사와 여선생		1948	
/이규환	(영) 갈매기		1948	
/이진	(영) 대도시		1948	
/성동호	(영) 여수순천 반란사건		1948	
/안경호	(영) 민족의 절규		1948	
/전창근	(영) 그 얼굴		1948	
/전창근	(영) 여인		1948	
/최인규	(영) 국민투표		1948	
/최인규	(영) 독립전야		1948	

/최인규	(영) 장추화 무용담		1948	
/최인규	(영) 죄 없는 죄인		1948	
/최인규	(영) 희망의 마음		1948	
/홍개명	(영) 전우		1948	
계림당/계림당	(공) 원효대사	/대중극회	1948	중앙극장
김동인/이광래	(공) 젊은 그들	/제삼무대	1948	국도극장
김문학	묘하전 삼천 평	단막희곡집/	1948	(북)
김성민/김성민	(영) 사랑의 교실		1948	
김아부/	(공) 지옥과 인생	/대중극회	1948	중앙극장
김영수/박진	(공) 상해야화	/신청년	1948	영보극장
김용호/김용호	(공) 울며 넘는 처녀령	/신민극장	1948	조선극장
김용호/민당	(공) 돈이 죄냐 청춘이 죄냐	/청춘극장	1948	단성사
김용호/민당	(공) 월미도의 지는꽃	/동방예술좌	1948	영보극장
김윤식	청년로	로동자/	1948	
김이식	달밤	/혁명극장, 자유극장	1948	
김진수	유원지	백민/	1948	(현희) 2
김진수	코스모스	백민 16-18/	1948	(현희) 2
김진수/	(공) 청춘의 역사	/배재연극부	1948	배재강당
김춘광/김춘광	(공) 사명당	/청춘극장	1948	국도극장
김춘광/김춘광	(공) 소년 대통령	/청춘극장	1948	국도극장
김춘광/김춘광	(공) 아라리	/청춘극장	1948	국도극장
김춘광/김춘광	(공) 안중근사기(전편)	/청춘극장	1948	국도극장
김춘광/김춘광	(공) 안중근사기(후편)	/청춘극장	1948	국도극장
김춘광/김춘광	(공) 왕자님	/청춘극장	1948	단성사
김춘광/김춘광	(공) 왕자탄생	/청춘극장	1948	국도극장
김춘광/김춘광	(공) 운현궁의 봄	/청춘극장	1948	시공관
김춘광/김춘광	(공) 임그려	/청춘극장	1948	조선극장
김태진/나웅	이순신 장군	국립인민출판사/국립극장	1948	(북)

김희소/김희소	(공) 애지기	/신청년	1948	동양극장
남궁만	결혼문제		1948	(북)
남궁만	기관차	해방 3주년 기념 예술축전 희곡집/교통국예술극단	1948	(북) (해남) 2
남궁만	노동자	단막희곡집/	1948	(북)
남혜성/안종화	(공) 선혈	/민협	1948	동양극장
류기홍/	원동력	/시립예술극장	1948	(북)
박령보/고기선	태양을 기다리는 사람들	해방 3주년 기념 예술축전 희곡집/함남도전문극단	1948	(북) 해방 3주년 기념 예술축전
박연희	(영) 38선	백민13/	1948	(북)
박영호/	열풍		1948	(북) 해방 3주년 기념 예술축전
박영호	홍수	인민희곡집/강원도전문극단	1948	(북) 문학예술축전
박원경/주영순	(공) 마음의 등불	/자유극장	1948	제일극장
박윤근	식모	천일	1948	(현희) 3
박혁	나룻가에서	해방 3주년 기념 예술축전 희곡집/평북이동예술대	1948	(북)
백문환	성장	장막희곡3인집/평북도전문극단	1948	(북) 해방 3주년 기념 예술축전, (해남) 3
서순구	토지 찾든 날	단막희곡집/	1948	(북)
설창수	쓰러지는 학동야학	영남문학 5~6/	1948	
송영/고기선	자매	/함남도립극장	1948	(북) (해남) 3
안종화	김좌진 장군	민정1/	1948	(해남) 5
이하영(안종화)	(시) 수우	영화시대8/	1948	(현희) 4
오정삼	집	농민/	1948	(북)
오정삼	한나산	해방 3주년 기념 예술축전 희곡집/	1948	(북)
유치진/유치진	(공) 대춘향전	/극예술협회	1948	성남극장
유치진/허석	별	평화신문/극예술협회	1948/1948	시공관, (현희) 4
유치진	자명고	현대공론사/	1948	(현희) 4
유치진/유치진	조국	유치진 희곡집/극예술협회	1948/1947	국제극장, (현희) 4
윤백남/임운학	(영) 홍차기의 일생		1948	
윤봉춘	(영) 유관순		1948	(해남) 5

이광래/민당	(공) 홍길동	/청춘극장	1948	국도극장
이광래/이광래	(공) 들국화	/연극협단	1948	시공관
이광래/이광래	(공) 민족의 전야	/민예	1948	시공관
이광래/이광래	(공) 백일홍 피는 집	/민예	1948	제1회전국연극콩쿨, 동양극장
"이기영(원작), 김이식(번안)/박춘명, 안영일"	(공) 서화	/혁명극장, 자유극장	1948	제일극장
이만흥/이만흥	(영) 끊어진 항로		1948	
이아사/허완	(공) 첫사랑의 운명	/낭만극장	1948	단성사
이원하	효녀지은	국어교육/	1948	(현희) 4
이주홍/남상협	(공) 호반의 집	/동래중	1948	
임하	항쟁의 노래	장막희곡3인집/국립극장	1948	(북) (해남) 4
장정희/김춘광	(공) 아! 청춘	/청춘극장	1948	시공관
정비석/유치진	(공) 청춘	/극예술협회	1948	시공관
정순/	(공) 단층	/서울영수전문학관	1948	시공관
조건/김춘광	(공) 괴도일지매	/청춘극장	1948	국도극장
조건/김춘광	(공) 사랑을 위한 진리	/청춘극장	1948	국도극장
조건/민당	(공) 아리랑 처녀	/청춘극장	1948	동양극장
조건/민당	(공) 옥중에 피는 꽃	/극우회	1948	제일극장
조기천, 한태천/이석진	백두산	/국립극장	1948	(북)
조현	의자연석회의	신천지30/	1948	(현희) 5
주영순/송민우	(공) 예술가의 아내	/자유극장	1948	동도극장
진우촌/유치진	(공) 사비	/극예술협회	1948	중앙극장
진우촌/이화삼	(공) 왕소군	/극예술협회	1948	단성사
최태호	새벽길	새교육1/	1948	
최태호	소년의노래	새교육3/	1948	
추목동/	(공) 허무한 사랑	/전진극장	1948	단성사
탁진	꽉쇠	단막희곡집/	1948	(북) (해남) 5
한민	백무선	해방 3주년 기념 예술축전 희곡집/국립극단	1948	(북) 해방 3주년 기념 예술축전, (해남) 5

한민	벌판	청년생활/	1948	(북)
한형숙	원보 노인의 출범	단막희곡집/	1948	(북)
허윤석	수국(수란?)의 생리	백민13/	1948	
홍개명/이진순	(공) 황포강	/호동	1948	중앙극장
/	(영) 1949년의 5.1절		1949	(북)
/	(영) 1949년의 8.15		1949	(북)
/	(영) 빛나는 승리		1949	(북)
/	(영) 수풍댐		1949	(북)
/강춘	(영) 연화		1949	
/김성민	(영) 심판자		1949	
/노필	(영) 안창남 비행사		1949	
/방의석	(영) 고려방직		1949	
/신경균	(영) 대지의 아들		1949	
/안종화	(영) 나라를 위하여		1949	
/우현	(영) 풍랑		1949	
/윤봉춘	(영) 애국자의 아들		1949	
/윤봉춘	(영) 무너진 삼팔선		1949	
/이규환	(영) 돌아온 어머니		1949	
/이용민	(영) 목동과 금시계		1949	
/이창근	(영) 북한의 실정		1949	
/임운학	(영) 고구려의 혼		1949	
/최인규	(영) 파시		1949	
/한형모	(영) 성벽을 뚫고		1949	
/홍성기	(영) 여성일기		1949	
곽일병/윤용규	(영) 마음의 고향		1949	
김송	눈먼 희망의 씨	백민19/	1949	(현희) 1
김동식	유민가	희곡문학1/	1949	(현희) 1
김사량	무쇠의 군악	단막희곡집/	1949	(북) (해남) 1

김송원/민당	(공) 의열이냐 사랑이냐	/태양좌	1949	단성사
김승구/	내 고향	조선영화문학선집1/	1949/1994	(북) 북한 최초 극영화, (해남) 5
김영수	반역자(상해야화 同)	혈맥/	1949	(현희) 1
김영수/안종화	여사장 (요안나)	혈맥/신청년	1949/1948	중앙극장, (현희) 1
김영수/박진	혈맥	혈맥/신청년	1949/1948	중앙극장, (현희) 1
김희창/이해랑	(공) 목비란기	/극예술협회	1949	시공관
나왕손/계림당	(공) 걸승 사명당	/대중극회	1949	국도극장
남궁만	산의 감정	단막희곡집/	1949	(북) (해남) 2
남궁만	소낙비	단막희곡집/	1949	(북)
남궁만	아름다운 풍경	위대한 공훈/	1949	(북)
남궁만	토성랑 풍경	문학예술/	1949	(북)
남의주	기관사	노동자문예집/	1949	(북)
마춘서/백령	(공) 눈물의 청춘	/낭만극장	1949	제일극장
박령보	태양촌	농민/	1949	(북)
박로아	애정의 세계	희곡문학1/	1949	(현희) 3
박영준	약질	부인/	1949	
박영호	비룡리 사람들(비룡리 농민들)	/강원도립극장	1949	(북)
박태영	마을의 역장	농민/	1949	(북)
박태영	항구	단막희곡집/	1949	(북)
박혁	고향사람들		1949	(북)
박혁	여공의 노래	단막희곡집/	1949	(북)
설창수	천막촌	영남문학/	1949	(현희) 3
송영	나란히 선 두 집	일체 면회를 거절하라/국립극단	1949	(북) (해남) 3
송헌/유리송	(공) 탈옥수의 고백	/민족극장	1949	시공관
신흥순	동트는 바다	노동자문예집/	1949	(북)
심훈(김영수)/허집	(공) 상록수	/팔월극장	1949	시공관
신고송/	(공) 최후의 날	/평양시립극장	1949	(북)
오영진/이진순	살아있는 이중생 각하	오영진 희곡집/극예술협회	1949/1949	중앙극장, (현희) 4

429

오정삼	손자	로동자/	1949	(북)
유치진	어디로	민족문화1-2/	1949	(현희) 4
윤대룡/윤대룡	(영) 조국의 어머니		1949	
이광래/김성민	(공) 정열의 사랑	/민예	1949	동도극장
이기영(윤세중)	땅	장막희곡3인집/내무성극단	1949	(북)
이룡천	젊은 지대	노동자문예집/	1949	(북)
이재창	여직공	노동자문예집/	1949	(북)
이주홍	(공) 탈선춘향전	대중신문/동래중	1949	
이주홍/박재용	(공) 낙랑공주	/가정고녀	1949	
이주홍/박재용	(공) 낙성의 달	/가정고녀	1949	
이주홍/장수철	(공) 가실	/가정고녀	1949	
이주홍	(공) 봄 없는 마을	/동래중	1949	일본 작품의 번안
임방/임방	(공) 흘러간 시절	/예도	1949	동양극장
장정희/김춘광	(공) 그리운 황성	/청춘극장	1949	수도극장
장정희/김춘광	(공) 동명성왕	/청춘극장	1949	국도극장
장황연/장황연	(영) 청춘행로		1949	
정종소	감상자의 재생	건국공론40호/	1949	
정종소	사자의 재산	건국공론36호/	1949	
조현	쪼깐이	신천지37/	1949	(현희) 5, (해남) 4
조건/김춘광	(공) 비밀 지하실	/청춘극장	1949	단성사
조건/김춘광	(공) 어느날 밤 살인사건	/청춘극장	1949	단성사
조건/김춘광	(공) 요부와 바보	/청춘극장	1949	성남극장
주암산/이보라	(공) 구름과 장미	/예술무대	1949	
주암산/이보라	향	조선기독교서회/예술무대	1949	중앙극장
청초생/민당	(공) 청춘행로	/황금좌	1949	단성사
탁진	행복의 길	조선녀성/	1949	(북)
한민	선물	위대한 공훈/	1949	(북)
한민	약혼하는 날	단막희곡집/	1949	(북)

한상운	(시) 어떤 직장 자치 위원회의 기록	노동자문예집/	1949	(북)
한태천	대동맥		1949	(북)
한태천	승리는 우리 것이다	단막희곡집/	1949	(북)
황의현	가마니	농민/	1949	(북)
/	(영) 국경수비대		1950	(북)
/	(영) 승리를 위하여(40부작)		1950	(북)
/	(영) 전세계에 고함		1950	(북)
/신경균	(영) 여인애사		1950	
/윤봉춘	(영) 서부전선		1950	
/윤봉춘	(영) 아름다웠던 서울		1950	
/이경선	(영) 흥부와 놀부		1950	
김송	그날은 오다	김송 희곡집/	1950	(해남) 2
김욱	하늘아래 첫 동네	아름다운 생활/	1950	(북)
김승구	새벽에 온 사람들	영예의 깃발 밑에서/	1950	(북)
김영근/	용광로	조선영화문학선집1/	1950/1994	(북) 북한 두번째 극영화, (해남) 5
김영수	돼지	백민/	1950	(현희) 1
남궁만	또 전투가 일어나는 날	아름다운 생활/	1950	(북)
남궁만	임산철도 공사장	종합단막희곡집/	1950	(북)
류기홍/맹심	은파산	/내무성극단	1950	(북)
박혁	모스크바에로	아름다운 생활/	1950	(북)
박노수/박노수	선구자	박로아 희곡집/자유극장	1950/1946	동양극장
박로아/허집	(공) 돌아온 사람들	/국민예술제전	1950	시공관
박로아/이서향	녹두장군	박로아 희곡집/조선예술극장	1950/1946	국도극장, (현희)3, (해남) 2
박로아	사명당	박로아 희곡집 /	1950	(현희) 3
박병준	열매	아동문학집1/	1950	(북) (해남) 2
송영	금산군수	종합단막희곡집/국립극장	1950	(북)
신고송	목화꽃 필 무렵	종합단막희곡집/	1950	(북)
신고송/김순익	불길	/국립극장	1950	(북)

오정삼	단독비행	아름다운 생활/	1950	(북)
유치진	까치의 죽음	유치진 희곡집/	1950	(현희) 4
유치진	원술랑	유치진 희곡집/	1950	(현희) 4
유치진/유치진	자명고	유치진 희곡집/극예술협회	1950/1947	국도극장
유치진	장벽	백민/	1950	(현희) 4
윤두헌	위인의 초상	종합단막희곡집/	1950	(북)　(해남) 3
윤세중	동족을 살육하는 자	영예의 깃발 밑에서/	1950	(북)
윤세중	초소	아름다운 생활/	1950	(북)
이익	(시) 전원	백민/	1950	(현희) 4
이주홍	나비의 풍속	이주홍극문학전집/동래고녀	1950	(해남) 4
이해동	궁중낙화		1950	
전무길	을지문덕장군		1950	(북)
정여진	어머니	한국공론3/	1950	(현희) 5
조건/박광빈	(공) 열두시 이십분	/청춘극장	1950	중앙극장
조건/박광빈	(공) 지구는 돈다	/청춘극장	1950	단성사
조건/박광빈	(공) 칠십이호의 죄수	/청춘극장	1950	국도극장
조건/조자룡	(공) 운명의 그날밤	/중앙무대	1950	중앙극장
조건/조자룡	(공) 젊은 시절	/청춘극장	1950	중앙극장
주동인	새 아침	영예의 깃발 밑에서/	1950	
주동인	새벽	아름다운 생활/	1950	
주동인	할머니와 새 학교	문화선전성문화부 군중문화부	1950	
진우촌	최후의 신랑	별 1호/	1950	
진우촌	파도	백민/	1950	(현희) 5
청초생/민당	(공) 황진이	/동방예술좌	1950	동도극장
탁진	산비	종합단막희곡집/	1950	(북)
한태천	두 가정	아름다운 생활/	1950	(북)
한태천	상봉	종합단막희곡집/	1950	(북)
한태천	손자의 편지		1950	(북)

432

함세덕	대통령	종합단막희곡집/	1950	(북)
허춘	경쟁	아름다운 생활/	1950	(북)
허춘	봄	종합단막희곡집/	1950	(북)
허춘	수원회담	영예의 깃발 밑에서/	1950	(북)
홍개화/허집	(공) 꽃피는 마을	/예도	1950	국도극장
황의현	광대경	아름다운 생활/	1950	
김영근/	조선 빨치산		연도미상	(북) 평북예술공작단
김일룡/김일룡	노비의 동란	/국립극장	연도미상	(북)
김일룡/김일룡	심청전	/국립극장	연도미상	(북)
김진수	제국 일본의 마지막 날	김진수 희곡집/	연도미상	(현희) 2
박민	주마등		연도미상	
박태영	갱도	/시립예술극장	연도미상	(북)
박태영	우리집	아름다운 생활/	연도미상	(북)
박혁	기다리는 사람들		연도미상	(북)
박혁/	(공) 눈보라	/도시예술공작단	연도미상	(북)
백인준/	(공) 묘향산맥	/국립극장	연도미상	(북)
송영	즐거운 우리집		연도미상	(북)
송영	해는 뜨다		연도미상	(북)
윤세중	안골동네		연도미상	(북)
이동규	새벽의 노래		연도미상	(해남) 4
이백수	지족선사와 황진이		연도미상	
조벽암	닭		연도미상	
한태천/이석진	(공) 봉화	/국립극장	연도미상	(북)

저자	제목	출판	비고
북조선예술총연맹편	8·15해방1주년기념 희곡집	문화전선, 1946	문화전선, 1946
북조선문학동맹	단막희곡집	문화전선,1946	남궁만, 서순구, 김문학, 한형숙, 탁진
희곡전문위원회	희곡전문위원회	희곡전문위원회	
송영희곡집	인민은 조국을 지킨다	문화전선, 1947	*1차년도 발굴자료
한태천 희곡집	바우	문화전선, 1947	*1차년도 발굴자료
국립예술극단편	인민희곡집	문화전선, 1947	*1차년도 발굴자료
(한태천, 서만일, 김일룡)	(한태천, 서만일, 김일룡)	(한태천, 서만일, 김일룡)	(한태천, 서만일, 김일룡)
문학동맹편	종합희곡집	문화전선, 1947	문화전선, 1947
연극동맹편	단막물희곡집	문화전선, 1947	문화전선, 1947
윤세중 외	장막희곡3인집	문화전선, 1947	신발굴(윤세중, 백문환, 임하)
김승구	춘향전	양서각, 1947	*1차년도 발굴자료
남궁만	남궁만 희곡집	문화전선, 1947	*1차년도 발굴자료
신고송	새나라의 어린이(동극집)	문화전선, 1948	문화전선, 1948
백문환 외	8·15해방3주년기념종합축전 희곡집	문화전선, 1948	문화전선, 1948
김태진	성웅 이순신 (5막8장)	국립인민출판사, 1948	신발굴
서순구 외	단막희곡집	문화전선, 1948	*1차년도 발굴자료
(서순구, 남궁만, 김문학, 한형숙, 탁진)	(서순구, 남궁만, 김문학, 한형숙, 탁진)	(서순구, 남궁만, 김문학, 한형숙, 탁진)	(서순구, 남궁만, 김문학, 한형숙, 탁진)
남궁만 외	희곡집	국립인민출판사, 1948	8.15 해방 3주년 기념종합축전희곡집
(남궁만, 박혁, 박령보, 백문환, 오정삼, 한민)	(남궁만, 박혁, 박령보, 백문환, 오정삼, 한민)	(남궁만, 박혁, 박령보, 백문환, 오정삼, 한민)	*1차년도 발굴자료(남궁만, 박혁, 박령보, 백문환, 오정삼, 한민)
김오성외	장막희곡3인집	문화전선, 1949	문화전선, 1949
남궁만 · 송영	문전문고:단막희곡집	문화전선, 1949	신발굴 (송영, 나란히 선 두 집 남궁만, 소낙비)
김사량 외	군중문화총서 3. 단막 희곡집	북조선직업총동맹군중문화부, 1949	*1차년도 발굴자료
(김사량, 남궁만, 한민, 박태영, 박혁, 한태갑)	(김사량, 남궁만, 한민, 박태영, 박혁)	(김사량, 남궁만, 한민, 박태영, 박혁)	(김사량, 남궁만, 한민, 박태영, 박혁)

북조선 문학예술총동맹	쏘련군 환송 기념 창작집: 위대한 공훈	문화전선, 1949	신발굴(남궁만)
조영출 · 남궁만	전선문고3:전우 · 은시계	문화전선, 1950	문화전선, 1950
문학동맹편	단막희곡집: 아름다운 생활	문화전선, 1950	신발굴(김욱, 남궁만, 임하, 윤세중, 오정삼, 주동인, 한태천 등)
전무길	을지문덕장군(5막2장)	국립인민출판사, 1950	신발굴
문학예술총동맹	희곡집: 영예의 깃발 밑에서	전선문고,1950	신발굴(김승구, 허춘, 윤세중, 주동인)
남궁만 외	종합단막희곡집	문화전선, 1950	개인 소장자료
송영	송영희곡선집: 일체 면회를 거절하라	조선작가동맹 출판사, 1955	개인 소장자료
남궁만	남궁만희곡집: 공산주의자	조선작가동맹출판사,1961	개인 소장자료

저자	작품제목	책 제목	출전	비고
김 욱	하늘아래 첫 동네	단막희곡집:아름다운 생활	문화전선	신발굴
김문학	묘하전 섬천 평	단막희곡집	문화전선	*1차년도 발굴자료
김사량	호접	8·15해방1주년	문화전선	
김사량	뢰성			중앙예술
김사량	더벙이와 배뱅이	문화전선, 1947년 창간호		3회 연재, 신발굴
김사량	무쇠의 군악	군중문화총서3. 단막희곡집	북조선직업총동맹군중문화부	*1차년도 발굴자료
김승구	춘향전			국립극장,문학예술축전 공연
김승구	새벽에 온 사람들	전선문고희곡집:영예의 깃발 밑에서	전선문고	신발굴
김영근	조선 빨치산			평북예술공작단 공연
김윤식	청빈로	로동자5호,19858		심발굴
김창만	강제병	문화전선, 1947 창간호		신발굴
김창만	북경의 밤	8·15해방1주년	문화전선	
김태진	성웅 이순신		국립인민출판사	신발굴
남궁만	가을			
남궁만	하의도	남궁만희곡집: 공산주의자	조선작가동맹 출판사, 1961	개인 소장자료
남궁만	제주도	문학예술, 1947년 3호		신발굴
남궁만	결혼문제			
남궁만	노동자	단막희곡집	문화전선	*1차년도 발굴자료
남궁만	기관차	8·15해방3주년기념 종합축전 희곡집	문화전선	*1차년도 발굴자료
남궁만	산의 감정	군중문화총서3. 단막희곡집	북조선직업총동맹군중문화부	*1차년도 발굴자료
남궁만	토성랑 풍경	문학예술,		신발굴
남궁만	소낙비	문화전선, 단막회곡집	문화전선	신발굴
남궁만	아름다운 풍경	쏘련군환송 기념 창작집: 위대한 공훈	문화전선,1949	신발굴
남궁만	임산철도공사장	종합단막희곡집	문화전선	신발굴
남궁만	또 전투가 일어나는 밤	단막희곡집:아름다운 생활	문화전선	신발굴
남궁만	복사꽃 필 때	8·15해방1주년	문화전선	
박 혁	모스크바에로	단막희곡집:아름다운 생활	문화전선	신발굴

박령보	태양을 기다리는 사람들	8·15해방3주년기념 종합축전 희곡집	문화전선	*1차년도 발굴자료
박령보	태양 촌	농민, 1949,1		신발굴
박병준	열매(동극)	아동문학집(1)	문화전선	신발굴
박영호	홍수	인민희곡집	문화전선	문학예술축전 공연
박영호	비룡리 사람들			
박태영	갱도			
박태영	항구	군중문화총서3. 단막희곡집	북조선직업총동맹군중문화부	*1차년도 발굴자료
박태영	마을의 역장	농민, 1949,2		신발굴
박태영	우리집	단막희곡집:아름다운 생활	문화전선	신발굴
박혁	기다리는 사람들			
박혁	나룻가에서	8·15해방3주년기념 종합축전 희곡집	문화전선	*1차년도 발굴자료
박혁	승리는 우리의 것이다	군중문화총서3. 단막희곡집	북조선직업총동맹군중문화부	*1차년도 발굴자료
박혁	눈보라			도시예술공작단 공연
백문환	성장	장막희곡3인집	문화전선	
백문환	성장	8·15해방3주년기념 종합축전 희곡집	문화전선	*1차년도 발굴자료
백인준	묘향산맥			국립극장 공연
서만일	들꽃			함북전문극단 공연
서만일	김구 삽화	8·15해방1주년	문화전선	
서순구	토지 찾든 날	단막희곡집	문화전선	*1차년도 발굴자료
송영	해는 뜨다			
송영	인민은 조국을 지킨다			문학예술축전 공연
송영	즐거운 우리집			
송영	자매			
송영	나란이 선 두 집	송영 희곡선집: 일체 면회를 거절하라	조선작가동맹 출판사, 1955	개인 소장자료
송영	금산군수	종합단막희곡집	문화전선	신발굴
신고송	불꽃			
신고송	들꽃	문화전선, 1947년 2호		신발굴
신고송	불길			

신고송	목화꽃 필 무렵	종합단막희곡집	문화전선	신발굴
오정삼	한나산	8·15해방3주년기념 종합축전 희곡집	문화전선	*1차년도 발굴자료
오정삼	집	농민,1948,10		신발굴
오정삼	손자	로농자, 1946,6		신발굴
오정삼	단독비행	단막희곡집:아름다운 생활	문화전선	신발굴
윤두헌	위인의 초상	종합단막희곡집	문화전선	신발굴
윤세중	안골동네			
윤세중	땅	장막희곡3인집	문화전선	이기영 원작 소설 〈땅〉 각색
윤세중	동족을 살육하는자	전선문고희곡집:영예의 깃발 밑에서	전선문고	신발굴
윤세중	哨所	단막희곡집:아름다운 생활	문화전선	신발굴
임하	항쟁의 노래	장막희곡3인집	문화전선	
전무길	을지문덕장군	국립인민출판사	국립인민출판사	신발굴
주동인	새 아침	전선문고희곡집:영예의 깃발 밑에서	전선문고	신발굴
주동인	새벽	단막희곡집:아름다운 생활	문화전선	신발굴
탁 진	행복의 길	조선녀성, 1949,10		신발굴
탁진	곽쇠	단막희곡집	문화전선	*1차년도 발굴자료
탁진	산비	종합단막희곡집	문화전선	신발굴
한 민	벌 판	청년생활10호,1948		신발굴
한민	백무선	8·15해방3주년기념 종합축전 희곡집	문화전선	*1차년도 발굴자료
한민	선물	쏘련군환송 기념 창작집: 위대한 공훈	문화전선,1949	신발굴
한민	약혼하는 날	군중문화총서3. 단막희곡집	북조선직업총동맹군중문화부	*1차년도 발굴자료
한태천	새날의 설계			
한태천	바우	문화전선, 1947년 3호		국립극장 공연, 신발굴
한태천	승리는 우리 것이다	군중문화총서3. 단막희곡집	북조선직업총동맹군중문화부	*1차년도 발굴자료
한태천	상봉	종합단막희곡집	문화전선	신발굴
한태천	두 가정	단막희곡집:아름다운 생활	문화전선	신발굴
한태천	형로(荊路)	8·15해방1주년	문화전선	

한태천	봉화			국립극장 공연
한형숙	원보 노인의 출범	단막희곡집	문화전선	*1차년도 발굴자료
함세덕	대통령	종합단막희곡집	문화전선	공개자료
허 춘	수원회담	전선문고희곡집:영예의 깃발 밑에서	전선문고	신발굴
허 춘	경쟁	단막희곡집:아름다운 생활	문화전선	신발굴
허춘	봄	종합단막희곡집	문화전선	신발굴
황의현	가마니	농민,1949,11		신발굴
황의현	광대경	단막희곡집:아름다운 생활	문화전선	신발굴